Rue de la Huchette

Boulevard St. Michel

Rue de la Harpe

Rue Zacharie

Rue du Chat Qui Pêche

Rue Des Deux Ponts

Elliot Paul

Frühlingstage in Paris

Roman

Aus dem Amerikanischen
von Jürgen Schneider

MaroVerlag

Die Originalausgabe erschien 1950 bei Random House Inc.,
New York, unter dem Titel »Springtime in Paris«

Umschlag: Rotraut Susanne Berner

Die Übersetzung wurde gefördert durch den
Bernardo Ghionda Gedächtnisfonds

© 2017 by the Estate of Elliot Paul
MaroVerlag, Augsburg
1. Auflage November 2017

ISBN 978-3-87512-478-1
Druck und Bindung: CPI, Leck
Die Deutsche Nationalbibliothek verzeichnet diese Publikation
in der Deutschen Nationalbibliografie; detaillierte bibliografische Daten sind im Internet über http://dnb.dnb.de abrufbar.

Für Saxe Commins

Liste der Personen

HOTELS UND CAFES

Hôtel de Mont Souris
    Gilles Wilf — Besitzer
    Hubert Wilf — Besitzer
    Armand Busse — Geschäftsführer
    Aristide Riboulet — Empfangschef
    Lola — Zimmermädchen
    Emile — Hotelpage

Hôtel Normandie
    Madame Fontaine — Besitzerin
    Louis — Der einarmige *garçon*

Hôtel de la Huchette
    Monsieur Mercanton — Besitzer
    Thérèse — Köchin

Hôtel du Caveau
    Monsieur Oudin — Besitzer

Café Saint-Michel
    Monsieur Trévise — Besitzer
    Die Große Léonie — Freundin des Besitzers

Rahab (Orientalischer Nachtclub)
    Aran Hatounian — Besitzer
    Helen Hatounian — Seine Frau
    David Hatounian — Ihr Sohn

LÄDEN UND GESCHÄFTE

Monsieur Amiard	Bandagist
M. und Mme Salmon	Rind- und Lammschlachter
Fabien Salmon	Ihr Sohn
Raoul und Katya Roubait	Morgenzeitungshändler
Madame de Gran' Chemin	Nachmittagszeitungshändler
Noël	Tierpräparator
Monge	Pferdemetzger
St. Cricq	Schuster
Vignon	Lebensmittelhändler
M. und Mme Gillotte	Bäcker
Julien	Barbier
Madame Fremont	Wäscherin
Hortense Berthelot	Floristin
Mlle Dunette (Schwalbenschwanz)	Antiquitätenladeninhaberin
Monsieur Nathaniel	Orientalische Gebäckwaren
Cabat	Apotheker
Simone	Krankenschwester
Mlles. Pigotte	Reinigungskräfte
M. und Mme Morizot	Bandagenladen
L'Oursin	Kastanienmann

BERUFE

Dr. Thiouville	Mediziner
Der Satyr	Koch
Irma	Bordsteinschwalbe
Mado	
Consuela	
Daisy	Ehemals vom *Panier Fleuri*
Armandine	
Dora	

ÖFFENTLICH ANGESTELLTE

Monsieur Mainguet	Statistiker
E. Saillens & Söhne	Regierungsbauunternehmer
Jacques	Verputzer
Adolphe	Sein Helfer
Chouette	Lastwagenfahrer
Taupier (Maulwurfsfänger)	Klempner
Monsieur Dehaupas	Schullehrer

PRIVAT ANGESTELLTE

Bebop	Büroangestellter und Musiker
Maive Callahan	Nautch-Tänzerin
Lucien Violet	Verleger und Buchhändler
Anatole Pillods	Buchhändler
Achille Ithier	Antialkoholiker-Gesellschaft
Die Jonquil	Concierge
Berthe Latouche	Lehrerin

PRIESTER

Abbé d'Alexis, J.C.
Père Taillepied, O.P.

RUE XAVIER-PRIVAS

Germaine Lefevrais	Restaurant-Aushilfe
Victor	Ihr Sohn
Messidor	Schlosser
Mignon	Seine Nichte
Doc Robinet	Kräuterhändler
Isaac Prins	Druckereiinhaber
Madame Cirage	Concierge

SONSTIGE

Hermann Pflantz	Flüchtling
Miriam Pflantz	Flüchtling
Justin Dassary	Warenspekulant und Restaurantbesitzer
Carmen (Dassary) Orey	Seine Tochter
Guy Orey	Carmens Ehemann
Pierre Vautier (Trèves de la Berlière)	Maler
Bernard Kahnweiler	Kunsthändler und -kritiker
Jeanne Piot	Krautkopfs Frau
Eugène Piot	Ihr Sohn
André de Poitevin	Präsident der *Baumfreunde*
Antoinette de Poitevin	Seine Tochter
Christophe	Handkarrenmann
Xavier	Dänische Dogge
Monsieur Temeraire (Kronenaufzug)	Der letzte Bonapartist
Monsieur Essling	Reporter
Der Amerikan. Delegierte	US-Kommunist
Garry Davis	Erster Weltbürger

Das Viertel

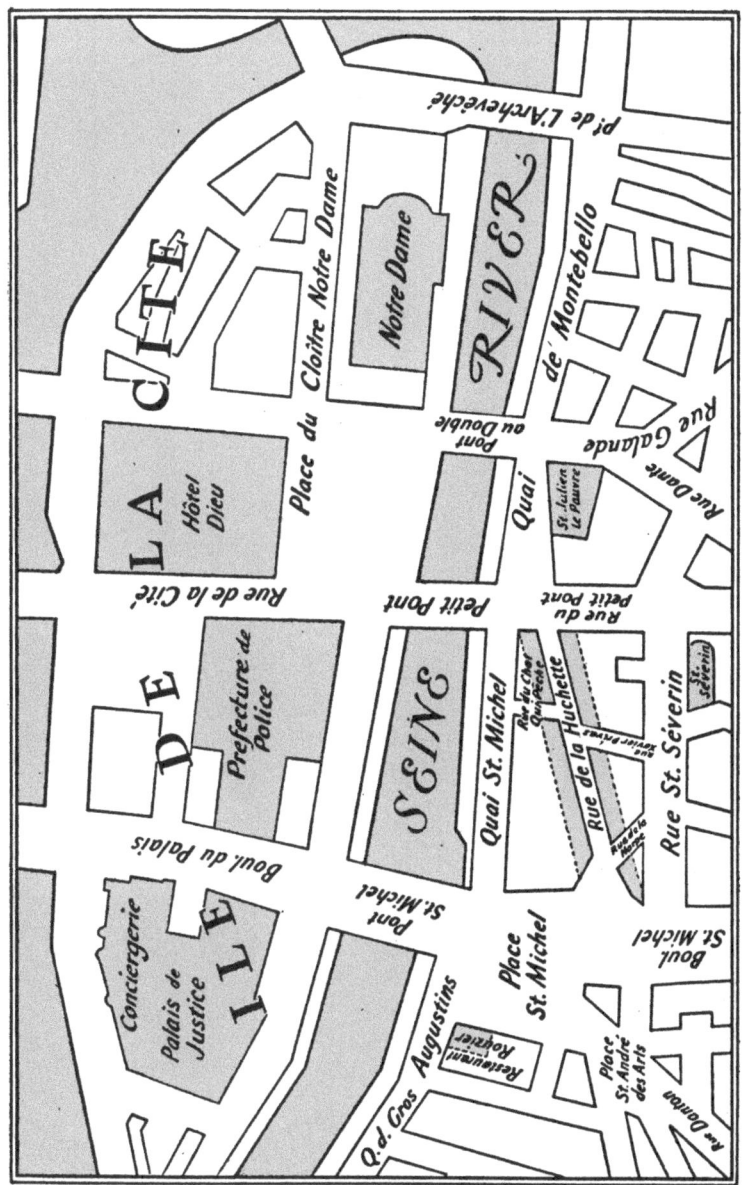

Die Taube in schwarz-weiß

Nach einer Abwesenheit von fast zehn Jahren näherte ich mich der Rue de la Huchette von Osten, Notre-Dame auf der anderen Seite des Flusses im Rücken, gerade als die Mittagszeit viele Pariser Bürgerinnen und Bürger aus den Läden und Büros nach draußen entließ. Es war ein nasskalter Tag Anfang April. Der Himmel war bedeckt und grau, die Gebäude und Dächer waren feucht. Die ausbesserungsbedürftigen Gehwege schimmerten ungleichmäßig. Ich überquerte den Pont au Double, wandte mich nach rechts, lief am Friedhof von Saint-Julien-le-Pauvre entlang und sah hinter dem Eisenzaun frühblühende Tulpen, leicht gebogen, schäbig gekleidete Studenten, die auf den Bänken saßen wie auf einen Impuls wartende Wasservögel, ein paar schwarz gewandete Priester, die statt der alten scheibenförmigen Priesterhüte Barette trugen, und Kinder mit nackten, schrundigen Knien, die spielten oder unterschiedlich lustlos herumstanden. Pflanzen und Passanten zeigten sich anhaltend lebendig.

Eine volltönende, mir bekannt vorkommende Bassstimme machte mich stutzig und ich bemerkte eine Gruppe von Männern, etwa acht an der Zahl, die um einen jüngeren Mann herumstanden, der einen Stapel Plakate unter seinem Arm trug. Plötzlich wurde mir bewusst, dass der große, hagere Mann, dessen Stimme ich erkannt hatte, mein alter Freund Noël war, der Tierpräparator von der Place Saint-André-des-Arts und Stammgast der Bar *Caveau*, als ich das letzte Mal in Paris war. Noël trug offenbar denselben beigefarbenen Leinenstaubmantel wie einst, sowie den schwarzen Filzhut und die schlaff herabhängende schmale Krawatte, die er zu Clemenceaus Zeiten gekauft hatte. Er war gealtert und die Kleidung hing schlottriger als zuvor an seinem Körper, doch er schien weder seine Würde noch seine Serenität verloren zu haben.

Links von Noël stand Monge, der Pferdemetzger von Nr. 13 Rue de la Huchette, dessen Nebenbeschäftigung darin bestanden hatte, ein altes französisches Horn zu blasen. Monge war sichtlich mehr gealtert als sein größerer Gefährte, doch aufgrund der Art, wie sie dort Seite an Seite standen und sich während der Diskussion über die Plakate von Zeit zu Zeit ansahen, war ich mir sicher, dass sie immer noch eng befreundet waren.

Von den übrigen Anwesenden erkannte ich Monsieur Mainguet, ein nicht sehr großer, ordentlich gekleideter Mann mit Brille, einem gestärkten Kragen, abnehmbaren Manschetten und einem kleinen, goldenen Kreuz in seinem einfach gebundenen Krawattenknoten. Er hatte als Statistiker in einem der zahlreichen Ministerien gearbeitet und den Arbeitsplatz gewechselt, wenn ein Premierminister scheiterte. Monsieur Mainguet war weder gealtert noch hatte er sich auch nur im Geringsten verändert.

Zu den mir Unbekannten der um die Plakate gruppierten Herren gehörte ein gnomenhafter Mann mit großem Kopf und stark gewölbter Stirn, mit langen Armen an seinem langen Körper, aber mit kurzen Beinen. Seine Hände, mit denen er ständig gestikulierte, waren groß und ausdrucksvoll. Die anderen redeten ihn mit Monsieur Amiard an, und da er sich die Diskussion mehr zu Herzen nahm und vehementer als alle anderen reagierte, vermutete ich, dass Noël, ein geborener Spaßvogel, und Monsieur Mainguet, ein schüchterner, aber gerissener Mensch, ihn anstachelten. Ich kannte Monsieur Amiard nicht, war mir jedoch sicher, dass die Männer aus der Rue de la Huchette ihn ganz gut kannten, wie auch den jungen Mann in der Mitte, den sie »Raoul« nannten.

Von meinem Standort aus konnte ich leicht die Plakate erkennen, die ich an den Tagen zuvor bereits an Anschlagtafeln und Fassaden gesehen hatte, von einem Ende von Paris bis zum anderen. Auf den Plakaten war die Reproduktion einer Taube in schwarz-weiß zu sehen – im Profil, das nach rechts zeigte –, darunter die Faksimile-Signatur von Picasso. Über der symbolischen Taube kündigte ein Schriftzug einen *Weltkongress der Kämpfer für den Frieden* an, der ein paar Wochen später im besten Pariser Konzert- und Kongresssaal, der *Salle Pleyel* in der Rue du Faubourg Saint-Honoré, stattfinden sollte.

»Nun, da haben wir ein feines proletarisches Viertel für die Roten aus der ganzen Welt!«, sagte der Tierpräparator.

Der Gnom, Amiard, fing an zu hüpfen und krächzte.

»Wer zahlt?«, wollte er wissen.

Er wandte sich an zwei Männer, beide in Arbeitskleidung, die irgendwie dazugehörten und sich offen zur Taube und zu allem bekannten, wofür sie stand.

»Wer zahlt?«, wiederholte Amiard. »Russland nicht!«

»Die Arbeiter«, sagte einer der beiden Männer.

»Welche Arbeiter?«

»Die gewerkschaftlich organisierten Arbeiter … über ihre Beiträge«, behauptete ein sanftmütiger Mann mit einem runden Gesicht und einer Spur Mehl im Haar. Trotz der Kälte trug er keine Mütze. Es war ein weiterer meiner alten Freunde, Gillotte, der Bäcker aus der Nr. 16, der stets die Existenz der Gewerkschaften beklagt hatte, auf ruhige, freundliche Weise.

»Nicht die Amerikaner?«, fragte Noël. »Sie zahlen am Ende praktisch für alles.«

Raoul, der stolz war auf seine Plakate, beeilte sich, sie und die Sache, für die sie standen, zu verteidigen. Er war ein gesunder und einnehmender junger Mann mit wachen grauen Augen, einem wellig-dunkelbraunen Haarschopf und rostroter Gesichtsfarbe. Da sich zu seinen Füßen ein Eimer mit Leim, ein Quast und eine Trittleiter befanden, folgerte ich, dass er die Taube in der Mittagszeit und aus freien Stücken klebte und höchstwahrscheinlich Mitglied der Kommunistischen Partei war. Was er sagte, ließ daran keinen Zweifel aufkommen, doch er war auf natürliche Weise enthusiastisch, völlig überzeugt und nicht übereifrig.

»Viele amerikanische Arbeiter wollen Frieden«, sagte Raoul, ohne humorlos klingen zu wollen.

Noël mischte sich erneut ein. Er würde die Sache nicht auf sich beruhen lassen.

»Mir scheint«, sagte er und lobte unverhohlen Picassos Kunstfertigkeit, »die Friedenstaube ist eine von denen, die in der Luft taumeln und Purzelbäume schlagen können.«

Mainguet lächelte. »Das wird für einen der Parteilinie treuen Vogel unverzichtbar sein.«

»Sie sollten sich schämen, Monsieur Mainguet«, erwiderte Raoul. »Niemand sollte sich über den Frieden lustig machen.«

»Frieden ist jüngst erst zum Eigentum der Kommunistischen Partei geworden. Der Kreml übernimmt die Kontrolle«, sagte Noël zu Mainguet.

Mainguet nickte und ergänzte gemächlich: »Ohne den Friedensprinzen natürlich.«

Raoul ließ sich nicht beirren. »Meiner Meinung nach kann der Kongress viel Gutes bewirken, nicht nur für die Kommunisten – für jeden. Zweitausend Delegierte aus mehr als sechzig verschiedenen Ländern werden kommen«, sagte er.

»Und wer hat sie gewählt?«, fragte Monsieur Amiard. »Wer sagt uns denn, dass es keine sowjetischen Spione sind?«

»Es sind Frauen und Männer, die Ansehen genießen und international bekannt sind«, erwiderte Raoul. »Menschen mit Talent und Ideen.«

»Und alle sind sie gegen den Atlantikpakt und den Marshallplan«, sagte Amiard. »Warum könnt ihr Kerle nicht gleich zur Sache kommen und sagen, was ihr meint?«

»Amerikanische Hilfe birgt ihre Gefahren«, insistierte Raoul.

Ich vergaß mich und behauptete, die Vereinigten Staaten würden keine Artikel oder Utensilien schicken, die in Frankreich hergestellt werden könnten.

»Es werden wieder Waffen geliefert«, sagte einer der Männer in Arbeitskleidung. »Gegen wen rüsten die Vereinigten Staaten Westeuropa auf, wenn nicht gegen Russland?«, fuhr er fort.

»Gegen niemanden«, sagte ich.

Der Mann zuckte betrübt die Achseln. »Das ist ein Novum in der Geschichte – aufrüsten gegen niemanden.«

»Und gegen wen rüstet Stalin auf?«, fragte Amiard erregt.

»Die Sowjetunion bedroht niemanden«, sagte Raoul ruhig. »Frieden ist international. Der Kongress wird dies beweisen.« Er gestikulierte heftig in Richtung der Plakate.

»Wer immer auch die Rechnungen begleicht, irgendwer muss eine Milliarde von diesen Turteltauben gedruckt haben«, sagte der Pferdemetzger Monge.

»Friedenstauben«, korrigierte ich ihn durch den Eisenzaun.

Noël sah mich plötzlich direkt an. Er packte Monge am Ärmel, drehte ihn um neunzig Grad und rief mir ungläubig zu: »Sie sind wieder zurück. Woher sind Sie gekommen? Es ist der Amerikaner!«

Erleichtert durch die Warmherzigkeit ihrer Begrüßung eilte ich durch das Tor, betrat den Kirchhof und schüttelte die Hände von Noël, Monge, Gillotte, Mainguet und von jenen, die mir bis eben noch unbekannt waren. Raoul, so stellte sich heraus, war im Teenageralter und ging noch zur Schule, als ich Frankreich Anfang der 1940er verlassen hatte, doch er erinnerte sich an mich und war erfreut, als ich das Kunstwerk auf seinen Plakaten und die Gründlichkeit lobte, mit der er und seine Mitstreiter diese überall in Paris verteilt hatten.

»Dort drüben ist eine freie Wand«, sagte ich und deutete hinüber auf das Haus Rue de la Huchette Nr. 1, dessen Fassade bis hinauf zu dem einzigen Fenster im zweiten Stock eine raue, bröckelnde und schmucklose Oberfläche aufwies. Das ramponierte kleine Gebäude war an Monsieur Amiard verkauft worden, der Bandagist war und mit orthopädischen Hilfsmitteln handelte.

Die zwei Männer in Arbeitskluft, beide Kommunisten, hatten von Amiard den Raum im zweiten Stock über der Orthopädiewerkstatt gemietet. Es war die nackte Wand unter ihrem Fenster, auf die ich als idealen Platz für die Taubenplakate von Picasso hingewiesen hatte.

Amiard erklärte aufgebracht, dass keine kommunistische Propaganda an irgendeiner Wand angebracht würde, die ihm gehöre, auch dann nicht, wenn der Weltfrieden fragil sei und von seiner Entscheidung abhinge. Amiard scherte sich weder um Politiker noch um Staatsmänner, nicht einmal um den Papst. Er war ein militanter Freidenker und praktisch gegen alles.

Raoul, darauf bedacht, an der bestmöglichen Stelle zu plakatieren, war enttäuscht, übte in dieser Sache zu diesem Zeitpunkt aber keinen Druck aus.

Kurz nach dem Mittagessen spazierte der Buchhändler Anatole, sicher der sesshafteste Mann, der je in der Nachbarschaft gewohnt hatte, von der Place Saint-Michel bis zur Nr. 1 der Rue de la Huchette, eine Wegstrecke von ungefähr 160 Metern, um mit Amiard zu sprechen. Der schäumte noch immer wegen der Diskussion über den Friedenskongress.

»Picasso! Ah, was für ein Künstler!«, hob Anatole an.

»Es kann nicht schwer sein, einen Vogel zu zeichnen – vor allem in schwarz-weiß«, beharrte der Bandagist.

»Entschuldigung, aber in schwarz-weiß ist solch ein Effekt schwerer zu erzielen – die Form, das Zarte. Wie soll ich es formulieren? Die plastische Eloquenz …«

»Sie reden in den Wind«, grummelte Amiard. »Ein Vogel ist ein Vogel, und jeder Künstler, ob groß oder klein, der sich damit aufhält oder ein Bild an die Roten verkauft, tut dies, um Schwindel mit der Menschlichkeit zu treiben …«

»Du hast vermutlich noch nie eine Bandage an einen Maler verkauft«, sagte Anatole.

»Ganz sicher nicht!«, erwiderte Amiard. »Nur Männer, die Männerarbeit verrichten, brechen sich etwas und kommen in meinen Laden.«

»Und Frauen?«, hakte Anatole nach.

»Sie sind beweglicher«, sagte der Bandagist. »Sie benötigen selten eine Reparatur in meinem Gewerbe.«

Anatole hatte Schwierigkeiten, darauf eine Antwort zu finden. Schließlich sagte er: »Wenn ich eine Wand hätte, wäre ich stolz, ein Werk von Picasso an ihr zu wissen, egal, was darauf geschrieben steht.«

»Häng dir die Plakate ins Fenster, wenn du willst und dein Chef dumm genug ist, es zuzulassen«, sagte Amiard. Dann wurde ihm klar, dass Anatole unsicher agierte, und er explodierte beinah. »Wer hat dich damit beauftragt? Diese durchtriebenen Roten? Diese Verräter? Nicht ein einziges Plakat kommt mir an meine Wände und wenn ich das Grundstück Tag und Nacht mit einer Flinte bewachen muss. Sag das denen, die dich geschickt haben! Ich bin enttäuscht. Ich dachte, du bist mein Freund!«

»Ach!«, seufzte Anatole, als er in die Bar Normandie zurückkehrte. »Mein alter Vater hatte recht. Ich kann mich nicht durchsetzen, und ein Diplomat bin ich auch nicht.«

L'Oursin, der Kastanienmann, der den härtesten Guerillakampf an der Küste von Finisterre überlebt hatte, kam mit dem nächsten Vorschlag an die kommunistischen Mieter von Amiards Zimmer.

»Übrigens, wenn ihr eines dieser Plakate in euer Fenster hängen wollt, kann euch euer Vermieter nicht daran hindern, oder?«

Als am folgenden Mittag eine etwas größer gewordene Gruppe einen Bummel zum Kirchhof von Saint-Julien machte, hingen im Fensterbereich des zweiten Stocks an der Ostseite von Amiards Gebäude für alle Passanten gut sichtbar zwei riesengroße Taubenplakate.

Als seine technisch hochwertige Schweizer Uhr, die jede Viertelstunde erklang, 12 Uhr schlug, blinzelte der Bandagist wie eine unzufriedene Eule und legte die Bandage, an der er arbeitete, beiseite, entledigte sich seiner Schürze, zog eine Jacke an, trat hinaus auf den engen Gehweg, drehte sich um und verschloss mit einem großen, eisernen Schlüssel die Tür. Es war recht ruhig an diesem Vormittag, da das Anbringen der Plakate in der Straße zur Zufriedenheit von Raoul und allen anderen Beteiligten vollbracht zu sein schien. Diejenigen, die dumm genug waren, gegen Frankreich gerichtete Propaganda zuzulassen, bestraften sich damit selbst, dachte er.

Angesichts der Tatsache, dass unter den dreihundert Wahlberechtigten in der Rue de la Huchette gerade einmal zwölf Kommunisten waren, hatte Raoul seinen Weltkongress ziemlich gut angekündigt. Die Taube tauchte in den Fenstern der neuen Drogerie in der Nr. 12 auf, an der Ecke zur winzigen Rue du Chat-qui-Pêche.

Katya, die eifersüchtige junge Litauerin, die Raoul geheiratet hatte und ihn in ideologischen und taktischen Angelegenheiten auf Vordermann brachte, hatte es sich selbst zur Aufgabe gemacht, die Fassade und die Seitenwände des früheren, von Madame Mariette geführten Bordells *Panier Fleuri* in Beschlag zu nehmen. Das vierstöckige Gebäude, ein paar Jahre zuvor noch sehr gepflegt, war geschlossen worden, »damit Frankreich leben kann«, und stand seit den 1945 begonnenen Reformen leer.

An der Fassade und an der Seite des alten Polizeireviers in der Nr. 14, nahmen die Friedenstauben prominente Plätze ein. In diesem Gebäude und dem dazugehörigen Schrottplatz befand sich die Niederlassung eines Unternehmens für Installationsbedarf.

In den Fenstern der Drogerie hingen ebenfalls zwei Tauben von Picasso, drei an den Wänden des alten Freudenhauses und zwei weitere an dem umgewandelten Polizeirevier. Amiard glaubte nicht recht an die Wirkung von Drogen, hatte es nicht mit Frauen, egal ob sie als respektabel galten oder nicht, er misstraute prinzipiell den *flics* wie auch denjenigen, die nun deren früheres Revier okkupierten. Die Plakate störten ihn nicht. Seinem Empfinden nach waren sie an angemessenen Orten platziert.

Der Bandagist hätte etwas ahnen können, hätte er beobachtet, dass sehr viele Männer und Frauen des Viertels sich entschlossen hatten, an diesem Mittag auf dem Kirchhof frische Luft zu schöpfen, und dass alle recht früh dran waren. Da er sehr beschäftigt war, hatte er nicht einmal bemerkt, dass ihn alle heimlich beobachteten und nach oben auf die Taubenplakate in den Fenstern blickten. Als er sah, dass einige Jungs aus der Nachbarschaft hinter ihm her grinsten und ihre Blicke ihn streiften, warf Amiard einen trotzigen Blick über die Schulter und stellte fest, was los war. Statt aus der Haut zu fahren, wie es die anderen erwartet hatten, erschauderte er geschockt, senkte seinen übergroßen Kopf und überquerte die Rue du Petit-Pont unter Missachtung des Mittagsverkehrs, sodass er beinahe überfahren worden wäre.

In dem Haus Nr. 6, in dem sich ein französisches Geschäft für Fleisch- und Wurstdelikatessen, eine *charcuterie*, befunden hatte, betrieb ein energisches und joviales altes Fräulein, Mademoiselle Dunette mit Spitzname *Schwalbenschwanz*, einen Antiquitätenladen namens »Au Temps Difficiles«, »In Schwierigen Zeiten«. Der Name war ein sanfter Hinweis, dass Hauseigentümer mit guten Möbeln, die Bargeld benötigten, sich über die Runden helfen könnten, indem sie ihre antiken Teile an Mademoiselle verkaufen, der es selbst auch schon besser gegangen war und die solche Zwangslagen verstand.

Mademoiselle Dunette war im Viertel als »Queue-de-Morue« bekannt (was wörtlich übersetzt Kabeljauschwanz bedeutet), da sie drinnen wie draußen nur maßgeschneiderte Jacken mit knielangen Schwalbenschwänzen trug, die bei den Schwarzen in Amerika »Jimswinger« heißen. Sie hatte silberne Locken, ihr Pincenez saß keck auf der Nase, je nach Situation ging von ihren Augen Spott aus, oder ihr Blick schmolz dahin. Sie hatte eine tiefe, aber wohlmodulierte Stimme. Sie sprach korrekt und eloquent Französisch.

Es traf sich, dass Mademoiselle Dunette auf dem Kirchhof in der Nähe der Rue de la Huchette weilte, als die Spaßvögel aus der Nachbarschaft sich versammelt hatten, um den Bandagisten Amiard dabei zu beobachten, wie er die Picasso-Tauben im Fenster des 2. Stocks seines baufälligen Eckhauses erspähte. Für ihren Geschmack waren es zu viele gegen einen, sodass sie anfing nachzudenken. Immer wenn Mademoiselle Dunette anfing nachzudenken, passierte etwas.

Mademoiselle selbst war, ob es sich nur um eine Pose handelte oder nicht, eine erklärte Existentialistin und damit ein Gräuel für die Kommunisten und Kämpfer für den Frieden, waren doch viele der zweiten Garde dieses Kultes Anhänger des verstorbenen Leo Trotzki. Dies machte sie nicht blind für die Wunder von Picassos Kunst oder die durch die Plakate gebotene bemerkenswerte Möglichkeit eines Profits. Sie hatte ein Plakat von Raoul bekommen und es hübsch gerahmt. Es lehnte zwischen den fragwürdigen Ölgemälden, Lautrec-Plakaten und anderer Wandzierde im Fenster von Nr. 6. Sie ertappte sich dabei, wie sie die Taube anschaute und sich fragte, wie ein Künstler Objekte in schwarz-weiß darstellen und die Fläche um sie herum so malen konnte, als halte er sie in den Händen. Danach bestellte sie sehr taktvoll und so, dass Katya, die sie für eine Dämonin hielt, keinen Wind von dem Projekt bekam, fünfhundert Taubenplakate zum Selbstkostenpreis und verstaute sie als Investitionsgut in ihrem bereits vollgestopften Hinterzimmer. Sie war sich sicher, die Plakate später für 15.000 Francs pro Stück verkaufen zu können.

Am breiteren oder westlichen Ende der Rue de la Huchette, in der Nähe der Place Saint-Michel, war in Nr. 30 seit der Befreiung eine Garage entstanden. Wegen der dazugehörigen Fahrschule hieß sie im Volksmund »Garage de Terreur«. Neben der seltsamen Ansammlung von großen und kleinen Fahrzeugen, die es nur in Frankreich geben konnte, stand der »Lieferwagen« von Mademoiselle Dunette, den sie selbst fuhr. Er hatte etwas von einem Kombiwagen sowie von einem Bäckerkarren, und sein Radstand war gerade so breit, dass er exakt in das schmalere Ende der Straße vor ihrem Laden passte. Fußgänger kamen nur mit Schwierigkeiten, das heißt links und rechts im Gänsemarsch, an dem geparkten Gefährt vorbei.

Da Mademoiselle Dunette wie Amiard, der Bandagist, regelmäßig zu Mittag aß und nahezu immer an Thérèses besonderem runden Tisch im Restaurant de la Huchette, genoss sie so viel an Amiards Vertrauen, wie er es allen schenkte. Er ereiferte sich und wetterte gegen die existentialistische Bewegung, von Jean-Paul Sartre bis hinab zu dem struppigsten Bart auf dem blassen Gesicht eines Studenten.

An dem Tag, an dem die Tauben an seiner Hauswand auftauchten, erschien Amiard nicht zum Mittagessen, und Thérèse, die Köchin, die keine Geduld aufbrachte für seine antirevolutionäre Attitüde, drohte, ihm mit einem Brotmesser die Kehle durchzuschneiden, wenn er zu spät aufkreuzen würde. Er kam allerdings überhaupt nicht, schloss jedoch pünktlich um zwei Uhr seinen Laden wieder auf und arbeitete konzentriert an einem Bruchband. Wenn er wütend oder grüblerisch war, verzog Monsieur Amiard eine Augenbraue nach oben, die andere nach unten, wodurch auch die Lider in Bewegung gerieten und ein eulenähnliches Auge größer als das andere wirkte. Es war nicht immer dasselbe Auge.

Am späten Nachmittag begab sich Mademoiselle Dunette von ihrem Laden in Nr. 6 hinüber zu Monsieur Amiards Tür in Nr. 1. Wie so oft regnete es. Es war weder ein Platz- noch ein Sprühregen, sondern eine undefinierbare Nässe, wodurch die Mauern feucht wurden und zu schimmeln anfingen, die Schritte unsicher wurden, man auszurutschen drohte und die Sicht eingeschränkt war. Die Temperatur betrug zehn Grad, gefühlt war es jedoch sehr viel kälter. Diese Art von Wetter hielt sich Tag für Tag, Woche für Woche durch den ganzen März bis in den April. Die Leute fluchten und murrten längst nicht mehr, denn die Kommentare waren so ärgerlich und eintönig geworden wie das Wetter selbst. Ganz Paris war ein einziges Grau, schiefer-, austern-, asphaltgrau, mit Ausnahme der überall holterdiepolter angebrachten schwarz-weißen Friedensplakate.

»*Bonsoir, Monsieur*«, sagte Mademoiselle, als Amiard aufsah, ein Glimmen in den geröteten Augen.

Er grummelte. Sie kam sofort zur Sache. Sie wollte mit ihrem Lieferwagen durch die Rue Jean-Jacques-Rousseau fahren, in die Nähe der Bourse de Commerce. Sie dachte, wenn er Zeit hätte sie zu begleiten, könnte sie ihm etwas zeigen, das für sie beide von Interesse wäre.

»Was bitte, Mademoiselle, könnte möglicherweise uns beide interessieren?«, fragte der Bandagist und drehte den Kopf *en profil*, um sie mit einem Auge finster ansehen zu können.

Sie antwortete ihm nicht direkt, ließ ihn jedoch wissen, was immer sie auch vorhabe, könne ihm helfen, seine roten Mieter zu überlisten, die ihre Bereitschaft gezeigt hatten, dem Weltfrieden ihr Ostfenster mit Blick auf Notre-Dame zu opfern.

Als Mademoiselle wieder die Straße überquerte, machte Katya Roubait vom Zeitungsladen in Nr. 7, die beobachtet hatte, wie der Schwalbenschwanz Amiards Laden betreten hatte, sich im Geiste eine Notiz des Gesehenen. Katya rackerte sich nicht besonders ab, sie war jedoch in der slawischen Tradition der Parteiaktivitäten erzogen worden und versuchte nichts zu übersehen, was später zum eventuellen Triumph des Proletariats beitragen könnte. Dass den Genossen in Frankreich so viel Freiraum gewährt wurde und daher ein Großteil der Arbeit, die auch im Geheimen erledigt werden könnte, offen getan wurde, bereitete Katya ein wenig Sorgen.

Fakt war, dass Katya nicht sonderlich beliebt war, wenn auch alle sie wegen Raoul mehr oder weniger akzeptierten, gegen den niemand Misstrauen oder eine Abneigung hegen konnte. Er liebte Katya von ganzem Herzen. Manchmal war sie ihm gegenüber nachgiebig, doch wenn es um politische oder ideologische Fragen ging, konnte sie entschieden, wenn nicht gar bevormundend oder streng auftreten. Es war eher eine Frage unterschiedlicher Umgangsformen – hier die slawischen, dort die französischen – doch Katya vergrämte viele der Nachbarn so natürlich, wie Raoul sich mit allen verstand.

Der Zeitungsverkauf beschränkte sich auf die Morgenblätter, von denen es viele gab, mindestens eines pro politischer Partei, Sekte oder Bewegung. Im Paris der Nachkriegszeit war es üblich, bestimmte Händler für den Verkauf der Morgenblätter zu lizenzieren, andere wiederum für den Verkauf der nachmittags erscheinenden Zeitungen, sodass die mageren Einkünfte von einer größeren Zahl von Individuen und Familien geteilt werden konnten.

Da bis zum Mittag alle, die ein Morgenblatt haben wollten, eines gekauft hatten, und Raoul und Katya die am frühen Nachmittag erscheinenden Zeitungen nicht verkaufen durften, erlebten die beiden nachmittags mehr Leerlauf als morgens. Hin und wieder kam ein Erwachsener oder ein Kind am späten Nachmittag, um Schreibwaren oder etwas für die Schule zu kaufen, doch eine Person konnte leicht den Laden führen, sodass sich entweder Raoul oder Katya ein paar Stunden um die Parteiarbeit kümmern konnten. Zu jener Zeit widmete Raoul seine ganze freie Zeit den Friedensplakaten, während Katya zu Hause blieb. Wenn die Rollen getauscht wurden und Katya ein paar Stunden freihatte, wusste kein Mensch genau, was sie trieb. Raoul wurde klar, dass Geheimniskrämerei und Rätselhaftigkeit ihr enormen Auftrieb gaben und half ihr, dies zu genießen. Die Neugierigeren unter den Nachbarn strengten sich an, Katya im Auge zu behalten, hatten damit aber keinerlei Erfolg. Es gefiel ihr, wenn sie direkt gefragt wurde, denn so konnte sie sich darin üben, ausweichend zu antworten, ohne etwas preiszugeben.

Katya hatte gesehen, wie Mademoiselle Dunette zum Bandagisten gehuscht und, nach einem kurzen, vielleicht verschwörerischen Gespräch, wieder in ihren Antiquitätenladen zurückgekehrt war. Es kam nicht infrage sich vorzustellen, dass der aktive, gesunde Schwalbenschwanz orthopädische Hilfsmittel benötigen könnte. Was war dann aber der Grund des Besuches? Da die Taubenplakate so viele Hirne beschäftigten, folgte Katya ihrem Instinkt und nahm an, es sei etwas Subversives im Gange. Kurz danach sah sie, wie Fräulein Schwalbenschwanz in die Garage ging und bald darauf am Lenkrad ihres Lieferwagens mit der Aufschrift »Au Temps Difficiles« wieder auftauchte. Sie beobachtete, wie Mademoiselle, statt gen Osten zu fahren und vor ihrem Antiquitätenladen gegenüber dem Zeitungsladen zu parken, vom breiteren Ende der Rue de la Huchette in die Rue de la Harpe verschwand. Unterdessen hatte Monsieur Amiard seine Werkstatt geschlossen und hinter der Scheibe wie üblich das Schild mit der Aufschrift »Bin in ____ Minuten zurück« hinterlassen. In Straßenkleidung, nicht aber im Sonntagsstaat, verließ er die Rue de la Huchette und ging Richtung Süden. Katya war sich zwar sicher, dass er und der Schwalbenschwanz sich irgendwo in der Rue Saint-Séverin treffen würden, außer Sichtweite ihrer unmittelbaren Nachbarn, musste sich dessen aber vergewissern. Sie bat den kleinen Fabien Salmon, den zehnjährigen, sensiblen Sohn des Metzgers, auf ihren Zeitungsladen aufzupassen, verschwand in der nur ein Meter zwanzig breiten Passage zwischen den Nummern 1 und 5 und sah, wie der »Au Temps Difficiles«-Wagen an der Ecke nahe der Rue Saint-Séverin anhielt, Amiard einstieg und neben der Fahrerin Platz nahm.

Es war Katya nicht möglich, ihnen zu folgen, wie sehr sie daran auch Gefallen gefunden hätte. Sie würde lediglich die Plakate im Fenster über der Orthopädiewerkstatt betrachten können. Es war offen, wie viele Minuten vergehen würden, bis der Eigentümer zurückkehrte. Dann begab sich Katya im hektischen Verkehrsfluss für einen kurzen Moment in die Rue du Petit-Pont, um hinaufzusehen und zu prüfen, ob die Embleme des Weltfriedens noch an Ort und Stelle hingen. Sie hingen noch, Taube über Taube, rein schwarz-weiß, und niemand in der Straße hatte behauptet, dass aufrechte Gewerkschafter nicht das Recht hatten, ihre Fenster von innen zu nutzen, wie sie wollten, wenn sie nicht den Anstand verletzten.

Während Katyas Abwesenheit hatte der kleine Fabien zwei Verkäufe für sie getätigt, ein Notizbuch und einen Tintentod. Er berichtete es ihr pflichtbewusst und zählte ihr das Wechselgeld vor. Die Kassenlade war verschlossen gewesen, sodass er die Transaktion über seinen eigenen Geldbeutel abgewickelt hatte, damit Katya keine Einbußen erlitt. Der Junge war intelligent und bestrebt zu gefallen.

Fabiens Nerven waren auf Kriegstöne eingestimmt wegen der Gefahr aus dem Untergrund, der Barrikade vor der Tür seiner Familie und wegen des Todes von drei Patrioten, dessen Augenzeuge er wurde, als er fünf Jahre alt war. Ich bin mir sicher, er wusste, dass Katya Monsieur Amiard hinterher spionierte und es das Beste war, nichts darüber verlauten zu lassen, kein einziges Wort. Fabien wusste auch, dass der Bandagist ein Ungläubiger, Katya Kommunistin war, und sein Vater, der »die Regierung« unterstützte, manchmal forderte, dass alle Roten gehängt werden sollten. Ihm war klar, dass sein Vater, vom Scheitel bis zur Sohle mit Rinds- und Schafsblut besudelt, in Wirklichkeit niemanden hängen würde, Katya und Raoul schon gar nicht.

Um von der Rue du Petit-Pont, in die sie scharf rechts abbog, zu ihrem Ziel zu gelangen, nachdem sie Monsieur Amiard an Bord genommen hatte, musste Mademoiselle Dunette über den Boulevard Saint-Germain und den Boulevard Saint-Michel fahren, den wenige Meter von der Garage entfernten Platz überqueren, von wo sie gestartet war, über die Brücke von Saint-Michel kommend die Île de la Cité überqueren, über die verkehrsreiche Rue de Rivoli bis zur Rue du Louvre zuckeln, ein paar Blocks gen Westen sausen und an der Place des Deux-Ecus in einem abstrusen Winkel links in die Rue Jean-Jacques-Rousseau abbiegen. Unter den chaotischen Bedingungen in jener Zeit der Schwarzmarktautos, des über dunkle Kanäle beschafften Benzins und der Missachtung von Recht und Gesetz in den Jahren nach der Besatzung, war es schwer zu entscheiden, welcher der Abschnitte der kurzen Fahrtstrecke (im Krähenflug höchstens eineinhalb Meilen) der gefährlichste war – besonders an einem trüben Nachmittag und bei glatten Straßen, wenn der Feierabendverkehr bevorstand. Jeder Meter der Fahrt hatte in dem Wissen zu erfolgen, dass die Rückfahrt zum Saint-Michel-Viertel zehnmal gefährlicher sein würde.

Ein oder zwei Momente lang schaltete Monsieur Amiard nicht, nachdem er und der Schwalbenschwanz aus dem Lieferwagen ausgestiegen waren, der sie sozusagen in der Rue Jean-Jacques-Rousseau abgestellt hatte. Doch als das, was ihm beim ersten Hinsehen als ein Eckfenster im zweiten Stock vorgekommen war, seine wahre Natur offenbarte, ballte er die Fäuste, scharrte mit den Füßen wie ein Schafbock, schlug der gut gelaunten Mademoiselle auf die Schulter und nahm sich damit eine für ihn höchst ungewöhnliche Freiheit heraus.

»*Pas possible!*«, postulierte er und atmete aus, wobei er wie eine überblasene Trompete klang.

»Einer meiner Kunden, der sehr gerne eines von meinen Objekten hätte, ein Anwalt, der so skrupellos ist, dass man ihm selten nachweisen kann, falsch zu liegen, hat mir heute Nachmittag ein paar Dinge erklärt«, hob Mademoiselle an. »Wenn ein Fenster als solches existiert, hat ein Mieter hinsichtlich dieses Fensters bestimmte Rechte. Ein Vermieter kann jedoch den Plan für die Maueröffnungen ändern oder modifizieren, sofern es dafür einen vernünftigen Grund gibt«, fuhr sie fort.

Mademoiselle dachte nicht an die Risiken oder Gesetze des Zufalls, ganz im Gegensatz zu Monsieur Amiard. Nachdem er aus dem Schwierige-Zeiten-Wagen ausgestiegen war, stieg er nicht wieder ein, sondern machte sich zu Fuß auf den Heimweg, wofür er mehr als eine Stunde weniger benötigte als Mademoiselle. Doch was der Bandagist an der Ecke der Rue Jean-Jacques-Rousseau sah, machte ihn dankbar gegenüber Mademoiselle und ließ in seinem verwirrten Geist Pläne zur Selbstbehauptung und Rache reifen.

Fast alle am schmalen Ende der Straße waren überrascht, weil der aufbrausende Monsieur Amiard seine Niederlage in der Kontroverse um die Taubenplakate so leicht hinzunehmen schien. Für Noël und die näheren Beobachter ruinierte die selbstzufriedene Haltung des Bandagisten beinahe die Show. Ich wusste durch Mademoiselle Dunette und Anatole, den Buchhalter, was im Gange war, und konnte folglich die allmorgendliche Erkenntnis, dass es wieder ein nieseliger Tag werden würde, etwas philosophischer hinnehmen.

Eines Mittags, kaum mehr als eine Woche nachdem die Tauben in ihren Fenstern platziert worden waren, hatte sich zwischen zwei Regengüssen eine besonders große Gruppe auf dem Kirchhof versammelt. Plötzlich stieß Katya einen Schrei aus und deutete auf das Schlafzimmerfenster. Die schwarz-weißen Friedensplakate waren im Nu von innen entfernt worden, und einen Augenblick später verschwand das komplette Fenster. Zurück blieben nur der Rahmen und eine rechteckige Öffnung. Mittlerweile schauten alle hin und sahen, wie wohl ein neues Fenster in den alten Rahmen eingesetzt wurde. In diesem saß offensichtlich Monsieur Amiard im schwarzen Sonntagsstaat, sein Haar nach hinten gegelt, so wie es Julien, der Barbier, gewöhnlich samstagabends tat. Der geschniegelte Bandagist saß in einer Art Lehnsessel – es war auf die Entfernung nicht genau auszumachen – und hielt in einer Hand eine große, pinkfarbene Blume, vermutlich eine Rose.

Der Chor der Kommentare und Lachsalven, der die seltsame Erscheinung begrüßte, wurde durch das sehr leise Auftauchen von Monsieur Amiard selbst unterbrochen. Er kam durch die Seitenpforte des Kirchhofes, um mit seinen Nachbarn seine öffentlich sichtbare Verbesserung auf sich wirken zu lassen. Erst da begriffen die meisten der Anwesenden, dass die Gestalt im Fenster ebenso nur gemalt war wie das Fenster und die Scheiben.

Zu Zeiten der Bourbonen-Könige, als auf Fenster hohe Steuern erhoben wurden, ersetzten Hauseigentümer diese durch Malereien, wobei die eitlen unter ihnen, gerne auch ihr Porträt einfügen ließen. Monsieur Amiard war die Idee in der Rue Jean-Jacques-Rousseau gekommen, in der noch ein solches Exemplar zu sehen gewesen war. Mademoiselle Dunette hatte dieses »Fenster« gekauft, und Anatole hatte das Original mit Amiards Gesicht und Gestalt übermalt, dabei allerdings dessen körperlichen Makel weitgehend dezent übergangen.

Die Mieter hatten den Ausblick verloren, die Kommunisten einen Propagandarückschlag erlitten. Der Hauseigentümer, Monsieur Amiard, konnte einen kleinen Triumph feiern, ein für Pariser Hauseigentümer in jener Zeit seltenes Ereignis.

Rosmarin zum Gedenken

Das kleine, enge Viertel am Fluss im 5. Arrondissement, bekannt als Quartier Saint-Michel, dessen lebendiger Teil die Rue de la Huchette ist, litt unter den Beleuchtungsbeschränkungen mehr als die meisten Pariser Stadtteile. In den besten Tagen hatte es nicht genug Straßenlaternen gegeben, und diejenigen, die existierten, wurden nicht allzu sorgfältig gewartet. In Paris wurden die Laternen zehn trostlose Jahre lang gedimmt, ihre Zahl wurde reduziert, oder sie blieben dunkel. Zu Beginn des Frühjahrs 1949 war die Beleuchtung wegen der Stromknappheit immer noch unzureichend.

In der Rue de la Huchette waren von September 1939 bis Mitte April 1949, abgesehen von den wenigen glücklichen Tagen nach der Befreiung, als es hoch herging, die Abende, die sich vor dem Krieg lang, abwechslungsreich und heiter gestalteten, notwendigerweise kurz, trist und eintönig. In der Regel begann das Abendessen nicht später als um 19 Uhr, und in der kalten Jahreszeit war in den Läden und Geschäften nach dem Essen wenig los. Jahrelang waren im Winter und Frühjahr die Heizmöglichkeiten noch spärlicher als die Beleuchtung. Es gab lediglich zwei Leuchtreklamen, beide klein und bescheiden – eine über dem Haupteingang des Hôtel de Mont Souris in einem blassen Himbeerton und eine weitere für das *Rahab*, Hausnummer 29, an der Ecke Rue de la Harpe, in einem lichten Weiß.

Die Touristen und Reisebüros hatten am *Rahab* Gefallen gefunden. Es war in einigen der Zeitschriften, die Werbung für Pariser Nachtlokale machten, verzeichnet und lockte in der Saison sehr viele Besucher an. Das war ein Novum für die Rue de la Huchette, doch die Neuankömmlinge mochten die nordafrikanische und nahöstliche Küche sowie den vermeintlich klandestinen Bauchtanz zur marokkanischen Oboe, der in einem Innenraum stattfand und die Nachtclub-Show ergänzte, bei denen schwarz-amerikanische, moderne französische und modifizierte indochinesische oder algerische Tänze aufgeführt wurden. Der Club trug einen ägyptischen Namen, und der Betreiber, ein scheuer Mann, der gleichwohl Unternehmergeist und Expansionsdrang an den Tag legte, war ein Armenier namens Aran Hatounian, den alle Nichtorientalen aber nur »Monsieur Aran« nannten.

Der verrückte Tanz wurde von einer jungen Irin namens Maive Callahan dargeboten. Die Bandmitglieder waren mehrheitlich Franzosen, die Kellner Franko-Algerier oder Türken mit falschen Pässen. Das Kochen verantwortete ein geschrumpfter Armenier, der so alt war, dass er das Zählen aufgegeben hatte. Sein Gesicht war zerfurcht wie eine Walnuss. Als Küchenhilfe diente eine belgische Wasserstoffblondine, energisch, aber nicht besonders helle.

Während der Verdunkelung waren die verhängten Fenster des *Rahab* kaum erkennbar, doch die Musik der Band und der Klang der Oboe drangen zum westlichen Ende der Straße nach draußen. Diejenigen, die früh zu Bett gehen mussten und davon im Schlaf gestört wurden, freuten sich, dass wenigstens etwas Vergnügliches passierte.

In den Cafés auf der Place Saint-Michel und den Straßen entlang herrschte Schummerlicht. Es war wenig los, und die Stammkunden konnten es sich nicht leisten, so viel zu trinken wie in der Vergangenheit. Ein paar große Cafés, wie das *Dupont*, sechs Straßen weiter auf dem Boulevard Saint-Michel, ignorierten frech die Einschränkungen und erstrahlten im Lichterglanz. Dies schien niemanden zu kümmern oder an einen Protest denken zu lassen. Die Pariser Bevölkerung war an die Tatsache gewöhnt, dass einige Herrschaften besondere Privilegien genossen, und machte sich kaum Gedanken über die Volkswirtschaft.

Obwohl ich diese Strässchen kannte, hatte ich abends Schwierigkeiten, meinen Weg zu finden. Die wenigen durch das Laternenlicht verursachten Schatten wirkten amorph und trügerisch. Bordsteine und andere Gefahren lagen im Dunkeln, Entfernungen wurden verfälscht, bekannte Formen verzerrt. Schaufenster und Eingänge waren nachtdunkel. Fuhren Autos und Fahrräder vorbei, war das Gebiet nach dem Verschwinden des Scheinwerferlichtes in noch tiefere Dunkelheit getaucht. Fußgänger reagierten mit Achselzucken, oder bewegten sich – waren sie jung und trotzig – in Gruppen und sangen zumeist politische Lieder.

Am ersten Abend spazierte ich den Boulevard in Richtung Rue de la Huchette entlang. Ich stieß auf eine Ansammlung von Leuten, die wohl von einer Veranstaltung kamen. Sie stiefelten in unregelmäßigen Abständen, zu viert oder zu fünft nebeneinander, über den breiten Bürgersteig unter den sprießenden Platanen, deren Stämme kaum zu sehen waren. Es mussten Hunderte sein, und sie sangen die Internationale auf Französisch:

»*C'est la lutte finale* ...«

Auf zum letzten Gefecht! Ich wunderte mich. Sie schienen nicht an ein Gefecht oder an ein letztes Mal zu denken. Sie waren zusammengekommen, hatten sich ein paar Reden angehört, würden ein paar Tässchen billigen Kaffee trinken und schließlich nach Hause gehen. Sie waren an die Verdunkelung gewöhnt und wussten, die Generationen vor ihnen hatten ordentlich viel

Last auf sich genommen. Ein Sextett von Polizisten, vier zu Fuß, zwei auf Fahrräder gestützt, plauderte seelenruhig an der Ecke der Rue Saint-Séverin.

Als ich mich der Spitze der Kolonne näherte, machten mir die Demonstranten und Sänger Platz, die sich für die dem Hungertod nahen Gefangenen einsetzten. Die sechs Polizisten gingen ohne ihre Unterhaltung zu unterbrechen ein, zwei Schritte zur Seite, um den Weg für die Sänger freizumachen. Es war alles sehr locker und umgänglich. Ich nahm an, dass ebenso viele junge Enthusiasten in anderen Teilen Frankreichs die Trommel für Charles de Gaulle rühren würden. Niemand singt für die gemäßigte Regierung.

Während meines Frankreichaufenthalts in den 1920er und 1930er Jahren hatte ich geglaubt, die französische Bürokratie hätte bereits ihren Tiefstand erreicht, sodass eine weitere Verschlechterung ausgeschlossen wäre. Nicht lange nach meiner Rückkehr musste ich mir meinen Irrtum eingestehen. Die öffentlichen Verwaltungen hatten sich verschlechtert. Nicht, dass die Systeme, auf denen sie basierten, schlechter geworden wären. Das wäre auch unmöglich gewesen. Und die Verwaltungsangestellten, ein jeder für sich schrecklich unterbezahlt, wurden ebenso nicht effizienter. Es gibt einfach pro Quadratmeter viel zu viele und sie kommen sich dadurch in die Quere. Ein Drittel der Bevölkerung arbeitet jetzt für die Regierung.

Die Franzosen, die selbstständig, für Verwandte oder für kleine Privatunternehmer arbeiten, bringen sich auf eine Weise ein, wie sie Bürger anderer lateineuropäischer Länder nicht kennen. Sie sind durch Entbehrungen zäh geworden und in ihrem Überlebenswillen aktiv und voller Energie. In öffentlichen Verwaltungen und großen Industriekonzernen ist der Elan geringer. Verwaltungsangestellte und Industriearbeiter arbeiten selten den ganzen Tag, und die kommunistischen Anführer versuchen, sie Tag und Nacht gegen Überforderung durch eine ihnen feindliche Regierung oder reiche Kapitalisten zu indoktrinieren.

Die gemäßigte Regierung und die Kommunisten sind tief gespalten, wenn es um die Touristen geht. Die Regierung möchte, dass Amerikaner Dollars ins Land bringen. Die Roten hetzen in ihren Zeitungen jeden Tag gegen die Amerikaner insgesamt oder gegen einzelne, und durch Druck auf Mitglieder der Gewerkschaft der öffentlich Bediensteten versuchen sie alles nur Mögliche, um das Leben der Touristen unerträglich zu machen. Für kommunistische Autoren sind die Amerikaner eine dem Alkohol verfallene »Herrenrasse«, deren Angehörige den französischen Bürgern einen Kolonialstatus aufzwingen wollen. Keine noch so unbedeutende Nachricht, die die Büros von *L'Humanité* oder *Ce Soir* erreicht, ist zu trivial, um nicht gefälscht zu werden, damit Amerikaner als barbarisch, degeneriert, gierig oder niederträchtig dargestellt werden können.

Die relativ freundlichen französischen Zeitungen stellen freilich selten etwas richtig dar, wenn es um Amerika oder Amerikaner geht, und sorgen so manchmal für genauso viel Schaden oder Verwirrung in den Köpfen der Pariser Bevölkerung wie die Todfeinde der Vereinigten Staaten. Egal welcher Couleur die französischen Zeitungen sind, Namen von Personen oder einfache Fakten sind ihnen furchtbar egal.

Das folgende Beispiel ist nicht extrem, sondern typisch. In diesem Sommer ereignete sich ein tragischer Unfall, über den in der Pariser Ausgabe der *New York Herald Tribune* so berichtet wurde:

Paris ECA-Wachmann

durch unbeabsichtigten Pistolenschuss getötet

> John R. Brady aus Omaha, Neb., ein Wachmann am Sitz der Economic Cooperation Administration in Paris, wurde Mittwochnacht erschossen, als sich ein unbeabsichtigter Schuss aus einer automatischen Waffe des Kalibers .45 löste, die von einem Kollegen, Colin M. Mechlin aus Columbus, Ohio, gereinigt wurde.

Brady, ein früherer Marinesoldat und Träger des Purple Heart, war der Sohn von Lieutenant Colonel R. R. Brady des Medical Corps am Hauptquartier des American Graves Registration Command in Paris.

Brady wurde von einer Ambulanz der französischen Polizei in das American Hospital in Neuilly eingeliefert, starb jedoch in den frühen Morgenstunden des gestrigen Tages, nachdem er operiert worden war.

Die auf der linken Seite eingedrungene Kugel hatte seinen Körper durchschlagen. Mechlin wurde in die Obhut des ECA-Sicherheitsbediensteten Seabrook Foster überstellt. Eine Untersuchung ist anhängig.

Die kommunistische *L'Humanité*, mit einer Auflage von 252.000 Exemplaren, veröffentlichte die folgende Variation zur Indoktrinierung ihrer Leser:

REVOLVERSCHÜSSE IN DER BOTSCHAFT DER VEREINIGTEN STAATEN

Streit nach Trinkerei führt zu Todesfall

In der Botschaft der Vereinigten Staaten entwickelte sich gestern Abend ein Streit, über dessen Hintergründe die Polizei auf Befehl hin die höchste Diskretion wahrt.

Sicher ist, dass die Amerikaner, die mit Revolvern aufeinander schossen, über das Vernunftmaß hinaus getrunken hatten.

Der Eine, Colin Mechlin, verletzte John Brady tödlich. Brady starb wenig später im Krankenhaus von Neuilly.

Den Untergebenen in der Botschaft wurde befohlen, keinerlei Information über die Anwesenheit einiger Attachés bei diesem Streit an die Öffentlichkeit dringen zu lassen, der den Filmen über die Gangster von Chicago in nichts nachstand.

Der *Figaro*, die konservativste Morgenzeitung, die wann immer möglich, der politischen Linie der Zentralregierung folgt, interpretierte das Vorkommnis folgendermaßen:

Ein französischer Chauffeur
tötet einen im Dienste des Marshallplans
stehenden Wachmann

Im Hôtel de Talleyrand in der Rue Saint-Florentin, in dem das amerikanische Marshallplan-Personal einige Büros unterhält, wurde ein amerikanischer Wachmann, John R. Brady, durch eine Kugel des französischen Chauffeurs, M. Colin, getötet.

Die Umstände des Dramas bleiben einigermaßen mysteriös. John R. Brady von den »Security Guards« kam in dem Augenblick zur Arbeit, als M. Colin seine Arbeit aufnahm. Letzterer betrat den Raum der Guards, und ein paar Sekunden später fiel ein Schuss.

M. Brady, von einem Schuss im Magen getroffen, wurde dann in das American Hospital transportiert, wo er wenig später starb.

M. Colin verwundete M. Brady tödlich, als er mit seinem Revolver hantierte.

Laut der gaullistischen Zeitung *Aurore* hatte keine Sauforgie stattgefunden, und die Fakten von den Bediensteten der Vereinigten Staaten wurden auch nicht unterdrückt. Die Zeitung konnte nichts Mysteriöses erkennen und schrieb herablassend über die Art, wie amerikanische Veteranen mit Schusswaffen umgingen. Der *Aurore*-Bericht liest sich folgendermaßen:

Ein Toter
im Hôtel de Talleyrand

*Der Wachmann im Marshallplan-Büro dachte,
sein Revolver sei nicht geladen*

Das Drama, das sich im Hôtel de Talleyrand, Rue Saint-Florentin Nr. 2, zutrug, wo sich die Büros von ECA (Marshallplan) befinden, und das einem jungen amerikanischen Wachmann das Leben kostete, hat nichts Mysteriöses. Das Ganze ist einfach nur dumm.

John R. Brady, 23 Jahre alt, Veteran des Pazifikkrieges, und Colin M. Mechlin, 28 Jahre alt, beide »Security Guards« im Hôtel de Talleyrand, kontrollierten ihre Revolver, Colt .45. Mechlin entnahm seiner Waffe die Munition, um sie zu reinigen, als es an der Eingangstür klingelte. Die beiden Männer legten ihre Revolver auf denselben Tisch und begaben sich zur Tür, um sie zu öffnen. Als sie zurückkehrten, griff Mechlin zu einem der Revolver, von dem er annahm, dass es seiner wäre, und schickte sich an, ihn wieder zu laden. Doch mit der Waffe war ihm ein Irrtum unterlaufen. Er hatte Bradys Waffe an sich genommen, die noch geladen war. Ein Schuss löste sich, und Brady sackte zu Boden, seine Lunge durchlöchert. Er wurde sofort in das American Hospital von Neuilly gebracht, wo er trotz eines chirurgischen Eingriffs und mehreren Bluttransfusionen vier Stunden später starb.

Die Pariser sind keineswegs beunruhigt, weil ihre Zeitungen schlampig recherchieren und korrupt, tendenziös, bestechlich, inakkurat und widersprüchlich sind. Für sie ist ein solcher Journalismus nach drei Republiken Teil der natürlichen Ordnung.

Andere öffentliche Dienste sind auch nicht besser als Frankreichs Vierte Gewalt. Eines Montagmorgens beschloss ich, ein wenig amerikanisches Geld zu wechseln. Ich hatte einen 100-Dollar-Schein, einen frischen Federal-Reserve-Schein, Seriennummer B13590775A, mit dem gräulichen Bild von Benjamin Franklin auf der einen und der grünen Frontansicht der Independence Hall auf der anderen Seite. Laut der *Paris Herald Tribune* betrug der offizielle Wechselkurs an jenem Morgen 319,20. Gutgläubig, wie ich war, erwartete ich daher, 31.920 Francs für meinen Jahrhundertschein zu bekommen.

Ich fuhr mit dem Bus zur Place de l'Opéra, ein paar Schritte entfernt vom American-Express-Büro in der Rue Scribe. Der Empfangsbereich war bereits überfüllt. Dort befanden sich ein paar Nordamerikaner, Horden von Engländern, viele Südamerikaner, einige Reisende aus dem Nahen Osten, Italien und anderen mediterranen Ländern, Niederländer, Norweger, Schweden, Dänen und ein paar Iren.

Vor jedem Schalter oder vergittertem Fenster drängten sich viele Menschen, die eher einem chaotischen Haufen als einer indischen Warteschlange glichen. Besucher aus Ländern, in denen Krieg geherrscht hatte, reihten sich gelassen ein, doch es gab auch andere, geborene Mogler, die so taten, als verstünden sie weder Sprache noch Zeichen, sodass an der Spitze jeder Reihe viel diskutiert, geschubst und gepöbelt wurde. Die abgestumpften Angestellten schienen dies zu erwarten und schenkten dem Treiben wenig Aufmerksamkeit.

Nachdem ich etwa fünfzehn Minuten bei American Express gewartet und Zentimeter für Zentimeter etwa drei Meter Richtung Kassenschalter zurückgelegt hatte, fragte ich einen streng dreinblickenden Aufpasser, ein Überbleibsel aus der Vorkriegszeit, zu welchem Kurs das Unternehmen an diesem Morgen Dollars umtausche.

»Dreihundertzehn«, antwortete er.

»In der Zeitung stand, der Franc sei 319,20 wert«, protestierte ich.

»Hier sind es 310, der Kurs kann allerdings fallen«, sagte der böse blickende Majordomus.

Das bedeutete, dass ich für meinen 100-Dollar-Schein nur 31.000 Francs bekommen würde oder 920 Francs weniger als die Summe, die mir zustand. Für 920 Francs hätte ich mir vier Pfund Steak, ein Exemplar der King-James-Bibel und die Werke von Rabelais oder vier Päckchen amerikanische Schwarzmarktzigaretten kaufen können.

»Wenn Sie einen besseren Kurs wollen, versuchen Sie es bei der Banc de France.«

Eine große Filiale der Banc de France befand sich auf dem Boulevard Raspail, nicht weit von meinem Viertel entfernt. Ich nahm also den Bus und fuhr in diese Richtung zurück. Die Bank war riesig und verfügte über mehrere Reihen vergitterter Fenster, über Wartebereiche, nicht öffentliche Büros für Führungskräfte und Refugien für die Angestellten, denen der direkte Kundenkontakt erspart blieb. In diesem geräumigen Ambiente wirkten die wenigen Kunden vor den einzelnen Schaltern ein wenig verloren. Ein höflicher uniformierter Angestellter informierte mich, um Geld zu wechseln, müsse ich mich zu einem etwa 45 Meter vom Haupteingang entfernten Schalter am hinteren Ende der Bankhalle begeben. Bei der Suche nach meinem Schalter kam ich an mindestens zwanzig anderen Schaltern vorbei, an denen diverse Bankgeschäfte bei gedämpfter Beleuchtung, gemächlich und nahezu lautlos abgewickelt wurden. Verglichen mit der Lobby von American Express war die der großen Filiale der Banc de France ein Sanktuarium.

Ein anderer höflicher, gut gebauter Uniformierter mittleren Alters bat, ich möge stehen bleiben. Ich wiederholte ihm gegenüber, dass ich amerikanische Dollars in französische Francs umtauschen wolle. Nachdem er einen Blick in meinen Pass geworfen hatte, lächelte er und gab mir eine Karte, auf der in blauer Kugelschreiberschrift die Ziffer »9« stand. Ich zählte die vor mir Stehenden, es waren acht. In der besten aller Welten schien alles in bester Ordnung zu sein.

»Wie ist der Wechselkurs heute?«, fragte ich den uniformierten Herrn, der mir die Neun gegeben hatte.

»Dreihundertfünfzehn«, antwortete er.

»Aber in den Zeitungen …«, hob ich an.

Er lächelte nachsichtig: »Vergessen Sie bitte nicht die Marge für Service und Aufwand.«

Ich war nicht kleinlich genug, um dagegen Einwände zu erheben. Würde ich für meine 100 Dollar 31.500 Francs bekommen, wären es 500 Francs mehr als ich bei American Express bekommen hätte. Das hieße ein Pfund Lammfleisch sowie eine Bouquet *fines herbes*, meine Abendzeitung (die seriöse *Le Monde*), Coopers *Der letzte Mohikaner* und etwa vier kleine Schachteln dessen, was die französische Regierung als »Sicherheitsstreichhölzer« auf den Markt bringen lässt.

Während ich immer noch die Nr. 9 in der Hand hielt, war ich bereits die Nr. 3 geworden. Mir war aufgefallen, dass alle, die vor mir dran waren, nicht das bekommen hatten, was sie erwartet hatten. Nr. 7 zum Beispiel, ein Engländer, der wohl gerade vom Barbier kam und nach den Produkten von Ed. Pinaud roch, verfügte über einen Kreditbrief, laut dem ihm jeden Montag in Francs gewechselte 20 Pfund zustanden. Es war Montag, die Bank hatte das Geld, und alles war in Ordnung, außer, dass jemand bei der letzten Abholung des ihm zustehenden Betrages vergessen hatte, den Kreditbrief an den dafür vorgesehenen Stellen zu stempeln. Er wurde mit leeren Händen an einen Monsieur So-und-so verwiesen, der über die Gummistempel verfügte, die nachträglich verwendet werden konnten.

Danach schaute ich mir die Angestellten der Banc de France hinter dem Fenster genauer an, vor dem ich wartete. Beide waren noch junge Burschen, nicht einmal alt genug, um wählen zu dürfen. Einer war blond, dünn, sehr aufgeweckt und selbstsicher. Der andere war dunkler, ein athletischer Typ, der bei seinem Kollegen Rat suchte. Beide waren sehr kultiviert und selbstbeherrscht, junge Männer, die – wenn sie älter wären – in den Vereinigten Staaten in den diplomatischen Dienst gehen würden.

Sie bedienten die Nr. 8 in unserer Reihe, eine Amerikanerin, die nicht nur ihren Pass, sondern auch den ihres Schwiegersohnes sowie drei American-Express-Schecks über zwanzig Dollar vorlegte, die der Schwiegersohn offenbar unter- und gegengezeichnet hatte.

Der blonde Angestellte seufzte und gluckste in seinem Kabuff, dann schüttelte er den Kopf. Er erklärte mit sanfter Stimme und geduldig, der nicht anwesende Schwiegersohn müsse persönlich erscheinen, sich ausweisen und seine Unterschrift beglaubigen, um die auf den Reiseschecks genannten Francs zu bekommen. Danach trat er zur Seite, um seinem Kollegen die Gelegenheit zu geben, sich meiner anzunehmen. Ich stand dem adretten, dunkelhaarigen jungen Mann gegenüber und reichte ihm meinen makellosen 100-Dollar-Schein. Er sah ihn sich ehrerbietig an und war im Begriff, mir meine Francs aus einer Kassenlade vorzuzählen, wie sie in amerikanischen Lebensmittelläden im frühen 19. Jahrhundert in Gebrauch waren.

»Ah, nicht doch«, sagte der blonde junge Mann und unterbrach seinen unüberlegten Kollegen. »Wir können hier keine 100-Dollar-Scheine wechseln, da kein Experte im Hause ist, um deren Echtheit zu überprüfen.«

Mir entfuhr ein Schrei, der nicht sonderlich elegant war, aber nicht den beiden jungen Bankangestellten galt. Ich machte meiner Überraschung und Enttäuschung Luft.

»Es tut mir leid«, erklärte der Dunkelhaarige. »Bitte begeben Sie sich zum Hauptsitz der Banc de France in der Rue Croix de Petits Champs, Nr. 29.«

Er schrieb die Adresse und den Namen der entsprechenden Métro-Station, Palais Royal, auf einen Zettel. Ich nahm also die Métro, und nachdem ich zweimal umgestiegen und ein paar Meter gelaufen war, befand ich mich im Hauptsitz der Banc de France. Die Schlange vor dem Wechselschalter war so lang, dass ich nicht hoffen konnte dranzukommen, bevor die Bank um zwölf Uhr zur zweistündigen Mittagspause schloss. Ich ging zum Mittagessen in ein kleines, aber erlesenes Restaurant in der Rue de Montpensier, das ich schon in den 1930er Jahren besucht hatte. Das Essen war immer noch sehr gut, doch teurer geworden. Die Kosten dafür waren nicht nur höher als das, was ich im Viertel Saint-Michel für ein Mahl bezahlt hätte, sie überstiegen auch die Summe, die ich mir zu sichern geglaubt hatte, als ich American Express zugunsten eines nationalen Kreditinstitutes der Vierten Republik den Rücken gekehrt hatte.

Kurz nach 14 Uhr ging ich zurück zur Bank und stellte mich mit der Nr. 32 in die Schlange. Als ich schließlich an der Reihe war und den drei Bankangestellten meinen neuen 100-Dollar-Schein vorlegte, holte einer Erkundigungen ein und fand heraus, dass von den beiden im Hause beschäftigten Experten einer bei Gericht war, um in einer Fälschungssache auszusagen, und der andere, lahmgelegt von einem Hexenschuss, zu Hause in Passy weilte.

Entnervt fuhr ich mit dem Taxi zu Thomas Cook & Son an der Place de la Madeleine, verschwendete also wieder Geld und nahm, was man mir gab, ohne mich zu beschweren. Ich bekam 30.800 Francs, also 200 Francs weniger als mir am frühen Morgen von American Express angeboten worden war.

Da Hyacinthe Goujon, mit der ich so viel unternommen hatte, während sie sich von einem frühreifen Kind von sechs Jahren zu einer begabten Schauspielerin entwickelte, Selbstmord begangen hatte, war Hortense Berthelot die Frau, die ich vordringlich nach meiner Rückkehr nach Paris sehen wollte. Ich wusste nicht, was ihr widerfahren war oder ob sie überlebt hatte.

Vor dem Zweiten Weltkrieg war Hortense Angestellte in der Abteilung der Pariser Präfektur, in der Ausländer die Verlängerung ihrer Ausweise beantragten. Ich war gespannt darauf, mit Hortense zu reden, sofern dies überhaupt möglich wäre. Ich wollte es tun, bevor ich in die Rue de la Huchette zurückkehrte. So begab ich mich also von Thomas Cook & Son direkt zur Präfektur, wo das Pflaster des tristen Hofes ausgetretener und tückischer denn je war und die unansehnlichen Türen an ihren Angeln dem Verfall überlassen waren.

In den unbeleuchteten, steinernen Korridoren des düsteren Gebäudes hing der Geruch von Kreosot. Draußen fiel Regen und hinterließ seine Spuren auf den nicht geputzten Fensterscheiben, von denen es zu viele gab. Mit Mühe, doch ohne nach dem Weg zu fragen, fand ich das Büro, in dem ich Jahre zuvor Hortense nur selten abgeholt hatte. Irgendwelche Verbesserungen waren nicht erkennbar. Die nervösen Ausländer und ihre zaghaften Angehörigen, die in Frankreich bleiben und arbeiten durften, blickten drein wie in den 1920er und 1930er Jahren. Sie sahen mich verstohlen an, als hätten sie Angst, ich könnte ihnen noch mehr Schwierigkeiten bereiten.

Als ich den wackligen Türknauf berührte, fielen mir die Handschuhe ein, die Hortense stets mit Eleganz zu tragen pflegte. Sie behielten selbst in der nicht belüfteten Präfektur ihren Duft nach feinem Leder und einem leichten Eau de Toilette. Hortense, Mitte dreißig, konnte sich den *chic* teurer Kostüme, Hüte oder Kleider nicht leisten, und hatte sparsam gewirtschaftet, um erlesene Handschuhe und Schuhe tragen zu können. Von ihrem spärlichen Verdienst bei der Stadt blieb ihr nach Abzug der Kosten für Miete und Essen nur ein kümmerlicher Rest. Da sie sehr kälteempfindlich war, hatte sie kleinere Summen für Brenn- und Anmachholz ausgegeben, das ihr Auvergnat, der groß gewachsene, langsam denkende Kohlenmann aus der Nachbarschaft in ihr im dritten Stock gelegenes Zimmer trug. Auvergnat war in einem Lager in Oberschlesien umgebracht worden, bevor die Russen dort eintrafen. Er hatte als Zwangsarbeiter gegen die Nazis rebelliert. Ich nahm mir vor, mich nach Alice, der blauäugigen Frau dieses Kohlenmannes, zu erkundigen. Er hatte sie »mein Herzchen« genannt.

Ich starrte in die Düsternis des kargen Zimmers zum Schalter, hinter dem Hortense eigentlich sein sollte. Sie war jedoch nicht da, ebenso wenig wie ihre Kollegin, eine bösartige alte Frau, die Hortense und den Rest der Menschheit gehasst hatte. Ich war schockiert und wurde noch mehr demoralisiert, als ich den glatzköpfigen Mann, der an Hortenses altem Platz zu sitzen schien, fragte, ob er wisse, wo ich Madame Berthelot finden könne. Er hatte Schwierigkeiten mich zu verstehen, denn er war irgendwo in Nordafrika auf eine Mine getreten, und die Wucht der Explosion hatte ein Trommelfell zerfetzt und das andere verletzt. Jede *gouvernement français* würde vermutlich einen solchen Mann an einem Arbeitsplatz einsetzen, an dem alle möglichen ausländischen Dialekte und Akzente zu vernehmen sind.

Der glatzköpfige Mann sah aus wie ein Schurke, wie einer, der im Film die Rolle des Nazis übernimmt. Seinen kahlen Kopf zierte eine große Narbe; auf einem seiner blassblauen Augen schielte er, während das andere geradeaus starrte, als sei es aus Glas. Er schien bereit zu sein, mir zu helfen, wenn auch nur, damit er seine normale Arbeit ruhen lassen konnte; die Wartenden mussten noch länger warten. Ohne Eile befragte er die anderen drei Angestellten im Zimmer, einen Veteranen mit einer Kehlkopfprothese sowie zwei Witwen, deren Brotverdiener für Frankreich gestorben waren. Ein paar Engländer kamen herein und maulten vor dem Schalter. Die vier Funktionsträger stellten sich in einem Karree auf und debattierten laut über Frauen, die früher dort gearbeitet hatten. Das Tohuwabohu erregte die Aufmerksamkeit ihres unmittelbaren Vorgesetzten, der in einem kleinen, dunklen Büro neben dem Hauptraum saß.

»*Alors, quoi!*«, rief er und steckte seinen Kopf aus der Türöffnung wie ein Darsteller in einem Stück von Molière, dessen Unfreundlichkeit für Lacher sorgen soll. »Was ist denn hier los?«

Die zwei Witwen gackerten wie Hennen vor einem Rasenmäher. Doch mein Glatzkopf blieb bei der Sache, gestikulierte in meine Richtung und versuchte sich zu erklären. Sein Boss verscheuchte ihn und kam zu mir an den Schalter gestapft. Er hatte offenbar tief geschlafen, als der Stimmenlärm ihn geweckt hatte, und noch nicht zu voller Wach- und Klarheit zurückgefunden.

Ich erklärte ihm, dass eine gewisse Madame Hortense Berthelot einige Jahre an jenem Schalter gearbeitet hätte, der jetzt unter der Obhut des Herrn mit der Glatze stünde.

»Die arme Frau«, sagte der Chef empathisch. Dann blickte er der Reihe nach streng den glatzköpfigen Mann, den Veteranen mit der Kehlkopfprothese und die beiden mürrischen Witwen an. »Eine Frau dieses Namens arbeitet hier nicht mehr«, sagte er. Er beugte sich näher zu mir hin und sah mich prüfend an.

»Sind Sie Engländer?«, fragte er.

»Amerikaner«, antwortete ich so emphatisch, dass die beiden Engländer in der Reihe aufmerkten und gereizt reagierten.

»Sie sind nicht etwa ein Anwalt aus New York?«, fuhr der Chef fort. Im gesamten Büro ruhte die Arbeit. Die unteren Stadtbediensteten lauschten aufmerksam, während sie so taten, als studierten sie die Dokumente und Stempel auf ihren Schreibtischen.

»Nein«, erwiderte ich, »ich komme aus Boston und bin Schriftsteller.«

»*Merde … Pardon*«, stammelte der Chef. »Ich habe heute Morgen gelesen, dass ein Rechtsanwalt in New York einem überglücklichen Kamel von einem Franzosen aus dem Midi 50.000.000 Francs hinterlassen hat.«

In seiner Aufregung über die Hinterlassenschaft eines toten New Yorker Anwaltes hatte er vergessen, was ich wollte. Er winkte den Glatzkopf herbei.

»Wen genau sucht der Herr mit dieser Nummer?«, fragte der Chef den wie ein Nazidarsteller aussehenden Kollegen.

»Eine Madame Bertrand, Berthaud oder so ähnlich«, antwortete der Untergebene.

»Berthelot. Hortense Berthelot«, korrigierte ich ihn.

Dann erklärte der Chef, dass alle hier noch nicht sehr lange in dieser Abteilung arbeiten würden. Er riet mir, in das Jeu de Paume Museum zu gehen, in dem ein Wärter namens Gobert oder Godot seinen Dienst verrichte. Dieser Gobert oder Godot sei vor ein paar Jahren in diesem Büro hier beschäftigt gewesen und kenne vielleicht die Frau, nach der ich suche.

Ich dankte ihm und dem Anderen und beschloss, mich in die Rue de la Huchette zu begeben, auch auf die Gefahr hin, enttäuscht zu werden. Nachdem ich dort Augenzeuge des Beginns der Taubenplakat-Begebenheit geworden war, erfuhr ich von Noël, dass Hortense gesund und munter sei. Er führte mich zur Tür eines Blumenladens in der Nr. 23 und machte taktvoll kehrt. Einen Augenblick später erspähte ich drinnen Hortense. Sie trug weder Hut noch Handschuhe und hatte einen locker gestrickten Schal in zarten Farben um ihre schmalen Schultern gelegt. Ihr Gesicht war abgewandt, doch sie stand kerzengerade und seelenruhig da. Sie schien bei viel besserer Gesundheit zu sein als vor der Katastrophe.

Ich öffnete leise die Tür und fragte: »Befinden Sie sich nicht am falschen Ende der Straße, Madame?«

Sie drehte sich um, ihr Gesicht von einem spontanen Erstaunen erhellt. Mit Tränen in den Augen kam sie mir entgegen und hielt mir erst eine, dann die andere Wange hin und klammerte sich zitternd an mein Revers. Ich war derart gerührt, dass alles verschwamm und ich nicht recht wusste, was ich tat oder was ich sagen sollte. Ihr unfehlbarer Instinkt ließ sie von Fragen absehen, bis ich mich an ihre Gegenwart gewöhnt hatte. Wir hatten als Freunde zu viel durchgemacht, um uns nur dem rein Persönlichen zu widmen, und als Zeugen des politischen Geschehens zu viel, um noch einmal all das aufzurollen, was bereits zu einem historischen Prozess geworden war.

»Wie gefällt er dir?«, fragte sie mit einer Geste, die dem Blumenladen galt, in dem sich der starke Duft von Nelken mit dem von gelben und pinkfarbenen Rosen, Vergissmeinnicht und einigen Schattenblümchen mischte, die zu früh gepflückt worden waren.

Ich war wegen unseres plötzlichen Wiedersehens immer noch leicht benommen. Die Begegnung mit guten Männern hatte mir ein Gefühl von Kontinuität verliehen, Hortense brachte mir Farbe und Wärme.

»Ich habe in der Präfektur nach dir gesucht«, gelang es mir zu sagen. Sie überging meine Bemerkung und zeigte mit ihren expressiven Händen, die Handflächen nach oben gerichtet, erneut auf die Theke, auf Blumentöpfe und Vasen.

»Du verstehst es nicht. Das hier ist mein Laden«, sagte sie.

Ich vernahm die Worte, verstand aber weniger denn je. Sie öffnete eine Hintertür und brachte einen Stuhl herein, den ich ihr eiligst aus den Händen nahm. Bevor ich ihn abgestellt hatte, brachte sie bereits einen weiteren. Zehn Jahre waren vergangen, und wenn sie 1939 Mitte dreißig war, musste sie nun über vierzig sein. Doch ihre Bewegungen waren lebhafter als damals, als sie wegen ihrer Arbeit in der Präfektur und ihrer Vorahnungen hinsichtlich der Zukunft Frankreichs angeschlagen war.

An diesem Abend aßen wir gemeinsam im *Balzar*. Der Wind hatte ein wenig die Richtung gewechselt; es regnete nicht, doch es war dennoch kühl, und ein schwefelartiger Nebel umhüllte die Straßenlaternen. Die Verdunkelung war nicht aufgehoben worden. Die Düsternis jedoch und der feuchte Krieg, den das Wetter gegen die Nerven führte, trübten nicht die Geborgenheit, die mir Hortenses Gesellschaft bot, oder das ansteckende Glücksgefühl, das sie im Stillen genoss. Die äußerlichen Umstände waren gegen uns. Von den Platanen tropfte es auf den Bürgersteig. Die Schaufenster der Geschäfte auf dem Boulevard Saint-Michel blieben dunkel. Die wenigen Autos schlichen im Schneckentempo in der Düsternis dahin. Alle Fahrer dort draußen wären lieber drinnen gewesen. Die alten, notdürftig reparierten Wagen unterschiedlicher Marken schlitterten über den glatten Asphalt. Vereinzelt ertönten Hupen, unangemessen laut, ein Trüt-trüt-türürrü wie von aufgebrachten Brachvögeln im falschen Sumpf.

Das *Café Cluny* schloss vor acht Uhr abends. Wir kommentierten diese Tatsache nicht. Im Hof und an den Mauern des alten Musée de Cluny, in früheren Jahrhunderten ein Gefängnis und Ort der Folter, hatten zur Zeit des Münchner Abkommens Bauarbeiten begonnen, es war teilweise abgerissen worden, und Steine lagen herum. Die Arbeiten waren eingestellt worden. Eine geschmacklose Erinnerung daran, dass es trotz allgemeiner Entbehrungen Privilegien gab, war das große, in grellem Licht erstrahlende *Café Dupont*. Auf der riesigen Terrasse befanden sich praktisch keine Besucher, es standen weit und breit nur regennasse Metalltische und -stühle herum. Drinnen an der langen, geschwungenen Bar saßen verstreut Gäste, jung zumeist und zwielichtig oder alt und verlebt. Die meisten der jungen Gäste stammten aus Asien, aus Thailand, Malaysia, Tonkin, Annam, einige aus dem alten Königreich Cathay sowie aus Ostindien und Nordafrika. Auffällig wegen ihrer pechschwarzen Hautfarbe und ihres krausen Haares waren die Gäste aus den französischen Kolonien, aus Martinique, Madagaskar und aus dem Senegal, einige davon in abgetragenen und schlecht sitzenden Uniformen. Hinzu kamen ein paar weiße Jünglinge mit Orang-Utan-Schnurrbärten, offenen Flanellhemden, ausgebeulten Cordhosen und ohne Hut, die mit der Ausbreitung der existentialistischen Bewegung als die *Zazous de Saint Germain* bekannt wurden. Die meisten der jungen Farbigen, ob gelb, braun, rotbraun, zimt- oder senffarben, waren in Begleitung junger weißer Frauen. Einige von diesen Frauen studierten an der nahe gelegenen Sorbonne. Im Café übten sie sich lehrplanunabhängig in Toleranz. Bei anderen handelte es sich um Apachen, die Studenten oder harte Burschen mit Geld mochten und wussten, dass die farbigen Jungs eine Zeit lang spendabler waren, wenn weiße Frauen ihnen Prestige verliehen.

An diesem Abend konnte kein noch so helles, illegales elektrisches Licht diese berühmt-berüchtigte Ecke des Quartier Latin fröhlich erscheinen lassen. Hortense ignorierte die erbärmlichen Umstände, fasste mich ein bisschen fester am Arm und lächelte. Direkt hinter dem Fenster saßen zwei Männer, Siamesen oder Filipinos, zwei verlottert aussehenden Frauen auf einer Bank gegenüber, keine Prostituierte, aber allem Anschein nach Herumtreiberinnen. Die Männer blickten mürrisch und finster drein, die Frauen wirkten gelangweilt. Einer der Filipinos, oder was immer er war, entnahm seiner Manteltasche eine kleine, automatische Waffe und legte sie auf den Tisch, wobei er seine Braut verdrießlich ansah. Ein Kellner kam mit einem Tablett voller Drinks dazu, bunte, klebrige Aperitifs zumeist. Er stellte die Drinks auf den Tisch, und während er dastand, erhob sich die dem Burschen mit der Knarre gegenübersitzende Frau, richtete hektisch ihren engen Rock, betätschelte ihren Hintern und machte sich auf den Weg zur Toilette. Die andere Frau stand unaufgefordert ebenfalls auf und folgte ihr in einem Abstand von drei, vier Metern. Einer der Filipinos bezahlte beim Kellner; der andere steckte die Knarre wieder in seine Manteltasche. Als sich der Kellner abwandte, sahen sich die beiden Filipinos an und grinsten plötzlich über ihre platt-runden Gesichter.

Hortense beobachtete diese Vorgänge, als wir langsam am Café vorbeigingen. Sie hätte auch einer Spinne zusehen können, die sich von der Decke an ihrem selbst gesponnenen Faden herabließ, oder einer Kugel, die in einem Flipperautomaten im Zickzack umherschoss. Wie immer kritisierte sie das menschliche Verhalten nicht und blieb so objektiv wie möglich. Wir konnten uns beide das *Dupont* der Vorkriegszeit in einer lauen Frühlingsnacht vorstellen, der *Boul' Mich'* und das Viertel lebendig und voller Menschen. Das *Dupont* zählte nicht zu den Lieblingscafés der Studenten, da die dortigen Preise hoch waren. Männer aus ganz Paris und aus vielen Ländern suchten es auf, um bedürftige Frauen kennenzulernen. Dutzende Pariser Frauen, die unter Geldmangel litten, versammelten sich dort auf der Terrasse. Einige waren noch minderjährig, andere hatten Kinder großgezogen, doch sie kleideten sich so gut es ging wie Schulmädchen, um eine provokative und stimulierende Illusion zu bieten. Nun scheint dieser Ort ein zwangloses Weltzentrum für interkulturelle Begegnungen zu sein. Hin und wieder sieht man Paare unterschiedlicher Hautfarbe, die absolut glücklich wirken, doch sie bilden die Ausnahme. Meistens boten solche Paare den Eindruck sich austobender Exhibitionisten oder normaler Leute, die sich langweilten oder Opfer ihrer Achtlosigkeit waren. In diesem Teil des Quartier Latin gab es jede Menge Kinderwagen und Kleinkinder aller vorstellbaren Hybridarten. Diejenigen, die alt genug, aber nicht zu alt waren, schienen ohne ein Bewusstsein für Rasse oder Hautfarbe klarzukommen.

Um die Ecke, in der Rue des Écoles, erreichten Hortense und ich nach ein paar Schritten auf der rechten Seite unser Ziel, das *Balzar*. Hier hatten wir früher, wenn wir es uns leisten konnten, viele Stunden verbracht. Das Bier war und ist das beste von ganz Paris (es wird auch im *Lipp* auf der Place Saint-Germain-des-Prés serviert), und die Küche bietet typisch elsässisches Essen. Früher verkehrte im *Balzar* eine bürgerliche Stammkundschaft aus der Nachbarschaft. Hinzu kamen die anspruchsvolleren in Paris lebenden Ausländer und Intellektuellen, einige der geselligsten Professoren und Dozenten der Sorbonne sowie nachmittags und spät abends französische Journalisten und Zeitungsleute. Als Hortense und ich das Restaurant betraten, befanden sich nur vier Gäste dort. Die Tatsache, dass es nur schwach beleuchtet war, drückte nicht auf unsere Stimmung. Für uns wurden zwei weitere Lampen angemacht.

»Du findest es merkwürdig, dass ich glücklich und bei besserer Gesundheit bin, während um mich herum alle das Leben so schwer finden«, sagte Hortense.

»Ich habe nicht angenommen, dass irgendwer sich stärker erweisen würde als du, wenn du dir deine Widerstandskraft bewahrst«, antwortete ich. Die Befürchtungen, die ich hinsichtlich ihres Durchhaltevermögens hatte, übertrugen sich auf das Timbre meiner Stimme wie die Töne einer verstimmten Saite auf ein Instrument.

»Ich bin strapazierfähiger als du erwartet hast oder ich selbst angenommen habe. Eine Zeit lang ging es mit mir immer mehr bergab. Es fing in jenen Monaten an, in denen der Krieg, was uns Franzosen betraf, zum Stillstand gekommen war, und wir alle wussten, dass das bisschen Zeit, das wir vermutlich für ein effektives Vorgehen haben würden, vertan wurde. Meine Haut verfärbte sich gelb, und ich war so abgemagert, dass meine Knochen hervorstanden. Als die Nazis kamen, und ich sie in unserer Straße hörte und sah, und schlimmer noch, Männer sah, die sich Franzosen nannten und eine Vorliebe für Stiefelwichse entwickelten, wurde mir klar – und darüber war ich nicht froh –, dass ich meinen niedrigsten Punkt erreicht hatte. Ich hielt in einem Zustand suspendierter Lebendigkeit durch, bis ich wieder einen leisen Funken Hoffnung schöpfte und standhielt, ohne den Mut zu haben, die Lebensgeister anzufeuern. Dann kam die Botschaft von Charles de Gaulle, und Männer fingen ebenso an zu kämpfen wie Frauen. Du weißt, was danach geschah. Lass uns jetzt nicht darüber reden ... Muss es einen weiteren Krieg geben?«, fragte sie.

»Nein«, antwortete ich so positiv, dass sie ebenso erschrak wie ich selbst.

»Wird es einen neuen Krieg geben?«

»Wir müssen davon ausgehen, dass es keinen Krieg geben wird«, sagte ich. Sie nickte.

Der alte Oberkellner war genauso erfreut uns zu sehen wie Conrad, der drei Jahre lang in einem deutschen Lager eingesperrt war. Der dritte Kellner war neu, knochig, jung und tollpatschig. Ich blickte zum Stehpult neben den Hähnen, aus denen das Bier gezapft wurde. Der Oberkellner erzählte mir, der Eigentümer, den ich gekannt hatte, sei im Kampf gefallen, und seine Witwe und deren Schwester seien nach Colmar zurückgekehrt.

Im *Balzar* wurde eine Spezialität aus Meeresfrüchten und Muscheln serviert, gedünstet nach Seemannsart, Garnelen und Krevetten, Austern, Miesmuscheln, Langusten und Hummer. Angesichts der Anfang April herrschenden Bedingungen konnte diese Spezialität allerdings nicht serviert werden. Auch die köstliche Kombination aus Meeresfrüchten und Fisch, gebacken und mit Käsekruste in einer Muschelschale, gab es nicht. Hierzu wurde Sahne benötigt, deren Verwendung Restaurants allerdings per Gesetz und Dekret untersagt war.

Der Eigentümer des *Balzar* schien nicht einer von jenen zu sein, die sich über solche Vorschriften hinwegsetzen konnten. Ein Inspektor hatte bei ihm bereits einen halben Liter Sahne sichergestellt, der sich zwecks Eigenbedarf im Kühlschrank befand. Dem Eigentümer war eine hohe Strafe aufgebrummt worden. Dies hatte seine Sympathien für Charles de Gaulle verstärkt.

Hortense und ich saßen in einer Ecke nebeneinander auf einer Bank, auf der wir viele Abende gehockt hatten, und waren nicht zerknirscht, weil es die Delikatessen der Vergangenheit nicht gab. Uns verband eine innige Freundschaft, und es boten sich uns neue Perspektiven. Keine noch so außerordentlichen Gehirne oder komplizierten Maschinen können die Details und Bagatellen einer Gesundung erfassen und in toto vor uns ausbreiten. Den Wendepunkt müssen wir genauso spüren wie die Brüderlichkeit, jedes Individuum zu seiner Zeit.

Wir kamen gut zurecht und aßen eine Hasenpastete, Zwiebelsuppe, ein blutiges Sirloinsteak mit Pommes Frites und Wasserkresse sowie ein Stück Port Salut, das aus irgendeinem kleinen Winkel stammte, den die Inspektoren übersehen haben mussten. Zum Nachtisch ergötzten wir uns an einer Tarte mit diesen kleinen, süßen, hellen elsässischen Pflaumen namens *mirabelles* – ein hübsches Wort. Der Kaffee war nicht schlecht, und der Schnaps war klar und brannte, als sei er glühend heiß, mit einem Abgang, der die Empfindung verlieh, der Schnapsbrenner müsse bei seiner Rundfahrt alle Himbeeren Ostfrankreichs vor den Eingangstüren vorgefunden haben.

Hortense vergaß oder übersah selten etwas, das das Vergnügen oder die Behaglichkeit eines Begleiters hätte beeinträchtigen können, und schlug nach unserem Mahl vor, eine Weile auf der Terrasse Platz zu nehmen, die sich schräg gegenüber von der kleinen Place Paul-Painlevé befand. Dort stand neben anderen Bäumen eine Linde. Hortense hatte mich an jenem Tag mehrfach staunen lassen, doch mehr noch, als sie anregte, an einem feuchtkalten Abend draußen zu sitzen.

»Von allen Frauen warst du diejenige, der es vor Kälte am meisten graute«, sagte ich.

Sie zeigte sich hocherfreut und strahlte. »Darüber bin ich hinweg«, antwortete sie, »es war schon länger in keiner der Jahreszeiten warm.«

Ich stellte fest, dass die meisten Pariser wie sie gehandelt hatten. Gelinde ausgedrückt waren die Möglichkeiten, die Kälte und Feuchtigkeit in Paris zu bekämpfen, unzureichend. Als es wegen des Krieges völlig aussichtslos war, stählten sich die Franzosen und bauten den notwendigen Widerstand auf. Heute sind den meisten die extremen Temperaturen und die Feuchtigkeit ziemlich egal. Im Herbst, im Winter und an hässlichen Frühlingstagen ziehen sie sich so warm an wie möglich, unter Außerachtlassung ästhetischer Aspekte. Sehen sie schäbig aus, schert sich kein Mensch darum, weil dies Teil der nationalen Anpassung geworden ist.

Speisekarten, wie ich sie gerade dargelegt habe, verstärken den in den Vereinigten Staaten verbreiteten falschen Eindruck, in Frankreich gäbe es Nahrungsmittel im Überfluss, und in Paris sei es genauso. Die Rechnung für das Essen an jenem Abend belief sich auf 2.110 Francs, plus 320 Francs Trinkgeld. Das sind umgerechnet 8 Dollar und 10 Cent, doch ein guter französischer Handwerker, dessen amerikanischer Kollege etwa 12 Dollar für acht Stunden Arbeit verdient, muss zweieinhalb Tage schuften, um 2.430 Francs zu erhalten, was nach Abzug der Steuern und der Sozialversicherungsbeiträge nicht besonders viel ist. Mein Dinner mit Hortense kostete vom Gesichtspunkt eines französischen Handwerkers aus gesehen den Gegenwert von 30 Dollar. Nicht sehr viele Pariser können es sich leisten, 30 Dollar für ein Essen zu zweit zu bezahlen. Die Hausfrauen würden unter bescheidenen Umständen diese Summe für die Nahrungsmittel einer vierköpfigen Familie für eine ganze Woche veranschlagen. Auf ihre Kleidung achten die Pariser wie die professionellen Hüter im Louvre auf ihre Kunstschätze.

Hortense, so war ich vom ersten Augenblick an erstaunt, hatte ein neues Interesse für ihr Äußeres entwickelt und gab das Notwendige aus, um sich chic und stilvoll zu kleiden. Sie trug keine glänzenden, dünnen, dunklen Kostüme und einfachen Röcke mehr samt praktischen Hemdblusen und Hüten, die aus dem Fundus des *Odéon* hätten sein können, reserviert für die Kostümierung von Charakterdarstellerinnen in der Rolle von Stiefkindern. Sie hätte im Speisesaal des Ritz oder des Hôtel George V. prächtig ausgesehen. Ich erinnerte mich an die Zeit, als sie so wenig Geduld mit ihrem Gesicht aufbrachte, dass ihr jegliches Make-up absurd vorgekommen wäre. Im Licht des *Balzar* wirkte ihr Teint klar, ihre Haut sanft und glatt, auf ihren Wangen Rouge, das mit der Farbe ihres Lippenstifts harmonisierte. Ihr Haar war kunstfertig gestylt, und sie trug zierliche Ohranhänger.

Sobald wir in der Ecke der Terrasse Platz genommen hatten, vor uns nach dem Essen ein Seidel elsässisches Bier (Hatt de Cronenbourg), war es an der Zeit sie zu fragen, wie sie in das Geschäft mit den Blumen geraten war.

»Es ging mir miserabel«, hob Hortense an, »als die Boches hier waren. Bis dahin hatte ich meine Stelle in der Präfektur. Nach der Kapitulation sorgte Cousin Arsène, der Krautkopf – ich bin mir sicher, dass er es war –, dafür, dass ich entlassen wurde. Ich hatte keine Ersparnisse und keinen anderen Arbeitsplatz, bei dem ich nicht dem Feind gedient hätte. Madame Absalom (die alte Xanthippe, die einen Woll- und Kurzwarenladen am nahe gelegenen Quai hatte) nahm mich auf und gab mir zu essen, bis sie starb. Sie hinterließ mir ihre vor den Boches versteckten Bestände. Sie hatte mich lediglich mündlich zur Erbin ernannt, doch niemand stellte das infrage.«

»Du konntest die Bestände verkaufen?«, fragte ich.

Hortense errötete und senkte ihren Blick. »Niemand von uns ist ohne Schande«, erwiderte sie bloß. »Ich habe sie nicht selbst verkauft oder vielmehr an Hubert … Der stellte keine Fragen.«

»Hubert?«, wiederholte ich. Sie errötete erneut, sah mir aber dabei direkt in die Augen.

»Der Junior Wilf«, antwortete sie. »Ich vergaß, dass du ihm nie begegnet bist. Er ist der Juniorpartner im neuen Hôtel de Mont Souris. Er … Nun, er hat mir eine Zeit lang geholfen.«

Hortense war so verlegen, dass ich laut kicherte.

»Ich habe mitbekommen, dass Mainguet immer noch voller Hoffnung war«, sagte ich.

»Du musst mir glauben«, fuhr Hortense fort, »im Fall Hubert Wilf war ich nicht die treibende Kraft.«

»Er hat die Wolle und Garne an die Boches verkauft, vermute ich.« Ich wollte es ihr nicht schwer machen.

»Er hat mir nie mitgeteilt, was er mit dem Zeug gemacht hat. Ich bin mir sicher, er hat mich überbezahlt. Jedenfalls konnte ich von den Erlösen meine Miete und mein Essen bezahlen, bis die Nazis verjagt waren. Gott sei Dank hatte ich dabei die Hand im Spiel, mit Madame Sarthe, die Anführerin der Résistance in unserem Viertel. Ich konnte wenig tun, aber dieses Wenige habe ich getan – das Risiko war natürlich gering. Niemand hegte Verdacht gegen mich.«

»Auch der Krautkopf nicht? Er war doch der Schlimmste in der Straße.«

»Er war viel zu sehr damit beschäftigt, seine eigene Haut zu retten«, sagte sie. »Ich konnte nichts dafür, dass er davonkam.«

Es machte sie krank, über den Krautkopf sprechen zu müssen, darüber, welche Verachtung sie ihm entgegenbrachte, war sie doch normalerweise die Liebenswürdigkeit in Person.

»Der Blumenladen«, hakte ich nach.

»Stell dir vor, den verdanke ich einer weiteren Hinterlassenschaft. Der Bruder meines verstorbenen Mannes, von dem ich jahrelang nichts gehört hatte, starb und vererbte mir ein kleines Haus mit ein wenig Land und einem Garten in Clermont-Ferrand.«

Erneut zögerte sie schüchtern. »Ich wollte nicht im Midi leben«, erklärte sie, »nach so vielen Jahren in Paris. Ich wäre an Langeweile gestorben.«

»Und weiter?«

»Wenn du mich schon drängen musst … Es war wieder Hubert. Clermont-Ferrand ist, wie du weißt, ein erstaunlich guter Ort für Kollaborateure. Dort gibt es die alte Artillerie-Schule samt ihrer Clique von Stabsoffizieren, das gegenüber Pétain loyale Bistum …«

»Clermont-Ferrand war immer ein Tummelplatz für solche Typen«, bekräftigte ich.

»Monsieur Wilf fand einen Käufer, der rasch einen sicheren Unterschlupf in der rückständigen Provinz brauchte. Er erzielte einen erstaunlich guten Preis – falls er nicht wieder die Konten frisiert und mich überbezahlt hat. Es schien Hubert unmöglich zu sein, eine Transaktion auf gewöhnliche Weise abzuschließen. Wenn keiner übers Ohr gehauen wird, beschwindelt er sich selbst. … Klinge ich undankbar? Das möchte ich keineswegs. Mit dem Geld aus dem Verkauf der Immobilie unten im Midi sicherte ich mir eine lange Pacht für den Laden, zu dem auch ein Wohnbereich gehört – ein Schlafzimmer, um genau zu sein. Ich ging in Begleitung eines windigen Trägers zum Blumenmarkt auf der Île de la Cité und kaufte Blumen.«

»Warum Blumen?«, wollte ich wissen.

»Ich kann nicht genug davon kriegen«, antwortete sie. »Ich wollte mit schönen und duftenden Dingen handeln, nicht zu schwer, nicht jahreszeitbedingt. Mit etwas, das immer blüht. Ich wollte eine Ware, die vergänglich ist, damit ich nicht Tag für Tag im Regal auf schwer verkäufliche Dinge schauen muss. Mehr als alles andere wollte ich einen Luxusartikel. Hungernde Menschen haben kein großes Verlangen nach Blumen, und in schweren Zeiten werden Blumenhändler nicht von Impulsen geplagt, ihre Waren zu verschenken.«

Zu einer Zeit also, in der Frankreich hart damit zu kämpfen hatte, wieder auf die Beine zu kommen und die Verwüstungen des totalen Krieges zu beseitigen, führte Madame Berthelot, die viele Jahre in Armut gelebt hatte, während Frankreich zu den Klängen einer falschen Sicherheit ein Teufelsmenuett tanzte, einen eigenen Laden.

»Anfangs verkaufte ich nur wenige Blumen«, erzählte Hortense. »Eines Tages kreuzte dann Armand auf …«

»Nicht Hubert?«

»Armand Busse, der Manager des Hôtel de Mont Souris. Er erteilte mir einen Dauerauftrag zur Lieferung von Blumen für die Lobby und den Speisesaal. Ich kann allein von diesem Auftrag ganz gut leben. … Und Monsieur Mercanton vom Hôtel de la Huchette erteilte mir kurz darauf einen ähnlichen, wenn auch wesentlich kleineren Auftrag, täglich Blumen zu liefern. Das kommt mir alles wie ein Traum vor. Nicht zu viel Arbeit. Kein Risiko. Keine Sorgen. Was denkst du? Siehst du irgendeinen Nachteil?«

Ich erinnerte mich plötzlich daran, dass ich, als ich Hortense in ihrem Laden besuchte, den geschniegelten und gestriegelten Monsieur Busse gesehen hatte, wie er leise vor sich hin singend über die Rue de la Huchette getrippelt kam. Er war bis zum Eingang des Blumenladens gelangt und hatte innegehalten, als er sah, dass Hortense und ich die Köpfe zusammengesteckt hatten und in ein Gespräch vertieft waren. Mit einem schmollenden, gekränkten Gesichtsausdruck, wie dem eines eigenwilligen, enttäuschten Kindes, hatte der pummelige, elegante Hotelmanager, ohne Hortense zu grüßen, so getan, als sei ihm ein Fehler unterlaufen oder als hätte er etwas vergessen. Er hatte auf der Stelle kehrt gemacht und sich in Richtung Place Saint-Michel getrollt. »Nicht zu fassen!«, hatte ich vor mich hingemurmelt, als mir im *Balzar* die Szene wieder eingefallen war. Ist Monsieur Busse ein weiterer Verehrer von Hortense, neben Mainguet und dem Junior-Schwarzmarkthändler Hubert Wilf?

Ich fragte Hortense freiheraus: »Hat Hubert diesen Monsieur Busse dazu verleitet, dir diesen Auftrag zu erteilen, der dir Tag für Tag einen hübschen Gewinn garantiert?«

Hortense sah mich reumütig an. »Wie kann man solche Entwicklungen erklären?«, fragte sie. »Als ich jung war und einigermaßen gut aussah, schenkte mir keiner, am wenigsten mein Mann, viel Aufmerksamkeit – als Frau, meine ich. Nun, da ich alt bin und schon eine schwere Erkältung mich in eine Vogelscheuche verwandeln kann …« Sie beendete diesen Gedankengang mit einer expressiven Geste. »Und es kann nicht an meinem Einkommen liegen … Obwohl ich in manchen Wochen meine Einkünfte durch Tipps an der Börse verdoppelt habe. … Über Hubert, der sie von seinem Bruder bekommt. … Sowohl Hubert als auch Armand Busse haben ihre eigenen Möglichkeiten und sich ihre Freiheit die ganzen Jahre über bewahrt. Ich hätte Mainguet vielleicht vor langer Zeit heiraten können, wäre er nicht so ein vorbildlicher Christ. Er ist so fromm, dass er mir Angst einflößt. Als ich an jedem Wendepunkt meines Lebens richtig handeln musste, sehnte ich mich trotz all meiner Fehler danach, perfekt zu sein. Lach ruhig, aber das ist die Wahrheit.«

»Jedes Wort aus deinem Munde hat mich glücklicher gemacht«, sagte ich.

Wir schwiegen eine Weile, um die Linde zu betrachten. Ich habe sie oft am späten Nachmittag betrachtet, wenn sich das Licht langsam veränderte, sowie an Abenden im Schein der

Laternen und des Mondes. Als eine Brise aufkam, reagierten die Blätter und bald auch die Zweige, wodurch die Blätter in Wolken bewegt wurden. Das kleinere Gezweige nahm die Symphonie dieser konzertierten Bewegung auf und kommunizierte einen Grundrhythmus an die größeren Zweige, dann an die Äste, während die fest auf dem Stamm des kräftigen Baumes sitzende Krone sich nicht rührte.

Die Linde schaukelte, veränderte Konturen, Umrisse und ihre Form und schien zu pirouettieren, auf den universalen Wirbel zu reagieren, absorbierte soviel Licht und Schatten wie nötig und brach und reflektierte den Rest.

Sie musste ein, zwei Jahre, bevor der kleine, ruhige Platz gegenüber der Sorbonne nach dem Mathematiker und Staatsmann Painlevé benannt wurde, dort gepflanzt worden sein, also vor einem Vierteljahrhundert. In fünfundzwanzig Jahren würde die Linde, falls es Paris nicht allzu schlecht ginge, durch eine andere ersetzt werden, auf dem alten Stamm, die Wurzeln weiter ausgebreitet.

Die spirituelle Jagd

Als ich Ende März von New York nach Le Havre übersetzte, war der alte Transatlantikliner *De Grasse* der letzte, der noch für die einst bedeutendste Passagierflotte der Welt, die französische *Compagnie Générale Transatlantique*, fuhr. Die *Normandie* war durch kriminelle Fahrlässigkeit zerstört worden. Die *Paris* war gesunken. Die *Île de France* lief schon lange nicht mehr aus. Meine Seereise war anstrengend gewesen, hatte mich jedoch an das Frankreich der Vergangenheit denken lassen und mir einen Vorgeschmack auf das Frankreich der Gegenwart geboten. Für diejenigen, denen Frankreich eine Zuflucht und eine zweite Heimat ist, gab es keine andere Art zu reisen.

Neben meinem Tisch im Speisesalon saß eine Gruppe von drei Leuten, die dieses Gestern und Heute umspannte. Der Vater hieß Justin Dassary, Warenspekulant und Eigentümer eines feinen Restaurants in *Les Halles* von Paris. In seiner Begleitung befanden sich Carmen, seine verwöhnte und nervöse Tochter, sowie deren Ehemann, Guy Orey, der ihre schwierige Beziehung mit einem Minimum an Stress oder Trara aufrechtzuerhalten schien. Ich machte im Verlauf der Seereise getrennt die Bekanntschaft von Vater und Tochter, und beide sprachen aus ihrer je eigenen Sicht recht offen über Guy.

Carmen war eine anmutige, braunhaarige junge Frau, reich, ruhelos und im Grunde einsam. Ich fand sie sympathisch wegen ihrer ungewöhnlichen Offenheit sowie wegen der Natur ihrer Probleme, zu denen weder Geldmangel noch die Einschränkung ihrer Handlungsfreiheit gehörten. Ihr Vater bewunderte sie; ihr Mann war korrekt und tolerant. Sie wusste einfach nicht, was sie mit sich anfangen sollte.

Ich wurde auf das Trio aufmerksam wegen Monsieur Dassary, der ein außerordentlicher Gourmet war. Für die aufgeblasene Bordunterhaltung hatte er nichts übrig. In einem bequemen Sessel in der Raucherlounge konnte er sich nach dem Essen erholen wie ein Kater. Zum Essen gab es russische Eier, aufgeschnittene Würste aus Troyes und Chambéry, *lingots* in französischem Dressing, Sardinen in Olivenöl, Kalbskopf, Vinaigrette, gefolgt von einem Perlhuhn-Consommé, Dorade mit *Sauce béarnaise*, blutigen, dünn geschnittenem Sirloin mit Weinsauce, geschmortem Chicorée mit Gruyère, französischen Erbsen, Kopfsalat mit einem Dressing, das er selbst zubereitete aus Öl, Essig, dem Eigelb eines hart gekochten Eis, Senfmehl, Salz und Pfeffer. Dies rundete er ab mit einer Portion reifem Brie, einem eisgekühlten Dessert, einem großen Glas Armagnac, schwarzem Kaffee und einer Havanna-Zigarre. Er war im Verlauf von fünfundzwanzig Jahren häufig auf einem französischen Passagierschiff gereist, schon immer ziemlich reich und 1949 trotz der Weltkatastrophen noch reicher.

Laut Denis, dem Weinkellner, der Monsieur Dassary schon mehr als drei Jahrzehnte kannte, fühlte sich dieser für sein einziges Kind Carmen besonders verantwortlich, da ihre Mutter, die bei ihrer Geburt starb, unglücklich gewesen war, sich aber nie beklagt hatte. Elf Monate des Jahres hatte er wenig Zeit in ihrem Apartment zugebracht und sich stattdessen seinen Geschäften gewidmet. Madame Dassary hatte sich immer gewünscht, dass ihr Mann sich während der Sommerflaute einen Monat freinähme und mit ihr Spanien bereist. Er hatte sich jedes Jahr vorgenommen, ihr diesen Wunsch zu erfüllen, doch wenn es August wurde, ließ er sie mit einer Tante allein und ging mit ein paar Geschäftsfreunden angeln.

Für Monsieur war die Betrübnis seiner verstorbenen Frau der Tatsache geschuldet, dass er so sehr beschäftigt war. Daher hatte er sich vorgenommen, für Carmen einen Mann zu finden, der – sollte ihr danach sein – die Zeit hätte, für ihr Amüsement zu sorgen. Er hatte von Anfang an klargestellt, dass er ausreichende Mittel zur Verfügung stellen würde, damit sein Schwiegersohn nie über das Geldverdienen nachdenken müsste. Tatsache ist, dass Guy Orey Carmen kennengelernt hatte und sie sich in gewisser Weise zueinander hingezogen fühlten, bevor Guy von den Bedingungen wusste, unter denen Monsieur Dassary seine Tochter Carmen unter die Haube bringen wollte. Als Guy um Carmens Hand anhielt, sah er keinen Grund, Einspruch zu erheben. Guy entwarf gerne Tapeten und Stoffe, hatte aber nie Abnehmer für seine Werke gefunden, da sie sich irgendwo zwischen traditionell und modern bewegten und keiner der beiden Fraktionen gefielen.

Als ich Carmen und Guy kennenlernte, waren sie bereits sechs Jahre verheiratet und hatten, sehr zur unausgesprochenen Enttäuschung von Monsieur Dassary, keine Kinder. Carmen war sich bewusst, da war ich mir sicher, dass ihre chronische Unzufriedenheit ihrem Temperament oder Charakter entsprang. Sie versuchte, sich zu kontrollieren, damit ihr Vater sich keine Gedanken machte und Guy nicht denken müsste, sie mache ihm Vorwürfe. Es lag nicht in ihrer Absicht, aber sie war ziemlich anstrengend. Wenn ein Bullauge offenstand, wollte sie, dass es geschlossen wird, und wenn es verriegelt war, begehrte sie frische Luft. Wenn sie die Schuhe oder Stola, die sie trug, nicht mochte, schickte sie Guy in ihre Suite, um dort zu holen, was ihr zusagte.

Was auf der Speisekarte stand, verlockte sie selten, und sie zog es vor, Sonderwünsche zu äußern, doch bevor ihr Essen serviert wurde, sah sie etwas von der Speisekarte auf irgendjemandes Teller und änderte ihre Wünsche wieder. Das Schiffspersonal, das Carmens Vater schon lange kannte und wegen seiner Großzügigkeit schätzte, konnte nicht genug für sie tun. Sie tanzte gut, und es mangelte ihr nicht an Partnern, doch sie war nicht mit ihrem Herzen dabei.

»Sie haben mich beobachtet«, sagte sie und bat mit ihren ausdrucksvollen Augen um die Erlaubnis, neben mir an einem Wandtisch im Rauchersalon Platz nehmen zu dürfen.

»Ich sitze Ihnen beim Essen immer gegenüber ...«, hob ich an.

»Sie müssen sich nicht entschuldigen, es freut mich«, fuhr sie fort. »Ich weiß nicht so recht, wie es mit mir weitergehen soll. Sollten Sie also irgendwelche Schlüsse gezogen haben ...«

»Sie sind jung, reich, hübsch, haben alle Zeit der Welt und niemand und nichts kann Sie davon abhalten, das zu tun, was Sie tun möchten. Sie sind sensibel und intelligent. Was will man mehr?«, fragte ich wohlwollend.

»Ihre absolute Eigenständigkeit ist beneidenswert. Sie sitzen alleine hier und trinken Stunde um Stunde Cognac. Ich habe mir oft gewünscht, Sie würden Ihre Gedanken mit mir teilen«, gestand sie mir zögerlich und zitterte dabei. »Seien Sie ehrlich, gehe ich den Leuten um mich herum auf die Nerven?«

»Worüber denken Sie nach?«, fragte ich.

»Meistens über mich selbst«, antwortete sie reumütig. »Über ziemlich belanglose Dinge. Soll ich zum Frühstücken hinuntergehen oder mir das Frühstück ans Bett bringen lassen? Was soll ich anziehen? Was soll ich mir kaufen? Wohin soll die Reise gehen?«

Eines frühen Morgens betrat ich den grässlichen, braunen Versammlungsraum, den Salon des Conversations, und wäre beinah über eine Nonne gestolpert, die in der Nähe der Türe kniete. Verblüfft sah ich, dass zwei bis drei Dutzend Männer und Frauen auf Knien einer Messe beiwohnten. Carmen befand sich ganz vorne, so sittsam und einer Heiligen gleich wie nur möglich. Religion, so erfuhr ich, hatte sie tief berührt, doch sie nahm mit gallischer Distanziertheit an deren Ritualen und Zeremonien teil. Guy, so stellte sich heraus, war Freidenker, und ihr Vater betrat die Kirche selten häufiger als zweimal im Jahr. Ich fragte Carmen, ob ihre Mutter fromm gewesen sei. Sie wirkte überrascht, ein bisschen verdattert.

»Ich weiß es nicht«, sagte sie. Dann machte sie eine Pause und dachte nach.

»Ich weiß nichts über meine Mutter, wirklich.« Sie eröffnete mir, sie möge keine Beichten. »Ich werde mir schlichtweg keine Sünden ausdenken, um diese zu dramatisieren. Sollte ich mich wegen meiner Leere schämen?«, fragte sie.

Sie erwischte mich mit solchen Äußerungen stets unvorbereitet.

Wir kamen nicht sehr weit auf diesem Weg zu einem gegenseitigen Verstehen, doch da sie glaubte, ich verfügte über ein reiches Seelenleben, und wusste, dass ich Paris äußerst interessant gefunden hatte, drängte sie mich, sie in ihrem Apartment auf der Île Saint-Louis zu besuchen. Ich versprach es ihr. Sie war eine Person, deren Qualitäten sich nicht durch ihre Worte erwiesen oder die belanglosen Dinge, die sie tat. Gemessen an ihren Mitteln und Möglichkeiten hatte sie wenig erreicht, was sie zufriedenstellte, falsche Substitute jedoch gemieden. Ich war gespannt darauf, sie wieder zu sehen und besser kennenzulernen.

Als die Eröffnung der jährlichen Unabhängigen Kunstausstellung bevorstand, dachte ich an Carmen, rief sie an und fragte, ob sie mich zu dieser Ausstellung begleiten wolle. Sie schien erfreut zu sein und bat mich, den Abend vor der Vernissage bei ihr zu verbringen.

Die Île Saint-Louis beherbergte schon immer eines der exklusivsten Viertel von Paris. Sie ist vom restlichen Paris durch die

Seine abgetrennt, da diese sich, aus Richtung Charenton und Ivry kommend, bei einem vom Pont d'Austerlitz ein wenig flussabwärts gelegenen Punkt in zwei Arme teilt und eine hübsche, kleine Insel umfließt, die den Namen des heiliggesprochenen, französischen Königs trägt. Danach umfließt die Seine eine weitere Insel, auf der sich einst eine befestigte Siedlung befand und die heute »Île de la Cité« heißt.

Auf der Île Saint-Louis hielten sich selbst die ärmsten Bewohner schon immer für etwas Besseres. Einst wurde auf einem Hausboot ein schwimmendes »Rathaus« errichtet, das an einem der Quais vertäut war, und mehrere Male haben die Inselbewohner versucht, sich vom restlichen Paris und von Frankreich »loszusagen« und eine eigene »Republik« zu errichten.

Jeder Quadratmeter auf der Insel ist überbaut mit vier- bis sechsstöckigen Gebäuden, außer jenen Flächen, die von den engen, gepflasterten Quais, den »Straßen« genannten Durchlässen und den dreieckigen Parks an jedem Ende eingenommen werden. Die am Rande stehenden Bäume, ihre Wurzeln im Wasser, wachsen in die Höhe und werden in guten Zeiten gestutzt, damit der Blick aus den oberen Fenstern frei bleibt. Die oberen Apartments, die von einem zentralen Hof aus über lange Treppen erreicht werden, werden von feinen Leuten bewohnt, darunter viele Junggesellen, alleinstehende Damen, die von Hause aus reich sind oder Karriere gemacht haben, sowie andere Damen; Exzentriker oder Weltabgeschiedene, die das Ultimative in Zurückgezogenheit und Ungestörtheit suchen; ein paar reiche Händler aus dem Temple-Viertel mit kostspieligen Mätressen; Edelnutten mit mächtigen Beschützern; und Athleten, von denen einige neurotisch sind und den Seiten von Huysmans entsprungen sein könnten.

Die Reichen und Privilegierten haben seit Jahrhunderten hinter den hohen Fenstern gehockt, die den allerbesten Blick bieten auf die immense *Halle aux Vins*, in mittlerer Entfernung auf den *Jardin des Plantes* und den Zoo, auf die Rückseite und die Seitenfront von Notre-Dame de Paris auf der »anderen Insel«, wie sie verächtlich genannt wird. Auf der »anderen Insel« (Île de la Cité) befinden sich natürlich die große Kathedrale, die Präfektur, das Hôtel-Dieu (das städtische Hospital), der Palais de la Justice, La Sainte-Chapelle, die berühmte Uhr, der zentrale Blumenmarkt, die düstere, altere Conciergerie, die wunderschöne Place Dauphine und der zu Ehren von Heinrich IV. errichtete kleine Park an der Spitze der Insel. Dies hat jedoch die Bewohner der Île Saint-Louis – von der hart schuftenden Wäscherin über den Matrosen auf einem Schleppkahn bis zur obsoleten Aristokratie oder den Bistro-Betreibern, Bibliotheksbesitzern, Sammlern von geblasenem Glas, Bric-à-brac, Obstpapier, Miniaturen, Fächern, Manuskripten, Kostümen oder gepressten Wasserpflanzen – davon abgehalten, die Zitadelle des alten Paris »die andere Insel« zu nennen und sich deren Bewohnern gegenüber überlegen zu fühlen.

Die wenigen Amerikaner, die vor dem Zweiten Weltkrieg auf der Île Saint-Louis lebten, waren kosmopolitisch eingestellt und der europäischen Kultur näher als der amerikanischen. Und nur wenige französische Bewohner der Île Saint-Louis standen unter irgendwelchen kulturellen Einflüssen aus den Vereinigten Staaten, etwa in Sachen Kleidung. Die Armen der Insel hatten die Prägung durch die Seine erfahren, die saisonal ist, durch harte Zeiten, die immer wieder auftreten, durch Kriege, die ihnen ihre jungen Leute dahinschwinden lassen, und Inflation, die sie beunruhigte und durcheinanderbrachte. Sie waren nicht in der Lage, sich Veränderungen oder Verbesserungen leisten zu können. Angesichts der unhygienischen Zustände, die in den Untergeschossen der Gebäude herrschen, und des nasskalten Flussnebels, der oft in den engen Straßen hängt, haben sich diejenigen, die dort wohnen und keinen finanziellen Spielraum haben, wacker geschlagen. Aus den Behausungen der Concierges und den dunklen Erdgeschosswohnungen hört man Tag und Nacht chronisch Erkrankte husten, andere würgen, spucken, niesen, schnauben und schnäuzen sich laut. Babys brüllen, Kinder schniefen, Erwachsene röcheln. Das wird als normal angesehen.

Im Sonnenlicht gleicht die Île Saint-Louis einem nur grob geschnittenen Edelstein, einer, der nach außen funkelt und aus dessen düsteren Tiefen hin und wieder Facetten aufscheinen, die sich hinter dem äußeren Schimmer verbergen. Im Mondlicht bilden die alten Gipswände und samtenen Schatten einen unschön bearbeiteten Anblick. Die Myriaden von Schornsteinaufsätzen und Dachlüftern gleichen kleinen Wasserspeiern, die in die dahineilenden Wolken und in den Schäfchenwolkenhimmel hinaufschauen statt hinunter wie die aus gotischen Kirchen herausragenden Steindämonen. Und tatsächlich findet ein einmaliges, nachgerade opulentes Leben um den muffigen Kern dieser Insel herum statt.

In der Enge von Kellern, Erdgeschossen, Zisternen, Fluren und Verschlägen in Innenhöfen herrscht Dunkelheit, in den Augen der Menschen Geduld. In den höheren Etagen mit Fluss und Weite im Vordergrund gibt es Raum zum Atmen, bietet sich ein Blick auf den engen Weinmarkt, den Quartier Latin, auf Dächer und Gebäude, den Zoo und kultivierte Pflanzen samt Käfigen und Freiflächen, Kuppeln des Lernens, Kuppeln und Türme der Gottesverehrung, Kuppeln des Handels, Winkel, Straßenzüge – der Stoff, aus dem Stadtpläne gemacht sind.

Monsieur Dassary hatte kurz nach Carmens Heirat für sie und ihren Mann ein hübsches Apartment gekauft, im zweiten Stock in Nr. 20, Quai de Béthune. Das Haus, fünf Stockwerke hoch und in Ufernähe gelegen, war im frühen 18. Jahrhundert erbaut worden und wurde daher, wie in Paris üblich, weder als alt noch als neu erachtet. Mir kam es alt vor. Am Quai, der sich am stromabwärts gelegenen Ende hinschlängelte, herrschte wenig Verkehr. Die am Fluss stehenden Bäume waren sehr hoch, reckten sich zum abnehmenden Dreiviertelmond, bevor ihre Äste das Frühlingsblattwerk ausbreiteten.

Carmen wartete am Eingang zu ihrem Apartment, als ich den Hof betrat. Am Hauptportal befand sich eine Taste, mit der die Verriegelung gelöst und die Tür geöffnet werden konnte. War man aber einmal im Haus und die schwere Tür hinter einem ins Schloss gefallen, war es unmöglich, ohne die Hilfe der Concierge wieder hinauszugelangen. Carmen stellte mir einige Fragen, die mich zunächst verunsicherten. Sie hatte vermutet, dass ihr Vater, der alles tun würde, um sie zufriedenzustellen, die Sache in seine Hand genommen und mich auserkoren hatte.

Schon bevor ich in den Flur trat, hatte ich gespürt, dass sie allein war. Guy, so sagte sie, sei abends selten zu Hause. Der Koch wohnte ein paar Straßen entfernt, und sie hatte der Hausangestellten, die ein Zimmer unterm Dach bewohnte, freigegeben.

»Ist Guy überhaupt nicht eifersüchtig?«, fragte ich, als sie mir von einer Bekanntschaft erzählte, die sich in Amerika zwischen ihr und einem Leutnant aus Arizona entwickelt und zu nichts geführt hatte, weil er in erster Linie Französisch lernen wollte, und sie es ermüdend fand, Französisch mit ihm zu sprechen, weil er die Nuancen der Sprache nicht begriff. Ich konnte leicht verstehen, dass Französisch ohne Nuancen so bar und dünn war wie ein Butterick-Schnittmuster ohne Material oder Kunstfertigkeit.

Auf meine Frage schaute mich Carmen mit großen Augen an. »Eifersüchtig?«, wiederholte sie. »Ich hatte nicht vor, Guy eifersüchtig zu machen. Wenn ich doch nur so eigenständig wäre wie er. Er stellt keine Forderungen.«

»Er weiß, dass Sie einsam sind?«, fragte ich.

»Er denkt, dass ich so veranlagt bin, nehme ich an«, antwortete Carmen. »Es ist mein Vater, der sich nicht von der Vorstellung lösen kann, für mich müsse das Leben wunderbar sein.«

»Und Sie?«

Sie seufzte. »Entweder ich bin fertig mit dem Leben oder ich habe noch gar nicht damit angefangen. Wer weiß?«

Es gab keinen Zweifel, dass sie hilfreiche Vorschläge von mir erwartete, und ich war geneigt zu glauben, dass ihre Schwierigkeiten ihrer dürftigen schulischen Bildung geschuldet waren. Sie wusste, wie man sich gesellschaftlich bewegte, welche Kleider sie tragen, welche Kosmetika sie benutzen sollte. Aber Geschichte war ihr ebenso ein Buch mit sieben Siegeln wie das Zeitgeschehen. Niemand hatte ihr irgendetwas über Kunst oder Literatur vermittelt. Sie sprach gebrochen Deutsch, Italienisch und Spanisch, aber fließend Französisch und Englisch.

Wissenschaften bedeuteten ihr nichts. Für ihren Schulbesuch und Privatunterricht war genug Geld ausgegeben worden, um Frankreich eine weitere Madame Curie bescheren zu können, hätten ihre Lehrer dergleichen vorgehabt. In Mathematik, Physik, Biologie und auf anderen Gebieten wissenschaftlichen Lernens war sie so unkundig wie eine junge afrikanische Stammesangehörige im Dschungel. Doch da sie sich so sicher war, dass ich die Geheimnisse von Weisheit, Zeit und Gelassenheit kannte, brachte ich es nicht übers Herz, ihr zu bedenken zu geben, dass ich nahezu keine Schulbildung genossen hatte. Hätte ich ihr die Wahrheit erzählt, hätte sie angenommen, dass ich sie langweilig fände und mir keinerlei Mühe geben wolle. Das stimmte nicht, denn mir gefiel ihre erstaunliche Unverdorbenheit.

Am meisten verblüfften mich das Apartment, dessen Lage und idealer Grundriss sowie die Möbel, die mit so viel Sachkenntnis ausgewählt und so geschmackvoll arrangiert worden waren. Carmen schien darauf bedacht zu sein, mir alles zu zeigen, und ich bemerkte sehr wohl, wie sie meine Reaktion auf jedes Zimmer, Objekt oder Möbelensemble registrierte. Die meisten Dinge hatte sicherlich nicht sie ausgewählt, und auch deren Arrangement hatte sie nicht festgelegt. Und nachdem ich ein Portfolio mit Guys Tapetenentwürfen durchgesehen hatte, war ich mir noch sicherer, dass auch er bei der Möblierung nicht die Hand im Spiel gehabt hatte. Guy verfügte über ein Zimmer unter dem Dach, das dem der Hausangestellten glich, allerdings größer war. Es diente ihm als Atelier, und er verrichtete all das, was er als

»seine Arbeit« bezeichnete, dort oben. Es gab keine Sprechröhre und kein Telefon.

Ein langer, enger Korridor erstreckte sich von der Eingangstür durch das ganze Apartment und endete in der hübschen, altmodischen Küche, in der es in einem Durchgang eigens eine Tür für Lieferungen gab. An den Wänden, zwischen den Türen und über den Sitzmöglichkeiten hingen Gemälde und Zeichnungen von Vlaminck, Utrillo, Matisse, Dufy und anderen zeitgenössischen französischen Künstlern, deren Werke farbenfroh, hell und frei von irrelevanten nicht-ästhetischen Eigenschaften waren. Nahe dem Hofeingang stand ein kleiner Tisch zum Kartenspielen (ohne Karten), ein Schirmständer mit einer Porzellanablage für Turnschuhe, und weiter hinten hing ein Wandtelefon. Weitere moderne Telefone standen in einigen der anderen Zimmer, für die Leute aber, die es vorzogen zu stehen, gab es das Wandtelefon. Wie einige andere Gegenstände schien es ein Relikt zu sein, das vom vorherigen Bewohner übernommen worden war.

Zum Fluss hin befanden sich der große Salon, ein Musikzimmer und die Bibliothek. Die Möbel des Salons stammten aus der Zeit von Ludwig XIV., die Wände waren von Gobelins geziert, auf dem Boden lagen alte französische Teppiche, jeder davon ein kleines Vermögen wert. Das Gehäuse des Pleyel-Flügels war ebenfalls im Stile von Ludwig XIV. gehalten, obwohl es zu dessen Zeit keine Flügel gab. Sein Klangvolumen hätte für die Carnegie Hall ausgereicht.

Gegenüber, in Richtung Inselmitte, befand sich das Empfangszimmer, eine kleine Studierstube (in der auf einem Mahagoni-Tisch samt einem dazu passenden Stuhl eine Underwood-Schreibmaschine, Modell Br. 5, stand) sowie das Esszimmer. Die Gemälde an den Wänden des Esszimmers waren von Chardin.

Die Küche mit ihren Kupfer- und Bronzekesseln, Töpfen und Kasserolen, dem riesigen Kamin samt dem dazugehörigen gusseisernen Geschirr, einem Schmortopf und einem Grill neben einer Batterie gusseiserner Herdplatten, strahlte mehr Schönheit aus, als man vernünftigerweise in einem ganzen Haus erwarten konnte. Hier war der Boden gefliest, während die anderen Räume mit Parkettboden ausgestattet waren.

Zu den Schlafzimmern, die sich in komfortabler Entfernung von den Wohnzimmern befanden, führte ein gesonderter Flur. Zwei Gästezimmer waren in einer Kombination aus Antiquitäten und Möbeln des frühen 20. Jahrhunderts eingerichtet, korrespondierend mit dem Rest des Apartments. Als Carmen zögerlich die Tür zu dem Schlafzimmer öffnete, das sie und Guy sich teilten, war ich ein wenig überrascht, weil Möbel und Ausschmückung banal und oberflächlich waren. Es sah so aus, als wäre die Einrichtung komplett in irgendeinem zweitklassigen Kaufhaus, wie etwa dem Samaritaine, gekauft worden.

Mein Erstaunen brachte Carmen zum Lachen, und es fiel mir auf, dass ich sie noch nie so herzhaft hatte lachen hören. Es war ein glockenhelles, musikalisches Lachen, das auf Lebensfreude und sinnliche Genüsse hinzuweisen schien, wie sie ihr Vater zweifellos mochte. Dafür schämte er sich manchmal ein bisschen, doch nicht wegen einer etwaigen puritanischen Vorstellung, dass das, was er gerne mochte, falsch war. Monsieur Dassary bedauerte es, dass andere weniger Spaß hatten, besonders, wenn es um sein eigenes Fleisch und Blut ging. Zugleich wäre er entsetzt gewesen, wenn irgendjemand für Carmen eine ähnliche Schwelgerei empfohlen hätte.

Nach dem Eindruck von Kälte und Kargheit, den das Schlafzimmer aus dem Kaufhaus bei mir hinterlassen hatte, machte mich die Bibliothek fast sprachlos. Sie lag im rechten Winkel zum Flur und war schmal, ihre Decke wie die der anderen Zimmer hoch. An einem Ende bot sich ein wohltuender Ausblick auf den Fluss. Die Wände waren von Regalen gesäumt. In der Mitte befand sich ein langer Tisch und zu beiden Seiten standen gute Lesesessel. In den Regalen stand eine bemerkenswerte Auswahl zeitgenössischer französischer Dichtung, Theaterstücke,

Romane und Essays, dazu witzige und humorvolle, kritische und philosophische Werke. Außerdem fand sich dort das Beste an maßgeblicher Erzählliteratur und viele ungewöhnliche Bücher in französischer, niederländischer, deutscher, italienischer und spanischer Sprache. Auch englische und amerikanische Schriftsteller waren gut vertreten.

»Ich weiß gar nicht, was ich sagen soll«, stammelte ich, als ich mir die Regale ansah. Carmen, die in der Nähe der Tür stand, sah, dass ich tief beeindruckt war und lachte erneut, doch diesmal leise.

»Nichts von all dem hier hat irgendetwas mit mir zu tun, außer dieses furchtbare Schlafzimmer. Ich habe es aus einer Laune heraus selbst gekauft, nachdem ich versucht hatte, besser zurechtzukommen und gescheitert war«, sagte sie.

Dann wurde sie lockerer und fing an zu reden, natürlich und mühelos. Das Apartment hatte einem wohlhabenden, kultivierten Niederländer gehört, der mit einer Frau mit belgischen und englischen Vorfahren zusammenlebte, die nun Monsieur Dassarys Geliebte war. Der Niederländer musste sich seiner Gesundheit wegen nach Kalifornien begeben und hatte Elizabeth selbstlos in Europa zurückgelassen. Während des Krieges waren sich Monsieur Dassary und Elizabeth in Barcelona nähergekommen, woraufhin sie mit dem katalanischen Fabrikanten, dem Nachfolger des kränkelnden Niederländers, Schluss gemacht hatte. Zu der Zeit, von der ich berichte, hielt sich Elizabeth in Paris auf, zog aber Montmartre der ruhigen Île Saint-Louis vor. Carmen zufolge gab Monsieur Dassary Elizabeth ohne Grund alles, was sie wollte, und ließ sie tun, was immer ihr in den Sinn kam. Carmen sprach über die Geliebten ihres Vaters so zwanglos, als ginge es um dessen Kapitalanlagen und Autos. In solchen Dingen kannte sie absolut keine Befangenheit.

Es war also der Niederländer gewesen, der die Stilmöbel, die Wandteppiche aus dem 17. Jahrhundert, die postimpressionistischen Gemälde ausgewählt und diese erstaunlich internationale

Sammlung von Büchern angelegt hatte. Doch Elizabeth, eine kapriziöse, extravagante, junge Heroine, hatte darauf bestanden, das Schlafzimmer nach ihrem Geschmack einzurichten. Als Carmen mir eine Beschreibung lieferte, musste ich lachen und erschauerte. Das Bett mit einem kunstreichen Kopf- sowie einem provokanten Fußende und Pergamentlampen in einem opaken Rot war ungefähr vier Fuß länger und breiter als ein Bett sein sollte. Die mit Spitze umrandeten Kopfkissen waren wie aus Schaumstoff, und am Fußende lagen Kuschelkissen mit Rüschen und dralle Puppen im Negligé, wie Boucher sie gemalt haben könnte. Existiert hatte auch ein bemalter metallener Stiefelknecht in der Form einer Frau, die nur schwarze Strümpfe trug und flach auf dem Rücken lag, die Beine gespreizt. Boudoir-Szenen von Fragonard in Form farbiger Gravuren hatten die Wände geschmückt. In diesem Schlafzimmer hatte es auch einen großen, S-förmigen Liebessitz, einen Hocker und mit Spitze verzierte Sitzkissen gegeben. Der große Schminktischspiegel und die als Türfüllung dienenden Spiegel waren so ausgerichtet, dass man sich, im Bett liegend, von verschiedenen Winkeln aus sehen konnte. Und wenn man sich bewegte, bewegten sich die Bilder mit, wie Teilnehmer an einem Drill schwedischer Gymnastik. Als Elizabeth erfahren hatte, dass Carmen ihre Schlafzimmereinrichtung nicht haben wollte und keinerlei Verwendung für irgendetwas davon fand, hatte das belgisch-englische Phänomen all die Schätze unversehrt nach Montmartre verfrachtet.

Das erklärte, warum Carmen sich verpflichtet sah, das Zimmer einzurichten, und warum das Entsetzen darüber, dass ihr die Auswahl und Komposition von Möbelstücken so schwerfiel, nicht gewichen war.

»Ich stellte fest, dass ich von nichts eine Ahnung hatte«, sagte sie.

»Sie haben hohe Ansprüche«, erwiderte ich. »Dadurch wird alles schwer.«

Meine Augen wanderten zu den Bücherregalen zurück.

»Glauben Sie ja nicht, dass ich die alle gelesen habe«, sagte sie und fuhr flehentlich fort: »Sie werden mir helfen, nicht wahr? Ich werde Ihre Zeit nicht über Gebühr in Anspruch nehmen … Sagen Sie mir nur, was ich tun soll, zum Beispiel, womit ich meine Lektüre beginnen soll.«

Aus irgendeinem tückischen Grund ruhten meine Augen gerade auf einem Exemplar von Franz Kafkas Buch *Das Schloss* in englischer Übersetzung. Ich sah mich rasch und schuldbewusst nach einem anderen Werk um und stieß auf Montherlants *Les Célibataires* in französischer Sprache.

»Das ist gut für den Anfang«, sagte ich. »Es wird Ihnen zu verstehen helfen, was bestimmten Leuten Geld bedeutet.«

Sie sah mich vorwurfsvoll an und berührte den Rücken von Kafkas *Schloss*.

»Das ist das Buch, das Sie zuerst ins Auge gefasst hatten«, sagte sie. »Bin ich untauglich für das Buch oder das Buch für mich?«

Ich antwortete recht ungeduldig: »Carmen, ich kenne mehr gute Schriftsteller als kompetente Leser. Lesen – kreatives Lesen – ist ebenso schwer zu erlernen wie das Spielen der Violine, für das Kreisler Maßstäbe gesetzt hat. Versuchen Sie es mit Kafka, und Sie werden rasch erkennen, was ich meine.«

»Ich bin wirklich eine Närrin«, sagte sie niedergeschlagen.

Ich munterte sie auf, und sie fühlte sich besser.

Einige Zeit später, nachdem sie kühlen elsässischen Wein, Küchlein von La Poire Blanche und türkische Zigaretten serviert hatte, verabschiedete ich mich. Der Wein stammte von einem sonnig gelegenen Weinberg und aus einem Jahr, in dem es die Sonne gut gemeint hatte mit dem Elsass. Die Kunst, mit der die Küchlein gebacken und zusammengestellt worden waren, ging den Kubisten, Impressionisten und Romantikern voraus. Der Tabak aus Ankara war in Friedenszeiten sicher rar und teuer. Die Bücher, die Seine, die legendäre Insel, die unglaublichen Produkte einer unglaublichen Zivilisation, die schwermütige Carmen, Elizabeth, die über das Geheimnis verfügte, nach dem

Ponce de León gesucht hatte, die Stilmöbel und Werte, alles vermischte sich in meiner »Tabaktrance«. Wie könnte ich mich daran erinnern, dass die Rue de la Huchette mit ihren Menschen und Problemen weniger als einen Kilometer entfernt war, die Rue de la Paix (des guten, alten Friedens) friedlich im Schatten der Opéra am teuren, rechten Ufer lag, die Gehwege von New York zeitlich Stunden hinter uns zurücklagen, der Mond noch nicht auf Wabash schien, die Queen auf ihrer Odyssee vom Weg abgekommen sein könnte, in eintausendneunhundertsechsundneunzig von zweitausend Jahren irgendwo auf dem Planeten Kriege geführt werden, und dass es, wie langsam auch immer, zu Veränderungen kommen wird.

Paris ist eine Stadt der Plakate. An den Wänden und an Kiosken hängen ständig Ankündigungen und Plakate für Filme, Theaterstücke, Konzerte, Liederabende, Zirkusvorstellungen, politische oder wissenschaftliche Zusammenkünfte, Vorträge, Soireen, Messen und Ausstellungen aller Art, von historischen bis zu ultramodernen. Auf der Ankündigung der Frühjahrsausstellung der *Vereinigung unabhängiger Künstler*, der sechzigsten in Paris, war zu lesen, dass sie im Palais de New Yo *(sic!)* stattfindet. Die Pariser machen sich nicht gerne die Mühe, den Namen einer rivalisierenden Großstadt korrekt zu buchstabieren. In der Presse und anderswo taucht »New York« als »New Pork«, »New Cork«, »New Fork« auf und manchmal als »New Work«, wodurch es mit Newark verwechselt wird.

Ich kramte in meinem Gedächtnis so gut es ging, konnte mich aber nicht an irgendein großes Gebäude erinnern, in dem drei- bis viertausend Gemälde hätten ausgestellt werden können und das Palais de New York hieß. Einer Zeitung entnahm ich die Information, das Palais de »New York« befinde sich in der Avenue de New York, die vor dem Zweiten Weltkrieg ebenfalls nicht existiert hatte. Ich hatte ein schwarzes Büchlein, in dem die Straßen von Paris und die jüngst erfolgten Namensänderungen verzeichnet waren. Die Avenue de New York erwies sich als die breite und schöne Durchgangsstraße am rechten Seine-Ufer, die von der Place de l'Alma zum Trocadéro und weiter bis zur Passy-Linie führte und früher Avenue de Tokyo geheißen hatte.

In diesem Viertel ist es wahrscheinlich, dass man auf amerikanische Namen stößt. Die Avenue Président Wilson befindet sich einen Straßenzug weiter westlich, die Avenue Franklin D. Roosevelt nicht weit in nördlicher Richtung. Die Rue Franklin (Benjamin) befindet sich jenseits der Passy-Linie, und die Rue Washington (George) verläuft mehr oder weniger parallel zur Avenue Franklin D. Roosevelt und weiter gen Süden.

Da Japan sich auf die Seite der Achsenmächte geschlagen hatte, musste der Straßenname Tokyo für New York Platz machen, doch kaum ein Pariser und nahezu keiner der Taxifahrer haben sich an die Namensänderung gewöhnt. Ich musste dem altgedienten Taxifahrer, der Carmen und mich zur *Ausstellung der Unabhängigen* fuhr, den Weg weisen. Ich lud Carmen zum Mittagessen ins Restaurant de la Huchette ein, damit sie mein Viertel sehen konnte, und danach tranken wir Likör auf der Terrasse des *Café Saint-Michel*. Ich weiß nicht, wie viel Carmen bei diesem ersten Besuch wahrgenommen hat, doch meine Freunde haben sie ganz schön angestarrt. Sie trug eine hübsche, mineralgrüne Jacke und einen granatroten Rock. Ihr Hut, ihre Schuhe, Handschuhe und Handtasche waren aus silberbesetztem Wildleder, und sie führte einen schmalen, neuen, zu ihrer Jacke passenden Schirm in einer grünen Hülle mit sich.

Wir kamen in dem Augenblick am Palais de New York an, als sich die großen Türen öffneten und die Amateure der modernen Kunst hineinströmten. Ich kaufte zwei Kataloge zu je 100 Francs und dachte an die Zeit, in der ich für 200 Francs ein kleines Gemälde oder eine achtbare Zeichnung bekommen hätte. Heute sind 3.000 Francs, etwas weniger als 10 Dollar, das Minimum, und ein mittelgroßer Renoir wird im *Hôtel Drouot* hin und wieder für 2.000.000 Francs verkauft.

Die Zeiten, in denen die Gemälde der Ausstellung der *Vereinigung unabhängiger Künstler* so schockierend waren, dass Tumulte entstanden, sind längst vorbei und werden erst wiederkehren, wenn eine experimentierfreudige Gruppe wie die Impressionisten (circa 1900) die Welt um sich herum neu sieht und neue Wege zur Interpretation ihrer Zeit findet. Oder wenn ein Ikonoklast wie Picasso Bomben unter die akzeptierte Kunst seiner Zeit legt und die Explosionen malt. Die Ausstellung des Jahres 1949 war nicht ereignislos und für Carmen, völlig unvorbereitet für das, was sie sehen und hören würde, verwirrend und aufregend.

In der *Ausstellung der Unabhängigen* werden vor allem aktuelle Gemälde gezeigt, von denen die meisten noch nicht richtig trocken sind. Eine Jury gibt es nicht. Jeder, der den Drang zum Malen verspürt und die geringe Gebühr aufbringen kann, die von den Ausstellenden erhoben wird, kann seine Werke zeigen und ignoriert oder zum Spott gemacht werden. Viele etablierte Künstler, die an die Freiheit des Selbstausdrucks glauben, zeigen ihre Gemälde in dieser Ausstellung. Unter den Neulingen – dieses Jahr waren es 2.984 – sind nahezu immer ein paar Talente, die von den Händlern und Sammlern nicht ignoriert werden können. Natürlich sind die Gemälde zumeist bewusste oder unbewusste Imitationen, von Bildern der Primitiven und falschen Primitiven bis zu denen der radikalen Außenseiter aus jüngster Zeit. Einige Aussteller meinen es todernst, andere sind absolute Witzbolde. Spitzfindige Besucher, die nur kommen, um zu spötteln, laufen Gefahr, ein großartiges, verschleiertes Kunstwerk zu übersehen, und leichtfertige Experten können Unsinn verbreiten, der ihre Gesichter das ganze Jahr über erröten lässt.

Carmen war benommen. Die modernen Gemälde, die der Niederländer für das Apartment erworben hatte, waren alle relativ zahm und im Grunde genommen dekorativ. Sie waren auf eine Weise gefällig wie schöne Damenhüte es sein können. Was sie am meisten an der Ausstellung beeindruckte, waren die vielfältigen emotionalen Reaktionen. Unterdrückter Enthusiasmus offenbarte sich als Anspannung, geheuchelte Indifferenz wirkte nahezu hysterisch. Es entstanden Streitereien, mal spontan, mal aus Gründen der Publicity.

In einer der Galerien, die so platziert war, dass nicht genug Abstand vor einem fünf Meter vierzig mal drei Meter sechzig großen Bild bestand, um es als Ganzes zu betrachten, war ein düsteres Bild von der Terrasse eines Cafés und den Gästen zu sehen, die voller Angst und Verachtung ein nicht dargestelltes Ereignis beobachteten. Vermutlich hatte es mit der Besatzung durch die Nazis zu tun. Das riesige Format des Bildes trug zum Schrecken bei. Wie immer fanden die Besucher etwas, worüber sie lachen konnten, wenn auch dieses Lachen nervös und alles andere als fröhlich war. Carmen, extrem sensibel, nahm diese unguten Schwingungen wahr und klammerte sich an meinem Arm fest, ohne dass ihr bewusst wurde, was sie tat. Sie war nicht länger teilnahmslos. Sie schnappte nach Luft. Ihr Blut pulsierte. Wenn ihr auch schwindelte, schien sie doch froh zu sein, dass sie wachgerüttelt wurde.

Wir befanden uns in der Mitte einer sich vorwärtsbewegenden Gruppe von Besuchern, von denen die meisten glotzten, höhnisch grinsten, lachten oder schnatterten. Reyberolles großes Wandbild war eine der großen Sensationen der Ausstellung. Als ich im Begriff war, kehrt zu machen und Carmen in den hinteren Ausstellungsbereich zu führen, bremste mich das Gefühl, dass irgendjemand auf meinen Hinterkopf starrte. Es war ein unangenehmes Gefühl. Ich musste mich bewegt haben, denn als ich zögerte und mich umentschied, hatte sich Carmen bereits auf den Weg gemacht. Als ich mich unter den Frauen und Männern hinter mir umsah, bemerkte ich niemanden, den ich kannte oder der sich für Carmen oder mich interessiert hätte.

»Sie sind nervös«, sagte Carmen. »Ermüdet es Sie bei diesem gemischten Publikum, so viele seltsame Gemälde zu sehen?«

»Ich amüsiere mich gut«, antwortete ich.

»Glauben Sie, dass uns jemand beobachtet hat?«, fuhr sie fort.

Ich runzelte erstaunt die Stirn.

»Ja«, gestand ich ein. »Haben Sie jemanden gesehen, den Sie kennen?«

»Bis jetzt nicht«, erwiderte sie.

»Es ist ja auch egal«, sagte ich. Wir gingen weiter und betraten die am weitesten vom Haupteingang entfernt liegende Galerie, die seit dem Krieg vornehmlich für posthume Präsentationen reserviert war. Sechs der Künstler, deren Werke dort gezeigt wurden, waren im Verlauf des letzten Jahres gestorben, einige an Altersschwäche, andere im Dienste Frankreichs oder aufgrund der sich daraus ergebenden Folgen. Wir betraten den Nebenraum, der den Werken von Luc-Albert Moreau gewidmet war, einst Vizepräsident der *Vereinigung unabhängiger Künstler*, obwohl er als erfolgreicher und recht konservativer Maler galt.

Eine ältere, schwarz gekleidete Dame näherte sich einem der Gemälde und steckte drei gelbe Tulpen mit den Stielen hinter den Rahmen. Sie befand sich in Begleitung eines ebenfalls schwarz gekleideten Herrn, der einen Satinhut mit versteifter Krempe sowie eine wehende Künstlerkrawatte trug. Die Dame weinte leiste, und der Herr griff zur Beruhigung ihre Hand. Sie fasste sich wieder, und er geleitete sie hinaus. Die Gedenkgeste war schlicht und rührend, absolut persönlicher Natur.

Als die Dame und ihr Begleiter sich Arm in Arm entfernten, hatte ich wieder das sichere Gefühl, beobachtet zu werden. Ich warf einen prüfenden Blick hinter Carmen und eine Gruppe von Touristen, die eine indigoblaue afrikanische Maske begafften. Ein großer, schlanker, in blauer Serge gekleideter Mann kam mir irgendwie bekannt vor. Meinem Eindruck nach eilte er ein bisschen zu schnell davon, und je länger ich meinen Blick auf ihn richtete, desto weniger konnte ich ihn aufgrund seiner Haltung oder Statur zuordnen. Mir wurde klar, dass es nützlich wäre, riefe ich mir alle mir bekannten großen, schlanken Männer ins Gedächtnis, die blaue Serge-Anzüge von der Stange trugen.

»Der Mann, der gerade verschwindet, war in dem anderen Raum hinter uns«, sagte Carmen.

»Kein Freund von Ihnen?«, fragte ich.

Sie schüttelte verzagt den Kopf. »Ich habe nicht viele Freunde«, antwortete sie.

Ich sah, dass Carmen wie ich müde war. Nichts ist ermüdender als in rascher Folge verschiedenartige, zumeist grässliche Bilder anzuschauen. In einem der größeren Salons, in dem das verantwortliche Komitee eine Reihe von schwer klassifizierbaren Werken gruppiert hatte, wurde ich auf unserem Weg nach draußen aus dem Augenwinkel eines Gemäldes gewahr. Ich blieb stehen, hielt Carmen auf, drehte mich um und trat näher.

»Ah«, sagte sie. Sie hatte sofort verstanden, dass ich auf etwas gestoßen war, das mich fesselte.

Ich hatte wirklich auf den ersten Blick erkannt, dass der Maler und ich etwas gemein hatten, und sei es nur die eigene Unsicherheit.

Der Maler hatte Ölfarbe verwendet, vermutlich mit Terpentin verdünnt, sodass die Oberfläche glatt und geschmeidig wirkte und keine ablenkenden Reflexionen aufwies. Als Komposition war das Bild einfach, doch wohl ausgewogen, mit einem zumeist nur angedeuteten verlockenden, pikanten Rhythmus. Welche Bewegung auch suggeriert war, das Auge folgte ihr instinktiv, um die Linien und Kurven zu vervollständigen. Unter einem welligen Horizont erstreckte sich eine Fläche in einer erdigen Farbe wie Siena, modifiziert mit Ziegelrot, die eine Wüste oder ein Flachland darstellte – selige Abgeschiedenheit. Der Himmel oder die höheren Bildelemente waren in einem unbestimmten Grau gehalten. Ich konnte mich zunächst nicht entscheiden, ob die wesentlichen Farben warm oder kalt waren. Jedenfalls waren sie keinesfalls matt oder opak. Sie wirkten irgendwie transparent und dreidimensional, mit einer unbestimmten Tiefe.

In der Wüste war eine nicht mehr als fünf Zentimeter große Figur erkennbar, nicht geformt wie ein Mensch oder Tier, ein

Monster oder Symbol, Same, Atom, Insekt, Fisch oder Vogel. Doch sie war maskulin, wie aber diese Eigenschaft vermittelt wurde, konnte ich nicht nachvollziehen. Diese männliche Figur, dieses Geschöpf oder was auch immer, war mehr oder weniger an die Erde gebunden. Jedenfalls konnte »er« nicht fliegen. Seine Geste vermittelte eine solch absolute Verzweiflung, dass die Wirkung olympisch und nicht quälerisch war.

Der Himmel oder Raum darüber wurde nur durch ein aufsteigendes, frei schwebendes Objekt unterbrochen – ein Drache, eine Blase, ein Ballon, eine Aspiration. Was immer es auch war, es hatte sich von der Einheit darunter gelöst und gab alle Bindungen auf, durch die es in der Nähe oder verfügbar bliebe.

Diese beiden Objekte oder Geschöpfe – ich denke, das untere war ein Geschöpf und das sich in die Höhe schwingende eine Art Wert – waren mit der Spitze eines Pinselgriffs oder einem spitzen Stöckchen nachgezeichnet worden, sodass die Umrisse, nach vorne wie nach hinten und von Seite zu Seite geneigt, einen blassen Pergamentfarbton aufwiesen. Der Untergrund musste in diesem Farbton aufgetragen gewesen sein, denn dieser zeigte sich auch an den Rändern der Leinwand. Die drei vorherrschenden Farben, Ziegelrot, Nebelgrau und Weizen- oder Pilzbraun, wirkten so harmonisch, als seien sie zusammen gealtert oder gereift. Ich wusste nur allzu gut, dass solche Töne nicht direkt aus gekauften Farbtuben gedrückt werden konnten. Der Künstler hatte sie zunächst in seiner Vorstellung zusammen- und gegenübergestellt, dann auf seiner Palette aus Primärfarben und Pigmenten gemischt und sie mit einem feinen Gespür für Texturen in exakten Proportionen aufgetragen. Die Farbverteilung war stets perfekt, egal, ob das Gemälde richtig oder verkehrt herum, vertikal oder horizontal gehängt werden würde.

Wieder überkam mich dieses unangenehme Gefühl, beobachtet oder verfolgt zu werden. Ich erstarrte vor Verärgerung darüber, sah mich auffällig um, während der Mann in dem blauen Serge-Anzug mir bereits den Rücken zugewandt hatte. Er entfernte sich, ohne zu wissen, dass ich ihn gesehen hatte. Er war mir im Ausstellungspalast zweifellos von Halle zu Halle gefolgt und hatte mein intensives Interesse an dem Gemälde beobachtet, das meine Fantasie beflügelte. Ich war überzeugt davon, den Mann von irgendwoher zu kennen, dass er mich erkannt und in Erwägung gezogen hatte, unsere Bekanntschaft zu erneuern, jedoch einen Widerwillen verspürte und dann aus einer Laune heraus beschlossen hatte, es nicht zu tun. Überströmende Emotionen und innere Unruhe standen quer über sein schmales Kreuz geschrieben.

Carmen stand sanftmütig und geduldig neben mir und verpasste kein Detail dieser seltsamen Nebenhandlung, in rührender Weise besorgt, auf keinen Fall zu neugierig oder störend zu wirken. Sie hatte das Gemälde vor uns so lang und intensiv betrachtet wie ich, war dabei aber nicht sehr weit gekommen. Die subtilen Farbharmonien, die Balance, die Folgen von Frustration und Verzweiflung waren ihr in diesem Mikrokosmos verborgen geblieben, sodass sie keine Worte dafür fand. Sie konnte sich ebenso wenig sicher sein wie ich, ob sie wegen meiner Reaktion auf das Werk Gefallen an ihm fand oder eine eigene dunkle Ahnung hegte.

»Wer hat es gemalt?«, fragte sie, sich verpflichtet fühlend, endlich etwas zu sagen. Ihr Tonfall, in dem sie »gemalt« sagte, verwies auf eine Übeltat. Ich hatte den Namen des Malers nicht gelesen und konnte es auch nicht wegen der Art, in der er seine Signatur auf die Leinwand gekritzelt hatte, um die Sandhügel der im Vordergrund zu sehenden Wüste hervorzuheben. Selbst das war eine hohe Kunst intellektueller Natur. Nichts war nachlässig ausgeführt, nichts dem Zufall überlassen worden. Bevor auf der Leinwand ein Pinselstrich erfolgte, hatte der Maler, wer immer es auch war, das Ganze vor seinem inneren Auge gehabt und danach keinerlei Kompromiss gemacht.

»Huch«, stieß ich aus, als ich den Katalog konsultierte, »Pierre Vautier!«

Carmen runzelte die Stirn und fragte sich, ob Namen und Bilder verschlüsselt waren. Denn der zu dem Bild aufgelistete Namen lautete »Trèves de la Berlière«. Das hatte die Assoziationskette vervollständigt, auf die ich gewartet hatte.

»Der Mädchenname seiner Mutter«, sagte ich.

Sie schnappte nach Luft und fragte: »Der Mann in dem blauen Serge-Anzug, der uns gefolgt ist?«

Carmen schaute wieder in den Katalog und murmelte fast schroff den Titel des Gemäldes: »Die spirituelle Jagd.«

»Oh Gott«, murmelte ich, »er hat sich dieser alten surrealistischen Tricks immer noch nicht entledigt ... Stellen Sie sich vor ... Pierre Vautier, der sein ganzes Leben lang auf verlorenem Posten kämpfte, ist nun auf spiritueller Jagd.«

»Paul, kann ich dieses Gemälde kaufen? Das würde ich sehr gerne tun«, sagte Carmen.

Die Idee gefiel mir. Sie könnte Pierre in Rage versetzen oder seinem launischen Ego schmeicheln. Wir gingen nach oben in das Büro des Komitees und fragten nach, doch nach längerem Warten und zu nichts führenden Konsultationen wurde uns mitgeteilt, die »Die spirituelle Jagd« sei unverkäuflich.

»Aber warum?«, fragte ich verärgert. Ich hatte gewollt, dass Carmen den Kauf abschließt, bevor Vautier davon wissen konnte.

»Einige unserer Exponate werden unter dieser Bedingung gezeigt«, klärte uns ein Herr des Komitees auf. Auch er war verwundert. »Die meisten davon sind von etablierten Künstlern, deren Händler Werke von ihnen als Spekulationsobjekt zurückhalten. ... Von Trèves de la Berlière habe ich noch nie etwas gehört.« Er blätterte Karteikarten durch. »Er hat noch nie ausgestellt.«

»Wann wurde das Exponat eingereicht?«, fragte ich, doch ein genaues Datum war nicht festgehalten worden.

Carmen, die so selten etwas nicht bekam, was sie begehrte, war enttäuscht, aber nicht bereit aufzugeben.

»Sie müssen den Maler persönlich treffen«, riet ich ihr, und sie antwortete, dies würde sie auf der Stelle tun.

»Ich kenne ihn mit Unterbrechungen seit sechsundzwanzig Jahren. Manchmal ist er unerträglich«, warnte ich sie. Etwas wie ein schwacher Gong ertönte in meinem Gehirnkasten und warnte mich vor den Gefahren, die eine Begegnung von Carmen und Pierre in sich trug, es sei denn, er hatte sich mächtig verändert.

Als wir im *Chez Francis* Aperitifs tranken, weil es wieder regnete, erfuhr Carmen das Positive, das ich über Pierre Vautier zu erzählen wusste. Ich berichtete ihr nichts Schlechtes, weil ich zeitweise von Pierre sehr angetan war und ihn mit seinen Perplexitäten gemocht hatte.

Pierre hatte sehr lange gebraucht – mehrere Jahre, um genau zu sein –, um seine nahezu hysterische Scheu mir gegenüber abzulegen. Dies war erst geschehen, als das völlige Scheitern, im Leben Fuß zu fassen, ihn hatte verzweifeln lassen, oder als er etwas für ihn vorübergehend Befriedigendes erreicht hatte, von dem er angenommen hatte, ich würde ihm dies nicht zutrauen. Immer wenn er in jenen Jahren aufgrund seiner Verzweiflung zu mir gekommen war, wurde mir klar, dass er niemanden sonst hatte, mit dem er so offen hätte reden können. In diesen nicht sehr zahlreichen Augenblicken des Hochgefühls freute er sich, mir zu zeigen, dass er nicht auf der ganzen Linie gescheitert war. Ich hatte seine Talente, seinen Witz und sein feines Gespür für die Spießigkeit der Gesellschaft bewundert, von der er sich zu emanzipieren versuchte. Doch Pierre war davon überzeugt, dass ich ihn insgeheim verachtete.

Seine Mutter war gutmütig, doch ziemlich geistlos. Sie entstammte der allmählich verschwindenden Aristokratie. Sein Vater kam aus einer alten Familie, die bereits zu Zeiten Napoleons ein gewisses Ansehen genossen hatte. Pierres Vater verfügte jedoch über eine praktische Ader; er war als junger Mann in die Fertigungsindustrie eingestiegen und hatte es zu einem bescheidenen Vermögen gebracht. Er war Besitzer einer Fabrik für französische Türen und Fensterzubehör. Zu der Zeit, als ich mit Carmen sprach, wusste ich nicht, ob Pierres Eltern noch lebten oder nicht, doch als ich nachrechnete und mit Erstaunen feststellte, dass Pierre, den ich immer noch als jungen Mann von Anfang zwanzig im Kopf hatte, fünfundvierzig war, gab ich meine Rechnerei auf. Die Tatsache, dass er Maler und noch dazu ein talentierter war, überraschte mich nicht sonderlich. Ich fragte mich nur, warum er sich nicht schon früher der Malerei zugewandt und sich seine Frustration erspart hatte.

Ich erzählte Carmen, zunächst eher zurückhaltend, doch als ich sah, dass sie mehr verstand, als ich erwartet hatte, mit größerer Offenheit, dass Pierre eine schwere Krise durchgemacht hatte, als er sich 1923 von seinem Vater losgesagt und danach festgestellt hatte, dass er in einen Kreis von Homosexuellen geraten war, die alle etwas von ihm wollten. Einige gerieten seinetwegen heftig aneinander. Natürlich hatte er damals angenommen, ich unterstelle ihm Ansprüche, die er in seiner Naivität gar nicht hegte.

Später trennte er sich von seiner Geliebten Maria, einer Griechin, auf die er sich panisch eingelassen hatte. Obwohl er zu ignorieren versucht hatte, dass sie hoffnungslos dem Alkohol verfallen und sich ihres Elends nicht bewusst war, hegte er argen Groll gegen mich, weil er (zu Recht) vermutete, dass ich von Anfang an vorausgesehen hatte, wie die Beziehung enden würde.

Als er sich Mitte der 1930er Jahre für das republikanische Spanien engagierte und dort kämpfte und sah, wie die Tapferen von faschistischen und vermeintlich demokratischen Ländern verraten und umgebracht wurden, schrieb er mir von den Schlachtfeldern leidenschaftliche Briefe. Doch als er nach Frankreich zurückkehrte, vermied er es, mich zu sehen, vermutlich, weil wir beide die Niederlage als so schmerzlich empfanden, dass ein Gespräch zwischen uns nur qualvoll gewesen wäre. Laut seiner letzten Nachricht hatte er sich aus Überzeugung der Kommunistischen Partei angeschlossen, als Leutnant in der französischen Armee, in der er aber auch heimlich für die Partei spionierte. Die Kommunistische Partei war damals die zweitstärkste Partei

Frankreichs und von Daladier, der das Münchner Abkommen unterzeichnet hatte, aus politischen Gründen aufgelöst worden.

»Er ist wahrscheinlich kein Kommunist mehr«, sagte ich zu Carmen.

»Wieso?«

»Sein Gemälde entspricht ganz und gar nicht der Parteilinie«, antwortete ich.

»Er muss ein sehr unglücklicher Mensch sein«, sagte sie nachdenklich, und ich wusste in den wenigen Momenten der eingetretenen Stille, dass Carmen erneut versuchen würde, das Gemälde zu erwerben und den Künstler persönlich kennenzulernen.

Je mehr sich ändert …

Mir war erst ein paar Tage nach meiner Ankunft in Paris aufgefallen, dass die alte Rue Zacharie, die die Rue de la Huchette in der Mitte teilte und sich insgesamt etwa hundert Meter zwischen dem Fluss und der Rue Saint-Séverin erstreckte, in Rue Xavier-Privas umgetauft worden war. Die Umbenennung war 1945 offiziell von Stadtrat beschlossen worden, doch die städtischen Bediensteten, deren Job es war, die Schilder auszuwechseln, hatten nur zwei durch neue ersetzt. Das dritte Schild an der Stelle, an der die kleine Straße auf den Quai stieß, war übersehen worden, sodass noch vier Jahre später die Straße als »Rue Zacharie« ausgewiesen war.

Xavier Privas war zweifellos ein Männername, und es war unüblich, Straßen in Paris nach noch Lebenden zu benennen. Handelt es sich nicht um einen Heiligen, wird normalerweise die Ehre jemandem zuteil, der sich um die Wissenschaft oder die Künste besonders verdient gemacht oder Frankreich in irgendeiner wichtigen militärischen oder zivilen Eigenschaft gedient hatte. Als ich die beiden neuen, seltsamen Straßenschilder auf dem kurzen südlichen Abschnitt der kleinen Querstraße wahrnahm, fragte ich meine alten Freunde und neuen Bekannten, wer dieser Xavier Privas war und was er getan hatte, damit in unserem Viertel an ihn erinnert wurde. Niemand konnte mir meine Frage beantworten, und kein Mensch schien sich darüber sonderlich Gedanken gemacht zu haben.

St. Cricq, der Schuhmacher von Nr. 9, meinte, Xavier Privas sei ein Dichter gewesen, ein nicht besonders guter noch dazu. Der Satyr, ein professioneller Koch, war der Auffassung, Privas sei Komponist gewesen. Ich suchte Anatole auf, den Angestellten im großen Buchladen am Quai, der Namen und Werke nahezu aller französischen Dichter kannte. Er hatte noch nie etwas von Xavier Privas gehört und konnte keinen Nachweis für irgendeines von dessen Werken finden. Zwischen der Place Saint-Michel und der Rue du Petit-Pont gab es zwei gut sortierte Musikgeschäfte, eines davon an der Ecke der Rue Xavier-Privas. Keiner der dort Beschäftigten konnte in den Regalen auch nur eine Partitur von Xavier Privas finden oder mir Informationen über ihn geben.

In solchen Fällen war die letzte Instanz stets der liebenswerte kleine Statistiker Mainguet. Als ich ihn nach Privas fragte, war er völlig außer sich, weil ihm nicht das Geringste einfiel, und in seiner Verlegenheit errötete er. Mainguet wusste eine Menge über die Geschichte des Viertels, weitaus mehr als irgendwer sonst, und das Viertel hatte eine lange und ereignisreiche Geschichte. Als Monsieur Mainguet ein paar Jahre zuvor im Justizministerium tätig gewesen war, hatte er sich mit nahezu allen früheren unschönen Ereignissen in der alten Rue Zacharie beschäftigt. Aus dem Stand heraus fiel ihm nichts ein, was ein Licht auf unseren vergessenen Mann hätte werfen können.

All die alten Anwohner wurden konsultiert, und die Angelegenheit kam in Läden und Cafés zur Sprache. Es wurde allgemein angenommen, dass Privas in der Nähe geboren worden sei, eine Weile dort gelebt habe oder dort gestorben sei. Nur so lasse sich erklären, dass sein Name auf ein Straßenschild gelangte. Mit den meisten neuen Straßennamen wurden seit der Befreiung im übrigen Helden der Résistance-Bewegung geehrt. Die Helden des Viertels waren alle bekannt, bis auf zwei Fremde, die an der Barrikade geholfen hatten und anonym gefallen waren. Ein Privas befand sich nicht auf der Ehrenliste.

Niemand machte sich wegen dieses Privas verrückt. Wenn Mainguet keinen Nachruf auf die verschollene Berühmtheit zutage fördern könnte, würde vermutlich zu gegebener Zeit eine Erklärung des Stadtrates für die Umbenennung ans Licht kommen.

Am südöstlichen Eck der Rue Xavier-Privas und der Rue de la Huchette lebte zwei Stockwerke über Monsieur Vignons Lebensmittelladen die 32-jährige Witwe Germaine Lefevrais mit ihrem elf Jahre alten Sohn Victor, den viele Nachbarn besonders mochten, während andere ihn für ein Problemkind hielten.

Das Frühjahr 1949 war eine besonders schlimme Zeit für Victor, der schon andere schlimme Zeiten erlebt hatte, etwa als Kleinkind, als sein Vater in die Armee einberufen wurde, und dann, als dieser vom Kollaborateur Nr. 1, dem verhassten, Pierre Laval dienenden Krautkopf verleumdet und zur Zwangsarbeit nach Deutschland verbracht wurde. Später – Victor war sechs Jahre alt – starb sein Vater aufgrund der Misshandlung im Reich während der Zugfahrt nach Paris. Er kam in einer grob gezimmerten Kiste nach Hause, und alles änderte sich – für Victors Mutter, für seine Spielkameraden und für die Wohnung mit allem Drum und Dran. Victor hegte fortan Hass auf die Verräter, die Boches, und den Wunsch nach Rache. Die Kampagne für die Freilassung von Pétain, die von vielen der Eltern jener Jungen begrüßt wurde, mit denen Victor zur Schule ging, hatte Victor in eine gefährliche Stimmung versetzt. Er wehrte sich vehement gegen auch nur die leiseste Forderung, der Chef des Vichy-Regimes möge aus seiner Einzelzelle aus einem anderen Grund entlassen werden, als ihn zur Guillotine zu geleiten. Victors Lehrer versuchten ihn zu disziplinieren. Die Eltern seiner Mitschüler, die er verletzte, beschwerten sich. Victors Mutter, die in einen hysterischen Tonfall verfallen musste, um ihn überhaupt zu bestrafen, schlug ihn ziemlich brutal. Es quälte Victor, dass er seiner Mutter Kummer und Leid bereitete, doch er konnte nicht anders.

Eines Nachmittags musste Mme Lefevrais an ihrem freien Tag mit dem Bus zur Gare de l'Est fahren, um einen Anzug abzuholen, aus dem der Sohn einer ihrer Kolleginnen aus dem Restaurant herausgewachsen war. Der Anzug könnte für Victor so geändert werden, dass er praktisch wie neu aussehen würde. Sie hatte Victor gefragt, ob er sie begleiten wolle.

Victor hatte mit seiner Mutter die Busfahrt angetreten und sich seiner Meinung nach recht gut benommen. Doch bevor sie an der Place Saint-Michel in den Bus Nr. 38 einsteigen konnten, hatte auf der Straße jemand erwähnt, es sei der Namenstag des hl. Fabian, und Germaine war der Meinung, dass es nett wäre, wenn Victor seinem Freund Fabien etwas schenken würde.

»Ich glaube, über ein Tier würde er sich freuen«, sagte Germaine.

Hundewelpen waren zu teuer. Kätzchen führten in den dicht bewohnten Vierteln ein elendes Leben, es sei denn, sie waren taff und klug. An einem der Stände entlang dem Bürgersteig zwischen der Pfarrkirche Saint-Laurent und dem großen Bahnhof, von dem die Züge gen Osten abfahren, schwammen in einem Becken mit Kieselsteinen und Wasserpflanzen ein paar Goldfische. In dem Augenblick, in dem Victor sah, wie die Augen seiner Mutter beim Anblick der Goldfische glänzten, wusste er, dass einer davon gekauft werden würde, und dass er, der nichts für exotische Fische, langweilig und unkommunikativ wie sie waren, übrig hatte, dieses Geschöpf zur Wohnung des Metzgers tragen müsste, um es seinem sanftmütigen, ihn bewundernden Klassenkameraden so herzlich wie nur möglich zu überreichen. Germaine war sich sicher, dass Fabien den Fisch mögen würde. Victor hatte dazu keine Meinung. Wenn Fabien gerührt und erfreut wäre, würde er Victor für die gute Wahl Anerkennung zollen, und Victor würde die Namenstagsfeier vermiesen, indem er leugnete, irgendetwas mit der Wahl des Geschenkes zu tun zu haben. Oder aber Victor müsste sich absichern und wieder so tun als ob.

Nichts des eben Dargelegten wurde in der Geschichte erwähnt, die Madame Lefevrais ihrer Zuhörerschaft in *Les Halles de la Huchette* erzählte.

Der Goldfisch, der in seinem Glas als Exponat »A« in die Höhe gehalten wurde, hatte 100 Francs gekostet, und für weitere 30 Francs hatte der Straßenhändler das Glas, ein paar Kieselsteine und ein kleines Kuvert mit Fischfutter dazugegeben.

Während der Busfahrt nach Hause war der Schaffner gekommen, um das Fahrgeld zu kassieren. Germaine konnte gültige Tickets für sich und Victor vorweisen, ermäßigte Tickets, auf die sie als Witwe eines Kriegsopfers Anspruch hatte. Der Schaffner hatte den Goldfisch im Glas entdeckt, das sie auf ihren Knien balancierte und mit einer Hand festhielt.

»Sie führen da ein lebendes Tier mit sich, Madame«, sagte der Schaffner.

»Ein kleiner, nicht essbarer Fisch in einem Glas, das ich mit einer Hand festhalte«, merkte Germaine zur Verteidigung an. »Er stellt für niemanden eine Belästigung dar, Monsieur.«

»Ein Tier, ob männlich oder weiblich, muss Fahrgeld entrichten«, konstatierte der Schaffner. »Ein Fisch ist so lange ein Lebewesen, wie er lebt. Wäre er tot und eingepackt, ohne dass der Verpackung scheußliche Gerüche entweichen, dürften Sie ihn kostenlos mit sich führen.«

»Töte ihn, Mutter«, schlug Victor vor und warf dem Schaffner verächtliche Blicke zu.

Auch Germaine wurde wütend. »Sehen Sie, was Sie angerichtet haben«, sagte sie zu dem Schaffner. »Mein Sohn ist ganz aufgebracht.«

»Das hebt die Bestimmungen nicht auf, unter denen ich den Betrieb dieses öffentlichen Transportmittels beaufsichtige«, konterte der Schaffner.

»Davon haben Sie vermutlich keine Ahnung«, sagte Victor.

»Victor! Französische Höflichkeit!«, ermahnte ihn seine Mutter.

Statt eine Szene zu machen, erbot sich Germaine, für den Goldfisch ein weiteres der Tickets zu verwenden, die sie jeweils für sich und Victor verwendet hatte. Sie hatte Angst, Victor könnte den Schaffner attackieren, sodass sie samt Goldfisch des Busses verwiesen werden würden. Er hatte sich bereits mit anderen Erwachsenen angelegt, die seiner Mutter Scherereien zu machen schienen.

Als der Schaffner die Tickets in Madame Lefevrais Hand gezählt hatte, richtete er sich zu seiner vollen Größe auf.

»Das reicht nicht, Madame. Der Fisch ist nicht befugt, zu dem ermäßigten Tarif befördert zu werden, den die Republik den Witwen von Kriegsopfern gewährt. Sie müssen für diesen Fisch den vollen Fahrpreis zahlen«, sagte der Schaffner.

In einer Ecke des Busabteils zweiter Klasse kratzte sich ein alter Mann in abgerissener Kleidung.

»Ich vermute«, sagte Victor, »der alte Mann dort drüben, der Flöhe hat, wird eine Million Francs zahlen müssen. Sind Flöhe etwa keine lebenden Tiere?«

»Victor! Der arme, alte Mann könnte dich hören! Französische Höflichkeit!«, mahnte Germaine.

Der entnervte Schaffner zog an der Leine, um den Bus zwischen zwei Straßen zum Halten zu bringen, und Germaine zahlte unter Protest den vollen Fahrpreis für den Goldfisch. Die Busfahrt kostete 15 Francs für Germaine, 15 Francs für Victor und 20 Francs für den Goldfisch.

In Paris wurde, oftmals mit Genuss, schon immer recht viel Pferdefleisch gegessen, weil die Pariser gezwungen waren bzw. sich gezwungen sahen, sparsam zu wirtschaften. Wegen der gegenwärtigen überhöhten Preise und der schlechten Währungssituation kostet Pferdefleisch den Einzelhändler 15 bis 16 Prozent weniger als Rindfleisch. In den Tagen, als man für einen Dollar 40 Francs bekam, war Pferdefleisch im Verhältnis billiger, da die Zeiten nicht so hart waren und die Nachfrage danach nicht so groß. In den späten 1930er Jahren kostete ein Pfund Pferdefleisch wohl 80 Prozent der Summe, für die man ein Pfund Rindfleisch bekam.

Was sind, abgesehen vom Preis, die Unterschiede? Pferdefleisch ist etwas trockener und von festerer Konsistenz; es ist manchmal recht zäh, und das wenige Fett einen Stich gelber als bei Rindfleisch. Pferdesteaks sind nicht zufriedenstellend, ein Braten jedoch ganz passabel. Eintopfgerichte, Ragouts und Haschees können sehr lecker sein, abhängig davon, wie sie gewürzt und gekocht werden.

Seit den Zeiten der Bourbonen oder gar davor haben die Franzosen im Großen und Ganzen geglaubt, dass eine leicht in Brühe gekochte Pferdefleischscheibe für Invalide und Genesende gut sei. Die Reichen haben also Pferdefleisch auf Rezept gegessen, und die Krankenhäuser in normalen Zeiten große Mengen davon eingekauft und serviert. In Heimen, Gefängnissen und verschiedenen öffentlichen Institutionen war das, was auf Speisezetteln und in Schilderungen als »bœuf« bezeichnet wurde, zumeist Pferdefleisch und Lamm- zumeist Ziegenfleisch.

Doch ungeachtet dessen, dass die Verwendung von Pferdefleisch in Frankreich weitverbreitet ist und eine lange Tradition hat, gibt es Leute, die es vorziehen, nicht darüber zu sprechen oder Pferdefleisch nur dort zu kaufen, wo sie kein Nachbar sieht. Alle Pferdemetzger, wie der in Nr. 13, Rue de la Huchette, haben einen holzgeschnitzten, vergoldeten Pferdekopf über der Eingangstür hängen, und verkaufen kein anderes Fleisch.

Wir unterhielten uns mit Monge in der Bar *Normandie* über das Geschäft mit Pferdefleisch, während draußen immer noch der Aprilregen fiel. Der Krieg, so erklärte er, hatte seinem Geschäft einen beispiellosen Boom beschert, der durch die Bestimmungen der Regierung, durch Lebensmittelrationierung, Preisbindung, Inflation und Nachkriegsanstieg der Lebenshaltungskosten verlängert worden war.

Vor dem Krieg war das Geschäft von Monge nicht schlecht gelaufen. Er hatte sein Fleisch an kleine Restaurants und Pensionen sowie an Hausfrauen verkauft, die jeden Centime zweimal umdrehen mussten. Diese Hausfrauen wohnten zwei Straßen oder noch weiter entfernt. Die Leute aus der Rue de la Huchette, die Pferdefleisch aßen, scheuten sich, das Fleisch bei einem engen Bekannten zu kaufen, vor den Augen der anderen Anwohner. Sie gingen also ein paar Straßen weiter und kauften ihr Pferdefleisch auf dem Marché Buci, auf dem Marché Saint-Germain oder auf der anderen Seite des Flusses, im 4. Arrondissement.

Die harten Umstände, denen sie gemeinsam unterworfen waren, machten die Bewohnerinnen und Bewohner des Viertels weniger misstrauisch, doch selbstbewusster, und Monges Geschäft lief gut, weil die Leute, die seinen Laden zuvor gemieden hatten, nun bei ihm einkauften. Mehrere Monate lang hatten die Pariser in allen Vierteln alles essbare Fleisch gekauft, das sie bekommen konnten, und die Nachfrage nach Pferdefleisch überstieg das Angebot. Alle Regime, von dem der Dritten Republik, über das der Nazi-Besatzer und das der aus Vichy gesteuerten Kollaborateure verfügten eine Obergrenze für Einzelhandelspreise, und seit der Befreiung war diese Obergrenze durch eine Verfügung nach der anderen, durch Sanktionen, Warnungen, Ergänzungen, Anhänge und Widersprüche modifiziert worden.

Dies bedeutete nicht, dass Monge die seiner Meinung nach besten Stücke des Pferdefleisches nicht für seine alten Freunde und Lieblinge zurücklegen konnte, wie etwa für Thérèse, die Köchin, oder für Monsieur Trévises Große Léonie, die für das *Café Saint-Michel* den Einkauf machte.

»Ich wusste nie so recht, was ringsum los war«, sagte Monge, nachdem er festgestellt hatte, dass seine unmittelbaren Nachbarn sich nicht mehr zu stolz waren, sich in seinem Laden zu treffen und Neuigkeiten auszutauschen.

»Hätte irgendwer den Weitblick gehabt, hätte man mit Pferdefleisch ein Vermögen verdienen können«, sagte Monge und seufzte: »Dafür ist es jetzt zu spät.«

»Quatsch«, erwiderte Madame Gillotte. »Ihre Preise sind so hoch wie nie und steigen von Monat zu Monat.«

»Und was wird aus mir, wenn die Rationierung ein Ende hat und Rindfleisch den Markt überschwemmen wird?«, fragte Monge. Er hatte sich diese Frage in letzter Zeit schon häufig selbst gestellt.

Einige waren der Meinung, das Ende der Rationierung und der Preisbindung werde mehr Inflation und eine sich verschärfende Depression mit sich bringen. Einige Kommunisten behaupteten, die Vereinigten Staaten würden Frankreich mit überschüssigem amerikanischen Rindfleisch, von kranken Tieren zumeist, überschwemmen. Hubert Wilf versicherte Monge, die Reichen würden reicher, und die Armen würden ärmer werden, und der Prozentsatz von »wirtschaftlich schwachen« Familien werde steigen. Hubert hatte angenommen, seine Bemerkung würde für Monge tröstlich sein, weil der doch angedeutet hatte, dass es einen Rückgang der Nachfrage nach Pferdefleisch nicht geben werde. Monge war anderer Meinung.

»Die Armen werden sich bestenfalls den Kauf von einem Schwanz, einer Zunge, von Knochen, Beinen, Innereien, also Nieren, Lungen und Leber, leisten können«, sagte Monge. »Auf den teuren Stücken, Filet, Hinterrücken, Oberschale, werde ich sitzen bleiben.«

»Sie verkaufen vermutlich auch Hirn«, sagte Madame Gillotte. Soweit sie wusste, hatte sie noch nie Pferdefleisch gegessen. »Ein kluges, altes Pferd, das in Paris fünfzehn bis zwanzig Jahre lang allen Beeinträchtigungen durch den Verkehr getrotzt hat, sollte ein besser ausgeprägtes Gehirn haben als so ein kastriertes Rindvieh von der Weide.«

»Die Benutzung des Denkapparates macht ihn vermutlich nicht weicher und essbarer«, warf Noël ein. »Du weißt doch, wie zäh ein Huhn ist, das sein ganzes Leben lang auf dem Hof hin und her gerannt ist. Seine Muskeln sind wie Leder. So könnte es sich auch mit dem Hirn eines schlauen, alten Pferdes verhalten.«

Monge sah seinen besten Freund vorwurfsvoll an.

»Du hast höchstwahrscheinlich noch nie Pferdehirn gegessen. Ich muss gestehen, ich auch nicht«, sagte Monge.

Doch er erzählte Noël und mir später, sollte das Geschäft mit Pferdefleisch wieder so schlecht laufen wie in den späten 1930er Jahren, werde er seine Ersparnisse, die er gegen Extorsion, Steuer und Inflation verteidigt habe, nicht verplempern, indem er sie in Schweizer Franken umtausche.

»Dann werde ich mir einen Job in einer Fabrik suchen«, sagte Monge. »Mein Mietvertrag läuft noch zehn Jahre. Aber vielleicht kann ich einen Nachmieter finden und den Laden verkaufen.«

»Du hast in deinem Leben noch nie für einen Anderen gearbeitet. Das könntest du gar nicht«, sagte Noël. »Stell dir vor, an deinem ersten Abend käme der Gewerkschaftsboss und verkündete, es werde fortan langsamer gearbeitet. Du vergisst, dass du nicht mehr dein eigener Herr bist, fängst an, emsig ranzuklotzen und wirst verprügelt, musst eine Strafe zahlen oder vielleicht beides.«

»Verkauf dein Fleisch doch an die Jesuiten für ihre Bastarde, Delinquenten und Waisen«, schlug der Bandagist Amiard vor.

Der Krieg, der das Pferdemetzgergeschäft stimuliert hatte, war dem Präparator zum Verhängnis geworden. Jahrelang konnte Noël nicht die notwendigen Drähte und Chemikalien bekommen, um Vögel und andere Tiere auszustopfen. Die Jagd war wegen des Mangels an Gewehren und Munition zum Stillstand gekommen. Angler fingen in Kriegszeiten kaum Fische, die hätten präpariert und auf Tafeln fixiert werden können. Noëls Laden war die meiste Zeit geschlossen. Ausgestopfte Füchse, Köpfe von Hirschen und Wildschweinen, Hauskatzen, Kanarienvögel und Papageien zierten sein Schaufenster.

Während der Besatzung waren Schlangen, die Noël vorrätig hatte, die einzigen Tiere, die von den Nazisoldaten zur Präparierung in Auftrag gegeben wurden. Die Scherzbolde unter den Boches legten gerne gefrorene, ausgestopfte Schlangen in die Betten von Kameraden oder von weiblichen Gefangenen. Noël hätte massenweise ausgestopfte Schlangen an die Deutschen verkaufen können, doch kein deutscher Offizier hatte ihm die Erlaubnis erteilt, die fünfzig Kilometer lange Reise ins Département Oise anzutreten, um Schlangen zu fangen. Die Deutschen im Land ließen auch keinen Amateurschlangenfänger tote Schlangen nach Paris verschicken. Keine der Vorschriften hatte jedoch irgendeinen Einfluss auf die Transaktion von Reptilien.

Alle, die in der Rue de la Huchette auch nur halb so lang gewohnt hatten wie ich, kannten die Feinde der Republik und hätten die Kollaborateure schon vorher auflisten können. Der hervorstechende Faschist, der einzige aktiv am Vichy-Régime und seinen Erweiterungen im besetzten Frankreich Beteiligte, war Arsène Piot, im Viertel als der »Krautkopf« bekannt. Er war für die Deportation von Victor Lefevrais Vater als Zwangsarbeiter nach Deutschland verantwortlich.

Vor dem Zweiten Weltkrieg diente der Krautkopf unter Chiappe in der Präfektur und betätigte sich als eifriger Organisator der faschistisch eingestellten *Cagoulards*. Eines Abends hatte Piot eine Szene gemacht, die in der ganzen Straße mitverfolgt werden konnte. Er schrie seine sanftmütige, taube Frau Jeanne an, sie sei untreu und ungehorsam, und versuchte, sie und ihren damals ungefähr siebzehn Jahre alten Sohn Eugène mit einem Ledergürtel zu verprügeln, der mit einer schweren Schnalle versehen war. Mit einem Schirmständer streckte Eugène seinen Vater nieder. Der Krautkopf wurde bewusstlos und trug eine Wunde am Kopf davon.

Als kurz vor dem Einmarsch der Nazis der große Exodus aus Paris einsetzte, requirierte Arsène Piot einen großen Bus und zwang Jeanne, mit ihm gen Süden zu fliehen. Er hatte sich bereits der Protektion von Pierre Laval unterstellt, der in Vichy für ihn Verwendung hatte. Sie hatten mit dem Bus Paris noch nicht richtig hinter sich gelassen, da sah Jeanne am Wegesrand einige ihrer Nachbarn und machte sich ihnen bemerkbar. Sie retteten Jeanne mit Gewalt aus den Händen des Krautkopfs. Bevor Pétain kapitulierte und bevor die Militärverwaltung ihre Unterdrückung der Republik vollenden konnte, hatte Jeanne Zuflucht bei ihrem persischen Liebhaber gesucht und war mit ihm in die Türkei ausgereist.

Sobald die Vichy-Regierung eingesetzt war, kehrte der Krautkopf nach Paris zurück, um sein früheres Viertel von gefährlichen Charakteren zu säubern. Vor dem Nazi-Debakel des Jahres 1944 setzte er sich nach Argentinien ab, nachdem er die Hinterlassenschaft seiner Frau zu Bargeld gemacht hatte. Kein Mensch weiß, wo er sich aufhält, doch Einige sind entschlossen, dies eines Tages herauszufinden – darunter seine Sohn Eugène. Von Piots Frau und seinem Sohn wird später noch die Rede sein, da beide immer noch in ihrem alten Haus wohnen.

Die Bewohner der Rue de la Huchette spielten eine äußerst heldenhafte Rolle bei den August-Kämpfen gegen die Nazis. Sie machten ihre kleine Straße durch Barrikaden zu einer Festung und jagten die örtlichen Kollaborateure mit einer solchen Gründlichkeit davon, dass die gegenwärtige Bevölkerung des Viertels Saint-Michel in Sachen Patriotismus als hundertprozentig gelten kann.

Genau genommen waren diejenigen, die das Pétain-Laval-Regime akzeptiert und eine kurze Zeit lang geglaubt hatten, dass der Slogan für Frankreich von der Freiheit, Gleichheit und Brüderlichkeit für immer unterdrückt sei, von sich aus rechtzeitig abgehauen, um ihr Leben zu retten. Sie verloren ihre Geschäfte, ihre Arbeitsplätze, ihre Immobilien und Mietsachen, und die meisten von ihnen sind heute über ganz Frankreich verstreut, in Orten, in denen ihr Verhalten während des Krieges nicht bekannt ist, oder in denen sie Verwandte, Freunde oder antirepublikanische Mittelsmänner haben, die sie decken.

St. Aulaire, der Maßschneider, war all die Jahre, in denen er seine Schneiderei in der Straße hatte, ein bekennender Royalist und erbitterter Antisemit gewesen. Das Viertel, so meinte er, sei seiner und seinen Kunden, viele davon französische Militäroffiziere, die noch biederer waren als er, nicht würdig gewesen. Der Krautkopf hatte sich aus dem Staub gemacht, ohne auch nur einen Gedanken daran zu verschwenden, diejenigen zu schützen, die seinen Verrat mitgemacht hatten. St. Aulaire stand also sich selbst überlassen da, als Paris befreit wurde. Der halsstarrige alte Schneider hatte immer gegen alles Liberale gewettert, lange bevor die *Cagoulards* und die Deutschen kamen, sodass die Nachbarn keinen Versuch unternahmen, ihn zurückzuhalten, als er seine Sachen packte, seine Ballen importierter englischer Tweeds, Cheviots und Kammgarngewebe sowie seine erstklassigen französischen Stoffe zu einem äußerst günstigen Preis verkaufte und abhaute. Seinen Laden übernahmen inoffiziell die Witwe und die Tochter eines als »vermisst« geltenden Anhängers von Charles de Gaulle. Auch ihre Geschichte werde ich später ausführlich erzählen.

Der Eigentümer des Musikgeschäftes, das sich viele Jahre in Nr. 26 befand, war zu feige, um etwas anderes zu wagen als eine heimliche Flucht. Gion ließ seine Partituren und Instrumente, darunter ein paar Violinen, sowie seine Geliebte Bernice zurück. Er hatte Bernice eingestellt, als sie noch ein relativ junges Mädchen war, und sie verführt, um ihre Dienste im Laden umsonst in Anspruch nehmen zu können. Niemand machte Bernice wegen Gions Eifer für die Diktatur Vorwürfe. Alle wussten, dass sie in panischer Angst vor ihm gelebt hatte. Noël und die Anderen halfen Bernice, die Partituren und die Violinen zu verkaufen, ein Zimmer über dem Büro der Fahrschule in Nr. 30 und eine

Arbeit in Laufweite als Kassiererin im Kaufhaus *La Samaritaine* zu finden. Es vergingen nicht viele Tage, bevor sie die Bebop-Jam-Sessions genoss, die der Angestellte des Antiquitätenladens mit seinen Jazz-Aficionados ausrichtete, sie sich an den Wochenenden in einen Zustand passiver Zufriedenheit trank und von der Hand in den Mund lebte. Sie hatte einem Baum geglichen, der abzusterben schien, war von einer destruktiven Kraft traktiert und verletzt worden und blühte danach wieder auf.

Hätten ihre Mitstreiter Madame Durand, die einstige Floristin, nicht vor dem Vorstoß von Leclerc und den Amerikanern gewarnt, und sie nicht ihren Laden geräumt, wäre sie attackiert oder ins Gefängnis geworfen worden und in einem Geheimverfahren verurteilt worden. Auf diese Weise waren viele Kollaborateure, doch unglücklicherweise auch etliche bloß politische Feinde in die Zwangsarbeit oder in den Tod geschickt worden. Madame Durand hatte gegenüber der französischen Gestapo und den Nazis einige der besten Männer und Frauen der Straße mit einem solch wahnsinnigen Eifer denunziert, als habe sie ihr ganzes Leben lang auf die Chance gewartet, zuschlagen zu können. Ihr Haus, die Nr. 23, wurde konfisziert und später zum Verkauf freigegeben. Sie lebt irgendwo im Süden Frankreichs und fiebert dem Zerfall der Vierten Republik entgegen.

Der alte Doktor, Clouet, war so senil und ineffektiv, dass sich kein Mensch um ihn scherte. Er hinterließ sein Büro mehr oder weniger wie es war, ohne fließendes Wasser und sanitäre Einrichtungen, und kehrte in seinen Geburtsort im Département Ain zurück, wo dank des Bischofs sowie der antisemitischen Provinzverwaltung bis zum heutigen Tage viele unverbesserliche Anhänger des Vichy-Regimes ziemlich sicher leben.

Zu den kleinen Fischen zählte Panaché, ein früherer Ladenaufseher, der in meinem Hotel, dem Caveau, gewohnt hatte. Ich konnte niemanden finden, der wusste, was aus Panaché geworden, oder der sich erinnerte, warum und wann er aus dem Blickfeld verschwunden war.

Die Rue de la Huchette hatte sich also selbst, ohne Inanspruchnahme der Gerichte gesäubert. Schwelte einst ein Konflikt zwischen den Befürwortern der republikanischen Regierung und jenen, die eine Monarchie oder eine französische Version der »neuen Ordnung« eines Hitlers oder Mussolinis anstrebten, setzt sich die Auseinandersetzung heute fort zwischen einer Minderheit von Kommunisten und Sowjet-Sympathisanten auf der einen sowie der übrigen Bevölkerung auf der anderen Seite. Diese Mehrheit, die übrige Bevölkerung, ist in verschiedene Fraktionen und sogenannte Parteien gespalten, wie Mosaiksteinchen, die in ein Muster passen, denen es aber an Zement mangelt.

Nach dem Ersten Weltkrieg, als ich im Ruhrgebiet und im Rheinland war, die Franzosen Essen und Düsseldorf besetzt hielten, die Briten in Köln und die Amerikaner in Koblenz waren, sprang der Wechselkurs der Mark von 100 pro Dollar auf 3.000.000 und mehr. Ein Seidel Bier kostete im Juni 1923 10 Mark, dann 100, im Juli schon 1.000 und binnen weniger Wochen 10.000 Mark. In einer Fabrik in Burg bei Magdeburg zahlte ich 9.000.000 Mark für ein minderwertiges Paar Schuhe. Ich verbrachte ein Wochenende in Köln, als britische Soldaten und deutsche Fabrikarbeiter mit 1.000.000-Mark-Scheinen entlohnt wurden, den ersten, die je gedruckt worden waren. Die Männer durchstreiften die ganze Stadt, ohne sich auch nur eine Schachtel Streichhölzer kaufen zu können, da es keine kleinen Scheine gab und niemand einen 1.000.000-Mark-Schein wechseln konnte.

Im Hotel Fürstenhof am Rhein gab ich einem Zimmermädchen zwei amerikanische Dollar Trinkgeld, nachdem sie zehn Tage lang mein Zimmer in Ordnung gebracht und mir mein Frühstück serviert hatte. In Tränen aufgelöst, sank sie vor mir auf die Knie, und weckte bei mir ein Schamgefühl, von dem ich mich nie ganz erholt habe. Ich fand heraus, dass die zwei Dollar, die ich ihr gegeben hatte, zwei Jahreslöhnen von ihr entsprachen.

»Nun kann ich mir ein Kleid leisten«, sagte sie. Sie hatte sich wohl seit Jahren kein neues Kleid mehr gekauft.

Im heutigen Frankreich hat die Inflation nicht solche Formen angenommen wie in Deutschland in den frühen 1920er Jahren. Doch die Situation ist verwirrend, entmutigend, zum verrückt werden, und Woche für Woche, Monat für Monat, Jahr für Jahr wird es stetig schlimmer. Mut und Entschlossenheit der Franzosen helfen, doch sie reichen nicht aus. Die amerikanische Hilfe ist ein Geschenk des Himmels, doch kein dauerhaftes Heilmittel. Die Nation steht nicht auf eigenen Füßen. Die Zahlen werden vermutlich schöngeredet und manipuliert, um ihre Realität ein Schleier gelegt wie um eine Tänzerin. Unter diesem Schleier verbirgt sich die Nacktheit. Andere mögen die französischen Finanzen auf eine wissenschaftliche oder internationale sowie langfristige Basis stellen. Mir macht Angst, wie sich dieser glorifizierte Unfug auf den Einzelnen auswirkt.

Ich kann den verwunderten, verletzten und sehr erschöpften Gesichtsausdruck des alten Kellners im *Balzar* nicht vergessen, als er bei meinem ersten Besuch nach meiner Rückkehr meine Rechnung erstellte und versuchte, die Zahlen zu addieren. Er war sein ganzes Leben lang Kellner gewesen, Hilfskellner als Jugendlicher, und hatte tausende von Rechnungen ausgestellt. In Frankreich können es sich professionelle Kellner nicht leisten, Fehler zu machen, denn wenn sie zu wenig berechnen, müssen sie selbst für den Fehlbetrag aufkommen.

Auguste sah unscharf, seine Finger zitterten. Er war sich seiner nicht sicher und misstraute seinem Gehirn. Ein Stück Pflaumenkuchen, das er Jahr für Jahr verkauft hatte, kostete laut Speisekarte 100 Francs. Sein Monatslohn, 1.000 Francs plus Trinkgeld, war auf 14.000 Francs plus Trinkgeld »gestiegen«, doch in der touristischen Nebensaison bekam er kaum Trinkgeld. Ein Hauptgericht, Kalbsfleisch in heller Sauce, kostete 275 Francs. Er konnte sich nicht daran erinnern, wie viel es in normalen Zeiten gekostet hatte.

Man multipliziere diese Verwirrung mit der Bevölkerungszahl Frankreichs, mit den Minuten des Tages, den Städten, Ortschaften und Provinzen, den Stiften, Zetteln, den umhertastenden Fingern und den im Dunkeln tappenden Köpfen und man bekommt eine destruktive Inflationsphase.

Wie kann ich eine solche Situation einem Amerikaner verdeutlichen, der nicht reist und auf einem behüteten Kontinent lebt? Wie kann er die Gefühle eines Franzosen aus der gleichen Gesellschaftsschicht teilen? Die Münzen und Geldscheine, die der Franzose sein ganzes Leben lang benutzt hat, sind im Wert um das 12-, dann 25- und nun um das 60-fache gesunken, während die Preise in die Höhe schießen, Nahrungsmittel, Kleidung, Versorgungsgüter und Transport rationiert werden, Mangel entsteht und anhält, die Kaufkraft sehr viel schneller sinkt als die Löhne steigen.

Die Amerikaner möchten sich bitte vorstellen, wie ein gewöhnlicher Tag beginnen würde, wenn die Vereinigten Staaten den totalen Krieg erleben und leiden würden wie Frankreich. Die Milch für das Frühstück stünde nur für registrierte Invaliden und für Kinder zur Verfügung, die sich auf dem örtlichen Polizeirevier eine besondere Lebensmittelkarte gesichert haben. Wer auch immer die Milch kaufen würde, müsste mehr als eine Stunde dafür anstehen und ein eigenes Gefäß mitbringen. Sahne gäbe es überhaupt nicht. Butter wäre rar und strengstens rationiert. Wer Butter haben wollte, müsste wieder lange Schlange stehen oder sich an einen Schwarzmarkthändler wenden, der sie unter dem Verkaufstisch versteckt und für zwei Dollar das Pfund verkauft. Sie würde nur zum Kochen verwendet werden.

Im Drugstore würden eine Tasse Kaffee und zwei Donuts 2.50 Dollar kosten, der Kaffee wäre dünn und bitter, die Donuts wenig gesüßt, wenn überhaupt. Die Morgenzeitung würde einen Dollar kosten, für den man 1915 50 Exemplare hätte kaufen können. Für die Busfahrt zur Arbeit wären 1.20 Dollar zu zahlen. Von einem 5-Dollar-Schein wäre bereits nichts mehr übrig.

Sollte der Amerikaner ein Paar Schuhe für eines seiner Kinder kaufen, müsste er 48 Dollar hinblättern, in schmutzigen und eingerissenen Scheinen, die einst aber einen Nennwert in Silber oder Gold hatten. Ein Anzug von der Stange für den Amerikaner selbst würde 480 Dollar kosten, zu bezahlen mit den gleichen Fünf- und Zehn-Dollar-Scheinen, die er schon immer benutzt und denen er einst Respekt gezollt hatte. Zwei Theatertickets würden 120 Dollar kosten.

Die Geldscheine wären abgegriffen, schmutzig, eingerissen oder hätten Eselsohren, die durchgerissenen wären mit Klebeband repariert worden, sodass die Nummern in den Ecken nicht immer übereinstimmen würden. Jede Woche würden neue Fünfziger und Hunderter in Umlauf gesetzt, und wenn die Miete fällig wäre und der Amerikaner seinem Vermieter 1.200 Dollar zahlen müsste, würde die Verwendung von ungewohnten 500- und 1.000-Dollar-Scheinen das schreckliche Gefühl der Unwirklichkeit verstärken, das einen Menschen überkommt, wenn das Geld völlig verrückt spielt.

Kassierer, Bankangestellte, Kellner und diejenigen, die erfahren sind im Umgang mit den üblichen Zahlungsmitteln, sind die ersten, die die Welt nicht mehr verstehen. Die Verzweifelten, die ihre Existenz Franc für Franc verteidigen und all ihre Erfindungsgabe einsetzen mussten, um sich über Wasser zu halten, drohen unter den stürmischen Bedingungen der Inflation ihren Verstand zu verlieren. Die immer wieder notwendigen wilden Rechnereien führen zum Verlust der geistigen und körperlichen Gesundheit. Die Sensiblen erleiden einen Zusammenbruch. Die Zähesten überleben und passen sich beharrlich neu an. Die Gerissenen nehmen ihre Landsleute noch hemmungsloser aus.

Raoul Roubait, der Morgenzeitungshändler, bewahrt die Banknoten mit kleinem Nennwert in zwei Schachteln unter seinem Ladentisch auf. In der linken Schachtel – Raoul bevorzugt immer die Linke – befinden sich die Banknoten, die noch recht präsentabel sind. Diese gibt er jenen Kunden als Wechselgeld, die seine kommunistischen Ansichten teilen, und anderen, die nicht dem roten Glauben anhängen, aber umgänglich, sympathisch, stalinistischen Einflüssen gegenüber tolerant oder von Natur aus höflich sind. Den Kunden, die Raoul lästig, arrogant und schwierig findet, sind die kaputten, schmuddeligen Scheine vorbehalten, die von unansehnlichen Klebestreifen zusammengehalten werden. Diese bekommen die Reaktionäre, Nörgler und die unsozialen Kunden.

Ein schockierendes Beispiel der Nachkriegshaltung gegenüber der Verschwendung von Haushaltsmitteln und der steigenden Tendenz zum Simulantentum im öffentlichen Dienst entfaltete sich jeden Tag am breiten Ende der Rue de la Huchette. Die alten Bewohner mit Moral- und Verhaltensvorstellungen, die den Weltkriegen und den dekadenten späten 1930er Jahren vorausgingen, deprimierte das Spektakel; es widerte sie an. Die jüngeren Leute nahmen es als eine Selbstverständlichkeit hin.

Als die Nazis in Paris waren, wurde einer ihrer riesigen Panzer durch die Straßen gelenkt, um dessen Geschwindigkeit und Manövrierfähigkeit zu testen und zugleich als Warnung an die Pariser, die an Sabotage oder Widerstand denken mochten. Der Panzer wurde vom Boulevard Saint-Michel in die Rue de la Huchette gesteuert, bog zu scharf in die Rue de la Harpe ab, durchbrach die hintere Ecke des vierstöckigen Hauses Nr. 31, drückte Tragpfeiler um, zerstörte den Laden im Erdgeschoss und brachte den Boden des Eckzimmers darüber zum Einsturz.

Zu diesem Zeitpunkt hielt sich niemand in diesem Teil des Hauses auf, da der Eckladen seit ein paar Monaten leer stand. Der Mieter im ersten Stock war nicht zu Hause gewesen. Ohne anzuhalten, um die Folgen seiner unverantwortlichen Fahrweise zu inspizieren oder nachzusehen, ob es Verletzte oder Tote gegeben hatte, war der Nazi-Panzerfahrer weitergebrettert, die Rue Saint-Séverin entlang bis zum Boulevard Saint-Germain, wo der Panzer, wieder ohne jegliche Rücksicht auf den normalen Verkehr, nach rechts donnerte und aus dem Blickfeld verschwand.

Die in der Umgebung stationierten Nazi-Offiziere schien dies nicht zu scheren. Für sie war die Sache ein Spaß. Doch die Franzosen, die in den Zimmern über dem zerstörten Laden wohnten, waren sich nicht sicher, ob die Bausubstanz stabil wäre. Der einzige Franzose in der Nähe, der etwas vom Bauen verstand, wusste es auch nicht. Da die Mieter keine Ahnung hatten, wo sie hin sollten, ließ einer nach dem anderen es darauf ankommen, und als ein oder zwei Wochen vergangen waren und sich keine weitere Katastrophe ereignet hatte, machten sie sich auch keine Sorgen mehr. Ein paar schwere Holzbalken dienten in der entstandenen Baulücke als Stützen, und auch nach der Befreiung wurde monatelang wenig unternommen. Die Eigentümer des Café du Palais errichteten eine temporäre Wand aus Holzplatten, damit es am hinteren Ende ihrer Räume nicht zog. Hin und wieder blieben Schaulustige stehen, um das beschädigte Haus, eine Narbe des Krieges, zu betrachten.

Drei Jahre nach Ende des Krieges wurde das Unternehmen *Edouard Saillens & Fils* (und Söhne) mit Sitz in Paris, Achères und Bordeaux beauftragt, das Haus Nr. 31 in der Rue de la Huchette instand zu setzen, dessen einstige Sicherheit wiederherzustellen – eine Arbeit, die in den Vereinigten Staaten unter den Bezeichnungen »cost-plus« oder »force account« bekannt ist. Das heißt, der Bauunternehmer musste die Arbeit zu den geltenden Löhnen und den üblichen Kosten für Planung, Bauaufsicht und -materialien ausführen. Er durfte diesen Kosten eine angemessene Marge für die Abschreibung von Werkzeug und Maschinen hinzufügen. Die Bezahlung sollte monatlich für Material, Arbeitskosten plus Marge erfolgen, wobei ein Teil der Summe als Sicherheit für den Abschluss der Arbeiten einbehalten wurde.

Die Arbeit an der Nr. 31 ging in einem Tempo voran, für das sich jede Schnecke hätte schämen müssen, und wurde unter den Regimen von Ramadier, Bidault, Robert Schumann und Queuille fortgeführt, ohne dass diese davon Notiz nahmen. Die Kabinettsmitglieder kamen und gingen und tauschten ihre

Ämter wie Teilnehmer an der Stuhlpolka »Reise nach Jerusalem«. Die mehr oder wenig dauerhaften Staatssekretäre, Unterstaatssekretäre, Abteilungsleiter und Funktionäre erledigten die verbleibende Arbeit, und der Saillens-Vertrag wurde ohne nachzufragen weitergereicht, wenn die monatlichen Baukostenvoranschläge und Rechnungen eintrafen.

E. Saillens & Söhne hatten für die Instandsetzungsarbeiten in der Rue de la Huchette nie mehr als vier Mann auf einmal abgestellt. Anfang April kamen der gewerkschaftlich organisierte Verputzer namens Jacques, sein Helfer Adolphe sowie ein Klempner, der den Spitznamen »Le Taupier« (Der Maulwurfsfänger) trug – weil er Tag für Tag in einem flachen Graben herumwerkelte, der sich quer über den Gehweg erstreckte – jeden Morgen um acht Uhr in das *Café Saint-Michel*, tranken zunächst Kaffee mit einem Schuss Cognac, aßen ein Stück Graubrot und genehmigten sich dann ein Glas Rotwein, bevor sie über die Straße zur Nr. 31 schlenderten. Die Arbeit, die sie dort verrichteten, kostete sie wenig Anstrengung, und die Ergebnisse waren kaum wahrnehmbar.

Gegen zehn Uhr kehrte das Instandsetzungsteam in Trévises Café zurück, und die Jungs tranken ein, zwei Gläser Rotwein und plauderten eine Weile mit der Großen Léonie und anderen Gästen.

Von zwölf bis vierzehn Uhr machten sie Mittagspause.

Jeder brachte ein Sandwich und ein wenig Käse mit, eingewickelt in Zeitungspapier. Monsieur Trévise gestattete ihre Mittagspause in seinem Hinterzimmer und servierte ihnen den Wein zum üblichen Preis pro Glas.

Gegen 17 Uhr bereiteten sie sich auf den Feierabend vor und um 18 Uhr gingen sie nach Hause.

Am ersten Tag, an dem ich ihre Routine beobachtete, stellte der Lastwagenfahrer, der wegen seiner Angewohnheit, seinen Kopf aus dem Fenster zu stecken wie ein Lokomotivführer, der in einen Bahnhof einfährt, »Chouette« (Kreischeule) gerufen wurde, seinen großen Laster am Bürgersteig vor der Nr. 31 ab. Der Lastwagen hatte eine Transportkapazität von mehreren Tonnen. Seine Ladung bestand aus einem zwei Zoll langen Terracotta-Röhrenstück von sechs Zoll Durchmesser. Die Eule lungerte ungefähr eine Stunde lang herum, bevor das Terracotta-Teil abgeladen wurde, und noch einmal eine Stunde, bis es im Erdgeschoss in einer Ecke gegen die Wand gelehnt worden war. Für diese Dienstleistung, Lastwagen plus Fahrer, wurde ein halber Tag mit einer Summe von 3.500 Francs berechnet.

Zwei Innenwände waren zum Teil niedergerissen, ersetzt und geweißt worden. Die beiden Außenwände, eine zur Rue de la Huchette, die andere zur Rue de la Harpe, fehlten noch immer. Es musste auch noch am Fundament, im Keller und in dem Zimmer im ersten Stock gearbeitet werden, in dem ebenfalls zwei Wände fehlten.

Der Kastanienmann, Madame Gillotte, Madame Mercanton, St. Cricq, der Schuhmacher, und die scharfzüngige Madame Morizont von *Au Corset d'Art* gehörten zu den strengeren Geistern des Viertels. Sie kniffen die Augen zusammen, murrten und machten sarkastische Bemerkungen, die den Ohren der Arbeiter galten, die sieben Achtel der Zeit faulenzten. Jacques, sein Helfer, der Klempner und der Lastwagenfahrer grinsten gutmütig. Sie waren der Meinung, dass nur Narren schufteten, um schließlich arbeitslos dazustehen, oder einen leichten Auftrag zu Ende zu bringen, um dann einen schwereren erledigen zu müssen.

»Wem schulden sie ihre Loyalität?«, fragte Katya. »Bestimmt nicht einer Regierung, die die Interessen eines Arbeiters mit Füßen tritt.«

»In Russland würden sie erschossen oder nach Sibirien verbannt werden, wenn sie solche Tricks versuchen würden«, sagte Amiard.

»In Russland wären sie motiviert, für das Allgemeinwohl zu arbeiten«, sagte Katya.

Das einzige leer stehende Gebäude in der Rue de la Huchette war Madame Mariettes unansehnliche Bude. In ganz Paris, besonders aber in den ärmsten Vierteln, wurden im Allgemeinen die zuvor der Prostitution dienenden Etablissements weder umgestaltet noch zu anderen Zwecken genutzt. Es sieht so aus, als gingen die Eigentümer, die ziemlich gut verdient haben mussten, bevor die Reformer ihnen ins Handwerk pfuschten, nicht davon aus, dass das gegenwärtige Verbot der Ausübung des ältesten Gewerbes der Welt für immer gelten würde.

Derzeit sind die Freudenhäuser »im Interesse Frankreichs« geschlossen und mit einem Vorhängeschloss gesichert. Die Munizipalität von Paris gibt keine Genehmigungen für Straßenprostituierte mehr aus, von denen Tausende einst über offizielle Papiere verfügten. Die medizinische Untersuchung der Liebesdienerinnen, die nie viel besagt hatte, wurde eingestellt.

Auf meiner mehrmonatigen Suche habe ich nicht einen überzeugend verbürgten Fall einer Magdalena von Paris entdecken können, die ihre alte Methode, für ihren Lebensunterhalt zu sorgen, aufgegeben und sich den Gewohnheiten einer gesetzlich erlaubten Arbeit unterworfen hat. Diejenigen, die früher in etablierten Häusern beschäftigt waren und ein gewisses Maß an Schutz und Sicherheit genossen, haben sich selbstständig gemacht.

Erst gestern hat die Polizei an der Place du Châtelet ein etabliertes und äußerst anständiges Café mit einem langjährigen guten Ruf durchsucht, das nur die Flugweite eines Golfballes vom schmalen Ende der Rue de la Huchette entfernt ist. Dieses Café ist ein international bekannter Treffpunkt von Schachspielern, in dem jeden Tag – und zwar im vorderen Raum – Turniere ausgetragen werden, bei denen einem gewöhnlichen Spieler schwindlig würde. Beamten in Zivil in dieser Gegend war zunächst aufgefallen, dass sehr viele Gäste dieses Cafés dunkle Brillen trugen. Die Kriminalbeamten, deren Aufgabe es ist, alle Mädchen, die gemeinhin als leicht gelten und einen festen Preis haben, zu belästigen, fanden bei ihrer Untersuchung heraus, dass die Männer mit den getönten Brillengläsern sich unbemerkt zwischen den Schachtischen hin und her bewegten und am Eingang zum Hinterzimmer ein Passwort murmelten: »Pompom«.

»Pompom«, so sollte erklärt werden, ist der Name eines berühmten französischen Stieres, der durch den Bildhauer Bourdelle unsterblich gemacht wurde. »Pompom« hatte mehr Nachkommen als Brigham Young Enkelkinder.

Das Hinterzimmer war natürlich ein gut besuchtes, heimliches Bordell.

Einige Prostituierte sind ermordet, viele andere geschlagen und ausgeraubt worden. Andere wiederum haben unachtsame Freier ausgenommen, denen sie vermutlich nie wieder begegnen würden. Auch die Zuhälter, die fast so zahlreich waren wie die Huren und für Schutz und Moral eines Großteils der Frauen notwendig schienen, haben sehr gelitten. Es hat sich für die Luden als noch schwieriger herausgestellt, sich an die bürgerliche Lebensweise anzupassen und sich um die Frauen zu kümmern, an deren Einkünften sie teilhaben. Vor den Reformen stellten diese müßigen Herren mit Narben und Nadelstreifenanzügen keine Gefahr für die Öffentlichkeit dar und unternahmen viel, um die entsetzliche Einsamkeit dieser Frauen zu mindern, deren Dienst an den Freiern eine unpersönliche Sache war. Heute sind die *ex-maquereaux* Teil des kriminellen Milieus, begehen Diebstähle, huldigen dem Chaos und der Gewalt. Die Kriminalität in Frankreich nimmt ebenso kontinuierlich zu wie die Geschlechtskrankheiten.

Aus Madame Mariettes *Panier Fleuri* sind die Nymphen verschwunden und – um T. S. Eliot zu paraphrasieren: »ihre Freunde, die herumfaulenzenden Nachfolger der Stadtdirektoren« wissen sehr wohl, wo sie sie finden können, wie auch die jungen Anwälte entschlossen sind, die Fackel der Venus brennen zu lassen, bis die Reform verpufft ist. Die von so vielen geliebte Mireille starb, gefoltert, aber nicht gebrochen, in einem Nazigefängnis. Die gravitätische Consuela, die gerne die »Braut« mimte, ging zurück nach Barcelona und arbeitete dort in einem Bordell, von dessen Fenstern aus sie die große Christopher-Columbus-Statue sehen konnte.

Klein-Daisy, die stets fröhlich und völlig pervers war, heiratete einen reichen Spieler und verbrachte die Kriegsjahre überwiegend in Monte Carlo. Wenn sie sich ihrem Gatten entziehen kann, kehrt sie ins Viertel zurück, um ein oder zwei Stunden mit ihren Freunden zu poussieren. Sie liebt ihn, er ist verrückt nach ihr, und sie ist dankbar für die finanzielle Sicherheit, die er ihr bietet. Da sie jedoch so viele Jahre lang ein abwechslungsreiches Leben geführt hat, unvorhersehbar und gut zu ihren ungewöhnlichen Talenten passend, fand Daisy jede andere Existenzweise langweilig und unerträglich. Sie wirkt reifer und trägt teure Kleidung. Ihr Lächeln und ihr lockeres Mundwerk verraten die unveränderte süße, kindliche Mentalität, völlig arglos.

Mado, die nach einem langsamen Start in Sachen Popularität bei den Kunden Mireille in nichts nachstand, bewegt sich nach wie vor im Klandestinen, hinter der Front eines Damenschuhladens in der Rue de la Harpe, eine Straße vom Ort ihrer früheren Aktivitäten entfernt.

Eine weitere Besucherin der Place Saint-Michel, an dem sich früher die flotten Mädchen und ihre Freunde trafen, ist die alte Armandine, die 1935 bereits fünfzig Jahre alt war. Sie hat immer noch treue Kunden, für die keine Andere infrage käme. Armandine verfügt über eine Konzession für ein *Bureau de Tabac* (ein vom Regime genehmigtes und beliefertes Tabakgeschäft) am Stadtrand hinter der Place d'Italie. Und die kleine Nichte Christiane, für die Armandine einst kuschelige Kleidungsstücke strickte, während sie in der alten Nr. 17 auf Kunden wartete, hat ihre Ausbildung zur Krankenschwester beendet und einen guten Job im American Hospital in Neuilly.

Als das *Panier Fleuri* und Tausende ähnliche Tempel der Lust in Frankreich florierten und die Frauen, die ich gerade erwähnt habe, sich in der Blütezeit ihrer Karrieren befanden, wusste eine Hure, die etwas auf sich hielt, wo ihr Platz war. Wenn ihr das Haus, in dem sie war, nicht gefiel, hatte sie jede Menge andere Möglichkeiten.

Heute nehmen diese Frauen das Leben in die eigenen Hände, wenn sie bei Tag seltsame Schlafzimmer betreten oder nachts auf der Straße unterwegs sind. Es gibt keine festen Preise und keine ungeschriebenen Gesetze, und die Frauen erwarten weder Fairplay noch Menschlichkeit. Manche Männer sind darauf aus, so wenig zu zahlen wie möglich, und die Frauen wollen so viel wie möglich verdienen. Früher verdiente ein ungewöhnlich anziehendes Mädchen wie Mireille mehr als eine Stenografin oder Lehrerin, jedoch weniger als eine Filmschauspielerin. Die dunkelhäutige Dora verdiente mehr als ihr Ehemann, der bei der Zeitung *Mercure de France* Korrektur las. Frauen, die aus irgendeinem Grund nicht immer gefragt waren – in jedem Haus gab es gewöhnlich eine solche Frau – verdienten dennoch mehr als die Verkäuferinnen in den großen Warenhäusern. Derzeit halten sich die taffen, aggressiven Frauen gut über Wasser und können die Preissteigerungen auffangen, während die schüchternen leiden und hungern.

Ich kann mir die Rückkehr des *Panier Fleuri* in die Rue de la Huchette nicht recht vorstellen. Solche unbefangenen, freimütigen und zugleich geselligen Einrichtungen umgab zwischen den Weltkriegen eine an das 19. Jahrhundert erinnernde Aura. Der laienhafte Wettbewerb hat in Paris und andernorts die Fundamente des Magdalenismus zerstört. Um ganz und gar unzüchtig florieren zu können, brauchen Bordelle eine Gesellschaft um sich herum, die ziemlich strikt an Konventionen und Tabus gebunden ist, sodass die Frauen, die diese ihnen auferlegten Grenzen überschreiten, sich eindeutig abheben und die Vorteile ihres semimondänen Status ebenso genießen wie das Stigma. Ohne eine ausgeprägte Doppelmoral stünden die eingestandenermaßen leichten Mädchen auf verlorenem Posten.

Der Sonne entgegen

Und siehe da, nach Wochen und Monaten der Trübsal, des Moders und des Tropf-Tropf, des Rutschens abgefahrener Reifen über alte Pflaster, der nassen Füße und der über den Rücken laufenden Kälteschauer, tat sich vor der Dämmerstunde an Karfreitag über Paris ein strahlend blauer Himmel auf. Eine Vorahnung von Frühling lag in der Luft. Es war ein Seemannsabend, die Wolkenbataillone verzogen sich, und Nachzügler zeigten sich lachsfarben, geranien-, zinnober- oder magentarot gefärbt, dazwischen eierschalenblau, türkis und ein blasses Flaschengrün. Als sei die Darbietung unter der Stratosphäre noch nicht genug, schimmerten die Reflektionen auf der Seine rotweindunkel.

Endlich auch klare Luft, erfüllt vom Duft der Knospen und jungen Blättern. Die Zeit, um tief einzuatmen, war gekommen.

Ich hatte mich bei offenem Fenster hingelegt, um ein paar Stunden zu ruhen, in der Schwebe zwischen Schlaf und Wachsein, Erwartung und Erleichterung. Kurz nach Mitternacht kleidete ich mich dem milden Klima gemäß an und spazierte zu den *Halles de Paris*. Ich bewegte mich durch Straßen, die von beladenen Kleinlastern und schweren Karren blockiert waren, während die Gemüsebauern und ihre Frauen auf ihren Wagensitzen oder auf dem Bürgersteig dösten oder sich unterhielten. Aus diesen Kleinlastern, die aus allen Richtungen nach Paris gefahren waren, kam die Feiertagslieferung an frischen Lebensmitteln, die die Großhändler feilbieten, die Einzelhändler, Hotel- und Restaurantbetreiber erwerben und auf die Märkte in den einzelnen Arrondissements verteilen und den Hausfrauen zum Kauf anbieten würden.

Der Landarzt Henri Queuille, damals Ministerpräsident, und sein Kabinett hatten eine Reihe von Restriktionen verabschiedet und die Rationierung einiger Grundnahrungsmittel aufgehoben. Die in der Hauptstadt herrschende Feiertagsstimmung hatte sich über das Land bis zur französischen Grenze ausgebreitet. Die Frühernte war ertragreich gewesen, und wenn man von den Preisen absah, hatte das große Gebiet, das Paris ernährt, etwas von der sorglosen Stimmung wiedergewonnen, die zwischen den Kriegen geherrscht hatte.

Ich ging gemächlichen Schrittes durch die engen Gassen der Place Saint-Eustache. Früchte und Beeren waren in der Ordnung eines französischen Gartens auf den trocknenden Gehwegen ausgebreitet. Die benachbarten Straßen waren von Karotten-Pyramiden gesäumt, hennafarben im Lampen-, blasser im Dämmerlicht. Kohlköpfe waren zwei Meter hoch aufgetürmt, Blumenkohl in beige. In den höhlenartigen Marktbuden hingen an Haken die Schlachtkörper von Rindern und Schafen. Die Todesqualen zahlloser Schweine hatten ein Ende gefunden, das nackte Fleisch wurde präsentiert und signalisierte »Es ist vorbei«, während für die Gourmets das Fest noch gar nicht begonnen hatte.

Ich hatte mir einen Korb Pilze für mein Feiertagsfrühstück versprochen, dazu ein Entenei-Omelett, verfeinert mit *topinambour*s (allerfeinste und zarteste kleine Sonnenblumenwurzeln), und bahnte mir meinen Weg Richtung *Bourse de Commerce* in der Nähe der breiten Rue du Louvre und der Rue Saint-Eustache, unmittelbar südlich der berühmten Kirche von *Les Halles* mit dem majestätischen Kirchenschiff und den reich verzierten Pfeilern und Gewölben. Ich wollte kurz nach Tagesanbruch dort sein, um das Benötigte einzukaufen und meine früh aufstehenden Freunde zur Morgenkaffeestunde im *Café Saint-Michel* zu treffen. Die Luft war erfrischend, das Grau des Tagesanbruchs einem wolkenlosen Blau gewichen, bevor die ersten Strahlen der Sonne am Horizont erschienen. Ich hatte den Eindruck, dass der Frühling sich überbieten würde und wir einen Sommertag geschenkt bekämen.

Einem oberflächlichen Eindruck nach würde wohl jeder sagen, dass die *Bourse de Commerce*, die Warenbörse, ein gedrungener, flacher Rundbau, der einem riesigen Brocken schmutzigen, grauen Schnees gleicht, mit Stalagmitensäulen voller Taubendreck, das letzte Bauwerk in Paris ist, das als schön bezeichnet werden könnte. Und dennoch, vor Tagesanbruch erlebt dieses runde Monstrum, das seiner Form nach einem Rundlokschuppen in Kansas gleicht, wenn ihm auch dessen Ziegelwerk fehlt, eine Verwandlung.

In den üppigen ländlichen Provinzen, bekannt als Île de France, Seine, Seine-et-Oise, in den breiten Tälern, auf den Hügeln und Hängen, auf Weiden, in Wäldern unter Blättern und Moos, hinter Scheunen und in verlassenen Bodenhöhlen wachsen Pilze, diese feinen, aromatischen Erdpflanzen, die über Nacht auftauchen und in der Mittagssonne zerfließen. Ihre Farben sind gedämpft. Ihre Formen sind von einer essenziellen Reinheit, sichtbar amorph. Schäfer und Vagabunden, die allein unterwegs sind, machen Halt, um sie taufrisch zu pflücken und ihren nagenden Hunger zu stillen.

Französische Frauen wissen, dass Pilzgerichte Hausfrauen auf eine Stufe heben mit Küchenchefs, die mit dem Blauen Band ausgezeichnet sind, und die großen Gastronomen in Nobelrestaurants sind sich bewusst, dass sie mit Pilzen ein einfaches Gericht zum Gourmetgenuss anbieten können.

Tausende von wild wachsenden Pilzen werden auf den Wiesen und in den Wäldern Frankreichs gesammelt. Und genauso viele oder mehr werden unweit von Paris gezüchtet. Warum wurde den Großhändlern das Gebiet um die nachtschlafende *Bourse de Commerce* zugewiesen, um ihre Pilze in blättergeschmückten Körben anzubieten?

Die Farbe von Pilzen reicht von dem späten Schwarz des schauerlich aussehenden Schopf-Tintlings bis zum Alabasterweiß des *amanita verna* oder todbringenden Engels – drei Bisse, und man ist tot. Von einem Fall von Pilzvergiftung habe ich in Frankreich jenseits des populären Films *Roman eines Schwindlers* von Sacha Guitry noch nie gehört. Seite an Seite platziert, in Reih und Glied, die ausdrucksvollen Formen exponiert wie Akte von Ingres, werden Pilze in einem Korb zu Oberfläche, Form und Zahl. Einige Körbe sind geflochten aus einem gespaltenen, biegsamen Holz. Manche sind oben rechteckig, die unteren Ecken abgerundet. Flache Körbe in Form großer Teller und mit zierlichen Griffen bestehen aus Stroh oder Rattan, gefärbt mit Elixieren aus Wurzeln und Kräutern, kirschbraun, mahagonirot, pflaumenblau-violett changierend. Und in all diesen hübschen Behältnissen, sicher zusammengedrängt, die fleisch- und die staubfarbenen Pilze, die gelben Morcheln, die Garnierungen, Fischsuppenessenz, der Geruch von Saucen.

Den Duft habe ich noch nicht beschrieben. Ich bezweifle, dass irgendjemand es kann. Man kann einen frischen Pilz auf die Handfläche legen und den erdigen Geruch wahrnehmen, den Geruch von Geschenken, von Leben und Liebe, von plötzlichem Hunger, der gestillt werden kann, von wohliger Müdigkeit zur Abrundung einer fragwürdigen Leistung. Ein kleiner Korb, gefärbt mit dem Saft der Sassafraswurzel oder der Rinde der Virginischen Traubenkirsche, Nistplatz langsam fliegender Motten, enthält ungefähr einhundertfünfzig Pilze guter Größe, die Stiele nach unten gerichtet wie die Daumen der Imperatoren, die Rücken gekrümmt wie weiße Sklaven bei der Salbung. Ein ganzer Korb voller Pilze lässt deren verführerisches Aroma, den starken Duft nach Erde und dem Balsam der Ambrosia, stärker hervortreten. Um die *Bourse de Commerce* herum stehen in einem einzigen Kreis mehr als zweihundert Körbe mit 30.000 Pilzen, und jeden Morgen sind auf dem Markt mehrere Kreise zu sehen, Tendenz steigend, die Körbe mit grünen Blättern geschmückt, dazwischen Pfade.

In den Vereinigten Staaten sind Pilze wegen der Anarchie des privaten Unternehmertums ein Luxusgut. Sie sind leicht zu finden, leicht zu kultivieren, und das Verschicken ist auch nicht schwer. Irgendwie wurde der Preis in die Höhe getrieben, auf einen Dollar das Pfund. In Frankreich sind Pilze trotz fortwährender wirtschaftlicher Improvisation und chronischer Inflation relativ billig, und auch arme Menschen kennen deren Geschmack.

Die *Bourse de Paris* und die *Bourse de Commerce* waren vor Ostern häufig in den Nachrichten, weil 2.000 Angestellte der Broker von den Kommunisten überzeugt worden waren, in den Streik zu treten. Es kann nicht geleugnet werden, dass es Missstände gab. Die Beschäftigten mussten in einer Umgebung von Profit und Verlust, von erzielten Vermögen und gescheiterter Spekulation, von Francs, Pounds, Pesetas, Zlotys, Rupien, Lire und dem Herrn Präsidenten aller Währungen, dem *Sehr Ehrenwerten Dollar* lange arbeiten. Sie verdienten etwa 22.000 Francs im Monat (etwas weniger als 75 Dollar). Sie konnten sich selten, wenn überhaupt, einen neuen Anzug leisten, und die Schuhe mochten »Golden Slippers« sein. Ihre Frauen und Kinder, hungrig wie alle anderen, konnten nicht öfter als zweimal die Woche Fleisch essen, freitags gab es Fisch. Doch die Fischhändler in Frankreich und anderswo hatten sich zusammengetan und einen Kilopreis für den Fang aus dem Meer gefordert, der höher wäre als der für Fleisch und genauso hoch wie der für Geflügel.

Für diesen heiligen Samstag waren viele Streiks angekündigt. Ich erinnere mich, dass die Beschäftigten der Gaswerke die

Arbeit niederlegen wollten, wodurch das Kochen am heimischen Herd beeinträchtigt wäre; die Elektriker demonstrierten, indem sie hin und wieder für kurze Zeit das Licht abschalteten; die Lehrer des Départements Seine standen kurz davor, den Unterricht einzustellen; die Metallarbeiter waren beunruhigt, nachdem man sie mit Sensationsmeldungen gegen den Marshallplan mobilisiert hatte; die Bleicher und Gerber waren entschlossen, Kuchen zu essen. Es musste an jenem Tag bei einer Massenveranstaltung (laut Polizei mit 20.000, laut der *New York Herald Tribune* mit 50.000 und laut *L'Humanité* mit 250.000 Teilnehmern) auch darüber entschieden werden, ob die Gewerkschaftsmitglieder, die bei Bus und U-Bahn arbeiteten, aus Gründen der Klassensolidarität die Arbeit über die religiösen Festtage ruhen lassen und 200.000 Touristen und 3.500.000 Pariser zur Immobilität verurteilen sollten.

Zweifellos hatten die kommunistischen Anführer und ihre Sekundanten bei den oben genannten und vielen weiteren Arbeitskonflikten die Finger im Spiel. Es konnte auch nicht geleugnet werden, dass die meisten der Streikenden in spe gute Gründe hatten, sich zu beklagen und Kampfmaßnahmen zu ergreifen. Die Lebenshaltungskosten waren schneller gestiegen als ihre Löhne. Während einige Schwarzmarkthändler, Politiker, Banker, erstklassige Händler, Industrielle, Luxushotel- und Restaurantbesitzer und Spekulanten fett und reich wurden, hatten ganze Regimenter von Industriearbeitern und öffentliche Angestellte nicht mehr im Geldbeutel als zu Kriegszeiten oder zu Zeiten der Besatzung durch die Nazis. Zudem waren die Bauern so verärgert wegen der Regierungsbeschlüsse, dass sie Weizenlieferungen zurückhielten. Es war die Rede davon, Weizen aus den USA zu importieren, um die unbequemen französischen Landwirte zu umgehen. Die Kommunisten demonstrierten auch gegen diese Absicht.

Nichts, was Rote, Weiße oder Schwarze unternehmen, kann den Pariser Humor trüben. Die Kommunisten hatten direkt vor

Ostern ihren Einfluss bei der Straßenreinigung genutzt und dadurch die Makler an der *Bourse de Commerce* und der Pariser Börse etwas weiter westlich zur Verzweiflung getrieben. Die Leser im Saint-Michel-Viertel und in anderen Teilen von Paris hatten tagelang in ihre Morgenzeitungen gekichert.

Das zentrale Marktviertel von Paris wird grob von der Rue du Louvre, der Rue Étienne-Marcel, dem Boulevard de Sébastopol und der Rue de Rivoli begrenzt. Zwischen Mitternacht und acht Uhr morgens ist dieses Gebiet lebendig, alles dreht sich um Gemüse, Fleisch, Fisch, Früchte und Milchprodukte. Täglich bricht die Nahrungsmittelflut über das Viertel herein, nur um abzuebben und zurückzuweichen, wenn es nach Tagesanbruch heller wird. Sind die verderblichen Waren verkauft und die Bauern und Produzenten mit ihren Kleinlastern und Pferdekarren nach Hause zurückgekehrt, tritt die Pariser Straßenreinigung in Aktion. Der Pilzmarkt ist um sieben Uhr beendet und das Personal auf dem Weg in die Vororte. Die kommunistischen Taktiker hassen die Makler der Aktien- und Warenbörsen aus mehr oder weniger nachvollziehbaren Gründen. Im Frühling überzeugten die roten Anführer die Fahrer der großen Müllfahrzeuge, die den Abfall von den Straßen und aus den Gossen von *Les Halles* einsammeln, ihre beladenen Autos vor den Mauern der *Bourse de Paris* und der *Bourse de Commerce* abzustellen und allerlei Gestank zu verbreiten. Dort ließen sie die Autos stehen, bis der ganze Rest des Marktmülls in Transporter verladen und auf die städtische Müllkippe oder zur Müllverbrennungsanlage gefahren worden war.

Der Gestank um die Börsen herum war entsetzlich und setzte sich zusammen aus dem Mief vor sich hingammelnder Innereien von Fisch, Vieh und Geflügel sowie dem Fäulnisgeruch von Gemüseabfällen. Schaulustige versammelten sich in sicherer Entfernung, um zuzusehen, wie die unterbezahlten Bediensteten zur Arbeit kamen und sich blinzelnd, die Nase mit dem Mantelärmel bedeckt, in den Gestank begaben. Als später die Aufsichtsführenden in Gehrock und grauen Hosen aufkreuzten und noch später die Broker mit Melone und in konventionellem Schwarz, waren die Mülllaster immer noch um die *Bourse de Commerce* geparkt, und ihre übel riechende Fracht kontaminierte den Nebel und die Feuchtigkeit. Nach Ostersamstag gärte der Müll in den Sonnenstrahlen.

Die Redaktionen der konservativen Zeitungen, denen die Ideale des Tourismus am Herzen lagen, appellierten vergeblich an die Roten. Die kommunistischen Propagandisten, die Investoren und Touristen verabscheuten, wiesen darauf hin, dass die Müllautos irgendwo parken und auf das Abladen warten müssten. Es wurden Petitionen an den Präsidenten der Republik, den Sozialisten Vincent Auriol, geschickt. Ihm fehlte es an Autorität, um das Problem der Straßenreinigung zu lösen. Auch der Kammer und dem Senat gelang dies nicht; dort wurden Resolutionen gegen das politische Gestank-Bombardement verabschiedet und im Archiv einbalsamiert.

Pierre de Gaulle, der Bruder des »Grand Charlie«, war Präsident des Stadtrates. Die Roten stellten ihm ein Ultimatum. Sollte er eingreifen, würden alle Straßenreiniger von Paris streiken, und die Stadt würde zum Madenparadies werden.

Nachdem ich am Morgen des heiligen Samstags einen Korb voller exzellenter, kleiner Steinpilze gekauft hatte, blieb mir keine Zeit, auf die Stinkedemonstration zu warten. Die *Bourse de Commerce* war wunderschön, auf das niedrige, graue Gebäude fielen die Sonnenstrahlen, die blasse Färbung der Pilze verstärkte die vergnügte Stimmung der Marktleute, die ein gutes Feiertagsgeschäft machten. Ich ging über die Rue de Rivoli zurück, überquerte den Pont Neuf und setzte meinen Weg über den Quai de l'Horloge zum *Marché aux Fleurs* fort. Dort frohlockten die Sträuße, Knospen, Blätter und Blüten im Chor in allen Spektral- und Mischfarben. Das typisch französische Osterangebot war vielfältig.

Es war noch zu früh, um Madame Berthelot dort anzutreffen.

Bevor ich das *Café Saint-Michel* betrat, blieb ich einen Moment lang am breiten Ende der Rue de la Huchette stehen, um den mir seit dem ersten Tag nach meiner Rückkehr vertrauten Anblick zu genießen. Der wolkenlose Himmel wurde von Blau dominiert, und die Sonne glühte hinter der gotischen Silhouette von Notre-Dame. In der krummen, engen Straße warf sie lange, graue Schatten, ließ Scheiben und Schilder zauberhaft glitzern – den goldenen Pferdekopf, der auf Monges Laden verwies, die blanke Messingkugel, von der eine Haarsträhne baumelte, ein altes Symbol für das Friseurgewerbe, das zinnoberrote amtliche Tabakemblem, der riesige Mörser samt Pistill über dem Eingang der Apotheke. Das frühmorgendliche Paris, das Feiertagsparis, das wiederauferstandene Paris nach Monaten, Wochen, Tagen und Nächten der Wolken, des Dunstes, Nebels und Regens in Sonnenschein getaucht.

»Guten Morgen«, begrüßte mich Monsieur Trévise, als ich das Café betrat und zum verzinkten Tresen schritt. Er streichelte Olympe, die Café-Katze, die einen Platz in der Sonne gefunden hatte und mit ihren Samtpfoten am Metall prüfte, ob die Kühle verschwunden war. Irgendetwas an diesem Tableau kam mir merkwürdig vor, bis ich mich erinnerte, dass die Räumlichkeiten nicht mit einer Katze gesegnet waren, solange Madame Trévise noch lebte. In seinem Witwerdasein war Monsieur Trévise erheblich milder geworden, und verwöhnte – vielleicht als Zeichen seiner neuen Unabhängigkeit – nicht nur die Katze Olympe, sondern auch ihre Jungen mit roten und schwarzen Fellpartien.

Das Ehepaar Trévise hatte das Eckcafé mehr als zwanzig Jahre lang geführt, bis Madame Trévise 1944 gestorben war. Wenn einer der männlichen Gäste, ob betrunken oder nüchtern, ein lüsternes Interesse an einer der Kellnerinnen zeigte, egal wie unwirsch oder naiv die Arbeitssklavin war, wurde er auf der Stelle von Madame Trévise hinausgeworfen, oft mit urkomischen Beschimpfungen. Madame Trévise hatte ihrem Mann nicht erlaubt, Karten zu spielen, weil er dies so sehr genoss, dass er darüber alles andere vergaß. Er besaß nie auch nur einen Franc, den er hätte ausgeben können. Sie mochte die Gäste nicht, die er als seine besten Freunde erachtete, und bevorzugte jene, die er am liebsten an einen anderen Ort geschickt hätte.

Der einst einsilbige Monsieur Trévise, der, als seine Gattin noch an seiner Seite weilte, stets eine schwermütige Armesündermiene aufsetzte, war nicht länger teilnahmslos. Ob diese Verwandlung aus dem Ableben von Madame Trévise oder dem Erscheinen der Großen Léonie resultierte, war nicht vorrangig. Auf die gleiche Weise, wie es einem dominierenden Hausdrachen bedurfte, um Trévise klein zu halten, erforderte es eine lebenslustige, unbefangene Frau wie die Katalanin Léonie, seine Selbstachtung wiederherzustellen.

»Er hätte Marguerite schon Jahre vorher loswerden sollen«, flüsterte Madame de Gran' Chemin, die nachmittägliche Plappertante, die winzig war und mit ihrem wächsernen Teint und ihren zinkweißen Haaren großmütterlich und gütig aussah. »So schwer kann das doch nicht sein, jemanden umzubringen, der ständig anwesend ist. Er hätte ihr in der Métro einen leichten Schubs geben können unter all den Fahrgästen, und schwuppdiwupp wäre sie unter einer Bahn gewesen.«

Es verkehrten dort noch ein paar andere Frauen, wie etwa Madame Gillotte und Madame Morizot, die stets so agierten, als hätten sie Alaun im Mund, und die Madame Trévise sowie deren Art, ihren Mann in Zaum zu halten, verteidigten. Sie behaupteten mit einigem Recht, wenn Madame Trévise entspannt und nicht so streng und unangenehm gewesen wäre, hätte ihr Mann vielleicht sein Leben vergeudet und *Belote* gespielt, die Mädchen für Alles wären die meiste Zeit schwanger gewesen, und das bestens gelegene *Café Saint-Michel*, das immer gut von Nachbarn und Gelegenheitsgästen besucht war, wäre pleitegegangen.

Trévise war weit von einem Bankrott entfernt, als ich unsere Bekanntschaft 1949 erneuerte. Er lächelte stets jungenhaft. Er summte in schiefen Tönen und machte gegenüber Katze und Kätzchen Bemerkungen, die für die Ohren von einigen der älteren Gäste bestimmt waren, die seine verstorbene Frau bewundert hatte. Er aß nur, was er mochte – zartes Fleisch, Hummer, Käse und Früchte und zwischen den Mahlzeiten süßes Gebäck. Kein Gemüse, außer Kartoffeln, hatte seit dem Tag vor der Beerdigung seine Lippen passiert. Madame Trévise hatte eine Vorliebe für Gemüseeintopf, gekochten Sellerie und weichen Porree. Er verbrachte mehr Zeit im Hinterzimmer am Kartentisch als hinter dem Tresen, um zu arbeiten.

Léonie kümmerte sich um alles. Sie ging dem Koch zur Hand und kommandierte ihn herum, schrubbte den Fußboden, reinigte die Fenster, half den Kellnerinnen auf der Terrasse und ließ sich auf dem Gehweg auf Gerangel mit dem riesigen Kastanienmann ein, der wie sie aus Katalonien stammte. Ihr Lachen war so tief und ansteckend wie das ihres Leinwandidols, der stämmigen französischen Charakterdarstellerin Marguerite Moreno. Léonie war groß und wohlgeformt, hatte kräftige Arme und Beine, einen prallen Busen und breite, hängende Schultern. Als junges Mädchen hatte sie vor Colliure, ihrem Geburtsort, mit ihren Brüdern auf einem Fischerboot gearbeitet. Danach war sie in Perpignan Zimmermädchen in einem billigen kleinen Hotel gewesen. 1936 bekam sie Ärger mit der Polizei, weil sie einen Kaufmann aus einem Fenster im zweiten Stock stieß, während er die faschistischen *Cagoulards* lobte, deren Autos zu Hunderten durch die Straßen flitzten, auf dem Weg zu einem sonntäglichen Treffen außerhalb der Stadt. In Paris hatte Léonie häufig die Stelle gewechselt, weil Routine sie sehr schnell langweilte.

Was fand sie am *Café Saint-Michel* so wunderbar? Einen Mann, der sie mochte wie sie war, und der ihr, wenn sie Geld brauchte, sagte, sie möge es sich aus der Kasse nehmen und ihn nicht mit Abrechnungen behelligen. Trévise nahm sich ebenfalls Geld aus der Kasse.

Recht viele Nachbarn im Quartier Saint-Michel waren anfänglich geschockt gewesen, als Léonie im Café Einzug hielt, kurz nachdem Madame Trévise in einem Sarg herausgetragen und in einen drittklassigen, schwarzen Leichenwagen verfrachtet worden war. In Wirklichkeit hatte sich alles auf eine höchst natürliche Weise zugetragen, wovon Monsieur Trévise, wenn er den Wein und sein neu gewonnenes Selbstbewusstsein spürte, jenen alten Kunden gerne erzählte, die er mochte, die seine Frau aber schroff abgewiesen hatte. Zum Friedhof Montparnasse war Trévise in der ersten Kutsche dem Leichenwagen gefolgt, in dem sich der Leichnam von Marguerite befand. Er hatte reichlich Tresterbrand getrunken und sich während der kurzen Beerdigungszeremonie benebelt entfernt. Ohne zu wissen, wohin er ging, war er geradewegs zur Place Saint-Michel zurückgekehrt, wobei ihm ein paar Straßen vorher aufgefallen war, dass er wohl einer großen, jungen Frau folgte, die alle Männer zügig abblitzen ließ, die sie ansprachen oder begafften. Die junge Frau, die sich als Léonie erwies, betrat den *Ciné Saint-Michel*, das Lichtspielhaus am Platz, das sich auf Lustspiele spezialisierte. Durch die Ereignisse der letzten Tage – die Herzattacken, die Szene am Sterbebett mit Ärzten und Pfarrern, die schrecklichen »Modalitäten«, der Bestatter und seine gravitätischen Männer, die heruntergelassenen Jalousien im Café, die Begräbnisfeier in Saint-Séverin, die Fahrt in der Kutsche, das offene Grab – hervorgerufene Benommenheit war Monsieur Trévise Léonie wie ein Schlafwandler ins Kino gefolgt, einen der Gänge hinabgelaufen und hatte in der fünften Reihe, zwei Sitze von ihr entfernt Platz genommen, sodass er den Eindruck hatte, direkt vor der Leinwand zu sitzen. In dem leicht abschüssigen Zuschauerraum waren noch jede Menge Sitze frei, und Trévise hatte sich darüber ein wenig gewundert. Später erfuhr er von Léonies Kurzsichtigkeit. Als sie in Perpignan den Cagoulard aus seinem Schlafzimmerfenster stieß, hatte sie nicht gesehen, dass im Hof des Hotels Stacheldrahtrollen angebracht waren.

Der an diesem Tag gezeigte Film hieß *Le Rosier*, mit Fernandel in der Lustspielhauptrolle, und bevor zwei Minuten vergangen waren, hatten sich Trévises schreckliche Erinnerungen an die Umstände des Trauerfalls verflüchtigt. Léonie lachte, bis sie das Dach erschütterte, und sie sich vor Lachen aufzulösen schien. Nach dem dritten oder vierten Lachanfall wurden auch Trévise und die wenigen anderen Kinobesucher, die verstreut im Saal saßen, davon ergriffen. Trévise und Léonie begannen sich ihre Augen zu wischen, klopften sich auf die Knie und kommentierten das Geschehen über die zwei leeren Sitze zwischen ihnen hinweg. Als jemand von hinten »Ssshhhh« rief, setzten sich die beiden nebeneinander, um mit fröhlichen Lauten zum Ausdruck zu bringen, wie sehr ihnen die Filmszenen gefielen.

Sie liefen vom Kino die wenigen Schritte zum Seiteneingang des *Café Saint-Michel*, Trévise schloss die Tür auf und sie gingen hinein.

Zwei Tage später eröffneten sie das Café wieder. Sie ließen aus Pietätsgründen eine gewisse Zeit verstreichen – laut der verschwiegenen Madame Morizot etwa vierzehn Tage – bevor Léonie das Schlafzimmer bezog, das sich Trévise und die Verstorbene geteilt hatten. Unterdessen hatte Léonie vom Gässchen jenseits des Hôtel de Mont Souris das Malteserkätzchen Olympe gerettet, das etwas von einer Perserkatze hatte.

»Es wird gut gehen mit den beiden, es sei denn sie heiraten«, hatte der Bandagist Amiard gesagt. Dieser Meinung schlossen sich die Junggesellen der Straße, Noël, Monge, der Satyr, Anatole, der Buchhändler und ein paar verheiratete Männer an, die von ihren Frauen verlassen worden waren, zudem Julien, der Friseur, und Isaac Prins, der in der Rue Xavier-Privas eine Druckerei betrieb.

Selbst Trévise wusste nicht, warum die offenherzige Léonie nie Heiratsabsichten hegte. In einem Augenblick mädchenhafter Schwäche hatte sie in Perpignan geheiratet, ihren Mann aber nach einem Flitterwochen-Streit nicht mehr gesehen – sie hatte ihn mit einem Tritt in den Allerwertesten aus dem Bett befördert, sodass er bis zu einem zwei Meter entfernten, kalten Heizkörper gesegelt war. Léonie, der jeglicher Kontakt mit Beamten oder der Polizei zuwider war, wollte im Stil von Jeanne d'Arc das Tamtam einer Scheidung nicht auf sich nehmen und auch nicht wieder heiraten, es sei denn, Frankreich würde dadurch ausgesöhnt.

Ich unterhielt mich mit Monsieur Trévise über den Gestank in Cis-Moll, der sich an der Börse entwickelte. Er und auch Léonie bewunderten meinen Korb mit den Steinpilzen. Die besten und appetitlichsten wachsen unten in der Nähe von Perpignan, während Trüffel bei Périgord gedeihen. Léonie verstaute meine Pilze sicher im Kühlschrank des Cafés – eine Errungenschaft, die nach der Ära der verstorbenen Marguerite Trévise datierte. Trévise spendierte mir, Léonie und sich selbst ein Glas Armagnac. Die Sonne stieg von Minute zu Minute höher und durchflutete den Bereich über dem Fluss und den Quais, der Platz war durchzogen von langen Schatten der vertrauten Bäume, und Schatten auch auf den von Ost nach West verlaufenden Straßen, den Wänden, Fenstern, Markisen, Schornsteinen.

Der erste Stammgast, der sich zu uns gesellte, war Christophe, Hortenses alter schrulliger Handkarrenmann. Christophe, der nach verdorbenen Karotten und Salzlache roch, hatte mit seinem Karren erst Geld verdient, als er Hortense kennenlernte. Bevor seine Hilfe im Blumenladen als notwendig erachtet wurde, hatte er es vorgezogen, durch und durch Clochard zu sein. Er war ganz und gar nicht bescheiden, und wenn er provoziert wurde, gab er sich forsch.

»Mach ja keinen Fehler«, sagte er, wenn sich jemand über ihn lustig machte oder die Kontrolle über sich verlor. »Ich bin ein gebildeter Mann. Jeder, der in der Gosse landet, Messieurs, läuft Gefahr, dort nicht mehr herauszukommen. Ich habe meine Respektabilität verloren und meinen Niedergang herbeigeführt.«

Was Frauen betraf, hatte Christophe strengere Ansichten als die alten Pharisäer. Diejenigen, die für ihre Gefälligkeiten Geld nahmen, befanden sich seiner Meinung nach auf einer niedrigeren Stufe als unreine Tiere. Sie waren für ihn »Unberührbare«. Alle anderen, Madame Berthelot und ein paar Frauen aus dem Viertel ausgenommen, ignorierte Christophe. Hortense, so erzählte sie mir, hatte herausgefunden, dass Christophe feste Vorstellungen von Blumen besaß, noch heftiger und eigenwilliger als seine Ansichten über Frauen. Nelken zum Beispiel erfüllten ihn mit tiefster Abscheu. Er bekam schlechte Laune, wann immer sie welche kaufte, und das war bedauerlich, weil Nelken sich für kleine Bouquets und als Ansteckblumen großer Beliebtheit erfreuten.

Hortense betrat das Café von der einen Seite, strahlte und lächelte, während der Kastanienmann von der anderen Seite eintrat. Sonne und linde Luft hatten alle (außer Christophe) in selten gute Stimmung versetzt. L'Oursin machte beim Anblick von Hortense Halt und brachte mit eloquenter Pose seine Bewunderung zum Ausdruck.

»Frohe Ostern«, sagte Hortense.

Ich spürte den Kitzel, ihr wieder zu begegnen. Sie hatte in der Einsamkeit ihres kleinen Schlafzimmers beschlossen, sich für ihre Bekannten im Café und für den morgendlichen Ausflug zum Blumenmarkt chic zu machen, wie andere es für den Ostergottesdienst in *La Madeleine* am nächsten Tag tun würden. Alles, was sie trug, war mit Bedacht ausgewählt, wunderschön und geschmackvoll komponiert. Wegen der schäbigen Kopfbedeckungen, die sie in mageren Jahren getragen hatte, schien sie nun vermutlich besonders auf die Wirkung ihres Hutes zu achten. Ihre Kopfbedeckung verfügte über eine besondere Geschichte, die sie mir aber aus Dankbarkeit gegenüber Monsieur Busse verschwiegen hatte. Eine Bekannter von Busse, in der Verwaltung des Carnavalet Museums tätig, organisierte eine Ausstellung unter dem Titel »Hüte von gestern und heute«, die mitten in der Touristensaison in einem der Salons der früheren Residenz von Madame de Sévigné stattfinden sollte. Einige der schönsten Exemplare französischer Hutmacherkunst von Mitte des 17. Jahrhunderts bis zum Jahr 1949 waren bereits zusammengetragen worden.

Busse, der ein leidenschaftliches Interesse an Hortenses neuer Kleidung entwickelte, hatte sie eines Nachmittags zum Carnavalet begleitet und ihr, durch die freundliche Vermittlung seines Freundes von der *Union Française des Arts du Costume*, einen Hut aus dem Jahre 1750 gezeigt, der erstaunlich modern wirkte. Busse gab keine Ruhe, bis Hortense ihm versprach, ihn mit gewissen Modifizierungen durch ihn kopieren zu lassen. Und so hatte Hortense zu Ostern diesen Hut ausgewählt.

Die anderen reagierten mit aufrichtiger Anerkennung. Ich konnte nur nach Luft ringen. Meine Sympathie für Busse war erheblich gewachsen. Der Hut war klein und ruhte locker auf Hortenses braunem Haar. Die Krone wies ein Schachbrettmuster auf mit nicht ganz quadratisch gewebten Komponenten aus hauchdünner metallener Spitze und seegrüner Seide, besetzt mit ein paar Mondsteinen. Auf der rechten Seite befand sich in einem anmutigen Winkel ein kreisförmiger Aufnäher aus dunkleren Schleifen.

Hortense lachte sanft und errötete zufrieden. Die Wirkung ihres Hutes war weit über ihre Erwartungen hinausgegangen. Selbst der alte Christophe stand mit offenem Mund da und kam mit seinen alten Augen aus dem Staunen nicht mehr heraus.

Genau genommen war es nicht der Hut, der meine Fantasie angeregt hatte, sondern das Ensemble. Sie trug eine lockere, graue, hüftlange Jacke, vorne offen, und darunter ein taubengraues, tailliertes Seidenkleid. Ihre Handschuhe waren aus einem weichen, grauen Reh-, ihre Handtasche und Schuhe aus silbergrauem Eidechsenleder. Drei ornamentale Knöpfe auf der Vorderseite des Kleides korrespondierten mit den Mondsteinen, dem Smaragdgrün und dem Topaz der changierenden Seite ihres Hutes.

»Madame, eigentlich müssten Sie heute Morgen mit einer Limousine zum Markt fahren, wie die Frau des Präsidenten der Republik«, säuselte der alte Christophe.

»Ich werde wie immer den Spaziergang genießen«, antwortete Hortense.

Noël kam herein, ein Buch unter dem Arm, und gab seinen Kommentar ab. Raoul Roubait kämpfte sich mit einem Stapel Morgenzeitungen, den der Lieferwagen von Hachette wie immer auf der Terrasse deponiert hatte, durch den Eingang. Die Zeitungen rochen nach frischer Druckerschwärze. Monsieur Vignon, der nervöse, kleine Lebensmittelhändler aus der Nr. 15, betrat das Café und kaute auf einem Stück getrocknetem Kabeljau. Er war immer hungrig wie ein Wolf.

Da wir alle glücklich waren, den Sonnenschein zu sehen und noch glücklicher, ihn zu spüren, nahmen wir unseren Kaffee und die frischen Croissants und stellten uns nebeneinander auf den Gehweg der Rue de la Huchette. Die Stühle und Tische für die Terrasse waren noch vorne im Café gestapelt. Wenige Augenblicke später nahmen wir ein Rumpeln von ganz unten wahr: eine frühe Métro – die Untergrundbahn fuhr in diesem Sektor unter dem Flussbett der Seine hindurch. Danach hörten wir aus den verborgenen Gängen klackernde Schritte, die sich über die Treppen näherten. Ein paar Frühaufsteher kamen auf dem Weg zur Arbeit aus der Métro-Station Saint-Michel, ein paar Meter vom Seiteneingang, an dem wir mit Kaffeetassen, Tellern und frischen Halbmonden standen.

Als die kleine Hast vorüber war, standen noch zwei Gestalten in der Nähe des Métro-Eingangs. Sie strahlten Unsicherheit aus und schienen aufeinander angewiesen zu sein; sie waren weder körperlich robust noch stilvoll gekleidet. Beide waren dünn, hatten hellblaue Augen, blonde Haare, glatt und schlecht geschnitten, und konnten Hände und Füße nicht stillhalten. Wie sie so dastanden, den Stadtplan studierten und sich ängstliche Blicke zuwarfen, war ich mir sicher, dass es sich um Bruder und

Schwester handelte. Die Form ihrer Hüte, beide zu klein und zu hoch sitzend, verwies darauf, dass sie diese entweder in der Schweiz oder in Deutschland gekauft hatten. In keinen anderen Ländern herrscht ein solcher Mangel an Gespür für Hüte.

Der Bruder, der wohl der Ältere der beiden war, trug gestrickte, strohfarbene Wollhandschuhe. Beide hatten langweilige Tweedklamotten mit ähnlichen Mustern an. Der Rock der Frau war schlabberig und plump unterteilt, während der Schneider bei der Hose des Mannes gepfuscht hatte. Sie trugen festes Schuhwerk, offenbar um über Stock und Stein zu laufen. Statt einer Handtasche führte die Frau ein kleines Netz mit sich.

Zunächst schien ihnen der Stadtplan nicht sonderlich zu helfen, dann begriffen sie offenbar beide blitzartig, wo sie sich befanden. Das verwirrte sie. Als sie bemerkten, dass wir sie neugierig beobachteten, wurden sie verlegen, beäugten uns aber unsicher von links nach rechts. Hortense, stets hilfsbereit, trat auf sie zu. Aufgrund langer Erfahrung wusste sie von Anfang an, dass die beiden Flüchtlinge waren.

»Kann ich Ihnen behilflich sein?«, fragte sie. Ihr Auftreten und ihre Erscheinung wirkten sehr beruhigend.

Der Bruder sah seine Schwester an, die ihren Kopf senkte und ihn ermutigte zu antworten.

»Wir sind aus Köln«, sagte der Mann, die Frau nickte.

Madame Berthelot konnte wie wir nur staunen. Deutsche waren in jüngster Zeit nicht durch Frankreich gereist. Auch zum *Kommunistischen Weltkongress der Kämpfer für den Frieden*, der am folgenden Dienstag beginnen sollte, würde keine deutsche Delegation anreisen. Der große Kastanienmann, dessen Hirn langsam arbeitete, wenn er sich nicht bewegte, wiederholte unbeabsichtigt mit seiner tiefen Bassstimme: »Aus Köln!«

»1935 war das«, erklärte die Frau Hortense.

»Teufel noch mal, das war vor vierzehn Jahren«, dröhnte der Kastanienmann sanft.

Der Mann schien sich übereifrig erklären zu wollen. »Bis 1939 waren wir auf den Balearen«, sagte er.

»Kennen Sie sich in Paris aus?«, fragte Hortense freundlich.

Wir waren alle Schritt für Schritt nähergetreten, bis wir einen Halbkreis um das seltsame Paar gebildet hatten.

»Haben Sie sich vielleicht verirrt?«, bohrte Hortense.

»Eigentlich nicht, nein«, antwortete der Mann. »Man hat uns geraten, mit der Métro bis zur Station Saint-Michel zu fahren. Doch auf dem Stadtplan ist die Straße, die wir suchen, nicht verzeichnet.«

»Welche?«, hakte Hortense nach.

»Die Rue Zacharie. Nummer zehn«, antwortete der Mann. Er holte aus seiner Innentasche ein sehr flaches Portemonnaie, streifte seinen rechten Handschuh ab und brachte ein Stück Papier zum Vorschein, das er Hortense reichte. Darauf stand in deutscher Schrift die von ihm genannte Adresse. Hortense konnte keine deutsche Schrift lesen, erkannte aber die Nr. 10 und das große »Z«.

»Das muss vor langer Zeit geschrieben worden sein«, merkte sie an.

»In Stockholm, vor drei Jahren«, erklärte der Mann.

Mittlerweile hatte ich begriffen, dass diese beiden keine arischen Deutschen, sondern vermutlich aus dem Reich geflohene Juden waren.

»Die Rue Zacharie ist in Rue Xavier-Privas umbenannt worden«, sagte Hortense.

Die beiden Reisenden machten lange Gesichter. Sie veränderten ihre Körperhaltung und wirkten unsicher und hilflos.

»Wo liegt denn der Unterschied?«, fragte der Kastanienmann. »Die Gebäude sind samt den Hausnummern noch dieselben.«

Der alte Christophe, der Ausländern misstraute und Deutsche hasste, wurde ungeduldig.

»Madame«, sagte er mit ernster Stimme zu Hortense, »es ist halb sieben.«

Der Flüchtling, der äußerst sensibel auf jede Art von Kritik reagierte, dachte, der alte Mann mit dem schmuddeligen Zottelbart wolle in zurechtweisen.

Er sagte: »Es ist viel zu früh. Um diese Uhrzeit können wir noch nicht bei Herrn Bernstein erscheinen.«

Ich begriff langsam, was sich zugetragen haben musste. Bruder und Schwester, denen ihr Botengang viel bedeuten musste, wie lange er sich auch hinausgezögert hatte, konnten nach Sonnenaufgang nicht mehr schlafen und waren losgegangen, ohne alle Faktoren zu berücksichtigen, und Stunden zu früh angekommen. Beide schienen sich für ihr unüberlegtes Verhalten zu schämen.

»Meine Schwester und ich werden einen Spaziergang machen und um acht Uhr wiederkommen. Nicht? Dankeschön. Auf Wiedersehen«, sagte der Mann.

Aufgeregt packte er seine Schwester am Arm, schaute ängstlich in unsere Richtung, und Seite an Seite traten sie vom Bordstein herunter und direkt in die Spur eines nahenden Fahrradfahrers, der seinen Lenker nach unten gedreht hatte. Der Fahrradfahrer versuchte noch rechtzeitig auszuweichen, streifte jedoch das erschrockene Paar.

»Heil Hitler!«, brüllte der Fahrradfahrer verächtlich, da er die deutschen Hüte erblickt hatte.

Die Flüchtlinge zitterten und forcierten ihre Schritte, ohne sich noch einmal umzudrehen.

Wie soll ich beschreiben, was ich empfunden habe, als ich an jenem Morgen im Sonnenschein über die Brücke von Saint-Michel gegangen bin? Dank des mittleren Wasserstandes der Seine war das Wasser nicht zu trüb, um Reflexionen zuzulassen. Der Himmel war strahlend blau, und Morgenwolken verzogen sich zum westlichen Horizont. Die auffallend gekleidete Hortense hegte keine düsteren Gedanken. Wir liefen Seite an Seite, ihre schmalen Finger auf dem Ärmel meiner Jacke. Hinter uns schleppte sich Christophe mit seinem holpernden Karren.

Es war fast sieben, und immer mehr Pariser erwachten und sahen durch die Schlitze schlaff hängender Vorhänge das Sonnenlicht, das auch auf Kreuzungen fiel, unterbrochen von Schornsteinen, Mauern, Fahrzeugen, Fußgängern. Nahezu alle wussten, dass das Gerede von Frieden – die Taubenplakate hingen überall – von einer doppelten oder dreifachen Absicht geprägt war. Immerhin existierte das Versprechen, es werde den Menschen zum Wohlgefallen Frieden auf Erden geben, darüber hinaus zum Mittag größere Sandwiches, die Vorhängeschlösser an den Zapfsäulen der Tankstellen würden entfernt, Butter stünde ebenso zum freien Verkauf (wäre also nicht mehr rationiert) wie Milch, sofern man sie irgendwo finden, und Käse, wenn man sich ihn leisten könnte, Baumwolle und Wollsachen in den Kaufhäusern, Häute, Felle und Pelze, egal ob gestreikt würde, Metallteile und Geräte, Getreidemühlen, um Schrot und Mehl zu machen, elektrische Mixer und jeden Tag, außer Freitag, Strom, um sie in Betrieb zu nehmen. Es würde alles geben, was auf französischem Boden wächst, das Mysterium des Meeres und seine Geschenke, dazu Freiheit, Gleichheit, Brüderlichkeit und ein dreifaches Hoch auf Rot, Weiß und Blau. Dies war die Jahreszeit der Auferstehung und des Lichts, und wenn man schon an etwas glauben muss, warum dann nicht an Frieden?

»*Vive la France!*«, rief ich aus. Hortense tätschelte meinen Ärmel.

Ist das nicht die Concierge da drüben links auf der anderen Straßenseite, die über so viel Verzweiflung und Vergeltung berichten kann, über Könige, Mörder, Adelige und Proletarier? Über die letzte Schlacht? Und fast unmittelbar daneben der Palais de Justice und die Sainte-Chapelle, in der Ecke die berühmte Uhr, die immer noch die Zeit anzeigt. Für uns und den alten Christophe waren dies nur graue Gebäude mit Goldverzierungen und gepflasterten Höfen, genau wie die düstere Präfektur auf unserer Seite der Straße, in der Hortense so viele Jahre gearbeitet hatte, ohne ein Wort des Dankes zu bekommen. Ich dachte an ihre alten Kleider – *Vive la France!* –, an die Gespräche im Caveau und an die Briefe, die sie mir ins republikanische Frankreich geschickt hatte – *Viva la Republica!* Ich wurde außerdem daran erinnert, dass die Diagramme von Frauen, Männern und Nationen nach oben rauschen oder gegen Null sinken können; Frankreich jedoch erholte sich langsam.

Wir alle – Mann, Frau, Karren und Clochard – bogen in die Rue de Lutèce ein und betraten dann das Reich der Blumen auf der Place Louis-Lépine. Das Osterwochenende ist in floraler und fiskalischer Hinsicht absolute Spitze, und an jenem Ostersamstag hatte sich das Meer von Blumen, Pflanzen und Blüten weit über den eigentlichen Marktplatz ausgedehnt bis hin zum Quai de la Corse und auf einen Teil des Pont au Change, der sich selten verändert, und den Pont Notre-Dame, der ein ganzes Stück von der großen Kathedrale entfernt ist.

Wir wurden bestürmt von Lorbeer, Rhododendren, Gladiolen, Wiesenkerbel, Anemonen, Gänseblümchen und Tulpen in Töpfen. In hohen, zylindrischen Gefäßen, steckten dicht nebeneinander oder verteilt Zweige von Obstbäumen voller Blüten, weiß und rosa, in allen Schattierungen und Ausprägungen. Flieder, »falschblau, weiß«, verwies auf ein Gedicht der verstorbenen Dichterin Amy Lowell. Rosen – ich fragte mich, wer es übers Herz bringen konnte, derart viele Rosen abzuschneiden, von den roten bis dunkelpurpurnen Général-Jacqueminot-Rosen bis zu karmesin- und scharlachroten, pinkfarbenen, gelben und weißen Rosen. An jenem Morgen war Weiß die vorherrschende Farbe: Weiße Lilien, weiße Nelken, Birnenblütenzweige und die traditionelle französische Blume dieser Jahreszeit, die garantiert Glück bringt, die wilde »Lilie aus dem Tal« – das Maiglöckchen, genannt *muguet*. Die unfähige und instabile französische Regierung, ihre Bürgerinnen und Bürger fest im Griff, hatte inoffiziell mit den Stimmen der Sozialisten, des *Mouvement républicain populaire*, der radikalen Sozialisten und allen, die das Sagen haben, beschlossen, dass jeder *muguets*, kleine 15-Francs-Sträußchen, auch ohne Lizenz verkaufen darf – ein Zeichen des Aufschwungs.

Der erweiterte Blumenmarkt jenes Morgens zählte mehr Kunden als gewöhnlich, Frauen, Jungen und Mädchen, die ausschließlich *muguets* kauften, um sie auf Bürgersteigen, an Ecken, auf Quais und Brücken feilzubieten. In der Hoffnung auf einen kleinen Gewinn gingen sie ein Risiko ein. Einige investierten 1.000 Francs in der Hoffnung auf 1.000 Francs Gewinn, und einige Kinder, nicht daran gewohnt, so früh auf den Beinen zu sein, besaßen einen abgegriffenen 100-Francs-Schein und dachten, sie könnten 50 Francs verdienen. Ich kann gar nicht sagen, wie sehr ich ihnen Glück wünschte.

Hortense war bei den Händlern vom Blumenmarkt sehr beliebt. Das war klar. Die Händler und ihre Helfer sind ein ungewöhnliches Völkchen, mit einem Fuß auf dem Land, mit dem anderen in der Metropole. Sie sind fast genauso stark vom Wetter abhängig wie Seeleute auf See. Ihre Haut ist wettergegerbt, ihre Stimmen sind heiser. In flauen Jahreszeiten ist der Wettbewerb brutal, doch am Osterwochenende verkaufen sie ihre Waren wie warme Semmeln. Jene Männer und Frauen auf der Place Louis-Lépine äußerten sich über Hortenses neuen Hut, der nie in Modemagazinen abgebildet war, und kommentierten ausgiebig ihr restliches Outfit. Währenddessen zeigte Hortense durch lockere Gesten an, was auf Christophes Karren geladen werden sollte, und je derber und mürrischer die Anbieterin oder der Anbieter, desto sanfter schien sie oder er mit den Rosen umzugehen, mit den Nelken, Tulpen, den Stiefmütterchen in Körben und den Topfpflanzen, die in jenem Jahr besonders prächtig wuchsen.

Nahezu jeder sieht das Funkeln in den Augen der Franzosen, egal aus welcher Gesellschaftsschicht, wenn eine attraktive Frau in der Nähe ist. Ich konnte mich des Gedanken nicht verwehren, dass Hortense, die häufiger geäußert hatte, auf Abwege geraten zu wollen, an jenem Morgen mehrere Amateurrekorde hätte brechen können. Sie musste geahnt haben, was ich dachte, denn plötzlich errötete sie und sagte mit glänzenden Augen: »Mach dich nicht lächerlich.«

Ich sah zu Christophe hinüber, wandte meinen Blick aber sofort wieder ab, um ihn nicht unangenehm zu berühren. Er war mir nie offen feindlich begegnet, aber besonders leiden konnte er mich auch nicht. Er schien sein Urteil zurückzuhalten. Franzose durch und durch, geprägt von Erziehung und Erfahrung, dachte Christophe in biblischen oder klassischen Begriffen über Ausländer, als seien sie Nomaden aus Galiläa, Senatoren in Togen aus dem alten Rom, schmächtige Potentaten aus Ägypten mit der Moral von Aalen oder belebte griechische Statuen, eingekleidet von Fantin-Latour oder Solomon Levi. Ich war in jüngster Zeit ebenso wenig im Viertel wie die Armenier. Die Schwarzmarkthändler, die Kommunisten, Existentialisten oder die kinnbärtigen Anhänger von Willie the Weeper gehörten zu einer für Christophe verständlichen oder beruhigenden Kategorie. Seiner Erinnerung nach war die Welt noch nie so schlecht und kompliziert gewesen. Wie so viele Franzosen, die bereitwillig glauben, was ihnen beigebracht wird, hatte er ziemlich viele Fakten akkumuliert, die zurückreichten bis zu François I., und die Zeitspanne reichte von seiner Herrschaft bis nach der Niederlage von 1870. Die Zeit danach, das heißt seit seiner Geburt, hatte Christophe nur recht schemenhaft im Kopf, und die Probleme waren seine eigenen.

Als es an der Zeit war, zur Rue de la Huchette zurückzukehren, lehnte Christophe an einem Pfosten und kratzte sich, an einem Juckreiz leidend, der darauf zurückzuführen war, dass er sich länger nicht gewaschen hatte und sich auch nur widerwillig seiner Kleidung entledigte, egal ob am Tag oder zur Nachtruhe. Er war Polonius ohne Helsingör, Teiresias ohne Ambivalenz, Lot ohne Frau, Rip mit Schlaflosigkeit, Mose ohne Anhänger, Verfolger oder Wildnis. Bei nochmaliger Überlegung lässt sich vielleicht sagen, aus Christophe sprach die nicht perfekt domestizierte Wildnis. Als wir uns jedenfalls auf den Weg machten, diesmal der Karren an der Spitze, wurde mir bewusst, dass die strahlende Morgensonne, herrlich wie sie für uns alle war, dem alten Mann nur Unbehagen bereitete, über das hinaus, was Regen oder Feuchtigkeit verursachen könnten.

In Hortenses Gegenwart war Christophe, der seinen Karren vor ihr herschob, noch zu sehr Gentleman, um stehen zu bleiben und sich die Rippen, die Schenkel oder den ledrigen Nacken zu kratzen, an dem Schweiß hinabperlte. Als wir jedoch an einem stinkenden Pissoir vorbeikamen, ließ der alte Mann überstürzt den mit Blumen beladenen Karren stehen, murmelte eine flüchtige Entschuldigung und eilte hinein, um dort Bewegungen seiner Füße und Knöchel zu vollführen, die aussahen, als führte er eine Art Tanz auf wie zu Urzeiten Hiobs. Schließlich kam er kleinmütig wieder ins Freie und klammerte sich an das, was von seiner Würde geblieben war.

Zwischen der Stelle, an der wir uns aufhielten, und der Place Saint-Michel gab es keine weitere öffentliche Bedürfnisanstalt, und es stellte sich heraus, dass Christophe es nicht so lange ausgehalten hätte. Trotz seiner verzweifelten Bemühungen zuckte er wie ein Ochse, der von Bremsen geplagt wird, dessen Haut sich im Nacken faltig staute und dessen Ohren leichthin wackelten. Hortense, die das Dilemma des alten Mannes kannte und besorgt war über dessen Auswirkung auf sein nicht sehr stabiles geistiges Gleichgewicht, versuchte, die Situation zu retten.

»Christophe«, sagte sie, »ich habe die malvenfarbigen Tulpen für Monsieur Busse vergessen. Bitte gehen Sie zum Laden, laden Sie ab, was Sie haben, und warten Sie dort auf uns. Wir kommen gleich.«

Der alte Mann war sehr froh und machte sich auf den Weg, wobei er Worte des Dankes murmelte. Hortense und ich machten kehrt und gingen ein paar Schritte in Richtung des *Marché aux Fleurs*. Da hörte ich ein Holpern und Poltern von Rädern und Felgen, als rolle der Handkarren schneller. Hortense und ich drehten uns unwillkürlich um. Christophe hatte seine

Schritte beschleunigt und führte eine Art Veitstanz auf, trabte krummbeinig zwischen den Griffen seines Karrens und steuerte auf das Bistro an der Ecke des Quais zu, wo er sich in aller Ruhe würde kratzen können.

Wir hielten die Luft an. Hortense packte mich fest am Ärmel. Der alte Christophe hatte seinen Karren so sehr beschleunigt, dass er ihn nicht stoppen konnte, als er auf die Tür des Cafés zuraste. Just als er loslassen musste und wie ein Kaninchen durch die Türöffnung flitzte, kamen zwei Polizisten nebeneinander auf Fahrrädern links vom Quai angefahren. Die hektischen Schreie, die angesichts des komplexen Aufpralls ertönten, kamen zu spät, und bevor wir uns versahen, hatten sich die vielfarbige Fracht, der klapprige Karren, die beiden Uniformierten und ihre Fahrräder auf dem Bürgersteig ineinander verknäult. Die Polizisten strampelten mit Füßen und Armen und verdrehten die Köpfe, ihre Umhänge und Uniformhosen, Hände und Gesichter mit feuchter Erde aus den zerstörten Blumentöpfen beschmutzt. Ein paar Männer kamen aus dem Bistro, und eine größere Gruppe tauchte am anderen Ende der Brücke auf, aus dem *Café du Départ* und dem *Café Saint-Michel*.

Die Delegation von der Place Saint-Michel, angeführt vom Kastanienmann und der Großen Léonie, war rechtzeitig am Unfallort, um den Polizisten beim Abbürsten der Blumenerde zu helfen und den Handkarren wieder aufzustellen. Ein paar Blumentöpfe waren kaputtgegangen, doch kaum eine Pflanze und nicht eine einzige Schnittblume war beschädigt worden.

»Ich kann mir derzeit keine Verluste leisten«, sagte Hortense. »Vom Aufladen auf den Karren bis zum Verkauf sind dank Hubert meine Bestände bestens versichert.«

Christophe kam aus dem Bistro und schaute weder rechts noch links. Die versammelte Menge, einschließlich der verärgerten *flics*, schnatterte, lachte laut und johlte. Christophe richtete sich auf wie Joseph Jefferson zu besten Zeiten oder wie der verstorbene Paul Fratellini. Aufrecht bahnte er sich seinen Weg durch die Fremden und Bekannten, ohne hinzuschauen, wer da war, und ohne nachzudenken, wohin es gehen sollte. Im Freien, auf der Brücke, steuerte er zielstrebig das Linke Ufer an, wo er völlig die Kontrolle verlor, sich verzweifelt an den Hosenboden griff, daran zerrte, die Balance verlor und vom Bürgersteig stürzte, die Hosenbodenfetzen in der Hand.

Statt in Richtung Rue de la Huchette weiterzugehen, hüpfte und tänzelte Christophe nach links, beschleunigte trotz aller verzweifelten, gegenteiligen Bemühungen seinen absurd-exzentrischen Tanz den Quai entlang bis zur Rue Xavier-Privas, in der er wie ein übergeschnappter Käfer verschwand.

Um acht Uhr wartete die Sonne mit einer üppigen morgendlichen Verheißung von sauberer Luft, einem kristallklaren Himmel und hervorgehobener Farben auf, nachdem sie die Steine und das Holzschnittmuster der Place Saint-Michel, die Fassade des *Périgordine*, die verschlossenen Jagdläden ohne Patronen, Flinten, Gewehre und Messer mit fester Klinge, die Bistros und die ungeschützten Bereiche der Place Saint-André-des-Arts erwärmt hatte. Das herrliche Wetter lockte alle Sonnenanbeter, die sich lange zurückgezogen hatten, an die Türen und Fenster.

Als ununterbrochen Regen gefallen war, hatten die Bars in der Rue de la Huchette alles in ihrer Macht Stehende für die tropfnass zitternden Gäste unternommen. Am Morgen des Ostersamstags suchten die geselligen Trinker die Terrassen des *Cafés Saint-Michel* und des *Cafés du Départ* auf. Ihre Frauen, Sprösslinge und Verwandten schlossen sich ihnen ebenso an wie die abkömmlichen Betreiber und Angestellten des *Rahab*, der *Bar de Mont Souris*, sowie des etwas weiter entfernten Hôtel Normandie, der *buvette Ali Baba*, des Hôtel du Caveau und des Hôtel de la Huchette.

Ohne offizielle Befugnis, aber in gemeinsamem Einverständnis, blockierten die Betreiber der Cafés in der Rue Xavier-Privas das südliche Ende der engen Straße mit Sägeböcken, markierten auf dem winzigen Platz Abschnitte des Gehweges mit Kreide und stellten dort Tische und Stühle auf, einige davon in die pralle Sonne.

Im Viertel machte der Bericht von den zwei Fremden die Runde, vermutlich Bruder und Schwester, die um 6 Uhr 30 am Morgen aus der Métro-Station aufgetaucht seien und sich recht merkwürdig benommen hätten. Sie hätten ein paar Stationen ihres Umherschweifens preisgegeben, Köln in Deutschland etwa, die zu Spanien gehörenden Balearen sowie Stockholm in Schweden, und sich nach Herrn Bernstein in der Rue Xavier-Privas erkundigt, an den sich niemand zu erinnern schien. Sie seien Deutsche oder Juden, ganz bestimmt aber Flüchtlinge. Sie hätten blassblaue Augen, blondes Haar und trügen dazu passenden langweiligen Tweed.

Nachdem ich *cèpes* aus meinem Korb, ein Entenei-Omelett und geröstete Sonnenblumenkerne gefrühstückt hatte, saß ich vor dem *Café Saint-Michel*, nahe genug an den Métro-Ausgängen, um sie im Auge behalten zu können. Noël saß zu meiner Linken, Monsieur Mainguet zu meiner Rechten, und Armand Busse gesellte sich zu uns. Er war sauer, weil er gehört hatte, dass Hortense, ohne dass sie ihn konsultiert oder sein Ja eingeholt hatte, in ihrem neuen Ensemble erschienen war.

Sobald Monsieur Mainguet von den Flüchtlingen gehört hatte, zückte er sein schwarzes Notizbuch, das er systematisch führte, bereit, uns alles über die Rue Xavier-Privas zu erzählen, wie es in den Unterlagen des Justizministeriums stand. Mainguet, dessen graue Augen hinter seinen Brillengläsern glänzten, räusperte sich, wandte sich einem handgeschriebenen Memorandum zu und begann uns aufzuklären. Er hatte immer im Dienste der Regierung gestanden, entweder in Frankreich oder in Indochina, nie eine Klasse unterrichtet, doch er agierte wie ein liebenswürdiger Professor, der unter seiner demonstrierten Bescheidenheit eine große Gelehrsamkeit verbarg.

»Es ist höchst unwahrscheinlich, dass einmal eine Straße nach mir benannt werden wird«, hob er an, »daher sollte mir fast jede andere recht sein.«

»Was ist denn so schlecht an der Rue Xavier-Privas?«, fragte Thérèse. »Warme Mahlzeiten zu fairen Preisen gibt es im *Petit Vatel*, und Messidor kann, ob betrunken oder nüchtern, immer noch Koffer oder Schränke öffnen, wenn die Schlüssel verlegt worden sind.«

»Mmmm! Schlosser. Sie wissen alles über Dietriche. Ich habe mich oft gefragt, ob der Verkauf dieser Dinger, mit der sich jede Tür öffnen lässt, verboten werden sollte«, sagte Monsieur Mainguet.

»Der Teufel möge es verhüten«, sagte Noël. »Seit der Geburt unserer Vierten Republik sind jeden Tag mindestens fünf neue Gesetze auf den Weg gebracht worden. Selbst Monsieur Herriot könnte aus dem Stegreif nicht antworten, was gesetzlich und was kriminell ist.«

»Wir sollten einräumen, dass Messidor ehrlich ist«, sagte Mainguet. »Es gibt allerdings auch andere. Zunächst einmal ist jedes Ende der Rue Xavier-Privas durch Bordelle geprägt. Sie scheinen zwar leer zu sein, doch die Frauen, die darin gesündigt haben, sind sicher irgendwo in der Nähe.«

»Man würde doch nicht wollen, dass eine Frau erschossen wird, bloß weil ihre Absätze kurz sind«, warf Thérèse ein. »Frankreich würde die Munition ausgehen und, psssshhht, unserer nationalen Verteidigung ebenso.«

Mainguet seufzte.

»Der Kräuterdoktor in Nr. 9«, begann Mainguet, errötete und verdrehte die Augen.

»Lassen Sie den alten Doktor Robinet in Ruhe. Die Frauen hier im Viertel können sich illegale Eingriffe nicht leisten. Wen schert es denn, wenn sie ein paar getrocknete Blätter aufkochen?«, fragte Thérèse.

»Sagen Sie so etwas nicht laut«, mahnte Noël. »Unsere Politiker sagen uns schon seit Jahrzehnten, um vor Deutschland sicher zu sein, müssten unsere Frauen wie die Italienerinnen massenhaft Kinder bekommen.«

»Italien war nicht sicher vor den Deutschen«, betonte Mainguet.

»Sollen die Deutschen doch Italien haben«, sagte Noël. »Hätte man Gamelin nur machen lassen, dann hätten wir Mussolini in seinen italienischen See gestoßen, bevor die Boches Polen überrannten.«

Die Große Léonie erhob ihre Stimme. »Stimmt etwas nicht mit Yvettes Schönheitssalon in der Rue Xavier-Privas? Ich gehe am Nachmittag hin – wegen einer Dauerwelle. Ich hoffe, sie wird eine Woche lang halten.«

Mainguet runzelte die Stirn, und schaute auf das Ende seiner Notizen. »Sie wird vor allem von Flüchtigen frequentiert, die nicht erkannt werden wollen.«

»Sie haben uns noch nichts über diesen Privas gesagt. Vielleicht war er ein Scharlatan wie Cagliostro. Nach dem, was über die Straße erzählt wurde, sollte sie nach einem Gauner benannt werden. Warum auch nicht? Die Heiligen, Doktoren, Politiker, Soldaten und Erfinder sollten die Straßenschilder nicht in Beschlag nehmen. Frankreich produziert Kriminelle, die wohl nicht schlechter sind als die anderer Nationen. Warum sollte ihnen also keine Ehre zuteilwerden?«, fragte Noël.

»Glaub' ja nicht, dass die Kriminalitätsrate in Paris die weltweit höchste ist«, sagte der kleine Statistiker.

»Wo denn? In Korsika?«, fragte Noël.

Mainguet schüttelte den Kopf.

»Sizilien«, schlug der kleine, rotbärtige Lebensmittelhändler Vignon vor. Über Guiliano, einen sizilianischen Banditen, wurde in den Zeitungen viel berichtet.

»Chicago«, sagte ich.

Mainguet strahlte. »Wir kommen schon näher«, freute er sich. »Kennen Sie eine Stadt namens Memphis im Bundesstaat Tennessee?«

»Ihr Amerikaner haltet alle Rekorde. Man wird euch wegen eurer Vorrangstellung nicht mehr mögen«, exklamierte Noël.

»Bah! Amerikaner garen Austern!«, sagte der Kastanienmann.

In diesem Moment kamen einige Leute aus der Métro-Station, und ich erblickte eine vertraute, alte flache Filzkappe. Sie war zu 100 Prozent amerikanisch und erinnerte an den College-Campus von New England. Das Gesicht darunter war rund und pausbackig, die Augen hinter einer randlosen Brille strahlten Humor aus, das Kinn wies Grübchen auf. Ich war freudig überrascht und stand schnell auf. Die Leute um mich herum, die ungeduldig auf die Deutschen warteten, taten es mir unwillkürlich nach. Genau genommen erhoben sich fast alle, die auf der gut besuchten Terrasse saßen.

Doch der kräftige Amerikaner, der mich sofort erblickte und wegen der scheinbar spontanen Ehrung oder Begrüßung über das ganze Gesicht strahlte, blieb sodann vor Entsetzen wie gelähmt stehen. Diejenigen, die ihre Blicke auf ihn gerichtet hatten, drehten sich schnell um, um zu sehen, was hinter uns und zu unserer Linken vor sich ging und ihn so erschreckt hatte. Die Frauen schrien, die Männer schnappten nach Luft, stöhnten und fluchten. Busse, der neben mir stand, schrie wie ein verwundeter Igel.

Als ich sah, was passiert war, schwindelte mir und ich wurde beinahe ohnmächtig. Ein schwerer offener Lastwagen mit Seitenbrettern war in der Rue de la Huchette über den Bordstein gefahren. Hortense Berthelot steckte bäuchlings in den Trümmern eines leeren Handkarrens; ihr neuer Hut lag zwei Meter entfernt zerdrückt und verkehrt herum auf dem Bürgersteig.

Diejenigen, die rasch in Aktion traten, vor allem der Kastanienmann, blockierten mir die Sicht, als sie zum Unfallort eilten. Dann sah ich, wie der drahtige, kleine Lebensmittelhändler Vignon den Lastwagenfahrer von seinem Sitz zog. Es war Chouette, und ich stellte mit einiger Verzögerung fest, dass auf der Fahrertür »E. Saillens & Söhne« stand. Eine Sekunde später nahm ich wahr, dass der Kastanienmann Hortense geborgen hatte und sie, einen Arm von ihr um seine Schulter gelegt, auf unseren Teil der Terrasse trug. Ihre Osterkleidung war zerrissen und unordentlich, und ihr rechter Arm hing schlaff von ihrer Schulter, doch sie lebte und versuchte uns zu versichern, dass sie nicht ernsthaft verletzt sei, bevor sie sich auch nur von den ersten Schockwirkungen erholt hatte. Chouette, der betrunken war, konnte von Glück reden, dass er nicht gelyncht wurde. Busse, der den 1750-1949-Hut aufgehoben hatte, weinte, als er sich seinen Weg zu Hortense bahnte.

Halbbruder, Halbschwester, Halbwelt

Der junge Dr. Thiouville, der von seiner Tür in Nr. 23 aus Zeuge des Unfalls geworden war, zögerte, sich Hortense zu nähern, während sie auf einen Stuhl an unserem Tisch platziert wurde. Er war neu im Viertel und einige trauten ihm nicht recht wegen seiner Sympathien für die Kommunisten. Hortense war jedoch anderen gegenüber stets respektvoll. Sie hatte Verständnis für das scheinbar überängstliche Verhalten des Arztes und bat ihn zu sich. Rasch versicherte er ihr, dass die Verletzung an ihrem Arm nicht gravierend sei. Sie hatte Schürfwunden am Ellbogen davongetragen, und vielleicht war das Radiusköpfchen gebrochen. Der Arzt legte ihr eine provisorische Schlinge an und riet ihr, ins Bett zu gehen. Dem Rat wollte sie wegen ihrer Sorge um den alten Christophe jedoch nicht folgen.

Langsam versammelten wir uns einer nach dem anderen um Hortense und puzzelten in Hörweite des zerknirschten Lastwagenfahrers Chouette an der Bar zusammen, wie es zu dem Unfall gekommen war. Nachdem sie in ihrem Laden die Blumen arrangiert hatte, dachte Hortense, es sei das Beste, den nicht angemeldeten Karren nicht vor dem Haus stehen zu lassen, damit Christophe keinen Ärger deswegen bekäme. Chouette hatte gedacht, er könne mit 50 Prozent Zuschlag zulasten der Regierung rechnen, wenn er mit seinem Laster ein kurzes Terracotta-Röhrenstück auf die Baustelle in Nr. 31 der Rue de la Huchette transportieren würde. Er hatte sich ein paar Drinks genehmigt, bevor er sich auf den Weg machte, war auf zwei Rädern um die Ecke geschlingert und hatte den Karren und Hortense in ihrem Osterchic zu spät gesehen, um den Unfall vermeiden zu können.

»E. Saillens muss für den Schaden aufkommen«, sagte Noël weise.

»Ich befand mich doch auf der falschen Straßenseite«, wandte Hortense ein. Die anderen drängten sie, dies nicht weiter zu betonen. Der Bauunternehmer habe für diese Arbeit genug kassiert und würde es nicht wagen zu protestieren, egal wie hoch die ihm präsentierte Rechnung wäre.

Sobald man es Hortense so komfortabel wie möglich gemacht und Champagner geordert hatte, der auf E. Saillens Rechnung gehen würde, sah Katya meinen rundköpfigen Freund aus Amerika, den ich in Hollywood kennengelernt hatte. Voller Stolz teilte sie den anderen Kommis auf der Terrasse mit, ihr »Gast« sei ein amerikanischer Delegierter für den *Weltkongress der Kämpfer für den Frieden*. Sein Bild war in *L'Humanité* und *Ce Soir* erschienen. Der amerikanische Delegierte wurde allen vorgestellt, zunächst den Roten und dann den anderen, ob sie nun politisch waren oder nicht. Er war erfreut, ein solch ungewöhnliches Gemeinschaftsgefühl und so viele Trinker zu einer so frühen Morgenstunde anzutreffen. Sein Empfang war herzlich und enthusiastisch gewesen. Auf die unvermeidliche Frage, wie die Situation in Amerika sei, wollte mein Freund gerade beruhigend antworten, als die Große Léonie einen Schrei ausstieß und beinahe ihr Tablett fallen ließ. Sie starrte in den entlegensten Winkel der Terrasse. Alle Köpfe drehten sich in diese Richtung. Dort saßen die beiden Flüchtlinge, die in dem allgemeinen Durcheinander und dessen Nachwirkungen das Café unbemerkt betreten und sich auf einen äußerst unauffälligen Platz gesetzt hatten.

In der Hoffnung, dass niemand es ihm übel nehmen würde, hob der Bruder an: »Als wir noch einmal darüber nachdachten, kamen wir zu dem Schluss, dass neun Uhr eine bessere Zeit wäre als acht Uhr, um uns zu dem Herrn zu begeben, dessen Adresse wir bekommen hatten.«

Diejenigen, die darauf gewartet hatten, dass die beiden aufkreuzen würden, und froh darüber waren, dass sie erschienen waren, bekundeten, nichts gegen sie zu haben.

Die beiden Flüchtlinge, erschüttert, weil Hortense verletzt worden war, bekundeten offen ihre Erleichterung darüber, dass sie sich unter den Gästen befand. Hortense, die erhebliche Schmerzen hatte, was sie jedoch zu verbergen suchte, bat Louis aus dem Normandie die beiden einzuladen, sich an unseren Tisch zu setzen. Im Hôtel de Mont Souris war ein Zimmer im zweiten Stock für sie reserviert worden, sodass sie während ihres Genesungsprozesses prompten Service genießen und Besucher empfangen konnte, die in ihrem kleinen Schlafzimmer, zu dem man über den Hof des Hauses Nr. 23 gelangte, keinen Platz gefunden hätten. Sie hatte den Eindruck, dass Bruder und Schwester unter all den Fremden mitleiderregend nervös waren und bereits auf ihre moralische Unterstützung setzten. Gegen die Einwände von Dr. Thiouville, der wollte, dass sie ein wenig ruhte, während er ihre Röntgenuntersuchung in einem Krankenhaus organisierte, beschloss sie alles in ihrer Macht stehende für die ängstlichen Flüchtlinge zu tun.

Drinnen an der Bar begann Chouette so laut zu jammern und zu klagen, dass die Große Léonie sich von unserer Gruppe mit den beiden Deutschen in der Mitte entfernte, den betrunkenen Fahrer am Kragen packte, auf den Boden der Besenkammer verfrachtete, die Tür zumachte, sie von außen verschloss, und den Schlüssel in ihre Tasche steckte.

Der amerikanische Delegierte, der weniger als nichts von den Ereignissen verstand, war so beeindruckt von ihrer Verfahrensweise, dass er bewundernd strahlte. Dann wandte er sich den Flüchtlingen zu und sagte mit gedämpfter Stimme: »Anti-Nazis, vermute ich.«

Ich nickte.

»Und der Chauffeur, der die Gräfin umgefahren hat?«, fuhr er fort. »Sein Vergehen wird, wie ich vermute, informell behandelt werden. Ich bin froh, dass Autounfälle hier nicht der Polizei gemeldet werden. Es geht angenehmer zu als bei uns.«

»In diesem Fall gibt es besondere Erwägungen«, erklärte ich ihm.

»Ich verstehe. Wenn eine Ereigniskette mit einer eleganten Dame beginnt, die sich für Ostern chic gemacht hat und einen Karren vor sich her schiebt ...«

»Demokratisch«, sagte ich.

Er strahlte noch mehr, blinzelte, seufzte und trank weiter Champagner.

Es war an der Zeit, die Flüchtlinge zu Nr. 10 der Rue Xavier-Privas zu begleiten. Der Kastanienmann, Noël, Monge, der amerikanische Delegierte, ich und andere gingen neben dem Bruder her. Dr. Thiouville drängte Hortense noch einmal, sie möge sich in dem Zimmer hinlegen, das im Hôtel de Mont Souris für sie reserviert war, und die Frau aus Köln, die recht gut Englisch verstand und sprechen konnte, bat Hortense, sich nicht zu überanstrengen. Die Augen der Frau zeigten jedoch sehr deutlich, wie sehr sie sich wünschte, Hortense an ihrer Seite zu haben. Der junge Arzt, Louis, der einarmige Kellner aus dem Normandie, Busse und Madame Berthelot bildeten also den Kern der die Schwester begleitenden Gruppe.

Bevor die Eskorte, die wirkte wie zwei kleine Gruppen artiger Urlauber, überhaupt sehr weit gekommen war, wuchs sie sich zu einer kleinen Prozession aus. In der Rue de la Huchette standen die Bewohner, die wussten, was im Gange war, in den Türen und an den Fenstern und beobachteten das Ganze. Wir wandten uns nach rechts, vom Sonneneinfall in den Schatten. Victor Lefevrais stand in der Tür von Nr. 3, und von gegenüber, keine zwölf Schritte entfernt, wehte der Geruch von in dampfendem Wasser schwimmenden Straßburger Würstchen und in Fett bratenden, in Scheiben geschnittenen Kartoffeln aus dem *Petit Vatel* herüber. Der schieläugige alte Prins arbeitete an seinem Setzkasten, seine Nase zehn Zentimeter von der Stange entfernt. Mit den Fingern nahm er die Lettern aus dem Setzkasten, ohne Licht zu benötigen. Ein paar Männer in Pullovern und mit Mützen standen am knapp zwei Meter langen Tresen der Kohlen- und Weinhandlung. Eines der Zimmermädchen des Hôtel de la Harpe saß auf einem Sessel nahe des Friseursalonfensters, betrachtete die Bilder eines alten Exemplars von *La Vie Parisienne* und sah aus wie Medusa, hatte sie doch Dauerwellenreiter mit Drähten an ihrem Kopf befestigt.

Der Kräuterdoktor in Nr. 9 sah zu, wie wir an der Spitze der Kolonne in die Nr. 10 gingen. Der Hof war übersät mit zerknüllten Zeitungsseiten, in denen Gemüse- und Obstschalen eingewickelt gewesen waren. Einige Vögelchen waren aus einem Dachrinnen-Nest gefallen und lagen tot auf den Steinen. Ein paar weggeworfene Busfahrscheine und »Zehntel«-Nieten der letzten Ziehung der nationalen Lotterie sowie ein kaputter, umgestülpter *en-tout-cas* (ein Sonnenschirm) lagen ebenfalls herum. An Stellen, an denen Steine abgesunken waren, hatten sich Schmutz- und Spülwasserpfützen gebildet, und Hundehaufen thronten auf erhabenen Steinen.

Die Bar zur Linken war geöffnet, doch nicht für Gäste. Ein lahmender Schwarzer mit Bernhardineraugen, einem krummen Rücken und alten Schuhen, die wegen der entzündeten Fußballen aufgeschnitten waren, um die Schmerzen zu lindern, wischte die Fliesen, von denen der stechende Geruch von Eau de Javel aufstieg. Der Kastanienmann fragte ihn, wo wir die Concierge finden könnten. Der Schwarze schüttelte den Kopf und brummelte, und ein Nachbar, der gegenüber aus einem der oberen Fenster schaute und dessen neugierige Ohren die Frage gehört hatten, rief: »Die alte Schnapsdrossel ist morgens nie und nachmittags selten hier.«

Der Bruder aus Köln war beim Anblick der Fassade von Nr. 10 in seine weiten Klamotten gesunken, sein Gesicht grau vor Kummer. Hortense nahm die Hand der Schwester und drückte sie kräftig zur Beruhigung. Ich winkte Victor, er möge herüberkommen, und bot ihm zwanzig Francs für den Fall, dass er die Concierge finden und ihr sagen würden, sie werde gebraucht und zwar *pronto*. Er nickte und trottete davon.

In den oberen Etagen öffneten sich weitere Fenster. Im Hof liefen zwanzig oder mehr Leute umher und stellten den Bewohnern und untereinander Fragen; der Lärm war für diese Uhrzeit und diesen Ort ungewöhnlich. Oben steckten Männer und Frauen in Hemdsärmeln, Blusen, Nachthemden und sogar Seidenpyjamas ihre Köpfe aus den Fenstern. Die Bewohner von Nr. 10 waren zumeist Schwarze oder Mulatten, die Frauen jung, die Männer mittleren Alters. Der Kastanienmann rief in Französisch hinauf und fragte nach einer Mietpartei namens Bernstein. Vignon fügte hinzu, der Mann, den wir suchten, arbeite in einer Bank. Eine dritte Stimme sagte, der Mann sei Israelit.

»Moses Bernstein, ein Bankier«, schrie ich in Englisch hinauf.

»Mann, das geht mich nichts an«, lautete die Antwort von einem der kaffeebraunen Männer in einem auffälligen Paisley-Gewand, auf der Nase einen goldenen Zwicker.

»Ein Bankier! Bitte glauben Sie mir! Niemand, der irgendein Grün trägt, kommt hierher«, sagte ein anderer, größerer Schwarzer aus einem Mansardenfenster über der Dachtraufe. Dann folgte der Nachsatz: »Wie kommt es, dass Sie so gut und frei *parlez Anglais?*«

»Ich bin aus Boston«, antwortete ich.

»Na dann, gut.«

Victor kam zurückgerannt und sagte, die alte Madame Cirage sei auf dem Weg. Ein paar Minuten später humpelte eine giftige Alte um die Ecke der Rue Saint-Séverin. Sie reagierte ob der vielen Menschen gereizt und beantwortete alle Fragen mit einem Knurren und Kopfschütteln. Sie sei erst seit fünf Jahren in Nr. 10. In dem Haus habe noch nie ein Jude gewohnt. Sie sagte dies auf eine Art und Weise, die ihre Abneigung gegen Juden deutlich machte. Niemand in diesem Hof habe je behauptet, Bankier zu sein. Auch ihre Schwester, die vor ihr hier gearbeitet habe, hätte nie Juden, Bernsteins, Bankiers oder dergleichen erwähnt.

Die Flüchtlinge verstanden zwar Französisch, Englisch und was sonst noch gesprochen wurde, nicht jedoch das amerikanische Kauderwelsch. Sie wirkten zunehmend hilflos, enttäuscht und bestürzt. Sie hatten diese Adresse drei Jahre lang von Ort zu Ort mit sich geführt, wussten, dass Moses Bernstein, den sie noch nie gesehen hatten, ein entfernter Verwandter der Frau war, und hatten so etwas wie die Rue Xavier-Privas nicht erwartet.

»Ein Verwandter Ihrer Schwester?«, wiederholte ich, als der Bruder mir von der Blutsverwandtschaft erzählte.

Er nickte, nannte aber keine Einzelheiten. Wenn Bernstein mit der Frau und nicht mit dem Mann verwandt war, überlegte ich, mussten sie Halbbruder und Halbschwester sein, was für diejenigen angemessen zu sein schien, die sich in einer Halbwelt bewegten.

Mittlerweile hatte sich der Name des jüdischen Bankiers, den die Deutschen suchten, in der gesamten Rue de la Huchette ebenso herumgesprochen wie in der Rue Xavier-Privas, auf dem Quai Saint-Michel, in der Rue de la Harpe und in der Rue Saint-Séverin, ganz zu schweigen von der kleinsten dieser Straßen, der Rue du Chat-qui-Pêche. Die Frage war vom Erdgeschoss bis zu den Dachstuben gedrungen. Kein Mensch im Viertel kannte einen Moses Bernstein oder erinnerte sich, schon einmal von diesem Mann gehört zu haben. Von Zeit zu Zeit nahm der Bruder den Zettel aus seiner Tasche und las noch einmal die Adresse, 10 Rue Zacharie. Er schien nicht an der Korrektheit der Quelle zu zweifeln, von der er sie bekommen hatte, sondern vielmehr an dem, was seine Augen und Ohren an diesem sonnigen Morgen wahrnahmen.

Die Flüchtlinge dankten uns allen. Wir begleiteten sie zurück zum *Café Saint-Michel*. Sie lehnten einen weiteren Drink ab, gingen bis zum Bordstein und hielten abermals inne, um »Auf Wiedersehen« zu sagen, die Köpfe dem Verkehr zugewandt.

Hortense vergaß in diesem Moment in all der Aufregung ihre Armverletzung und bewegte ihren Arm nach oben, um eine Haarsträhne zu richten. Da durchfuhr sie ein derart heftiger Schmerz, dass sie ohnmächtig wurde. Auch dabei wirkte sie elegant wie immer. Der Doktor eilte herbei und bestand diesmal darauf, dass sie in das zur Straße hin gelegene Zimmer im Hôtel de Mont Souris gebracht wurde.

Ein Mann ohne Hose

Hortense war in dem sonnigen Eckzimmer im zweiten Stock des Mont Souris aufgewacht und hatte festgestellt, dass eine oder auch mehrere ihr unbekannte Personen sie entkleidet und ihr ein ornamentales Reyon-Nachthemd angezogen hatten, auf dem Vögelchen zu sehen waren – die männlichen nervös und zerzaust, die weiblichen mit den Köpfen unter den Flügeln.

Simone, die examinierte Krankenschwester aus Cabats Apotheke und das Zimmermädchen Lola hatten Hortense entkleidet, während das Nachthemd eine Leihgabe der Bordsteinschwalbe Irma war. Als Hortense die Augen öffnete, sah sie, dass Hubert Wilf und Armand Busse auf gepolsterten Stühlen saßen und einander wie rivalisierende Kater betrachteten. Armand, der sich um das Zimmer gekümmert und ihre ramponierte neue Kleidung in eine Nähstube gegeben hatte, war der Auffassung, er habe ein Recht darauf, in diesem Zimmer zu sein. Hubert hatte für den Fall, dass bei ihrem Aufwachen ein Mann anwesend sein sollte, beschlossen, besser parat zu stehen.

Kurz nachdem ich das Zimmer betreten und Busse sowie Hubert noch vorgefunden hatte, einer eine Chesterfield, der andere eine Milo Violet rauchend, war der Doktor in der Tür erschienen und hatte Zeichen gegeben, dass Hortense mir etwas sagen wolle. Hubert erhob sich recht gelassen, während Busse pikiert war.

»Oh, wie Sie wünschen«, sagte er und versuchte beim Hinausgehen gleichgültig zu wirken. In Augenblicken wie diesen brachte er pantomimisch bestens zum Ausdruck, was er während der restlichen Zeit kaschierte. Zuvor war mir nicht aufgefallen, dass er eine hübsche Goldkette am Fußgelenk trug, unter seiner Socke von Kopenhagener Blau. Busse wusste so gut wie ich, was in Hortenses Kopf vor sich ging, und war so sehr darauf bedacht, ihre Pläne nicht zu durchkreuzen, wie ich, ihr zu helfen. Als er die Tür erreicht und zwei, drei Schritte in den Korridor gemacht hatte, konnte er es sich jedoch nicht verkneifen, in einem beleidigten Ton zu sagen: »Ich hoffe, es war das letzte Mal, dass wir diesen unmöglichen, alten Arsch gesehen haben.« Er wiederholte trotzig und gereizt: »DIESER ALTE ARSCH!«

Hortense lächelte so schwach, dass ich an die starken Schmerzen erinnert wurde, die ihr Ellbogen ihr bereitete, trotz des ihr vom Doktor verabreichten schwach dosierten Opiats. Sie verstand, wenn irgendetwas Christophes Selbstachtung wiederherstellen und seinen Amoklauf verhindern könnte, dann der Versuch, ihn zu überzeugen, dass sie seine Hilfe benötigte. Weil sie wusste, dass der Plan ein gewisses Risiko für sie mit sich brachte, hatte sie den alten Mann gebeten, sich um den Blumenladen zu kümmern, solange sie außer Gefecht gesetzt war.

»Schafft er das? Mit den besten Absichten?«, fragte ich. Es musste Jahre her sein, dass er Geld in beträchtlicher Menge in den Händen hielt.

»Keiner hat ihm getraut«, sagte sie.

»Er muss ein Bad nehmen, sich rasieren und die Haare schneiden lassen. Außerdem braucht er etwas zum Anziehen, besonders Hosen«, sagte ich.

»Ich bin mir sicher, dass er nur das eine Paar hat«, sagte sie zustimmend und zitterte unwillkürlich.

»Lebt er nicht längst von seinen Reserven?«, fragte ich.

»Wie sollte er? Er hat kein Geld. Ich hätte ihm heute Morgen den Lohn für die vergangene Woche geben müssen. Er hat nie einen Franc übrig. So wie er aussieht, kann er nicht aus dem Haus gehen und hat auch nicht genügend Geld, eine Flasche zu bestellen«, erklärte sie.

»Weißt du, wo er wohnt?«, fragte ich.

Sie machte ein langes Gesicht. »Nicht genau«, sagte sie und bewegte ihren linken Arm in Richtung der Slums von Montebello.

»Victor wird ihn finden«, sagte ich, und sie nickte.

Sie erzählte mir, seit sie ihn kenne, wasche sich Christophe etwa alle drei Monate. Kurz bevor er in einen derart elenden Zustand gerät, dass er zu dieser Anstrengung angetrieben wird, seien seine Depressionen am schlimmsten, sei er griesgrämig, verzweifelt und störrischer als gewöhnlich. Unmittelbar nach der Wasserprobe hebe sich seine Stimmung, und eine Zeit lang sei er ein ganz anderer Mensch – bis er wieder zu stinken anfange.

»Wir können sammeln, damit er sich neue Klamotten kaufen kann, es wird jedoch schwerer sein, ihn zu einem Bad zu überreden«, sagte ich.

»Noël wird helfen und auch L'Oursin. Für die Kosten komme ich gerne auf«, sagte sie, seufzte und sah reumütig zu mir auf.

»Er wird deinen Laden schmeißen, wenn du von der Röntgenuntersuchung zurück bist«, versprach ich und machte mich auf die Suche nach Victor Lefevrais.

Ich vermutete, dass er Louis im Normandie in den Zimmern helfen könnte, und nahm die erste Treppe, ohne mich erst an der Bar zu erkundigen. Ich fand den einarmigen *garçon* sowie Victor in Zimmer Nr. 8, in dem neben dem Kruzifix über dem Bett, einem gerahmten Kitschbild von Maria und dem Jesuskind sowie von der Hochzeit von Kana, auf dem der Heiland Wasser in Wein verwandelte, ein faszinierender Vierfarbdruck hing, der aus mindestens zweihundert kleinen Bildchen bestand, die nicht viel größer waren als Briefmarken und *The Drunkard's Progress* illustrierten – von der glücklichen kleinen Familie im rosenumrankten *cottage* über alle Probleme und Übel des Trinkens bis zum Ende im Armengrab.

Der Mieter von Zimmer Nr. 8, der schon einige Jahre im Normandie gewohnt hatte, arbeitete bei der Antialkoholiker-Gesellschaft auf dem Boulevard Saint-Germain, und die Tatsache, dass Monsieur Ithier eine Flasche Weinbrand in der Tasche eines alten, in seinem dunklen Schrank hängenden Mantels versteckte, hatte Louis, der *garçon*, engen Freunden anvertraut, Victor, sein freiwilliger Helfer, hingegen für sich behalten. Victor konnte bis zu einem alarmierenden Grad schweigen, was seine Mutter störte, hätte sie es doch gern gehabt, wenn er ihr mehr erzählt hätte.

Ich bot Victor fünfzig Francs und bat ihn herauszufinden, wo der alte Christophe wohnte, ob er sich an seinem Wohnort aufhielt, wo immer dieser auch sein mochte, und – falls nicht – wo er zu finden sein würde. Der Junge, erfreut ob der Chance, etwas zu tun, was einer geheimdienstlichen Arbeit ähnelte, machte sich sofort auf den Weg.

»Gut, der Kleine«, sagte ich, nachdem er gegangen war.

Ich kannte das Hôtel Normandie noch aus der Zeit von Guy, dem früheren Eigentümer, und seiner geduldigen Frau Sara, der Jüdin. Zu ihnen gehörte der schwarze Hund Mocha, der bei der Verteidigung von Guy getötet wurde, während dieser angeschossen wurde, als er Sara vor dem Zugriff der Nazis retten wollte. Doch die Nazis brachten sie fort. Guy war danach die meiste Zeit betrunken gewesen, hatte praktisch nicht gearbeitet, sich aber für Sara und die Juden eingesetzt, wann immer sie verunglimpft wurden. Als ich Louis sah, der auf Ithiers Messingdoppelbett saß, in der Hand einen Staubmopp, wurde mir klar, was ich Jahre zuvor hätte beobachten können. Der einarmige *garçon*, Veteran zweier Kriege, der obszöne Lieder sang und sich keinen

Spaß entgehen ließ, war in Sara verliebt gewesen, die Frau des früheren Eigentümers. Sie hatten darüber kein Wort gewechselt, nichts Fragwürdiges unternommen. Sara war eine treue und devote Frau gewesen. Ich erinnerte mich daran, dass Louis mir vor Jahren gesagt hatte, er habe noch nie mit einer Jüdin geschlafen. Wir alle wussten, dass er es mit nahezu allen anderen probiert und sich keine beschwert hatte.

Als vor dem Zweiten Weltkrieg im Reich die Verfolgung aufgrund von »Rassenzugehörigkeit« begann, waren ziemlich viele Juden aus Köln, Elberfeld und Essen im Normandie untergekommen. Verwandte von Sara, die im Ruhrgebiet und im Rheinland lebten, hatten den Flüchtlingen die Adresse in der Rue de la Huchette gegeben.

Zur Zeit der Weltausstellung von 1937 hatten viele deutsche Bürger mit jüdischem Blut für exorbitante Summen spezielle Reisegenehmigungen bekommen und waren nach Frankreich entkommen, weil die Einreise dorthin wegen der Weltausstellung leichter war.

Damals war uns allen klar, dass Sara, die sich das Wohlergehen der vertriebenen Semiten sehr zu Herzen nahm, mehr auf Louis zählte als auf ihren lasterhaften Gatten, ihnen zu helfen und sie in Paris zu begleiten, um alle notwendigen Kontakte zu knüpfen. Eine bestens etablierte Jüdin schätzte sich damals in Paris so glücklich, dass sie bereit war, alles für ihre Glaubensgenossen aus Deutschland zu tun, und Sara genoss in unserer Straße allerhöchste Hochachtung, sodass nahezu alle bereit waren, ihr zu helfen. Ihre Abhängigkeit von Louis, so sah ich es rückblickend, war eine Anerkennung seiner Hingabe. In jenen Tagen wirkte der einarmige Louis stets fröhlich und unbekümmert. Wenn er Sara diente, direkt oder über ihre Freunde, war er am glücklichsten.

»Diese junge Frau heute Morgen«, sagte Louis, während er in dem düsteren Hotelzimmer auf dem Bett saß und an die Wand starrte, ohne das Temperenzbild wahrzunehmen. »Vierzehn

Jahre von Ort zu Ort – immer unterwegs. Sie ist bestimmt nicht älter als dreißig.«

»Ein paar Jahre jünger«, vermutete ich.

»Das ist doch überhaupt kein Leben für eine anständige, junge Frau. Hast du jemals darüber nachgedacht, was für ein Gefühl es wohl ist, Jüdin zu sein?«, fragte Louis. Er sagte nicht »ein Jude«. Die Verlockung und das Geheimnis des weiblichen Geschlechts fanden sich laut Louis in der jüdischen Feminität. Im Qualm seiner Zigarette sah er undeutlich nackte Glieder in der trägen Kreisbewegung eines nahöstlichen Tanzes, im Takt unhörbarer Tamtams und Muschelschalen, im Duft von Zimt und Safran. Verschleierte, dunkle Augen starrten aus dem Nirgendwo ins Nichts, und weil die Flüchtlingsfrau aus Köln weizenfarbenes Haar und graugrüne Augen hatte, sah er auch solche Augen sowie Körper wie von den Odalisken von Ingres, keusche Gelassenheit, blasse, samtene Haut, lange Schenkel, birnenartige Pobacken.

»Ich hatte meine Sinne nicht beisammen, als diese junge Frau hier im Viertel war«, sagte Louis.

»Was hättest du tun können?«, fragte ich.

Er erzählte mir, als die Flüchtlinge nach Moses Bernstein gefragt hätten, habe er eine vage Ahnung gehabt, so, als sei tief im Gezweig seiner Erinnerung ein schläfriger Vogel kurz aufgewacht, hätte sich aufgeplustert und sei wieder eingeschlafen.

Louis hatte offenbar zwischen Sommer 1937 und dem Ausbruch des Krieges viele deutsche Juden, die vorübergehend im Hôtel Normandie wohnten, zu einem kleinen Büro im Erdgeschoss eines Hauses in der Rue Saint-Honoré gebracht. Das Büro war schlicht, schäbig und informeller Natur. Ein großer Jude mittleren Alters mit einem langen, braunen Bart, wachen Augen und einem durchdringenden Blick sowie langen, expressiven Händen hielt sich dort stets allein und unbewacht auf. Er trug schwarze, extrem hoch taillierte Baumwollhosen, ein einfaches weißes Hemd ohne Kragen, darüber einen Wollpullover und zudem absatzlose Filzpantoffeln und einen ausgeblichenen grauen Bademantel. Als Möbel diente ihm ein altmodisches Pult, an dem Buchhalter und Kontor-Angestellte des 19. Jahrhunderts auf hohen Hockern zu sitzen pflegten. Doch es gab keinen Hocker, keinen Stuhl, keinen Safe.

Es handelte sich um eine Privatbank einfachster Art. Tatsächlich hatte mich Wolfe Kaufman 1928 dorthin geführt, um einen Scheck einzulösen. Der Jude hatte den Scheck inspiziert, ihn in seine rechte Bademanteltasche gesteckt, der linken Tasche ein paar Banknoten entnommen und sie mir gereicht. Das war alles. Der indossierte Scheck war eine Urkunde. Der Jude kannte Wolfe, und Wolfe bürgte für mich. Die Bankgesetze der Dritten Republik waren elastisch genug, um auch für Privatbanken zu gelten, die von diesem kleinen Kämmerchen mit nur einem Bankier bis zu den Labyrinthen der Machenschaften reichten, wie sie Christina Stead in ihrem hervorragenden Roman *The House of All Nations* beschreibt. Die wilde Finanzpolitik der Vierten Republik hat die meisten Privatbanken paralysiert, weil immer mehr Urkunden, Quittungen, Buchungen und Erträge verlangt werden.

»Der Name dieses Bankiers«, sagte Louis mit Bezug auf den großen, hageren Juden in der Rue Saint-Honoré, »könnte Bernstein gewesen sein. Ich habe jetzt lange darüber nachgedacht und bin mir nahezu sicher, dass er Bernstein hieß.«

Nachdem Louis seine morgendliche Arbeit so gut er konnte beendet hatte, schwang er sich auf sein Fahrrad und fuhr zur Rue Saint-Honoré. Elf Jahre waren vergangen, seit er den hageren, bärtigen Privatbankier gesehen hatte, doch Louis konnte die Vorstellung ihn wiederzufinden nicht aufgeben.

Während ich Victor gesucht hatte, um den alten Christophe ausfindig machen zu können, brachen Noël, der Kastanienmann und Gilles Wilf in einem von seinen Kleinlastern zum Flohmarkt bei der Porte de Clignancourt auf, um das Notwendige für den zerlumpten, alten Mann zu kaufen.

Mein ganzes Leben lang haben mich Secondhand-Läden, Basare, Versteigerungen und Schrottplätze fasziniert. Da ich wenig besitze, habe ich ein sehnsüchtiges Interesse an den persönlichen Habseligkeiten und den Haushaltsdingen, die andere benutzt, verloren, verkauft oder weggeworfen haben. Gleicht der große, zentrale Lebensmittelmarkt von Paris, *Les Halles*, einer illuminierten, nächtlichen Schimäre, geschäftig und kaleidoskopisch – üppige, frische, duftende Landprodukte, die sich auf ein städtisches Areal von einer halben Quadratmeile ergießen – bietet der oberflächlich so trostlos wirkende Flohmarkt im Kontrast dazu das Nonplusultra. In *Les Halles* wuseln die Händler überall herum und rufen drinnen, darunter und mittendrin, und die Kunden kommen, um gezielt zu kaufen. Sie gehen vom Fleisch zum Fisch, vom Salat zu den Aprikosen. Tagelöhner mit Leitern über der Schulter schlurfen von den Ladeflächen zu den Ständen und zurück. Ein paar Stunden zuvor war dort noch nichts, keine Lieferwagen, keine Hengste, keine Mesdames Lafarge, keine Hilfsarbeiter mit spitzen, roten Kappen. Die Menschen haben es eilig, während der Verkauf im Gange ist; die Waren behalten ein Quentchen an pflanzlichem und tierischem Leben. Einige Stunden später wird das Gebiet verlassen sein, bis auf ein paar sehr Fleißige, die auch bei Tageslicht weitermachen.

Was hat es aber mit der Gemeinschaft vor dem Tor von Clignancourt auf sich? Waren selbst leben nicht, das war noch nie der Fall. Sie sind Schöpfungen von allerlei Mentalitäten. Einige der Modelle waren erstklassig, ein paar sind es noch immer. Andere zeugen von äußerster Geschmacklosigkeit, aus allen jemals katalogisierten oder in Vergessenheit geratenen Perioden. Die Käufer kommen nicht in Scharen. Keiner von ihnen hat es eilig. Jeder kann ein kostbares Objekt finden, das die anderen übersehen haben. Und jeder kann Opfer eines Taschendiebstahls werden. Der Flohmarkt, über dem so viele der unsichtbaren Diener des Satans zu schweben scheinen, ist ganz und gar eine Tagesangelegenheit. Legt man gewöhnliche Maßstäbe an, so ist hier nichts vergänglich. Was neu wirkt, ist höchst verdächtig. Hier regieren unterschiedslos das Getragene, Verblasste, Obsolete und Antike: ausgeblichene Stoffe, angekohlte Möbel, Violinen ohne Saiten, Bögen ohne Violinen, kaputte Hörner, schwarze Klarinetten aus der Zeit von Albert, Harfen verlorener Himmel, Oboen und verführerische Flöten der lustigen Hölle.

Der Montagmorgen ist eine betriebsame Zeit auf dem Flohmarkt, wenn die am Wochenende gestohlenen Sachen zum Verkauf stehen, bevor die Kriminalbeamten aufkreuzen. Entspricht der Leitgedanke von *Les Halles* der Natur, so sind dem Flohmarkt der abgestandene Geruch und die undefinierbare Farbsymbolik des freien Willens eigen, über den die Menschen verfügten, die in der Mehrheit längst tot sind. Makellose Unschuld versus Erfindungsgabe, gesteuert oder ungesteuert, teuflisch oder heiter.

Von den Dreien, die an diesem Ostersamstagmorgen von der Rue de la Huchette zum Flohmarkt fuhren, war Noël derjenige, dessen Vorstellungskraft sich am Geschmackssammelsurium entfachte. Gilles Wilf, stets der Händler, sah den Superbasar als Ort des Handelns, die Körnchen, die durch die Sanduhr von Gewinn und Verlust rieseln. Was hinaufgeht, kommt auch wieder herunter.

Der Kastanienmann, der den ganzen Tag und die halbe Nacht mit den Mysterien von Fischen, Meeresfrüchten und Krustentieren, von Meeresduft, dem Knacken von Scheren, vorstehenden Perlen statt Augen befasst war, dachte fast nur an das, was er und die beiden anderen Samariter kaufen und wofür E. Saillens & Söhne zahlen müssten: nämlich für eine tragbare Zinkwanne, einen betriebsbereiten Handkarren und ein paar Kleidungsstücke für den alten Christophe.

Wie trist und trostlos der riesige Flohmarkt an dunklen Regentagen auch wirken mochte, in der glühenden Sonne, die am späten Morgen die Temperatur auf fast 30 Grad hatte steigen lassen, mit dem todsicheren Versprechen, dass es noch heißer werden würde, war das Gebiet glanzvoll. Die Touristen hatte es noch nicht jenseits der Pariser Tore verschlagen, doch viele Franzosen hatten »frei«, und das Geschäft war relativ rege. Jahrelang war es für die gesetzestreuen Franzosen, von denen es noch einige gibt, sehr schwer gewesen, bis zur Porte de Clignancourt zu gelangen, es sei denn, es handelte sich um ein geschäftliches Anliegen, das sie berechtigte, ein Fahrzeug zu benutzen und Sprit zu verbrauchen. Doch zwei Tage vor dem Osterwochenende hatte die gemäßigte Regierung den Verkauf von vier Gallonen Benzin an Fahrer genehmigt, die zum Vergnügen Auto fuhren, und recht viele von diesen befanden sich an jenem Morgen auf dem Flohmarkt.

In seiner langen, problematischen Geschichte war der Flohmarkt nie derart fantastisch bestückt gewesen. Während der Kriegsjahre konnten die Kunden ihn nicht besuchen. Mit den Mühen der wirtschaftlichen Erholung waren auch Kleinkriminelle aufgetaucht. Ungeachtet dessen hatte das Trio aus der Rue de la Huchette Schwierigkeiten, eine alte tragbare Zinkwanne zu finden. Es war unwahrscheinlich, dass der alte Christophe anders hätte gebadet werden können. An seinem Wohnort gab es gewiss keine eingebaute Badewanne und in unmittelbarer Nähe auch keinen modernen Komfort. Ein öffentliches Bad oder ein Barbier mit einem privaten Bad würde dem alten Mann unter keinen Umständen Zutritt gewähren. Der Kastanienmann und Noël hatten überlegt, wenn sie die Wanne zu Christophe brächten, könnte er sie entweder freiwillig benutzen oder sie könnten ihn entkleiden und ihn hinein verfrachten.

Die erste Zinkwanne, die unser Kaufkomitee entdeckte, war rostig unter der schnell getrockneten Emailleschicht. Die zweite Wanne war für Kinder gemacht. Unterdessen hatte sich auf den Flohmarktwegen herumgesprochen, dass das Trio dringend eine Badewanne brauchte, sodass die einzig geeignete Gilles Wilf 1.000 Francs kostete.

Der Handkarren war leicht zu finden, kostete jedoch wegen der hohen Nachfrage 2.000 Francs. Besitzer von Handkarren sind immer knapp bei Kasse, und diejenigen, die sie brauchen, unvorsichtig. Bevor er dem Händler das Geld gab, nahm Gilles ihm den Schwur ab, dass der Karren nicht innerhalb eines Radius von einer Meile um die Place Saint-Michel gestohlen worden war.

Die Delegation aus der Rue de la Huchette hatte unter Planen bereits Kirchenorgeln gesichtet, Spielkarten aus Lettland, syrische Ornamente aus silberner Spitze, rot-weiß-blaues Fahnentuch, Souvenirkorkenzieher, primitive Radios, tiefentladene Speicherbatterien, Bärenfellroben, ramponierte Wandteppiche, bei denen die Stücke fehlten, wo sich einst Kaminplatten befunden hatten, gesprungene Blumenkübel für Veranden, zerbeulte Kohleneimer, Akkordeons mit löchrigem Balg, Medaillen, Kriegskreuze mit und ohne Palmen, seltsame Tapetenrollen, Waffeleisen, Brennscheren, amerikanische Brandeisen, zurückgelassen von den ersten Amerikanischen Expeditionsstreitkräften, kaputte Webstühle, Malerfarbkästen mitsamt Paletten, nicht zusammenpassende Türen, Fenster, abmontierte Treppen für drinnen und draußen, Jagd- und Nebelhörner, salzverkrustete Schiffsmotoren, Motorboote ohne Motor und Ruderboote ohne Ruder.

Im grellen Sonnenlicht warfen die Schrotthändler, die Durchreisenden, die Buden, Stände und die nicht zusammenpassenden Objekte scharfe Schatten. Phalangen der Trägheit, gelegentliche Schattenverschiebung. Für Gilles, Noël und L'Oursin war der Augenblick gekommen, eine schwere Wahl zu treffen – die richtigen Kleidungsstücke für den alten Christophe. Gilles, der wahre »Kontinentaleuropäer«, kleidete sich wie Monsieur Bovary, verzichtete jedoch auf eine Arzttasche. Noël personifizierte mit seinem breitkrempigen Filzhut, seinem Seersucker-Sakko und der weich fließenden *lavallière* den Künstlertyp. Der riesige Kastanienmann trug jahrein, jahraus eine Schirmmütze, einen alten Sweater, Cordhosen und robuste Rohlederstiefel. Jeder der drei war ein bewundernswertes Beispiel für einen gestandenen Pariser Bürger, doch ihre Kleidung nicht geeignet, einen verlausten alten Hobo in einen Verwalter *pro tempore* für Madame Berthelots Blumenladen samt der Kasse zu verwandeln.

Es gab eine Reihe neben der anderen mit Buden und Ständen aus splittrigen Brettern, Teerpappe, Blechen oder Wellblechen, in denen auf Kleiderbügeln, an Klammern und Haken Secondhand-Klamotten hingen – Anzüge, Jacken, Überröcke, Mäntel, schwere Plaidmäntel, Overalls, *monos*, Blazer, Regenmäntel, Capes, Schals und alle Arten von Uniformen. Das Trio passierte eine Bude nach der anderen, widerstand den Versuchen der Verkäufer, sie hineinzulocken und wunderte sich über das große Angebot. Zum Glück las einer der Inhaber *Samedi-Soir*, ein illustriertes Wochenblatt, das schon lange den Platz der Pariser Sonntagszeitungen eingenommen hatte, nachdem diese per Gesetz wegen der Papierknappheit und der von den Arbeitern geschätzten Sechs-Tage-Woche lahmgelegt wurden. Noël war der Erste, der die Überschriften und Illustrationen eines Artikels über Robert Schuman sah; er riss dem Secondhand-Händler die Zeitung aus der Hand.

Für diejenigen, die mit der französischen Nachkriegspolitik nicht vertraut sind, werden ein paar Worte über Schuman nicht verkehrt sein. Robert Schuman, derzeit Außenminister, war vor Queuille und Bidault Ministerpräsident. Egal, welche Funktion Schuman innehatte oder hat, er gilt als das Mitglied der französischen Regierung, das zum Idol des »durchschnittlichen« Franzosen geworden ist. Er ist knochig und langgliedrig, seine Reden sind trocken, sparsam an Worten und Gesten – ein schlichter, bodenständiger Politiker vom Land, der sich manchmal schlauer als die Staatsmänner aus der Stadt erweist und ein Vertrauen in der Bevölkerung genießt, das nahezu mystisch ist. In dem Moment, in dem Noël im *Samedi-Soir* die Bilder von Robert Schuman in seiner unprätentiösen, wenn nicht gar ärmlichen Garderobe sah, kam ihm der Gedanke, dass der alte Christophe, wenn er geschrubbt, rasiert und so angezogen wäre wie Schuman auf den gedruckten Illustrationen, eine starke Ähnlichkeit mit dem

Politiker hätte und der perfekte Verwalter eines Blumenladens wäre.

Noël deutete auf den illustrierten Artikel und zeigte ihn Gilles Wilf. Der Kastanienmann linste über ihre Schultern. Der Händler, ein Bantamgewicht, die rotbraunen Hemdsärmel hochgekrempelt und mit einem taubenblutfarbenen elastischen Bändchen befestigt, hüpfte umher und machte Geräusche wie eine Wespe, die gerade frittiert wird.

»Hier bekommen wir, was wir brauchen«, sagte Noël. Gilles, nie derjenige, der schnelle Entscheidungen trifft, runzelte die Stirn, legte den Kopf nach links, dann nach rechts und stimmte nüchtern zu. Ein wenig später ging auch dem in Kleidungsfragen unbedarften Kastanienmann ein Licht auf.

»In der Tat«, sagte er.

Als Sprecher in allen geschäftlichen Angelegenheiten fixierte Gilles den kleinen Händler mit durchdringenden Blicken.

»Bringen Sie mir zwei Anzüge exakt wie die in der Zeitung, für einen Mann, der gebaut ist wie *Monsieur le Ministre*, sowie dazu passende Mäntel, Westen, *pantalons*, Krawatten, vier Hemden und Schuhe. Das meine ich ernst«, sagte Gilles.

Bevor Victor sich in den »Pfuhl von Montebello« begab, wie das Elendsviertel östlich von uns genannt wurde, hatte er Fabien angeheuert, ihm bei der Suche nach dem alten Christophe behilflich zu sein. Ohne große Mühe hatte Victor herausgefunden, dass der alte Mann in der Rue Galande im Hinterzimmer eines Einfrau-Bordells wohnte, das schon lange verlassen und vorne mit Brettern zugenagelt war.

»Das ist seltsam«, sagte ich, »ich dachte, er hasst Frauen.«

Laut Fabien befand sich der alte Christophe in diesem erbärmlichen Hinterzimmer, das er von hinten durch eine im Verfall begriffene Tür betreten habe. Er liege auf seiner Pritsche, eingewickelt in zerrissene und verdreckte Decken, kratze sich, wälze sich und stöhne. Fabien war sich ziemlich sicher, dass Christophe vollständig angezogen war und auch seine alten Schuhe mit den löchrigen Sohlen und den Pappeinlagen trug.

»Ist er betrunken?«, fragte ich.

»Ich weiß es nicht«, antwortete Fabien. »Wenn ihr mich jetzt bitte entschuldigen würdet, ich muss zurück. Ich habe zu tun.«

Er ging.

Wenn ein Mann vom Pech verfolgt wird, kommen alle Sorgen der Natur zusammen, um seine Last zu vergrößern. Wäre der Ostersamstag kühl und regnerisch gewesen wie die scheinbar endlosen Tage davor, hätte der alte Christophe in seiner düsteren Bruchbude liegen und darauf warten können, dass sein Juckreiz vergeht. So aber brannte die Sonne mit für die Jahreszeit ungewöhnlicher Intensität auf Paris hernieder, und die Ärmlichkeit seiner verdreckten Bude wurde grell beleuchtet und jedes grässliche Detail offenbart. Während um elf Uhr die Thermometer am Linken Ufer 32 Grad anzeigten, fielen die durch das scheibenlose Fenster unerwünscht einfallenden Sonnenstrahlen auf seine gekrümmten Beine und trugen ihn aus seiner Erstarrung in einen Albtraum zwischen Schlafen und Wachen.

Just in dem Augenblick, in dem Noël und der Kastanienmann im Begriff waren, die Bretter vom Vorderfenster abzureißen, um die Zinkwanne ins Haus zu schieben, entfuhr dem alten Christophe, geblendet von dem ungewohnten Licht und halb wahnsinnig wegen der herumkrabbelnden Tierchen, ein entsetzlicher Schrei. In seine zerrissenen Decken verheddert, versuchte er sich krampfhaft zu befreien und stürzte aus seiner Schlafstatt auf den kaputten Fliesenboden, seine müden Reflexe zu langsam, dies zu verhindern.

Von dem Schrei und dem dumpfen Aufschlag alarmiert, bot der Kastanienmann seine ganze Kraft auf, riss die Bretter vom Fenster, sprang ins Haus und drückte die morsche Tür zu Christophes Hinterzimmer auf.

Der alte Mann versuchte sich aufzusetzen und gestikulierte dabei bedrohlich mit seinen dünnen Ärmchen in Richtung Kastanienmann. Dann erblickte er unmittelbar jenseits der Tür Noël und die unansehnliche Wanne.

»Mit welchem Recht kreuzt ihr hier auf?«, fragte Christophe, der sich endlich in Sitzposition hatte bringen können und sich an eine Beule am Hinterkopf fasste.

»Halt die Klappe, du alter Penner. Wir sind gekommen, um dich mal zu waschen«, sagte der Kastanienmann schroff.

Der Sinn der Wanne war Christophe klar geworden. Er begann in der Hitze zu schwitzen und zu zittern. Bei dem Versuch, sich zu erheben und abzuhauen, umklammerte er den wackeligen Bettrahmen und hob ihn samt der ekelhaften Lumpen über sich.

»Wehr dich nicht«, redete Noël beruhigend auf ihn ein, »wir überbringen dir ein Gesuch deiner Chefin. Madame ist wegen dir, du nutzloser Kerl, von einem Lastwagen angefahren und schwer verletzt worden.«

Diese Nachricht war so niederschmetternd, dass Christophe sich weigerte, ihr Glauben zu schenken.

»Madame hatte kein Recht, Vertrauen in mich zu setzen, konnte sie sich doch sicher sein, dass ich es missbrauchen würde. Das ist mein Schicksal, Messieurs, ich lasse eine Person nach der anderen hängen. Sie ist zweifellos entrüstet. Und ich bin es auch.«

»Madame ist im Krankenhaus, du stinkender, alter Ziegenbock. Schreib es dir hinter die Ohren«, brüllte der Kastanienmann.

»Du musst dich um ihren Laden kümmern«, sagte Noël.

»Hat Madame darum gebeten?«, fragte Christophe verblüfft.

»Es waren ihre letzten Worte, Monsieur, bevor der Krankenwagen kam und sie abtransportiert wurde«, ergänzte Noël.

Bei dem Wort »Krankenwagen« senkte der alte Mann den Kopf.

»Ein Mann ohne Hose«, sagte er, und eine Träne kullerte über seine Wange.

»Wir haben dir nicht nur Hosen mitgebracht«, erklärte Noël mit der besänftigenden Autorität, die seine Worte beförderte, wann immer er es für notwendig erachtete, jemanden zu beeindrucken, »sondern auch ein ganzes Sortiment an Jacken, Westen, Schlipsen und sonstigen Accessoires beschafft, die wichtigsten Kleidungsstücke des Schneiders von Robert Schuman, Retter von drei Ministerien in Frankreich. Vielleicht könntest du jetzt wegen dieses Notfalls aufstehen und dich vom gesunden Menschenverstand leiten lassen. Madame Berthelot benötigt das, was von deiner Intelligenz geblieben ist.«

»Ist sie schwer verletzt?«, fragte der alte Mann bange.

»Sie wird es überleben«, sagte Noël. »Derweil liegen ihre Angelegenheiten in deinen Händen.«

»Und was für Hände!«, grummelte der Kastanienmann angewidert. Er selbst war stets sauber geschrubbt, seine Kleidung mit Flicken versehen; er wusch sie selbst und besserte sie auch selbst aus, ganz der Seemann, der er war. Der Mief, die Ansammlung von Staub, Schmutz und Gelump, die splittrigen Bretter, das Sammelsurium an Ungeziefer, der knochige alte Kümmerling, räudig wie eine Möwe in einer Treibholzkiste, ließen L'Oursins Gesicht erbsengrün anlaufen.

»Die Wanne«, insistierte er und zerrte das unansehnliche *Ding* herein. »Ich werden im Bistro drüben heißes Wasser holen, falls man dort weiß, was Wasser ist.«

Christophe war mittlerweile klar, dass es kein Entrinnen gab. Einerseits hatte er den dringenden Wunsch, Hortense zu helfen, andererseits scheute er das Wasser.

»Dem Menschen wurde sein freier Wille gegeben, sodass er seiner selbst nicht würdig sein kann«, sagte Christophe. »Eine rührselige Idee, wenn ihr mich fragt.«

»Du redest wie die Existentialisten«, sagte Noël.

Der alte Clochard stöhnte und bat: »Bitte verdünnisiert euch.«

»Sobald wir Seife und heißes Wasser haben«, erwiderte L'Oursin. Er wollte eine Weile nach draußen gehen, damit Christophe in Ruhe baden konnte.

Victor Lefevrais, der herumgestanden hatte, ohne irgendwem im Weg zu sein, berichtete Noël, im Bistro stehe ein Topf mit Wasser auf dem Herd, und der Farbenmann zwei Türen weiter habe Seife auf Lager. Im »Pfuhl von Montebello« war Seife in jedem Regal eine schwer verkäufliche Ware.

Der alte Christophe, in die Enge getrieben und genötigt, spürte, wie seine pathologische Angst vor Wasser wieder hochkam. Seine Augen wanderten von der müllreifen Tür zu dem mit Unrat übersäten Gelände außerhalb der Mauer von Saint-Julien-le-Pauvre. Der Kastanienmann konnte die Gedanken des alten Mannes lesen.

»Versuch nur irgendwelche Tricks«, sagte L'Oursin. »Eine falsche Bewegung, und ich komme rein und schrubbe dich höchstpersönlich ab.«

»Ich habe mein Wort gegeben«, sagte der alte Mann würdevoll.

Victor wurde als Wachposten auf dem zugemüllten Gelände postiert. Noël und der Kastanienmann zogen sich in die kleine Bar auf der anderen Seite der Rue Galande zurück. Dort konnten sie den alten Christophe planschen, stöhnen und klagen hören. Nach einer Weile erschien wie vorher vereinbart Julien, der Friseur von der Rue de la Huchette, mit seinem Handwerkszeug in einer alten Reisetasche sowie einem Pumpsprüher und betrat den Verschlag des alten Mannes.

»Was für ein Service!«, hörten sie draußen den alten Christophe sagen.

»Noch nicht mal Handtücher.«

Victor wurde losgeschickt, ein Handtuch zu beschaffen, das er hinten durch die klapprige Tür warf.

Die Anzüge, Hemden und Krawatten hingen an Haken, die Schuhe standen auf dem Boden. Noël hatte nachträglich noch einen stilvollen, grauen Homburg gekauft.

»Und wer kommt für den ganzen Putz auf?«, hörten sie Christophe Julien fragen.

»E. Saillens & Söhne sowie die Vierte Republik«, antwortete Julien.

»Bislang hat keine unserer Republiken irgendeine Notiz von mir genommen, und ich nicht von ihnen«, sagte Christophe.

In Christophes Bude gab es nichts, was als Spiegel hätte dienen können. Als Julien den alten Mann rasiert, ihm die Haare geschnitten und ihn angekleidet hatte, rief er Noël und den Kastanienmann herein. Sie trauten ihren Augen kaum. Selbst der kleine Victor, der stolz darauf war, dass er ein Gesicht wie ein Ölgötze hatte, unternahm keinen Versuch, sein Erstaunen zu verbergen. Christophe selbst gab sich eingebildet und nonchalant. Es juckte ihn noch immer, aber er spürte, dass es nachlassen würde. Julien hatte den strähnigen Bart und das Suppensieb des alten Mannes entfernt und den grauen Haarkranz um dessen Dickschädel getrimmt. Der graue Anzug, ein bisschen zu weit, saß ganz passabel. Das Hemd war sauber und nicht zu eng am Hals. Die Krawatte war taubengrau mit einem grünen Kleeblattmuster. Die Schuhe sahen recht respektabel aus. Der Homburg war ministerial. Die Ähnlichkeit zu dem ehrenwerten Robert Schuman, von Noëls scharfen Augen zuvor festgestellt, konnten nun alle eindeutig erkennen.

»Du lieber Himmel!«, rief der Kastanienmann aus. »Eines Tages werde ich mich auch auftakeln. Wer weiß, wie ich dann aussehen werde?«

Gewaschen und angekleidet trat der alte Christophe allein auf die Rue Galande. Er trug den grauen Sommeranzug, eine Weste mit fünf Knöpfen, das weiße Hemd mit dem abnehmbaren, weichen Kragen, den taubengrauen Schlips mit dem dezenten Muster aus vierblättrigen Kleeblättern, rostbraune Schuhe und den neuen, grauen Homburg. Als er sich Richtung Rue du Petit-Pont bewegte, spürte er ein paar Augen im Rücken und hörte ein paar Stimmen, die ihn verspotteten. Die hatte er bald hinter sich gelassen. Als er sich gen Süden in Richtung Cluny gewandt hatte, ließ ihn ein schrecklicher Gedanke stehen bleiben. Noël und die anderen hatten es bei seiner großzügigen Ausstattung versäumt, ihm Geld zu geben. Christophe kramte in seinen Taschen, die der Schneider von Robert Schuman (wie auch von dem einst erschossen aufgefundenen Stavisky) so säuberlich genäht hatte, doch sie waren leer, bis auf zwei saubere, ordentlich gefaltete Taschentücher.

Christophe hatte viele Jahre lang meistens kein Geld gehabt, doch unter den Bedingungen, in denen er sich an jenem sonnigen Mittag wiederfand, wollte er die neue Erfahrung abrunden. Es verlangte ihn, auf der Terrasse eines erstklassigen Cafés zu sitzen, wo nur er selbst wusste, wer er war, und ein Glas Kaffee zu trinken. Gewöhnlicher Kaffee wie in der Bar, durch den Zusatz von Zichorie und gemahlenen Samen gestreckt, würde es nicht tun. Das Getränk musste aus richtigen Mocha- und Javabohnen, gut geröstet, frisch gemahlen und speziell für ihn gefiltert sein, und dazu musste ein frisches, knuspriges Croissant serviert werden, wodurch der Preis sich auf fantastische 50 Francs beliefe.

Nach der frühmorgendlichen Marter, dem erniedrigenden Nachspiel, dem Albtraum zwischen Schlafen und Wachen, nach der Verordnung von Bad, Haarschnitt, Rasur und neuer Kleidung war Christophe an diesem Wochenende leicht reizbar oder depressiv. Selbst in seinen ruhigsten Momenten war er nie phlegmatisch gewesen. Traurigkeit überkam ihn, als er dort auf dem Bürgersteig innehielt, denn nachdem er die äußerste Schmach erlebt hatte und dann in die höheren Ebenen der Ehrbarkeit und des Vertrauens gehoben worden war, stand zwischen ihm und seinem ersten natürlichen Impuls die Tatsache der ihm fehlenden 50 Francs in bar.

Noël und der Kastanienmann hatten ihn zum Spaß *Monsieur le Ministre* genannt, und sein Spiegelbild, das er im Vorbeigehen in den Fenstern sah, überzeugte ihn über jeden Zweifel, dass seine Ähnlichkeit mit Robert Schuman erkennbar war. Sobald er das elende Viertel verlassen hatte, in dem seine Identität allzu bekannt war, verbeugten sich einige Herren, die den Gehweg des Boulevard Saint-Germain entlang spazierten, vor ihm und zogen ihren Hut. Aus alter Gewohnheit, die er lange nicht gepflegt hatte, reagierte Christophe im Stil der 1890er Jahre, ergriff den hinteren Hutrand seines Homburg, lüpfte ihn und setzte ihn mit einer leichten Geste, die seine Hand nach vorne und nach unten führte, wieder auf.

»Komme, was wolle, in die Rue Galande kann ich nicht mehr zurück«, sagte er zu sich selbst, endgültig.

Auf dem Boulevard Saint-Michel, gegenüber vom *Café Cluny* mit seiner respektablen Klientel und dem erstklassigen Service und Angebot an Erfrischungen, zögerte der alte Mann. Seltsame, fieberhafte Gedanken schossen ihm durch den geräumigen Schädel. Hatten diese Herren, die den Hut vor ihm zogen, ihn wirklich mit dem Ex-Ministerpräsidenten und Kabinettsmitglied Robert Schuman verwechselt? Und wenn ja, würde nicht ein Kellner, Manager oder Eigentümer eines Cafés ihn ebenfalls als eine Hauptstütze Frankreichs in diesen stressigen Zeiten akzeptieren? Der Diskussion wegen einmal angenommen, er wäre Robert Schuman. Könnte nicht ein Staatsmann, der so viel im Kopf hat, am Mittag eines Ostertages gedankenlos spazieren gehen, ohne seine Taschen mit Kleingeld zu füllen? Christophe hatte gesehen, wie zahllose Männer, die kein Kleingeld hatten, aus Cafés hinausgeworfen wurden und allzu oft mit abscheulicher Brutalität. Keiner von diesen, so war er sich sicher, hatte ein gut geschneidertes Jackett und eine Weste mit fünf Knöpfen, rotbraune Schuhe und einen Homburg getragen, der neu und im Trend war.

Unachtsam, beinah resolut trat der alte Christophe, den Blick getrübt, das Blut in seinen Ohren pulsierend, vom Bürgersteig und sah sich einem Ansturm von Fahrzeugen ausgesetzt. Im Paris dieser Tage veranstalten die Fahrer von Autos, ob groß oder klein, von Fahr- oder Motorrädern, von Bussen, Lastwagen und Taxis auf ein grünes Signal oder auf die Geste eines Verkehrspolizisten hin ein Chaos, ohne Rücksicht auf Fußgänger, die geistesabwesend oder in ihren Bewegungsmöglichkeiten eingeschränkt sind. Bevor in Ost-West-Richtung alles klar war, ergoss sich eine Lawine von Nord nach Süd. In Christophes Fall gab es Schreie, ein kakofonisches Hupkonzert, streifte ein Autoreifen seine Schuhspitze, ein brausender Geugeot seinen Rockschoß. Entnervt und völlig verunsichert wich Christophe nach hier und nach dort aus und umklammerte seinen Homburg, der im Trubel eingedrückt worden war. Der alte Mann wollte schon aufgeben und lieber sterben, als plötzlich die Straße relativ frei und Ruhe eingekehrt war. Ein Verkehrspolizist hatte die Flut von Fahrzeugen und wahnsinnigen Fahrern gebieterisch mit Arm und Stab gestoppt, ein anderer war Christophe zur Hilfe geeilt, hatte ihn am Arm genommen und sicher auf den Bürgersteig vor dem *Café Cluny* geleitet.

Der alte Mann war derart durcheinander, dass er einige Sekunden brauchte, um zu verstehen, was vor sich ging. Als er wieder bei Sinnen war und sah, dass ein *flic* ihn am Arm hielt und mit ihm sprach, folgte Christophe einem Instinkt, der sich durch die schwierigen Zeiten verfestigt hatte. Er riss sich los und flitzte den Bürgersteig des *Boul' Mich'* entlang so schnell ihn seine langen Beine trugen. Die wohlmeinenden Polizisten, die Kellner, Café-Besucher, Chauffeure, Fahrradfahrer, Spaziergänger und Boulevardiers des Linken Ufers waren so erstaunt, dass sie in Gelächter ausbrachen und Christophe hinterher riefen.

Sobald Christophe eine sichere Distanz zwischen sich und dem Polizisten geschaffen hatte, wurde ihm klar, dass er sich zum Narren gemacht hatte. Er verlangsamte sein Tempo, lehnte sich niedergeschlagen an einen Baumstamm und verfiel in finsterste Depression. Und alles nur, weil er gerne ein gutes Glas Kaffee getrunken und ein Croissant gegessen hätte. Kaum dachte er darüber nach, verstärkte sich sein Hunger. Als er wieder zu Atem kam, überquerte er erneut den Boulevard Saint-Michel, diesmal mit einer solchen Vorsicht, dass eine gutherzige, junge

Frau, die annahm, er sei vom Lande, ihn begleitete. Als sie in Sicherheit waren, nannte sie ihn zum Abschied »Onkel« – ein fürchterlicher Abstieg von der Anrede *Monsieur le Ministre*. Er spürte, wie er immer mehr sein Gesicht und die Selbstbeherrschung verlor. Er musste Kaffee trinken und ein Croissant essen und zwar schleunigst.

Auf dem Gehweg in der Nähe des *Ciné Saint-Michel* befindet sich eine öffentliche Bedürfnisanstalt, in der sechs Männer nebeneinanderstehen können. Christophe zögerte, die Terrasse der *Taverne du Palais* zu passieren und auf die Rue de la Huchette zu geraten, stand im Schatten des metallenen Pissoirs und tat so, als lese er die öffentliche Bekanntmachung, laut der es per Gesetz der Dritten Republik verboten ist, an dieser Bedürfnisanstalt Plakate anzubringen. Der alte Mann dachte über einen anderen vorläufigen Plan nach.

Während die Wanne mit Wasser gefüllt worden war, hatte Noël ihm mitgeteilt, dass Madame Morizot von *Le Corset d'Art* auf den Blumenladen aufpassen würde, bis er käme und sie ablöste. Wahrscheinlich, so dachte Christophe, hätte Madame Morizot ein paar Blumen verkauft, und es käme ihm gelegen, wenn sie ihm als dem von Madame Berthelot ernannten Sachwalter das Geld übergeben würde, das sie eingenommen hatte. Da Madame Berthelot Christophe den Lohn für eine Woche Arbeit mit dem Handkarren schuldete, eine Summe von 1.500 Francs, wäre es gerechtfertigt, so beschloss er, den Laden zu schließen und zu *Rouzier* hinüberzugehen und fünfzig Francs für den von ihm heiß begehrten Kaffee und das Croissant auszugeben. Madame Berthelot mit ihrem Herz aus Gold und ihrer Sanftmütigkeit würde nicht wollen, dass er Hunger und Durst leidet, da war er sich sicher. Ein Filterkaffee und ein frisches Croissant im Urlaubssonnenschein würden ihm guttun. Er wollte dies so sehr, hatte er sich doch jahrelang nichts mehr gegönnt.

»Entschuldigen Sie, Monsieur«, hörte er einen Mann sagen und nahm nur schwach wahr, wie ihm etwas Geschmeidiges in die Hand gedrückt wurde. Er erwachte aus seiner Tagträumerei, musterte den Unbekannten, der sich an ihn gewandt hatte, und stellte fest, dass er fast so gut gekleidet war wie er selbst und sich respektvoll und förmlich verhielt. Christophe begriff sofort, dieser Mann ist in Not und bedarf meiner Hilfe. Doch erst als der Mann halb um das Pissoir herumgegangen war und es betreten hatte, wurde Christophe richtig bewusst, dass er eine Leine in der Hand hielt, die zu einem Hund gehörte, zu einer Dänischen Dogge, ein Tier so groß wie ein Pony, dessen Riesenkopf ihm zugewandt war und dessen tiefliegende Augen ihn im Visier hatten. Christophe war versucht, die Leine loszulassen und die ebenso eilige wie selbstmörderische Flucht in den Verkehr anzutreten.

»Heiliger Sankt Pierre!«, entfuhr es ihm, und die Dänische Dogge schnaufte und guckte böse.

Christophe bewegte unwillkürlich die Leine, was eine Art Signal gewesen sein musste. Der große, graue Hund, der sehr gut zu Christophes grauer Kleidung – Anzug, Krawatte, Weste und Homburg – passte, schnaufte erneut und ließ sich auf dem Trottoir nieder. Die Passanten konnten es nicht lassen stehen zu bleiben, um das stattliche Tier zu bewundern, und der übergroße Hund blickte ihnen würdevoll in die Augen, schenkte ihnen aber keine weitere Aufmerksamkeit.

Ein weiterer Polizist kam näher, schaute sich um, lächelte und ging seines Weges. Christophe glaubte, noch nie so viele *flics* im Viertel gesehen zu haben, doch er konnte nur die Stellung halten und warten. Der Riesenhund hatte ihm sein Vertrauen geschenkt, was große Hunde bemerkenswerterweise jahrelang nicht getan hatten. Christophe war gerührt und entschlossen, in gleicher Weise zu reagieren. Vorbeigehende Gentlemen zogen noch immer ihren Hut, und die Damen lächelten. Christophe grüßte mit seiner freien Hand.

Wie viel Zeit verging, bevor Christophe sich unbehaglich fühlte, weil der Hundebesitzer ewig viel Zeit in der Bedürfnisanstalt brauchte, ist nicht sicher. Der Hund zeigte jedenfalls keinerlei Anzeichen einer Unruhe. Schließlich schaute Christophe ängstlich unter dem Rand der Pissoirwand nach polierten Schuhen und dem Ende von Beinen mit gestreiften Hosen. Als nur noch zwei Männer im Pissoir standen, konnte Christophe sich nicht länger zurückhalten. Er zog an der Leine. Die fügsame Dänische Dogge stand auf, und Christophe führte sie ins Pissoir. Einer der Männer, der an jenem Morgen reichlich getrunken hatte, spürte, wie ihn etwas hinten an seinen Beinen streifte, blickte über seine Schulter, schrie auf und stürzte auf die Straße, ohne seine Hose zuzuknöpfen. Der andere Mann wurde kreidebleich und bekreuzigte sich.

Wieder im Freien und im Sonnenlicht wurde Christophe klar, dass er nun einen Hund besaß, der einhundertvierzig Pfund wog und mit einer brandneuen Leine und einem messingbesetzten Halsband ausgestattet war.

Mehr oder weniger nach seinem Bilde

Während Noël und die anderen den alten Christophe einkleideten, machte ich mich auf den Weg vom Hôtel Normandie zum *Café Saint-Michel*. Vor dem Haus Nr. 29, in der Nähe des Eingangs zum *Rahab*, stand ein langer, schwarzer, niedriger Cadillac, den ich als den von Carmen identifizierte. Ich hatte erwartet, nach dem Nachmittag in der *Ausstellung der Unabhängigen* von ihr zu hören, und auch Pierre Vautier zu treffen, der – wie mir erzählt worden war – ein Atelier im obersten Stockwerk des Hauses an der Ecke der Rue de la Harpe besaß.

Als ich an der Terrasse des *Cafés Saint-Michel* ankam, deutete Madame Gillotte auf den Cadillac und grinste, ohne sich darum zu scheren, dass einer ihrer markanten Schneidezähne fehlte.

»Ihre Freundin. Sie ist nach oben gegangen, um den Maler zu besuchen«, sagte die Frau des Bäckers.

»Hat sie nach mir gefragt?«

Madame Gillotte schüttelte den Kopf und sah mich fragend an. Ich setzte mich, bestellte einen Drink und versuchte, meine Befürchtungen zu vergessen.

»Dieser Monsieur Vautier ist nicht sehr gesellig«, bemerkte Madame Gillotte, die immer noch meine Gefühle in dieser Angelegenheit zu ergründen versuchte.

»Einfach nur verrückt, wenn Sie mich fragen«, warf Madame du Gran' Chemin ein.

»Ich mag Pierres Gemälde«, betonte ich.

Keine der Frauen konnte glauben, dass ich das, was ich gesagt hatte, auch so meinte. Bevor sie sich weiter diesem Thema widmen konnten, sah ich, wie Bernard Kahnweiler, der berühmte Kunsthändler und -kritiker, die Treppe der Métro-Station hochkam. Zur gleichen Zeit fuhr ein Lieferant in der Rue de la Huchette mit seinem Dreirad auf den Bürgersteig und warf vor dem Zeitungsstand das erste Bündel Abendzeitungen ab, die gegen Mittag zum Verkauf angeboten werden würden. Kahnweiler wartete, bis die gutmütig aussehende Zeitungstante ein Bündel geöffnet hatte und kaufte eine *Le Monde*. Er erkannte mich auf der Terrasse, lächelte und gesellte sich zu mir, die Zeitung in der Hand. Seine Karriere war parallel zu der Entwicklung der modernen Kunst verlaufen. Er zählte zu den ersten Kunsthändlern, die frühe Werke von Picasso, Braque und Derain kauften. Er hatte André Masson lanciert, viele Jahre lang Juan Gris unterstützt, bevor dieser starb, und Miró sowie Gromaire ermutigt.

Kommentarlos breitete er vor mir die Zeitung aus und deutete auf einen Artikel, der ihn offensichtlich amüsierte. Als ich ihn las, war ich ebenso sehr belustigt.

François Mauriac, ein prominenter Akademiker und Mitglied einer Gruppe katholisch-französischer Schriftsteller, die man respektlos auch als »die letzten Säulen der Kirche« bezeichnete, hatte Picasso angegriffen – nicht nur dessen jüngste Gemälde, sondern seine gesamte künstlerische Intention. Mauriacs Hauptargument war, Picasso habe sein Genie bewusst an den Satan verkauft und sich auf Betreiben des Gottseibeiuns angeschickt, den christlichen Glauben zu zerstören, dass Gott den Menschen nach seinem Bilde geschaffen habe.

Wie sonst sollte man sich sogenannte »Porträts« von Männern und Frauen mit drei verschiedenen, ineinander verschobenen Gesichtern erklären? Mit Augen im rechten Winkel wie bei einer Flunder? Mit fehlplatzierten Brüsten, Knien, Ellbogen, Händen und Gliedmaßen? Mit Heringen auf einem Teller, die Gabeln als Hüte tragen?

Als Kahnweiler die Zeitung in seine Mappe schob, sah ich, dass sich dort neben einigen anderen großen Lithografien das Blatt Nr. 12 mit der längst berühmt-berüchtigten Taube von Picasso befand, die von den Kommunisten auf unzählige Plakate gedruckt worden war und die selbst Noël in *Les Halles de la Huchette* mit schwarzer Farbe auf helle Ostereier kopiert hatte.

»Wie viele wurden davon gedruckt?«, fragte ich.

»Nur fünfzig«, antwortete Kahnweiler und lächelte erneut. »Sie wissen vielleicht, dass Picasso die Taube nicht für das kommunistische Friedenstreffen gezeichnet hat. Sie ist Teil einer Serie von Vögeln und anderen Tieren, die er für mich gemacht hat. Sechs Wochen nachdem er damit fertig war, kam einer der kommunistischen Dichter, die sich nicht recht von guter Kunst fernhalten können, selbst wenn sie kaum zur Propaganda taugt, in Picassos Atelier, sah die Taube und fragte, ob die Kommunisten sie für ein Plakat verwenden könnten. Natürlich sagte Picasso ›Ja‹. Er würde nahezu alles hergeben, wenn jemand etwas wirklich mag.«

Kahnweiler erhob sich, um am Quai entlang zu einer kleinen Kunsthandlung zu gehen, in der er oft alte Farbradierungen für seine eigene Sammlung erwarb. Ich begleitete ihn bis zum Buchladen Violet-Aîné. Drinnen sah ich Anatole, den Buchhändler, in seinem Bürostuhl. Er war allein in dem riesigen Laden. Er arbeitete gerne lange, lehnte sich in seinem Stuhl zurück, las oder schaute auf den Fluss hinaus. Wenn ihn jemand ansprach, schien er froh darüber zu sein, sich unterhalten zu können.

Anatole wurde 1920 geboren und seine Mutter war gestorben, bevor sich sein Erinnerungsvermögen ausgebildet hatte. Sein Vater, Alexandre Pillods, war Kutscher bei einem der de Castellanes gewesen, und als dieser Zweig der Familie pleiteging, kaufte sich Alexandre von seinen Ersparnissen ein Taxi. Einige Jahre lang, bis etwa Mitte der 1930er Jahre, operierte Pillods der Ältere von einer Reihe von Taxen aus, die am Gehweg der Rue de la Huchette bis circa dreihundert Meter weiter in Richtung Cluny standen.

1935 wurde Pillods Senior schwer verletzt, und sein Taxi bei einem Zusammenstoß mit einem schweren Rolls-Royce demoliert, der von dem prominenten Aîné-Verleger und -Buchhändler Lucien Violet gefahren worden war. Der Unfall ereignete sich wegen Violets leichtsinniger Fahrweise. Der wohlhabende Geschäftsmann war von Champagner beschwipst und nahm sich die Angelegenheit sehr zu Herzen. Der Fall kam nie vor Gericht. Pillods erhob keine Klage. Violet regelte das Ganze großzügig, richtete einen Fonds für den behinderten Taxifahrer ein und ermöglichte dessen Sohn Anatole eine liberale Ausbildung. Sehr zum Leidwesen seines Vaters und zum Entsetzen seines vom Gewissen geplagten Förderers wollte der damals fünfzehn Jahre alte Anatole zur Kunstschule gehen. Als 1939 der Krieg ausbrach, befand sich Anatole in Aubusson, wo er unter Lurçat, Maingonnet und den anderen, die eine hervorragende neue Schule für moderne Tapisserie auf die Beine stellten, mit voller Konzentration und erstaunlicher Bedachtsamkeit arbeitete. Er war nie untätig und überstürzte nichts. Dass es zwei Jahre und manchmal auch länger dauerte, bis einer seiner Entwürfe ausgeführt war, störte ihn überhaupt nicht. Er schien mit einem olympischen Zeitverständnis geboren worden zu sein.

Wie viele andere vielversprechende junge Künstler Frankreichs absolvierte Anatole seinen Militärdienst zu Friedenszeiten in der Camouflage-Abteilung. Braque hatte hierfür während des Ersten Weltkriegs die Grundlage geschaffen. Als Anatole

1939 zur Fahne gerufen wurde, kommandierte man ihn im Range eines Leutnants sofort zur Infanterie und an die Maginot-Line ab. Später wurde seine Einheit von der Flanke her angegriffen und dezimiert. Diejenigen, die überlebten, gerieten in Gefangenschaft. Während Anatole im Krieg war, starb sein Vater.

Anatoles erstes Lager für Kriegsgefangene in Deutschland befand sich auf einem eingezäunten Gelände, auf dem auch ein langes, flaches Gebäude stand, aus dem ständig Schreie von Frauen zu hören waren. Eine Gruppe deutscher Wissenschaftler führte dort Experimente an Sinti- und Roma-Frauen durch. Dabei ging es um die Reaktion auf ihnen in verschiedener Weise zugefügten Schmerz, um deren Intensität und Dauer. Gezwungen, die Schreie aus diesem Gebäude anhören zu müssen, ertappte sich Anatole dabei, wie er diese mit Sinti- und Roma-Farben assoziierte. Die Illusion wurde stärker, dabei war ihm aber klar, dass dieser Zusammenhang ein imaginärer war. Es dauerte nicht lange, bis er versuchte, diese Farbenassoziationen in seine Gobelin-Muster zu integrieren. Dabei zitterten seine Hände, seine Gesichtsmuskeln zuckten, und er hatte ständig Kopfschmerzen.

Nach einem Nervenzusammenbruch war er zwei Jahre krank, wurde aber nicht allzu schlecht behandelt. Man verlegte ihn in ein besseres Lager, in dem keine verwirrenden Geräusche seine Nerven noch weiter strapazierten. Schließlich wurde er nach Frankreich entlassen und kehrte nach Aubusson zurück. Bald nach seinen ersten Versuchen, wieder zu arbeiten, erlitt er einen Rückfall. Wenn er an einem Entwurf für einen Läufer, einen Wandteppich, einen Paravent oder Teppich arbeitete, tauchten vor seinen Augen Sinti- und Roma-Farben auf, und er hörte wieder die für andere unhörbaren Schreie – leise, durchdringend und entfernt. Die französischen Militärärzte zogen amerikanische Psychiater und zivile Experten zurate, und alle Mediziner stimmten an einem Punkt überein: Anatole sollte das Entwerfen aufgeben und eine andere Arbeit finden. Durch die Art und Weise, wie Anatole mit der bitteren Enttäuschung umging, machte er sich beliebt bei allen, die auch nur entfernt die Tatsachen kannten. Er trat an Lucien Violet, heran, der ihm alle Wünsche erfüllen wollte. Anatole wünschte sich vor allem eine Arbeit, eine Bleibe mit Blick auf die Seine und – in angemessenem Rahmen – Bewegungs- und Handlungsfreiheit. Anatole standen jede Menge Bücher zur Verfügung, alte wie neue aus nahezu allen Themenbereichen – Romane, Sachbücher, schöngeistige Literatur, Geschichte, Autobiografie, Biografie, Philosophie, theoretische und angewandte Wissenschaften sowie unzählige Kunstbände. Er hatte wie alle, die nie überstrapaziert oder ausgepresst wurden, ein gutes Gedächtnis. Als Buchhändler verkaufte er dank seiner Liebe des Müßiggangs und dank seines leicht exzentrischen Wesens mehr Bücher, stellte mehr anspruchsvolle Käufer zufrieden und sorgte damit für mehr Einnahmen für Violet-Aîné als seine drei Kollegen.

Kahnweiler winkte an jenem Samstagmorgen Anatole zu, bevor er Richtung Kunsthandlung weiterging, und bedeutete ihm mittels Pantomime, dass er zu einem Plausch zu ihm kommen werde, sobald er seine Besorgung erledigt hatte. Anatole nickte und lächelte.

Die Verkaufstische, die an Geschäftstagen mit immer weiter herabgesetzten Secondhand-Angeboten beladen waren, und auf dem Gehweg knapp zweihundert Meter zu beiden Seiten des Eingangs zum Hof von Nr. 27 einnahmen, waren nach drinnen geräumt worden. Während ich dort verweilte und die Titel im Schaufenster studierte, betrat Monsieur Busse, der ziemlich verstört wirkte, den Buchladen durch den Hintereingang, eilte zu Anatole und beschwor mich mit einer Geste, ich möge mich zu ihnen gesellen.

»Ich wundere mich über Sie«, sagte er, als ich näherkam. »Ich verstehe Sie überhaupt nicht.«

»Was habe ich denn getan oder unterlassen?«, fragte ich.

»Sie haben Monsieur Wilf angehalten, Kleidung für diesen unsäglichen alten Kerl Christophe zu kaufen. Hortense wird eines Tages in ihrem Bett ermordet werden. Sehen Sie nach, ob es nicht bereits passiert ist«, fuhr Busse fort.

»Wie kommt es, dass der Blumenladen leer ist?«, fragte ich in einem vorwurfsvollen Ton.

»Ich habe alles gekauft! Dieser üble, alte Bursche muss gar nicht aufkreuzen. Es gibt nichts für ihn zu tun. Wenn Madame Berthelot aus dem Krankenhaus kommt, werde ich noch einmal versuchen, sie zu überzeugen«, sagte Busse.

»Was haben Sie mit all den Pflanzen und Blumen gemacht?«, wollte ich wissen.

»Sie sind im Hotel, oben wie unten«, antwortete er. »Ich flehe Sie an, Monsieur Paul … Sie scheinen mir ein vernünftiger Mensch zu sein. Unterstützen Sie mich bei Hortense. Helfen Sie mir, diesen Unhold loszuwerden.«

»Ich habe nur das getan, worum mich Hortense gebeten hatte«, verteidigte ich mich.

»Wir müssen sie vor ihren Impulsen bewahren«, sagte Busse positiver denn je. »Wenn wir es nicht tun, wird es niemand tun.«

Anatole verfolgte den Dialog und sah, wie sich Busses verdrießlicher Gesichtsausdruck veränderte, als würde ein Film auf sein sich bewegendes Gesicht projiziert. Wir waren überrascht, als Pierre Vautier hereinkam. Er trug etwas in braunes Papier Eingewickeltes unterm Arm, das aussah wie eine gerahmte Leinwand. Als er mich erblickte, schoss er auf mich zu wie ein Kistenteufel.

»Du!«, fauchte er.

»Was für eine Begrüßung!«, sagte Anatole.

»Diese Frau!«, fuhr Pierre fort und starrte mich an.

»Eine hübsche, attraktive junge Dame«, sagte ich.

»Eine Närrin!«, tönte Pierre. »Du hast ihr den Quatsch eingeredet, den sie von sich gibt.« Pierre verstellte seine Stimme und ahmte Carmen böswillig nach: »Eine Verfeinerung Mirós! Und so kompromisslos, Monsieur!«

Anatole legte den Kopf in den Nacken und brach in herzhaftes Gelächter aus.

»Haben Sie Miró gesagt? Sie hat nicht Derain oder Redon erwähnt?«, fragte er Pierre.

Der arme Busse schaute erst Vautier an, dann mich und dann wieder Vautier, als hätte er Angst gehabt, wir könnten handgreiflich werden. Er hatte keinen Schimmer warum.

Pierre fuhr mit seiner verächtlichen Nachahmung Carmens fort.

»Das Ziegelrot, das Grau, der Pergamentton. Sie scheinen zusammen gereift zu sein. Und dieses maskuline *Ding*, diese männliche Entität!«

Anatole brach erneut in Gelächter aus. »Die hat Sie ganz schön auf die Palme gebracht, mein Gott, das hat sie«, sagte er zu Pierre, der vor Wut rot anlief.

»Ich habe im *Figaro* etwas über Ihr Gemälde gelesen«, versuchte Busse Pierre zu beschwichtigen.

»Die spirituelle Jagd«, murmelte Anatole und lachte noch herzhafter. »Was haben Sie denn erwartet?«

»Mir gefällt das Bild. Ich glaubte nicht, dass du es in dir trugst«, sagte ich. »Und wegen des Einflusses von Miró, Derain und auch Redon musst du dich nicht schämen.«

»Du hast vermutlich gehofft, eine Provision zu bekommen«, sagte Pierre. »Sie stinkt nach dem Geld ihres alten Herrn.«

»Der Reichtum ihres Vaters verdankt sich dem Verkauf erstklassiger Speisen. Ich nahm an, dass du abgebrannt bist. In früheren Jahren warst du es immer.«

»Das musst gerade du sagen. Du hattest nie einen Dime und nie ein sauberes Hemd, bevor du angefangen hast, in Hollywood herumzuhuren«, konterte er.

Busse beäugte voller Neugier das verpackte Gemälde.

»Ist das das Gemälde? Dürfte ich einen Blick darauf werfen?«, fragte er Pierre.

Ich dachte, Pierre würde ihm damit eins überziehen, doch stattdessen hatte er eine perverse Eingebung.

»Ich leihe es Ihnen. Hängen Sie es sich für eine Weile an Ihre Schlafzimmerwand und sagen Sie mir dann, wie Sie es finden«, sagte Pierre.

Busse war entzückt. »Das würden Sie tun, wirklich? Ich bin bestrebt, Madame Berthelot meine Hilfe zuteilwerden zu lassen. Dürfte ich das Gemälde in ihr Zimmer hängen? Sie wurde heute Morgen verletzt.«

»Ich weiß«, sagte Pierre. »Gewiss doch, lassen Sie auch Hortense das Bild betrachten. Vielleicht wird sie etwas dazu zu sagen haben, das sie nicht von einem amerikanischen Schreiberling aufgegriffen hat.«

»Ich habe dich in der Ausstellung herumschleichen sehen«, sagte Pierre und wandte sich mir zu.

»Dessen war ich mir bewusst«, sagte ich. »Warum bist du mir von einem Ende zum anderen gefolgt?«

»Am Anfang hatte ich den Wunsch, mit dir zu reden ... Dann dachte ich: Wozu soll das gut sein? Es ist verstörend, alte Kontakte wieder zu beleben«, antwortete er.

»So ist es, nicht wahr?«, stimmte ich ihm zu. »Und es war nicht meine Idee, dass Carmen versuchen sollte, das Bild zu kaufen. Sie mochte es und wollte es haben.«

»Wie sonst sollte jemand einen Miró, einen Derain, einen Redon sowie obendrein einen Vautier zu einem Preis bekommen?«, fragte Anatole.

Pierre fuhr seine Geschütze gegen den Buchhändler auf, ohne sich im geringsten darum zu scheren, ob dessen Gefühle verletzt würden. »Schöne Sachen, die Sie da in Aubusson gemacht haben! Echt Lurçat. Vanille zumeist und einfach zu farbenfroh für Worte. Sie haben das Entwerfen nicht wegen Ihrer kriegsbedingten Gebrechen aufgegeben. Sie hatten genug von Ihrem faden Firlefanz. Käuzchen. Schäfer. Schmetterlinge. Altertümliche Inschriften. Der Boche diente Ihnen als Entschuldigung.«

Anatole fühlte sich keineswegs angegriffen. »Wir Künstler wissen nie um unsere eigenen Motive«, sagte er. »Erinnern Sie sich daran, Busse, wenn Sie Pierres Meisterwerk betrachten. Und halten Sie mir die Freudianer vom Hals.«

Die Erwähnung Freuds brachte Pierre zur Weißglut, er schritt Richtung Quai und verschwand. Busse, das eingepackte Gemälde unterm Arm, verabschiedete sich und ging in die andere Richtung.

Glaubenssätze

Sanson-Michel Mainguet, dem etwas von einem Heiligen eigen war, was lange zwischen ihm und seinem Herzenswunsch gestanden hatte, nämlich die Hand von Madame Berthelot, konnte in nahezu allen Aspekten als Ausnahme von der Regel bezeichnet werden. Obwohl dünn, schwächlich, schmalbrüstig und nicht robust, verfügte er stets über eine ungewöhnlich gute Gesundheit, und in einer Hauptstadt, in der die weitverbreitete Erkältung den Fortschritt und das Glücksstreben während vieler Monate im Jahr bremste, nieste oder schniefte Mainguet nur selten. Seine Augen hinter der Lesebrille waren schwach, doch nicht schwächer als zu der Zeit, als er noch ein dünnbeiniges Kind in kurzen Hosen war. Sein Beruf, der eines pflichtbewussten Staatsdieners (eine selten gewordene Spezies) war immer einengend, ortsgebunden, undankbar und unterbezahlt gewesen.

Mainguets Erfahrung wies darauf hin, dass die moralisch und geistig Schwächeren es in der französischen Bürokratie weit bringen konnten. Weder die Korrumpierbarkeit seiner Vorgesetzten noch die Trunksucht seiner Untergebenen hatten seine christliche Ergebenheit erschüttert. Der menschliche Geist, so glaubte er, konnte nicht in Einklang mit dem Göttlichen gelangen, es sei denn, der Denker akzeptierte gewisse Glaubenspostulate. Seine Demut konnte der Erzfeind und Versucher nicht durchdringen. Mainguet war demütig, aber nicht verächtlich. Er ließ keine Chance aus, behilflich zu sein, das heißt das einzige Gut zu teilen, worüber er verfügte, nicht Reichtum oder Einfluss, nicht Dichtung oder Hanswurstiaden, sondern sachgerechte Information.

Von all den Laien in der Kirchengemeinde von Saint-Sulpice war Monsieur Mainguet derjenige, der am meisten für das Zusammenwirken von Klerus und Gemeindemitgliedern tat. Bevor Mainguet in die Rue de la Huchette gezogen war, hatte er seinen Wohnsitz fast so häufig gewechselt wie seine Büroadresse in den verschiedenen städtischen Institutionen und den Ministerien. Die Priester von Saint-Séverin und die Würdenträger von Notre-Dame kannten ihn. Meist ging er zu den Andachten in die Pfarrkirche Saint-Sulpice, und die dortigen Kirchenleute baten ihn oft um kostenlose Dienste.

Etwa eine Woche vor Ostern waren Hochwürden Léon d'Alexis, S. J., sowie der Assistenzprofessor für das alte Christentum an der Sorbonne, Père F. M. Taillepied, O. P., an Mainguet herangetreten. Die beiden genannten Geistlichen hatten erfahren, dass Monsieur Mainguet mehr als nur eine oberflächliche Bekanntschaft mit Monsieur Gilles Wilf verband, der in den Hotelkreisen im Viertel rund um Notre-Dame bekannt war und den aus Gründen der Diskretion keine kirchliche Berühmtheit direkt ansprechen konnte, ohne das Risiko einzugehen, dass das Böse in Erscheinung trat. Bischof d'Alexis war zum Vorsitzenden des Unterhaltungskomitees berufen worden, das eine Delegation von 25 frommen Mexikanern willkommen heißen sollte. Die Mexikaner sollten über Rom nach Paris reisen und eine lebensgroße Statue des heiligen Schulmeisters Felix mitbringen. Die

Statue sollte als Zeichen internationaler katholischer Solidarität feierlich an Saint-Sulpice übergeben werden. Das Angebot war unterbreitet und angenommen worden, und die Pilgerreise schon zehn Jahre zuvor, im Jahre 1939, geplant worden. Der Krieg und seine Folgen hatten die Pläne durchkreuzt, sodass Reise und Zeremonie verschoben worden waren und im Jahr der Genesung nachgeholt werden sollten.

Viele Ostertouristen, einschließlich der 75.000 Chorknaben aus allen Provinzen Frankreichs, drängten sich in dem Gebiet um Saint-Sulpice. Für die erlesenen mexikanischen Gäste gab es weder Bett noch Pritsche. In ihrer Not hatten Hochwürden d'Alexis und Père Taillepied an Monsieur Mainguet gedacht.

Mainguet vollbrachte eine bemerkenswerte Großtat und reservierte für die 25 frommen Mexikaner Schlafplätze, die nur fünf Minuten Fußweg von der großen Cathédrale Notre-Dame entfernt lagen, dem gotischen Juwel Saint-Séverin, der wenig ansehnlichen Église Saint-Sulpice, Welthauptquartier für Missionare des Jesuitenordens, und von Saint-Germain-des-Prés, Zuflucht der letzten Überlebenden von Prousts Aristokratie.

Armand Busse, dessen Abkehr von seiner Religion ein ständiger Quell des Schreckens für ihn war, bemühte sich, das Hôtel de Mont Souris zum Hauptsitz der Delegation zu machen und den mexikanischen Gästen alle Annehmlichkeiten zu bieten.

Am Donnerstagabend vor Hortenses Unfall hatte Mainguet sie in ihrem Laden aufgesucht und ihr als Geschenk ein sehr altes und seltenes antiquarisches Büchlein mitgebracht, in dem das Leben und Martyrium des heiligen Schulmeisters Felix dargestellt wurde, dessen Statue die 25 Mexikaner vom Papst segnen ließen, bevor sie in einer Kapelle von Saint-Sulpice in Paris aufgestellt werden würde.

Selbstverständlich konnte ein Verehrer einer Frau keine Blumen mitbringen, die ihren Tag damit zubrachte, diese zu verkaufen, und Mainguets Verdauung, auf die er während der Jahre der Armut geachtet hatte, war ihm so wertvoll, dass er nicht die von Hortense beeinträchtigen wollte, indem er sie zum Verzehr von Bonbons oder Schokolade verführte. Also schenkte er ihr sehr sorgfältig ausgewählte antiquarische Bücher, und wenn sie abends darin las, fand sie in jedem einzelnen etwas Pikantes oder Ungewöhnliches. Sie wusste Mainguets bescheidene Belesenheit und sein Seelenleben zu schätzen.

»Er ist wirklich gläubig«, sagte sie zu mir mehr als einmal. »Wie können wir dies nachvollziehen und die Essenz des Lebens erfassen, frei von fundamentalen Zweifeln?«

Die Konversation zwischen Hortense und Mainguet verlief an jenem Donnerstagabend nicht sehr gut. Es regnete nicht mehr, und der Wind hatte ein wenig die Richtung geändert und die Feuchtigkeit etwas abklingen lassen.

»Gehe ich recht in der Annahme, dass die Heiligenstatue samt den Mexikanern von Rom nach Paris geflogen wird?«, fragte Hortense.

Monsieur Mainguet nickte. »Sie kommen Samstagabend an.«

»Ich kann mich nicht erinnern, dass wir jemals Mexikaner in unserer Straße hatten. Aber warum nicht? Wir haben Araber, Türken, Schwarze, die Französisch sprechen, Schwarze, die einen amerikanischen Dialekt sprechen, Bebopper, Existentialisten, Nordamerikaner ...«, sagte Hortense.

»Wir sollten die Franzosen nicht vergessen. Zwei Drittel der Anwohner sind Franzosen«, sagte Mainguet. »Auvergnaten, Katalanen, Basken, Normannen, Bretonen, Marseillais, ein Paar aus Elsass-Lothringen, aus dem Midi, dem Mayenne, aus Burgund, Savoyen, der Haute-Savoie, aus den Départements Marne und Haute-Marne. Warum also keine Zentralamerikaner?«

»Gut, dass du Zimmer für sie hast«, fügte sie hinzu.

»Dafür ist Monsieur Gilles verantwortlich«, antwortete Mainguet.

Wir schwiegen einen Augenblick lang. Dann sagte Hortense: »Was mir Sorgen bereitet, ist Euer Heiliger im Flugzeug. Wenn so etwas in Mode kommt, ist es dann nicht befremdlich für Piloten und Passagiere in anderen Maschinen, hoch oben an einem Flugzeug vorbeizufliegen und in einem dieser runden Fenster das Gesicht eines Heiligen zu sehen?«

»Das hängt davon ab, wie hoch man fliegt«, konstatierte Mainguet.

»Was ich gern wüsste: Wie bezahlt ein Heiliger seinen Flug? Wie sein Flug bezahlt wird, meine ich – aus der Sicht des Unternehmens gesehen. Wird der heilige Felix zum Beispiel von dem Mann am Ticketschalter als Passagier angesehen? Eine Heiligenstatue, die von Seiner Heiligkeit gesegnet wurde, kann man natürlich nicht horizontal und zusammen mit Handkoffern und Golftaschen im Laderaum verstauen.«

Als ich Hortense am Samstagmorgen kurz in der Röntgenabteilung sah, zeigte sie sich ziemlich reumütig, weil sie in der Diskussion mit Mainguet über den fliegenden Sankt Felix zu weit gegangen war. Ihr Nervenkostüm war nach dem Unfall arg strapaziert, und sie kippte fast um vor Hunger. Zwar hatten viele besorgte Freunde und die ärztlichen Fachkräfte versucht, ihr die beste Betreuung zuteilwerden zu lassen, doch niemand hatte daran gedacht, ihr etwas zu essen zu bringen. Ich ging in ein nahe gelegenes Café und kaufte ein *Saucisson*-Sandwich mit Butter und eine Flasche Tomatensaft. Während ich zusah, wie sie ihr provisorisches Mahl zu sich nahm, kam Dr. Thiouville herein.

Durch den gleichen ironischen Prozess, durch den der schwächliche, zartbesaitete, kleine Mainguet zu seinem Spitznamen Sanson oder Samson kam – der biblische Samson erschlug die Philister mit dem Kieferknochen eines Esels – kam der ernste Arzt, der sehr jugendlich und naiv wirkte, zu seinem Namen Socrate-Emile Hautecour de Thiouville. Und in dem Maße wie Mainguet sich den Prinzipien Christi verbunden fühlte, hatte sich Dr. Thiouville die Prinzipien von Hippokrates zu eigen gemacht. Was stand ihm im Weg? Er war intelligent und hatte die Anforderungen für das Studium der Medizin und das anschließende Praktizieren erfüllt. Er war wie Mainguet gesund und verfügte über ein trügerisch starkes Nervenkostüm in Notfällen. Er war gedanken- und reaktionsschnell, seine Hände die eines Chirurgen. Er trat jedoch sehr zurückhaltend auf und hatte das Gesicht eines ziemlich schüchternen Jungen. Selbst im grellen Sonnenlicht war es schwer zu glauben, dass er sich hin und wieder rasieren musste. Er hatte rosige Wangen, braune Augen und lange, schwungvolle Wimpern. Er lispelte leicht. Seine älteren, weisen Lehrer respektierten ihn, während die Krankenschwestern ihn eher bemutterten als seine Anweisungen unhinterfragt zu befolgen. Er hatte sein Praxisschild in der Rue de la Huchette angebracht, weil diese sich in einem lebendigen Viertel befand für jene, die ein gutes Einkommen und die Muse hatten, dies zu genießen. Dr. Thiouville war nicht wegen seiner detaillierten Kenntnis der Werke von Marx, Lenin und Stalin zum Kommunisten geworden, sondern wegen seiner Bewunderung für Frédéric Joliot-Curie, zu der Zeit Hochkommissar für Atomenergie im *Commissariat à l'Énergie Atomique*. Diesem großen, roten Wissenschaftler war er im Alter von 21 Jahren in die Partei gefolgt. 1949 war er 25 Jahre alt.

Der junge Arzt des Quartier Saint-Michel praktizierte in den Räumen des alten Reaktionärs, der sich zur Ruhe gesetzt hatte, als Pétain davongejagt wurde. Er gehörte einer Altersgruppe an, die allgemein gesprochen die zynischste, die am meisten desillusionierte und findigste unter den Gruppen ist, aus denen sich das Nachkriegsfrankreich zusammensetzt. Es ist diese Klasse junger Männer und Frauen, die dem Beobachter, der Frankreich und die Franzosen seit Jahrzehnten kennt, rätselhaft und »anders« vorkommt. Die Demarkationslinie oder der Bruch mit dem traditionellen Frankreich zeigt sich besonders bei den Bürgern, die zwischen 25 und 30 Jahre alt sind. Denken Sie mal kurz über deren bisherigen ungefähren Erfahrungshorizont nach.

Ich werde nie Noëls Bemerkungen vergessen, als wir eines Morgens in der Zeitung lasen, dass Marcel Bernard, Frankreichs prominentester Tennisspieler – der sicher an der Weltmeisterschaft teilgenommen hätte, wenn seine Karriere in normalen Bahnen verlaufen wäre – wegen der zehn Jahre, die er durch den Zweiten Weltkrieg verloren hatte, nicht mehr in Form bleiben konnte.

Welche zehn Jahre sind die besten, die für die Kriegsherren oder für die Verteidigung des eigenen Landes gegen den Krieg geopfert werden können? War es besser, wenn man es schon als Kind tat, vom Säuglingsalter bis zum Alter von zehn Jahren, und Gefahr lief, eine Psychose davonzutragen, Unterernährung und unauslöschliche Erinnerungen an traurige, verzweifelte Szenen, an nächtlichen Fliegeralarm, Explosionen rings um das Kinderbett, das Laufställchen, das Zuhause oder um den Kindergarten – wenn überhaupt?

Oder sollte man die Jahre von zehn bis zwanzig aufgeben, einschließlich der Pubertät und Adoleszenz? Oder die besten Jahre beim Militär zwischen zwanzig und dreißig? Oder die Jahre zwischen dreißig und vierzig, wenn das Privatleben, sofern überhaupt tolerierbar, das Beste ist? Oder von vierzig bis fünfzig, wenn es möglich wird, mehr Geld zu verdienen, als es der Tagesbedarf verlangt? Oder von fünfzig bis sechzig, wenn, sofern man Glück hatte, eine gewisse Sicherheit erreicht ist? Oder könnte man zum Kriegsgott Mars sagen, nimm die letzten zehn Jahre, das, was noch vorhanden ist von sechzig Jahren bis zur biblischen Grenze, und mögen sie dir teuflisch viel bringen.

Der gewissenhafte Dr. Thiouville, der sich vor allem dadurch auszeichnete, dass er mit einem silbernen Löffel im Mund geboren wurde und die Namen von zwei miteinander verbundenen französischen Familien trug, war einer von denjenigen, die zu Zeiten des hochherzigen Blum, der Sitzblockaden und der Volksfront, dem Ausverkauf von Abessinien, Spanien, Österreich, dem Rheinland und nach dem Münchner Abkommen zehn Jahre alt war. Socrate-Emile war fünfzehn und ein guter Schüler am Lycée, als die Nazis den Zweiten Weltkrieg begannen. Die verräterische Heuchelei von Georges Bonnet, der mangelnde Widerstand gegen die Nazis und die Faschisten, der schändliche Gegenangriff auf die französische Arbeiterklasse unter dem Deckmantel des Patriotismus – all diese Ereignisse prägten seine Adoleszenz.

Dann folgten die Erniedrigung, der Sieg und die Besatzung durch die Boches, der Schwarzmarkt, der den seriösen Handel verdrängte, das Vichy-Regime, die französische Gestapo, Kollaborateure, Kriminelle, Iskariots und die wuterfüllten Untergrund- und Guerillaaktionen der Résistance, die mit der Axt des politischen Dissenses in Kommunisten und Nichtkommunisten, Antikommunisten und Katholiken gespalten wurde, sodass die Loyalitäten einem nahezu nicht mehr existenten Frankreich galten, republikanischen Idealen, dem Vatikan, Moskau, der Selbsterhaltung, und den Letzten holte der Teufel.

Dr. Thiouville war bei der Befreiung zwanzig und schloss sein Studium unter dem De-Gaulle-Regime und zu Zeiten der ersten gemäßigten Provisorien ab. Er hatte seine Praxis in der Rue de la Huchette um die Zeit eröffnet, als der Marshallplan in Kraft trat. Er war davon überzeugt, dass dieser Plan gefährlich und unsolide sei. Er ist auch heute noch dieser Meinung.

Das Frankreich, das der junge Thiouville gekannt hatte, war korrupt und krank, und seine Kindheit und Jugend in Paris waren nicht frei von Erlebnissen von Schufterei, Schiebung, Brutalitätsexzessen, Folter, Wucher, Denunziationen des Bruders durch den Bruder, des Vaters durch den Sohn, Akzeptanz des Niederträchtigen, Verzeihen des Unverzeihlichen, eingestandener Dummheit, nicht eingestandener Gerissenheit, dem lüsternen Begehren von nicht verheirateten und verheirateten Frauen, der Hochzeit der Schürzenjäger, die zu jung oder zu alt waren. Einen Maßstab jenseits der menschlichen Niedertracht gab es nicht. Heranwachsende Jungen und Mädchen und Jugendliche, die zu erwachsenen Frauen und Männern wurden, machten sich keine Illusionen und gaben sich keinen Täuschungen hin. Geld,

Moral und langfristige Ambitionen waren auf den Müllhaufen der Niederlage gelandet, und der Niederlage war kein Sieg gefolgt, sondern Rettung, das heißt die Befreiung. Von Franzosen anderer Altersgruppen wird man brave Versicherungen hören, dass die Franzosen die Résistance getragen, sich gegen die Nazis erhoben und Frankreich erlöst hätten. Jene jungen Leute, die den Krieg und die Folgen im Alter von zehn bis zwanzig Jahren durchgestanden haben, werden sagen: »Die Amerikaner waren zur Stelle, und warum? Unsere weitere Existenz als Puffernation ist für sie essenziell geworden.«

Verallgemeinerungen sind immer nichtig und führen in die Irre, und wir können nicht davon ausgehen, dass die Einzelnen jener schwer zu verstehenden Altersgruppe alle gleich sind oder dass die Gruppe homogen ist. Die besten Beispiele in der Rue de la Huchette, Dr. Thiouville, Anatole Pillods, Bebop und der Angestellte im Mont Souris, Aristide Riboulet, sind so unterschiedlich wie junge Männer nur sein können. Anatole ist ein Ästhet und Träumer, Bebop von Natur aus ein Bohemien, ohne Ambitionen, außer der, seine hedonistische Lebensweise zu pflegen. Er ist aufgrund seiner Passion für Jazzmusik begeistert von allem, was amerikanisch ist. Er imitiert die Existentialisten von Saint-Germain, die vorgeben, tiefgründig zu sein, es aber nicht sind.

Riboulet ist ein paranoider Typ, von Kindesbeinen an unsozial und rücksichtslos, ein natürliches Produkt der 1940er Jahre. Er hat keinen Beruf und keine feste Arbeit. Er hat weder mit Politik noch mit Ethik jemals eine Erfahrung gemacht und versteht davon recht wenig. Er ist ein Sensualist, dessen Sinne sehr wenig ausgeprägt sind. Für ihn waren die Jahre, als die Nazis und die französische Geheimpolizei sich auf den Straßen herumtrieben, aufgedonnerte Frauen auf Geld aus waren, sittsame Frauen nichts zu melden hatten, Diebstahl normal war und Anstand als lächerlich galt, das Paradies auf Erden. In einer solchen Gesellschaft konnten Burschen wie Riboulet gedeihen.

Ein Student der Medizin und Chirurgie, wie Socrate-Emile Hautecour de Thiouville, mit seinen dunklen Haaren, seiner gesunden Gesichtsfarbe, seinen rosa Wangen und schwungvollen Wimpern kann sich auf seine Studien und die Wohltat konzentrieren, der Menschheit zu dienen, und alles um sich herum ausblenden. Seine Eltern und die Angehörigen seiner Klasse waren keine Republikaner, sondern antideutsch und antinazistisch eingestellte Franzosen, und wie so viele wohlmeinende Spießbürger von dem alten Pétain angetan. Für sie war der alte Uniformträger noch immer Held von Verdun und Verteidiger des Glaubens.

Was folgte daraus? Der junge Student Thiouville entwickelte sich zu einem Menschen, so selten und bescheiden wie der christliche Mainguet – ein intellektuell aufrechter Kommunist. Er konnte nicht glauben, dass eine Gesellschaft wie diejenige, die er erlebt hatte, als wäre sie ein endlos ansteckender Krieg gewesen, zu einer Neuordnung finden könnte. Er war davon überzeugt, dass zur Rettung der Menschen eine neue Ideologie nötig war, und der von Joliot-Curie angenommene Glaube genügte ihm im Prinzip. Er hatte gesehen, dass die Profitgier zerstörerisch und abscheulich war, die offizielle Religion zur Abhängigkeit führte und sich als tödlich für den durchschnittlichen menschlichen Geist erwies. Er sah seine Klasse als den Durchschnitt an und bescheinigte ihr ein zu tiefes Niveau für Sicherheit oder Einsicht. Ein junger Arzt, so insistierte Thiouville, sollte nicht nur jenen helfen, die zahlungskräftig sind, sondern allen. Das Prinzip des Hinhaltens der anderen Wange war für einen einstigen Christen, der unter der Nazi-Besatzung gelebt hatte, unter der Würde eines freien Menschen. Er glaubte nicht, dass die Vereinigten Staaten, wie prosperierend und dominant sie auch sein mochten, den Weltkapitalismus retten und den Lebensstandard auf der ganzen Welt verbessern könnten. Er glaubte nicht, dass Stalin auf Krieg aus war oder Russen Russland verlassen wollten. Er hatte sich nahezu so viele Glaubenssätze zu eigen gemacht wie Mainguet.

Versucht man das gegenwärtige Frankreich zu verstehen, darf man nicht vergessen, dass mehr als ein Drittel der Wähler Kommunisten sind, und dass die kommunistischen Intellektuellen den »letzten Säulen der katholischen Kirche« ebenbürtig sind. Kann man in den Vereinigten Staaten (ausgenommen New York City und die Kinofilmzone an der Pazifikküste in Südkalifornien) mindestens einen halben Tag herumlaufen, ohne einem wirklichen Kommunisten zu begegnen, so müsste man in Paris mehr als einen halben Tag gehen, um aus dem Blickfeld der unzähligen Kommunisten zu geraten. Und bei denen handelt es sich nicht nur um Holzköpfe und Scharlatane. Die einen sind Kopf-, die anderen Handarbeiter.

Als ich am Samstagmittag Hortense besuchte, lief für den jungen Socarte-Emile Hautecour de Thiouville alles schief. Er hatte sich für das Hospital Dupuy entschieden, weil einer seiner Lieblingslehrer dort die Röntgenabteilung leitete und die meisten der dortigen Ärzte, Assistenzärzte und der Krankenschwestern linksorientierte Freidenker waren. Es wäre möglich gewesen, Hortense in ein Krankenhaus mit katholischen Ärzten und Schwestern der christlichen Liebe einzuweisen, doch ein junger Arzt, dessen kommunistische Gesinnung bekannt war, konnte in einer solchen Institution keine bevorzugte Behandlung für seine Patientin erwarten.

Dr. Thiouville, sehr bemüht, seine Nachbarn durch seinen Umgang mit Hortenses Unfallverletzung zu beeindrucken, dachte weit voraus. Der Fall beschränkte sich nicht auf die Fraktur an der empfindlichsten Stelle von Hortenses Ellbogen, sondern es waren auch E. Saillens & Söhne zu berücksichtigen. Es könnte vor einer Einigung zu einem Gerichtsverfahren kommen, und der junge Thiouville wusste nur zu gut, dass er mit seinen rosa Wangen, seiner unreifen Stimme und seiner zurückhaltenden Art im Zeugenstand bei den Richtern, Geschworenen, der Presse und den Prozessbesuchern nicht sonderlich würde punkten können.

Andererseits könnte ein cleverer Anwalt ihn sagen lassen, Ellbogen wüchsen an Schenkeln. Jeder kompetente Operateur könnte die Röntgenaufnahmen machen, die für die Behandlung von Madame Berthelots Arm benötigt wurden. Sollten diese aber vor Gericht gezeigt und interpretiert werden, wollte Dr. Thiouville in der Lage sein, Dr. Lesserand als Gutachter aufzurufen, seinen früheren Professor für Radiologie, der sehr viel Gerichtserfahrung hatte und in der Öffentlichkeit nicht mit der Kommunistischen Partei in Verbindung gebracht wurde.

Der Telefonistin des Hospital Dupuy, die Dr. Thiouvilles Anruf entgegengenommen hatte, war herausgerutscht, ganz Paris und ganz Frankreich bereite sich bereits auf das lange Osterwochenende vor. Als Dr. Thiouville schließlich mit Hortense in der Rue Pierre Curie eintraf, fand er das kleine Krankenhaus unterbesetzt vor. Patienten warteten ungeduldig darauf, dass ihre Röntgenaufnahmen gemacht wurden, und Dr. Lesserand, so hieß es, befände sich in Cognac, im Süden Frankreichs.

Hortense hatte keine großen Schmerzen; sie hatte es sich mit dem Büchlein über den heiligen Schulmeister Felix bequem gemacht. Nachdem sie das Sandwich gegessen und den Tomatensaft getrunken hatte, war sie bereit, gegebenenfalls den ganzen Tag zu warten, und tat ihr Bestes, den Arzt zu beruhigen. Hortense wusste so gut wie er, wie wichtig der Fall für ihn war, und nahm sich vor, wann immer möglich ein gutes Wort für ihn einzulegen.

Diejenigen, die in der Rue de la Huchette auf Neuigkeiten von ihr warteten und davon ausgingen, dass sie unverzüglich zurückkehren würde, waren nicht so leicht zufriedenzustellen. Als Dr. Thiouville zurückkam, wurde er mit Fragen bombardiert, konnte aber nur sagen, dass Madame wegen des Exodus von Ärzten nicht vor dem späten Nachmittag geröntgt würde.

Sein spießiger Vorgänger hatte sich nie an ein Telefon gewöhnt und aus wirtschaftlichen Erwägungen darauf verzichtet, eines in seiner Praxis installieren zu lassen. In der Nr. 23 befand sich im Flur des zweiten Stocks ein Wandtelefon, das einzige im

Haus. Und wegen des durch den Krieg bedingten und durch den Erholungsprozess verstärkten Mangels an Instrumenten, Zubehör und Elektrikern hatte Dr. Thiouville keine Reaktion auf die mehrmalige Beantragung eines privaten Anschlusses bekommen. Er musste im Hausflur telefonieren, in Hörweite von Jonquil, der Concierge mit den stechenden Augen und den großen Ohren, wie auch von den anderen neugierigen Nachbarn. Hierzu gehörten die Pigotte-Schwestern von *Rose France*, Riboulet, der Rezeptionist des Mont Souris, und der junge David Hatounian vom *Rahab*. Außerdem Monge, der Pferdemetzger, Noël und der Lebensmittelhändler Vignon. Sie alle vermuteten, dass der junge Arzt trotz seines Bemühens, die Situation auf die leichte Schulter zu nehmen, mehr über Madame Berthelot und ihren Arm besorgt war, als er zugeben mochte.

Dr. Thiouville versuchte, die vielen Lauscher zu vergessen, ging zum Münztelefon an der Wand, nahm den schweren altmodischen Hörer von der Gabel, und als die Telefonistin schließlich antwortete, gab er ihr eine Nummer in der entfernten Provinz Cognac durch und fügte hinzu, er müsse mit Dr. Lesserand persönlich sprechen.

Die besorgten Freunde von Hortense tauschten beunruhigte Blicke aus. Wenn der junge Herr Doktor jemanden am anderen Ende Frankreichs konsultieren musste, konnte der Fall, so vermuteten sie, nur ernst sein.

»Vielleicht hat sie innere Verletzungen davongetragen«, sagte Vignon. »Bei einer zarten Frau ist das besonders schlimm.«

Aus dem Hörer vernahm Dr. Thiouville diverse Geräusche. Er runzelte die Stirn, nahm eine andere Haltung ein und fischte aus seiner Tasche ein paar Münzen.

»Wie viel?«, fragte er die Telefonistin.

»120 Francs«, antwortete sie.

»Verdammt nochmal«, murmelte Vignon, der sich mit ein paar Nachbarn dem Gerät genähert hatte. »In die Schlitze dieses blöden Telefons passt nichts Größeres als 1-Franc-Münzen.«

»Glaubst du denn, die Regierung könne mit Geräten aufwarten, die Papiergeld schlucken?«, fragte die Jonquil, die sich dazugesellt hatte.

»Ich brauche 120 Francs in Münzen«, sagte Dr. Thiouville. David Hatounian, Noël, Monge, Vignon und einige andere verteilten sich auf der Straße, um 1-Franc-Münzen einzusammeln. Unterdessen baumelte der Hörer am Kabel, und Dr. Thiouville lief im Hausflur hin und her.

Als die Geldsammler mit zwei Hüten voller 1-Franc-Stücke zurückkehrten, war die Leitung tot. Dr. Thiouville bemühte erneut die Telefonistin, fragte nach der Nummer in Cognac, und nachdem das Freizeichen ertönte, warf er einhundertzwanzig Franc-Münzen ein, während die Jonquil mit grimmiger Miene laut mitzählte.

Die Schwierigkeit mit Münztelefonen ist eines der unzähligen Probleme der Inflation. Es gibt Tausende von Telefonanschlüssen in Frankreich, und die Franzosen unter dreißig bedienen sich sehr gerne des Telefons. Es gibt allerdings keine französische Münze mit einem höheren Nennwert als zehn Francs (eine 20-Francs-Münze ist in Vorbereitung), und so viele andere Artikel müssen produziert werden, bevor das Leben sich wieder normalisieren kann. Es wird also noch lange dauern, bis Ferngespräche von Münztelefonen aus ohne Probleme geführt werden können.

Nachdem die Verbindung hergestellt war, bekam Dr. Thiouville von Dr. Lesserand den Namen eines Röntgenspezialisten, der ein exzellenter Diagnostiker war, vor Gericht überzeugend auftreten konnte und einen freundschaftlichen Kontakt mit Dr. Joliot-Curie pflegte. Der junge Arzt kam sofort in Kontakt mit Dr. Raymond Flandrin de Monique, der sich bereit erklärte, Hortenses Arm am späten Nachmittag zu röntgen und sich auch die Aufnahmen anzuschauen, obwohl er unter einem argen Zeitdruck stand und überarbeitet war.

Das ganze Quartier Saint-Michel ist durchzogen von engen Passagen zwischen Gebäuden, einige mit Hintertüren versehen, andere offen, und zu Zeiten der Könige und Revolutionen existierte ein Tunnelnetzwerk, das die verschiedenen Tiefkeller miteinander verband, Cluny mit dem Südosten und unter dem Fluss hindurch mit der Conciergerie. Vor Jahren hatte die Polizei die unterirdischen und unter dem Fluss hindurchführenden Passagen dichtgemacht, doch die Leute, die mit der Gegend vertraut sind, können von Ort zu Ort gelangen, ohne gesehen zu werden, indem sie sich durch Gässchen, enge Durchgänge und Höfe bewegen.

Der alte Christophe betrat die Rue de la Huchette in seinem respektablen grauen Outfit samt Homburg und Dänischer Dogge nicht direkt über das breitere Ende. Er führte den Hund die Rue Saint-Séverin entlang in eine Passage nicht breiter als zwei Fuß, durch Jonquils überdachten Hof, der zum Haus Nr. 23 gehörte, und musste nur sechs Schritte gehen, um zur Eingangstür des Blumenladens zu gelangen.

Als er sah, dass die Verkaufstische und die Regale leer waren, stieg Wut in ihm auf. Madame Morizot hatte einen Laden verlassen, in dem sich keine einzige Pflanze oder Blume mehr befand. Wütend versuchte er die Tür zu öffnen. Sie war verschlossen, der äußere Griff entfernt und innen angebracht worden. Er pulte mit einem Finger im Schlüsselloch, rüttelte an der Tür und schlug dagegen, bis der Krach die Jonquil aus ihrer düsteren Bleibe im Hof herbeitrotten ließ.

»Monsieur, wollen Sie die Scheibe herausrütteln?«, fragte sie streng. Dann erblickte sie den Hund, der angeleint und steifbeinig dastand und auf einen Befehl wartete. »Jesus, Maria und Josef«, japste die bleiche Concierge und trat mehrere Schritte zurück, aus Angst, einem solchen Tier den Bauch hinzuhalten.

»Mir wurde zu verstehen gegeben ...«, hob der alte Christophe an.

»In Gottes Namen! Es ist der alte Christophe!«, stieß die Jonquil hervor, ihr Adamsapfel vollkommen reglos. »Diese Bestie, Monsieur. Sie ist wild darauf, mich aufzufressen.«

Christophe gab sich so überheblich, wie er nur konnte. »Madame«, sagte er wichtigtuerisch, »Sie müssen keine Angst haben. Mein Hund Xavier tut nur, was ich will. Und momentan will ich, dass Sie uns erhalten bleiben, damit Sie mir eine Frage beantworten können. Wo ist Madame Morizot?«

»Sie und ihr Mann sind vor einer Stunde weggegangen«, antwortete die Jonquil.

Christophe führte die Dänische Dogge wieder in den Hof, wo der alte Mann sich an der Hintertür zu schaffen machte, die direkt in Hortenses kleines Schlafzimmer führte. Auch diese Tür war verschlossen, der Griff innen angebracht.

»Seien Sie bitte so freundlich und sehen Sie nach, ob Madame Morizots Bandagenladen verschlossen und verlassen ist«, bat der alte Christophe, und die Jonquil humpelte eiligst davon. Sie hatte sich in dem Augenblick auf den Weg gemacht, als der Hund die Ohren aufgestellt und sie erneut angestarrt hatte. Einen Augenblick später kehrte sie durch einen anderen Zugang zurück.

»Alles dicht, hinten und vorne«, sagte die Jonquil.

»Wohin ist Madame Morizot mit den ganzen Einnahmen abgehauen?«, wollte Christophe wissen.

»In die Wälder bei Montmorency. Ihr Mann leitet dort ein Pfadfinderlager für Jungen und Mädchen. Als ich jung war, durften sich anständige Kinder nicht unbeaufsichtigt im Wald und in den Büschen herumtreiben«, sagte die Jonquil.

»Und wann wird Madame Morizot zurückkommen?«, bedrängte Christophe die Jonquil, als habe sie Schuld.

»Aller Wahrscheinlichkeit nach am Dienstagmorgen«, antwortete sie.

»Was hat sie mit Madame Berthelots Blumen gemacht, für die einzig und allein ich verantwortlich bin?«

»Monsieur Busse hat jedes letzte Gänseblümchen und jeden letzten Farn gekauft. Die *garçons* und Zimmermädchen aus dem Mont Souris mussten die Töpfe und Vasen ins Hotel schleppen«, erklärte die Jonquil.

»Dies ist nicht das erste Mal, dass Monsieur Busse versucht hat, mich zu ruinieren«, konstatierte Christophe und setzte eine durchtriebene Miene auf.

»Hat Busse die Blumen, die er mitgenommen hat, bar bezahlt?«, fragte er.

»Nicht einen Sou hat er gezahlt, das schwöre ich. Er schwafelte etwas von einer Verrechnung. Sie wissen ja, wie arrogant er ist«, sagte die Jonquil.

»Ich werde Monsieur Busse zur Rede stellen. Komm, Xavier«, sagte der alte Mann, und die Jonquil sah zu, wie er sich auf den Weg zum Mont Souris machte. Ziemlich viele Leute auf der Straße sahen die graue Gestalt und den Hund, doch niemand erkannte sie.

In seinem Büro im dritten Stock, nach vorne, direkt über dem Zimmer, das er Madame Berthelot zugewiesen hatte, saß Armand Busse auf der Kante eines Stuhles, wiegte den Kopf hin und her und starrte fast andächtig das Gemälde mit dem Titel »Die spirituelle Jagd« an, das er auf das Bidet gestellt und gegen die Wand gelehnt hatte. Er versuchte, die angemessenen Empfindungen zu haben, es gelang ihm aber bloß, noch verwirrter zu werden.

Er sah das graue Feld oben, das matte Rot unten, die männliche Entität mit der Geste der Verzweiflung, das flüchtige, nach oben schwebende Ding. Im Viertel kursierte die Geschichte, Madame Carmen Orey hätte einen Scheck ausgestellt und mit ihrer Unterschrift versehen, die Summe jedoch offengelassen. Vautier, der verrückte Maler, dem noch nie zuvor auch nur ein Centime für ein Werk angeboten worden war, hatte den Scheck auf den Boden geworfen. Seine Concierge in Nr. 29 hatte ihn gefunden, nachdem Madame und Vautier gegangen waren, und ihn im Atelier auf dem Kaminsims in eine Vase gesteckt.

Überdies war sich Busse bewusst, dass angesehene Zeitungen, wie *Le Monde* und *Le Figaro*, das Gemälde und dessen Urheber gelobt hatten, der es vorzog sich als Trèves de la Berlière und nicht als Pierre Vautier auszugeben.

Was vermisste Busse? War sein Urteilsvermögen mangelhaft? Busse wurde klar, dass er die Werke der Romantiker, besonders die Corots, denen der Impressionisten vorzog, und dass die kubistische Malerei, vor allem die Picassos mit seinen drei ineinander verschachtelten Frauengesichtern und den Fischhüten ihn mit Entsetzen erfüllte. Hatten die Priester recht, und Busse war verdammt, in den schmutzigsten Mühlgräben der Hölle zu darben, war er sich sicher, dass Picassos Kreaturen sich dort unten breitmachen und alles tun würden, um ihn zu quälen. Ein monotoner Refrain ging ihm im Kopf herum: »Kunst muss schön sein. Sie darf nicht hässlich sein und für Gänsehaut sorgen. Nicht derart hübsch vielleicht, dass sich der kleine Finger einrollt. Aber schön. Ist dieses Gemälde vor mir schön oder nicht? Will mich jemand auf den Arm nehmen?«

Wie so oft wünschte sich Busse, er hätte einen schärferen oder gar keinen Verstand. Immerhin war das Bild irgendjemandem viel Geld wert, und die Kritiker hatten es gefeiert. War es nicht das passende Bild für die Wand einer Rekonvaleszentin? Hortense könnte es anschauen oder wegsehen. Mit ihrem sicheren Urteilsvermögen und ihrer angeborenen Empfindsamkeit würde sie ihm helfen, sich eine Meinung darüber zu bilden. Er würde nichts vortäuschen müssen. Er beschloss, es nicht an die Wand ihres Krankenzimmers zu hängen, bevor sie zurückkam, sondern es zu behalten, bis sie in der richtigen Stimmung dafür wäre. Dann würde er es hineintragen und sich an ihren ersten Reaktionen erfreuen. Er sehnte diesen intimen Augenblick der Gemeinsamkeit herbei.

Seine Gedanken wurden durch direkt vor seinem Zimmer im Korridor ertönende Stimmen, Schritte und ein Geräusch unterbrochen, als kratzten Nägel über hartes Holz. Riboulets Stimme drang an sein Ohr: »Er ist hier drin, falls Sie ihn sprechen möchten.«

Es klopfte laut an der Türfüllung.

»Wer ist da?«, fragte Busse schroff.

Bevor er eine Antwort bekam, öffnete sich die Tür, und Busse sah, wie ein furchterregendes, riesengroßes Tier von unbestimmter Farbe hereinkam, der Fang offen, sodass die weißen Zähne bleckten, und die rote Zunge, groß wie ein Gummifäustling, heraushing.

»Xavier, sitz!«, befahl Christophe, der nach dem Hund eintrat. Die Dänische Dogge gehorchte, während Busse, die Hände zum Schutz vorm Gesicht, sich in eine Ecke verkrochen hatte.

»Halten Sie mir dieses Vieh vom Leib. Wie können Sie es nur wagen!«, schrie er heiser. Dann erkannten seine hervorstehenden Augen, dass sich in der Verkleidung der alte Christophe verbarg. »Sie! Sie schmuddeliges, altes Ungeheuer! Verlassen Sie auf der Stelle dieses noble Hotel.«

»Das werde ich tun, sobald ich als Beauftragter von Madame Berthelot das Geld bekommen habe, das ihr gehört. Sie haben unseren Laden leergeräumt und uns das Ostergeschäft verdorben. Ich bestehe auf Zahlung, hier und jetzt«, erklärte Christophe.

»Wer sind Sie denn, um auf so etwas bestehen zu wollen? Ich werde die Sache wie immer am Monatsende mit Madame regeln«, erwiderte Busse.

Christophe zog an der Leine. Die Dänische Dogge erhob sich, die Ohren aufgestellt, Beine und Körper gestrafft.

»Hunde sind hier verboten! Rrraus!«, stotterte Busse und versuchte Contenance zu wahren.

»Xavier! Zeig's ihm!«, sagte Christophe zu seinem Hund und deutete auf Busse. Die Dänische Dogge sprang nach vorn, Busse taumelte und bog sich, schaffte es, an dem Tier vorbei zu kommen, eilte zur Treppe, die er hinunterrutschte und -stürzte, der verspielte Hund hinter ihm her.

Busse schrie, jammerte und flehte.

»Rufen Sie ihn zurück. Hilfe! Bändigen Sie ihn. Zu Hilfe!«

Der Hund, der trotz seiner Größe noch ein Welpe war, musste geglaubt haben, es sei alles nur ein Spiel. Er blieb Busse auf den Fersen, biss ihn aber nicht und ließ ihn auch nicht ins Stolpern geraten. Als Mann und Hund den untersten Treppenabsatz erreichten und in die Lobby stürzten, hatte der verzweifelte Manager schon das ganze Hotel und die Nachbarschaft aufmerksam gemacht. Schreiend und protestierend sprang er durch die Eingangstür hinaus, bog in Richtung der Place Saint-Michel ab und rannte den Bürgersteig entlang. Die Dänische Dogge stellte auf Befehl des alten Christophe die Jagd auf ihre Beute ein und wartete auf dem stets tadellos sauberen Bürgersteig vor dem Mont Souris auf ihr Herrchen.

»Erleichtere dich, wenn du willst«, sagte der alte Christophe zu seinem Hund, als er zu ihm aufgeschlossen hatte. Als verstünde er jedes Wort, kauerte sich Xavier zur Erheiterung der ganzen Nachbarschaft auf groteske Weise hin und setzte einen dampfenden Haufen vor die Hotelstufen.

Busse, der bemerkt hatte, dass er nicht mehr verfolgt wurde, lugte beim *Café Saint-Michel* um die Ecke.

»So eine Schweinerei! Widerwärtig!«, stöhnte er.

»Halts Maul!«, knurrte der alte Christophe, und die Zuschauer brüllten vor Lachen.

Zu diesem Zeitpunkt hatten alle begriffen, dass der distinguiert aussehende Herr mit dem stilvollen, grauen Homburg, der Doppelgänger Robert Schumans, der alte Penner war, der sich am Morgen fast zu Tode gekratzt hatte. Christophe führte den Hund mit ministerialer Erhabenheit die Straße entlang und schlenderte in den Schatten der Rue Xavier-Privas.

Zehn Minuten später, nachdem Emile, der Hotelpage mit dem Affengesicht, mit großem Zeremoniell den Bürgersteig gesäubert hatte, befestigte Busse höchstpersönlich ein beschriftetes Hinweisschild.

»La promenade hygiénique des chiens est formellement interdit sur le trottoir devant cet immeuble.«

(Das Ausführen von Hunden ist auf dem Trottoir vor diesem Hotel ausdrücklich verboten.)

Freunde des Baumes

Bäume verleihen den Städten Anmut. Städte bringen die Charaktereigenschaften ihrer Bewohner durch Bäume zum Ausdruck – die Hemisphäre, die Zone, das Klima, die Fruchtbarkeit, Aufstieg oder Fall, Solvenz, Geschmack. Als ich nach vielen Jahren in meinen Geburtsort Linden, Massachusetts zurückkehrte, waren Hügel abgetragen, Sümpfe trockengelegt, Straßen befestigt und erweitert, Oberleitungen entfernt, Reifenspuren beseitigt worden. Doch unglaublich viele Bäume, die mir aus meiner Kindheit bekannt waren, standen noch, höher und stattlicher, aber vertraut.

Ohne Bäume wäre Paris verloren. Es gibt ein paar baumlose Straßen. Eine der breitesten und kahlsten ist die Rue de Rennes, die von Saint-Germain zur Gare Montparnasse führt. Doch entlang den Dachvorsprüngen des breitesten und trostlosesten Gebäudes mit einem modernen Kino im Erdgeschoss und vier Stockwerken mit Büroräumen darüber, wachsen Blumen in allen Farben, Büsche und träge baumelnde Ranken, hängende Gärten von Babylon.

In der Rue de la Huchette stehen keine Bäume. Wo hätten sie auch Platz finden sollen? Doch egal wo man in der lebendigen, kleinen Straße steht, man sieht entweder die Bäume auf der Place Saint-Michel oder im Osten jene des geraden Parkweges und des schattigen Gartens von Saint-Julien-le-Pauvre. Und dazwischen vor den Fenstern Kästen mit Kapuzinerkresse, Geranien und aromatischen Kräutern.

Unter den Bäumen auf der Place Saint-Michel behauptet die riesige Ulme, welche die Terrassen der *Cafés Saint-Michel* und *du Départ* beschattet, ihre Seniorität. Um den alten Platz herum stehen junge, mittelalte und alte Platanen. Es ist wahr, seit ich in der Rue de la Huchette wohne, haben hunderte von amerikanischen Soldaten und hunderte von Touristen das Viertel besucht. Ab und an fahren bei Tag oder Nacht große Reisebusse durch, voll besetzt mit Touristen aus diversen US-Bundesstaaten. Einige machen am *Rahab* halt, wo es ihnen zu gefallen scheint. Andere werden in den Keller des Hôtel du Caveau geführt, wo sie sich wegen des vulgären Gedöns nicht wie Robespierre fühlen. Das heißt nicht, dass die Straße verloren und langweilig ist. Fünfzehnhundert der Besten, Miesesten und der zwischen diesen Extremen Lebenden, arbeiten und schlafen dort, sorgen für ihre eigenen Ablenkungen, erinnern sich und vergessen, atmen ein und aus und sind sich bei Einbruch der Dämmerung der Fledermäuse bewusst, die im Zickzack hin und her fliegen. Bäume, die sie aufheitern, stehen – die Füße im Wasser – am Quai, andere am Platz oder auf den Friedhöfen, drei davon in Rufweite.

Pierre de Gaulle, Bruder des »Grand Charlie«, steht dem Stadtrat von Paris vor und ist der oberste Schutzherr der Bäume. Er liebt sie wie unser Franklin Roosevelt sie liebte und zeigt ein großes Interesse an ihrer Pflege und Ausbreitung. Er weiß, dass Paris beinahe seine Bäume verloren hätte, als Hitler 1944 Paris dem Erdboden gleichmachen wollte. General Dietrich von Choltitz und seine Nazis führten diese Pläne nicht aus.

Der Bürgermeister des 6., Joseph Faure, und Monsieur Napier Dacreux, Bürgermeister des 5. Arrondissements – Ersterer einst zuständig für die Pflege des *Jardin du Luxembourg*, Letzterer für die des *Jardin des Plantes* –, kümmern sich um die Bäume in ihrem Bezirk, als stünden sie auf ihren eigenen Grundstücken. Der Pariser Baumbeauftragte, Monsieur David de Largillière, verfügt über eine kleine Gruppe von Experten sowie über einen Vertreter in jedem der zwanzig Arrondissements. Wie alle Dienststellen in Frankreich ist auch die Organisation der Baumpfleger haarsträubend unterbesetzt, doch im Gegensatz zu anderen Angestellten im öffentlichen Dienst lieben sie ihre Arbeit und schonen sich nicht.

Im Frühjahr 1949 bauten Krähen eines großen Schwarms im 16. Arrondissement am Rechten Ufer, in der Nähe des Pont de l'Alma in den großen Ahornbäumen Nester. Die Bewohner der schicken Apartments mit Blick auf die Seine (und den Eiffelturm) beschwerten sich wegen des Gekrächzes am frühen Morgen. Um dem Krach abzuhelfen, wurden Leitern von der Feuerwehr geliehen, und die Äste oben, in denen die Krähen ihre Nester gebaut hatten, abgesägt. Danach mussten die anderen Bäume am Fluss ebenfalls entsprechend gestutzt werden. Die Krähen (alles Stadtkrähen, deren Vorfahren gelernt hatten, wie viel leichter es ist, in der Stadt zu leben statt auf dem Land, wo Bauern auf sie schießen) zogen zur Place de l'École-Militaire um. Die dortigen Armeeangehörigen und zivilen Beschäftigten scheinen sich nicht um sie zu scheren. Krähen leben in Paris fürstlich von den Resten der Märkte im Freien.

Bestimmte Mitglieder des Pariser Stadtrates hegen eine Abneigung gegen Tauben, die sich fast zur Phobie auswächst. In all den Jahren des Unvorbereitetseins, des Krieges, der Besatzung und der Erholung sind öffentliche Gebäude, was die Reinigung des Äußeren betrifft, vernachlässigt worden. Die Tauben sind leider mit jeder Generation mehr geworden und machen immer mehr Dreck. Denkmäler, Springbrunnen, Statuen, Dachvorsprünge, Säulen, Tempel, Paläste und Ministerien sind mit einer Patina von Taubendreck überzogen, die aussieht wie die Palette des Malers Caligari unter einer Lupe.

Bei nahezu jedem Treffen im Frühjahr 1949 wurde ein Antrag beim Stadtrat gestellt, wonach die Erschießung von Tauben durch gewillte Bürger legal sein sollte. Jedes Mal protestierten Vogelfreunde, doch die Haupteinwände kamen von der Polizei. Kommunisten und Gaullisten demonstrierten alle paar Tage, und die jeweils andere Seite drohte und versuchte, die Demonstration der Gegenseite aufzulösen. Seit zehn Jahren waren keinerlei Schusswaffen an Jäger oder Amateure verkauft worden. Die Vergabe von Waffenscheinen hatte man auf ein Minimum reduziert. Die Polizeioberen zitterten, wenn sie daran dachten, was passieren könnte, würden Flinten, Gewehre, Revolver und automatische Waffen frei an jeden verkauft, dem danach ist, im Interesse der öffentlichen Sauberkeit auf Tauben zu schießen.

Leider, leider haben nicht nur die Rabenkrähen und die Tauben den Baumleuten Probleme bereitet. Kanarienvögel und ihre Cousins, die Singammern und Finken, drohten eine Zeit lang, das 7. Arrondissement zu erobern und sich entlang der eleganten Avenuen niederzulassen, etwa in der Avenue Bosquet oder in der Avenue de La Bourdonnais. Diese Avenuen werden auf beiden Seiten von Platanen gesäumt, deren Spitzen bis zu den Hausfenstern in der dritten Etage reichen. Hunderte, wenn nicht Tausende von Kanarienvögeln entkommen jedes Jahr den Tierhändlern oder privaten Besitzern. Die blassgelben Sänger sind gesellig und keineswegs hilflos, sie versammeln sich in Schwärmen, die sich am nordwestlichen Rand des Champ-de-Mars tummeln, einem weiteren großartigen Park, der sich zwischen *Trocadéro* und der *École militaire* erstreckt, dazwischen der Eiffelturm.

Die Büsche und Koniferen im Militärpark und die Pferdeäpfel der gepflegten Tiere, die von den Stallknechten auf den schattigen Wegen ausgeführt werden, bieten im Überfluss die

Nahrung, nach der Kanarienvögel gieren. Die Singvögel gedeihen dort prächtig, und einer der größten Schwärme schlägt sein Nachtquartier in den Bäumen der Avenue de La Bourdonnais auf.

Als im vergangenen Frühjahr Paris für die amerikanischen Touristen hergerichtet wurde, beschnitten die Baumpfleger des 7. Arrondissements die Bäume. Die Kanarienvögel, misstrauisch, weil viele von ihnen Gefangenschaft bereits kannten, gerieten in Panik. Die Bewohner von Apartments in der Nähe der Baumspitzen öffneten ihre Fenster, und viele stellten Käfige mit zahmen Kanarienvögeln auf, um die wilden Vögel anzulocken.

Die freien Vögel, wegen des Baumschnitts arg unter Druck, flogen einzeln, zu zweit oder zu dritt in die Apartments, und einige versuchten gar in die Käfige zu gelangen. Hunderte von ihnen wurden aufgenommen und viele verendeten, denn Kanarienvögel sind nicht so süß wie ihre Lieder, und viele von ihnen, die sich mit Fremden in einem Käfig eingesperrt fanden, begannen einen Kampf ums Überleben des Stärkeren. Vogelhandlungen hatten bald keine Käfige mehr. Kinder fingen und verkauften so viele Kanarienvögel wie möglich und färbten auch einige Singammern gelb. Hunderte von Vögeln wurden Menschen geschenkt, die sie wollten oder nicht ablehnen konnten. Die Zahl wilder Vögel ging zurück, sie steigt aber wieder, und da in die Bäume rund um den Champ-de-Mars Ruhe eingekehrt ist, finden die Kanarienvögel, Ammern und Finken in ihre alten Gefilde zurück.

Menschen, die in dichten Wäldern leben, müssen das gleiche Gefühl gegenüber Bäumen haben wie die amerikanischen Indianer gegenüber Vierbeinern, wenn sie sich mitten in einer großen Bisonherde befinden. In Paris hat jedoch jeder Baum oder jede Baumgruppe eine große Bedeutung für den Einzelnen, der sich der städtischen Bäume zu allen Jahreszeiten bewusst ist, sie aus diversen Blickwinkeln, unter sich verändernden Lichtverhältnissen und aus persönlicher Perspektive betrachtet. Experten pflanzen sie, pflegen sie, pflanzen sie um, schützen und düngen sie, geben ihnen Form. Menschen mit Visionen bestimmen, an welchen Avenuen und Boulevards majestätische Rosskastanien stehen sollen, welche Platanen mit herzförmigen Blättern, welche Ahorn- oder welche Schwarznussbäume, Linden, Wunderbäume oder Ulmen. Bäume, die gegen Auspuffgase resistent sind, werden dort platziert, wo der Verkehr am dichtesten ist, schwankende Silberpappeln vor Wind geschützt; stämmige Eichen sorgen für ein Maximum an öffentlicher Pracht. Die Pariser spazieren zwischen den Bäumen, unter ihnen, neben ihnen, in ihrem Schatten und außerhalb davon. Die Mehrheit hat jedoch noch keine Notiz genommen von der Form der Blätter, von der Rinde, den Stämmen, den Blütenständen und vom Fruchtstand. Doch welch kalte Hände würden sich auf die Herzen legen, wenn es eines Tages keine Bäume mehr gäbe. Ohne sie wären alle Jahreszeiten verdorben.

Und dennoch dachte eine der Frauen, die den Bewohnern der Rue de la Huchette vertraut war, und der Mann, für den sie sich unter allen anderen entschieden hatte und an dem sie hing wie er an ihr, mit Furcht und Abscheu über Bäume und konnte kaum an einem vorbeigehen, ohne vor Hilflosigkeit und Wut zu zittern.

Ich habe bereits Achille Ithier erwähnt, den Angestellten am Hauptsitz der Antialkoholiker-Gesellschaft, der im Hôtel Normandie mehrere Jahre lang Zimmer Nr. 8 bewohnt hat. So, wie Kaffee- und bestimmte andere Bäume im Schatten eines kräftigeren, hitze- und windliebenden Baumes wachsen müssen, blüht der Charakter einiger Menschen und trägt Früchte dank der Nähe oder Dominanz einer stärkeren Persönlichkeit.

Ithiers Charakter und Daseinszustand hatten sich aufgrund seiner Antipathie gegen seinen Chef, den Kassenverwalter der Antialkoholiker-Gesellschaft, und der Verbitterung über ihn, ausgeprägt. Sein Chef verlangte viel, war herrisch und kannte Ithiers Schwächen recht gut – alle, bis auf seine heimliche Liebe zur Flasche, zu der er griff, wenn er allein war –, sodass jeder

Augenblick seines Arbeitstages belastend und grässlich für Ithier war. Er machte mehr Fehler als dass er etwas gut hinbekam – falsche Beurteilungen, sozial, mathematisch und psychologisch – und es mangelte ihm an Taktgefühl. Nicht ein einziger Lapsus, nicht eine einzige Unachtsamkeit blieb dem Kassenverwalter verborgen.

Ithier hatte nicht sehr viel zu tun, außer das Büro zu hüten, wenn der Chef Beiträge kassierte, über die kein Buch geführt wurde. Er hatte die Anfeindungen seines Vorgesetzten zu ertragen oder musste warten, bis dieser mit einer Ladung frischer Beschwerden zurückkam. Auf diese Weise verbrachte Achille die Zeit zwischen 8 Uhr 30 und 18 Uhr, sechs Tage die Woche. An sechs Abenden trank er mit Methode und stetig in der Stille seines Zimmers aus der Flasche, die er in seinem Schrank versteckt hielt. Sechs Nächte starrte er von Mitternacht bis zur Morgendämmerung die Wände und grässliche Erscheinungen an, warf sich im Bett hin und her, kämpfte mit dem Kopfkissen und zählte mithilfe der viertelstündlich schlagenden Glocken in der Nachbarschaft die Stunden. Demgegenüber unterschieden sich der siebte Abend und die siebte Nacht wie die Erlösung von der Hölle.

Ich glaube, Ithier war im Hôtel Normandie aus mehreren Gründen der Lieblingsbewohner von Louis, dem einarmigen *garçon*. Louis wusste über Ithiers Arbeit, den tyrannischen Chef, den abendlichen Kammersuff, die weißen und die scharlachroten Nächte Bescheid. Er wusste viele Dinge über Ithier, dem aber nicht bewusst war, dass er sie erzählt hatte. Louis kam häufig spätabends und auch nachts zu Ithier, um ein wenig zu plaudern und zu trinken; er wusste, wie einsam Ithier war und kannte das Leid der Schlaflosigkeit aus eigener Erfahrung. Louis war sich gewisser Veränderungen bewusst, die in Ithiers Leben eingetreten waren, und hatte keine Fragen über diejenigen gestellt, die ihm rätselhaft vorkamen. Zu später Stunde konnte Ithier mitteilsam, ja nahezu ausgelassen sein, und ein paar Geheimnisse ausplaudern, ohne sich hinterher daran zu erinnern, dass er so viel geredet hatte. Eigentlich war Ithier ziemlich verschlossen, selbst in seiner Suffseligkeit. Er überschritt nie gewisse Grenzen, damit sein Verhalten nicht darauf hindeuten konnte, er könne Geschichten offenbaren. Sein Seelenleben hatte bestimmte Kontaktzonen mit äußerlichen Eventualitäten ausgebildet. Der Stoff, aus dem Träume gemacht waren, hatte sich als ziemlich real erwiesen. Er lebte faktisch nach der Theorie der Surrealisten, indem er Imagination und objektive Realität zusammenführte. Hätte er dies gewusst, hätte es ihn zu Tode erschreckt.

Ithier war ein unscheinbarer Mann, mittelgroß und mit dunklen Haaren, die auch keine Pomade bändigen konnte. Seine blasse Haut war durch das Hotelessen und den Schlafmangel etwas unrein. Er hatte einen steifen Schnurrbart. Seine eng stehenden Augen waren zu klein. Seine Nase war spitz, sein Mund eine gekrümmte Linie, seine Ohren standen hervor wie Antennen. Er hatte Furchen auf den Wangen und der Stirn. Sein Kopf war selten klar und tat nie sonderlich weh. Manchmal klang das Knistern einer Zeitung für ihn wie Musketenfeuer. Das Gerumpel eines voll beladenen Pferdefuhrwerks, das mit Hufgeklapper über das Pflaster gezogen wurde, oder der Auspuffknall eines vorbeifahrenden Lastwagens blieb hingegen ungehört. Ithier machte Bewegungen, als wasche er sich die Hände, die nie makellos sauber waren. Die Nazis vernahmen ihn ein paar Mal, setzten ihn aber nicht auf die Zwangsarbeiterliste, weil sie nicht entscheiden konnten, wofür ein solcher Bursche nützlich sein könnte. Nachdem die Boches abgezogen waren, erzählte Achille Louis, er habe sich jeden Tag in den Arsch beißen können dafür, dass er keine Vergehen seines Chefs bei der Abstinenzler-Gesellschaft erfunden und ihn nicht denunziert habe. Er habe erst daran gedacht, als es zu spät war.

Hier ist die Geschichte, wie Ithier seine Antoinette kennenlernte, und wie die Wege der beiden sich trennten.

An einem grauen Herbstnachmittag im Jahr der Befreiung hing Ithier jämmerlich in seinem Arbeitssessel hinter dem Antialkoholiker-Tresen auf dem Boulevard Saint-Germain, als er ein paar Meter von seinem Fenster entfernt auf einer Bank eine junge Frau sitzen sah, gekleidet wie eine arme Verwandte in einem Theaterstück. Sie kehrte ihm den Rücken zu, sodass er ihr Gesicht nicht sehen konnte. Ihre Beine waren kräftig und unterhalb der Knie wohlgeformt. Sie trug Handschuhe. Sie saß regungslos da, schlief aber nicht, und aus ihrer Körperhaltung sprach Niedergeschlagenheit.

Jahreszeitliche Töne, die Verlaine treffend als *les violons d'automne* charakterisiert hatte, erklangen aus den Baumspitzen, und ein kleiner Zweig mit gefiederten Robinienblättern löste sich direkt über der Bank, auf der die Frau saß. Er taumelte durch das halb kahle Baumskelett herab und landete sanft auf deren Kopf. Hinter dem Fenster verhedderte sich Ithier so sehr in seinem Stuhl, dass er umfiel, so überraschend kam für ihn das Geschehen. Denn die Frau stieß einen mitleiderregenden Schrei aus, griff nach dem Zweig samt den Blättern, zuckte zusammen und wand sich wie eine Schlange. Und als ihr klar wurde, was sich zugetragen hatte, war sie zu schwach und wacklig, um aufzustehen oder gar aufrecht zu sitzen. Als Ithier zu ihr gelangte, war sie völlig fertig und schluchzte, die Augen geschwollen.

Ihr Name lautete Antoinette de Poitevin, und ihr betagter Vater war der Gründer und Präsident der *Société des Amis de l'Arbre*, der Gesellschaft der Baumfreunde. Ihre Angstsymptome, als Zweig und Blätter auf ihrem Kopf landeten, gingen auf einen Albtraum zurück, der wiederkehrte, seit sie sich erinnern konnte. Sie träumte oft, sie sei allein in einem verlassenen, von Zerfall gezeichneten Park mit Ruinen, Dickicht und Bäumen einer untergegangenen Zivilisation. Ein Winseln ertönte, der Wind wurde zu einem Sturm, die Äste der Bäume schlugen hin und her, und aus Stämmen und Hohlräumen kam Gebrabbel. Antoinette fand sich unter einem japanischen Zwergbaum mit knorrigen, nackten Ästen wieder, die den getrockneten Tentakeln eines Oktopusses glichen. Diese umschlangen sie, kniffen ihr ins Fleisch, stachen ihr in die Augen und in den Mund, umklammerten sie immer fester, bis sie schweißgebadet erwachte, teils in Bettzeug verfangen, teils entblößt.

Von all den verbliebenen de Poitevins war der alte André, der Präsident der Baumfreunde, der einzige, der noch viel Geld besaß, ein Vermögen, zu ihm gekommen durch eine lange Linie von de Poitevins, die so geizig waren, dass sie sich trotz der Kriege, Depressionen und Inflationen behaupteten. Der Großteil der Reichtümer der de Poitevins war seit Jahrzehnten in der Schweiz deponiert.

Der alte André de Poitevin war so knauserig und misstrauisch, dass er keinen Dienern traute. Daher musste Antoinette, seine Tochter, ihn von vorne bis hinten bedienen. Wenn sie voll und ganz unterwürfig war und ihn in gute Laune versetzte, versprach er, das Familienvermögen werde einmal ihres sein. Wenn sie manchmal auch nur ein leichtes Zögern erkennen ließ, sich seinem Willen zu beugen, sprach er davon, sein Geld für die Pflege von Bäumen in treue Hände zu geben. Antoinette verfügte über keine Ausbildung, keinen Beruf, und der alte Mann hatte dafür gesorgt, dass kein Verehrer in ihre Nähe kam. Das war ihr Hintergrund, als sie sich an jenem Oktobernachmittag von Ithier getröstet sah.

Ithier, so tief bewegt wie sie, führte sie irgendwie zum Hôtel Normandie und dort die Treppen hinauf in sein Zimmer. Kurz darauf hörten andere Hotelbewohner durch die papierdünnen Wände ekstatisches Stöhnen, Kojotenlaute und unterdrückte Schreie und Seufzer, *Ahs, Ah nons* und *Ah ouis*, die von Potifars Frau nicht übertroffen worden wären, hätte der prüde junge Josef deren Hoffnungen und Erwartungen erfüllt. Als Louis sah, wie das Paar das Hotel verließ, und ihm aufging, dass die Verursacherin dieser rhapsodischen Ausbrüche eine farblose, kleine Frau war, die sich kleidete wie ein Maulwurf und aussah wie die Respektabilität in Person, traute er seinen Augen kaum. Die besitzergreifende, selbstzufriedene Art, in der Ithier sie am Ellbogen führte, ließ Louis schmunzeln und einen munteren Luftsprung machen.

Während Louis am Mittag des Ostersamstags Zimmer Nr. 9 herrichtete, reserviert für ein Trio der frommen Mexikaner, die mit dem heiligen Felix im Flieger von Rom nach Paris flogen, war er überrascht, als er aus Nr. 8 durch die Wand die Stimmen von Antoinette und Ithier hörte.

Antoinette war außer sich. »Er hat sich entschieden und heute Morgen an seinen Anwalt geschrieben«, sagte sie.

»Er hat doch nicht etwa sein Testament gemacht?«, fragte Ithier alarmiert.

»Achille, wir müssen ihn irgendwie bremsen«, fuhr Antoinette fort.

»Wann kommt der Anwalt?«

»Morgen Nachmittag«, antwortete sie.

»Verabreiche ihm heute Abend ein Pulver. Der alte Geizkragen muss erst mal schlafen, dann sehen wir weiter«, sagte Ithier.

Louis hörte zu und runzelte verwundert die Stirn. Da er für seine Verschwiegenheit bekannt war, speicherte er die Gesprächsfetzen, die er zufällig vernommen hatte, in einem Hinterstübchen seines Kopfes, bevor er sich im *Café Saint-Michel* zu uns gesellte.

Wir saßen da und schauten über den Platz, auf den der Schatten der üppig wachsenden Ulme fiel. Ihr Stamm war einen Hauch dunkler als der Asphalt; die Erde, in der sie stand, war kurz zuvor aufgelockert worden, damit die Äste und die neuen Blätter mehr Luft zum Atmen bekamen. Über dem Tresen mit den Meeresfrüchten breitete sich eine junge Platane aus, die nur bis zur Höhe der Markise aufragte. Die Terrasse des *Cafés du Départ* mit vierzig Besuchern und drei Katzen wurde von einer größeren Platane aus der Zeit der Pariser Weltausstellung von 1900 beschattet.

Die düstere, nicht glitzernde Fontaine Saint-Michel mit dem großen, muschelförmigen Hintergrund, dem heiligen Michael, dem von ihm besiegten Teufel, Löwenköpfen, Tierfiguren und Engeln war trocken. Vor dem berühmten Restaurant der Gebrüder Rouzier, *La Rôtisserie Périgourdine*, standen am Gehwegrand in einer Reihe mittelgroße Platanen, die alle einen gedrungenen Schatten warfen. In dem Augenblick, da es so aussah, als könnten die Blätter nicht grüner sein, ließ jemand zwei Rollos in leuchtendem Orange herab, und zwischen den Markisen und dem Laub flammte der Farbkontrast auf, positiv und negativ, direkt und alternierend, Volt und Ampère brutzelten.

An der Ecke gegenüber vom Pont Saint-Michel flatterte die Trikolore, die erstmals in den Tagen der Erstürmung der Bastille als Revolutionssymbol auftauchte. Die Königin der gotischen Kathedralen, Notre-Dame de Paris, thronte ein Stück flussabwärts.

Himmlische Objektivität. Irdische Wünsche. Gab es Chablis, Pouilly oder Riquewihr zu den Austern, und waren dies Marennes- oder Bélon-Austern? Ich entschied mich für die aromatischen Sägegarnelen, *Grands Bouquets* genannt.

Später aß ich zu Mittag mit Monsieur Aran, Monsieur Nathaniel, den anderen Armeniern und vielen aus unserer Truppe, mampfte gefüllte Weinblätter, gegrillte Truthahnleber mit Beaujolais, Paprika und Tomaten *à la provençale* und einige Käsesorten, die eine Kooperation des Dämonen Pazuzu und der Dämoninnen Lamaschtu und Lilith erforderlich gemacht haben mussten, um diesen lustvollen Geschmack zu entwickeln.

Trockener Anisschnaps. Türkischer Kaffee. Und danach die Ostersamstags-Siesta und leider wenig bewusste Gedanken an Ihn, der den Drei-Tage-Schlaf schlief, oder an jene, die für die Linke oder die Rechte leben, für Erlösung, die letzte Schlacht (winken), für Freiheit, Gleichheit, Brüderlichkeit (zwinkern).

Über Konformität

In Erscheinung und Verhalten gibt es heute in Paris zwei gegensätzliche Typen, die sich seit der Befreiung und der Wiederkunft der Amerikaner herausgebildet haben. Der großtuerische Franzose, der in New York war, amerikanische Ausdrücke oder amerikanisiertes Französisch benutzt, wenn er zu wissen glaubt, was ein Wort bedeutet, der amerikanisch geschnittene Kleidung trägt, aus ins Violette, Rostrote, Blassgrüne oder Himmelblaue spielenden Materialien, der amerikanische Schlitten mit 75-Liter-Tanks fährt. Derart verwandelte Franzosen werden »Atlantiker« genannt. Der Atlantiker trinkt Cocktails statt leichte Aperitifs, raucht Zigaretten, die der Franzose als »parfümiert« bezeichnet, d. h. die üblichen amerikanischen Marken, und er ist hundertprozentig für den Marshallplan oder irgendein anderes Almosen- oder Hilfsprogramm der Vereinigten Staaten.

Der »Kontinentale« hingegen bedient sich eines altmodischen Schulfranzösisch, schreibt Geschäftsbriefe mit all den gekünstelten Grußformeln und komplizierten Akzentzeichen, trägt Florbänder am Arm, raucht eine Mischung aus getrockneten Blättern und Krümeln, die von der französischen Regierung als Tabak verkauft wird, liebt hochtaillierte Hosen und knielange Hemdschöße, abnehmbare Kragen, Manschetten und triste Krawatten. Seine figurbetonten Anzüge sind marineblau, blassbraun oder konventionell schwarz; er trägt dunkle Hüte und sonntags auch Derbys. In Amerika ist er nie gewesen, und er möchte auch nicht dorthin. Seiner Meinung nach braucht die Alte Welt keinen Einfluss von der anderen Seite des Atlantiks oder aus Ländern, in denen sich noch Wilde tummelten, als Franz I. Frankreich regierte.

Nehmen wir nur mal die französische Werbung: Ich hatte gerade die Place Danton überquert und ging via *Café Cluny* in Richtung des Quartier Saint-Michel, als ein kleiner, ärmlich gekleideter Mann, einer jener, die man nicht verletzen oder enttäuschen möchte, angeschlichen kam und mir aus einem Stapel Handzettel gewohnheitsmäßig den untersten überreichte. Nachdem er seiner Wege gegangen war, und ich den Zettel betrachtete, sah ich darauf einen Linolschnitt von einem späten Selbstporträt Cézannes, aus der Zeit, als der große französische Meister bereits seine Haare verloren hatte. Es kam mir seltsam vor, dass ein kleiner Heimlichtuer gratis Cézanne-Reproduktionen verteilte, doch dann bemerkte ich den gedruckten Text unter dem Porträt.

»Lassen Sie dies bei Ihnen nicht zu«

Auf der Rückseite des Handzettels wurde ein bestimmtes Haarwasser angepriesen.

Die Franzosen haben zwar manch subtile und effektive Vorstellung von Werbung, doch das Großspurige, wie es längst in den USA vorherrschend ist, fehlt. Auf anderen Gebieten macht sich der amerikanische Einfluss auf das Leben in Paris zwar bemerkbar, aber der Großteil der französischen Werbung ist immer noch dem kontinentalen Tonfall verpflichtet. Einiges davon ist altbacken und lächerlich, steht im Widerspruch zu den modernen Zeiten. Beispielsweise gibt es eine Teestube auf dem Boulevard Saint-Germain, nördlich der Existentialistenzone, in der die Spezialität heiße Schokolade ist. Im zweiten Stock prangt eine hohe, schmale Werbetafel, auf der vor einem bleifarbenen Hintergrund ein lebensgroßer Dandy aus den 1890er Jahren zu sehen ist, in der Hand eine dampfende Tasse samt Untertasse, den kleinen Finger anmutig abgespreizt, das gescheitelte und sehr schwungvolle Haar mit Pomade angepappt, mit einem gepflegten, dünnen Oberlippenbart, grauer Krawatte, Gamaschen und lacklederen Knopfstiefeletten. Der Text in Schreibschrift lautet:

»Dechaudat! Ah, son chocolat!«

Dechaudat ist der Name des ursprünglichen Eigentümers, der starb, als der Amerikanische Bürgerkrieg gerade begann. Er reimt sich auf das französische Wort für Schokolade, das »schock-o-la« ausgesprochen wird.

Leider wurden die amerikanischen Seeleute, die in den Jahren unmittelbar nach der Befreiung auf Urlaub in Paris weilten, durch Dechaudats Plakat in die Irre geführt. Sie dachten, er betreibe ein Café für Schwule. Und tatsächlich fielen hin und wieder Schwärme von Seeleuten in das Café ein, um kaputt zu schlagen, was sie dort vorzufinden dachten, und es dabei fast völlig zu zerstören. Die Vorfälle haben wenig dazu beigetragen, die internationale Freundschaft oder das gegenseitige Verständnis zu fördern.

An alten Autobussen, die auf dem Boulevard Saint-Germain und dem Boulevard Saint-Michel verkehren, sind in Dachhöhe bemalte Schilder in Buslänge angebracht, deren Botschaft lautet:

»Visitez Le Café Mondial«

Eine Adresse wird nicht genannt. Im aktuellen Telefonbuch sind ungefähr fünfzehn Cafés mit dem Namen *Mondial* verzeichnet, und keines von diesen liegt an der Route der erwähnten Busse.

An Feiertagen ist die Polizei nachsichtig und fragt nicht nach dem Status derjenigen, die am Straßenrand Stände errichten. Eine dralle junge Frau, gekleidet wie Marie Antoinette, gab mir eine kleine, in bedrucktes Papier eingewickelte Ampulle. Der Geruch war sehr angenehm, und als ich mich gesetzt hatte, was ich tue, wann immer ich es kann, las ich das Gedruckte. Ich war förmlich überwältigt. Hier ist eine grobe Übersetzung:

ÖLE FÜR DAS BAD
»Das Geheimnis der Diana«

(Zu den aufgelisteten Parfums gehören: Chinchilla, Zibeline [Zobel], Antilope, Bambus, Cassandra und Padischah.)

Ich glaube, der bei dem Kosmetikhersteller beschäftigte Wortschmied hatte noch nie Zobel oder Antilope gerochen, doch die Wirkung blieb nicht aus.

»Inspiriert von den traditionellen Bräuchen des Altertums, sind die Badeöle der Serie *Das Geheimnis der Diana* die parfümierten Reinigungsrituale der Griechen und Römer.«

Ich bin auch überzeugt davon, dass der Barde in jüngerer Zeit keine Griechen oder Römer in ihrer natürlichen Umgebung gerochen hat.

»Kreiert, um die Wirkung jedes Extraktes zu verstärken, der zu seinen Bestandteilen zählt, entwickelt das Badeöl über die Körperwärme einen vollen Duft, dessen beeindruckende Symphonie auf dezente Weise die kräftigsten Noten des Parfums begleitet.«

Die nächste Überschrift lautete »Anwendungsempfehlungen«.

»Im Bad: Ein paar Tropfen mit Bedacht im Badewasser verteilen. Nach dem Duschen: Ein paar Tropfen auf die Handfläche träufeln, und während die Hand noch feucht ist, das Öl sanft in die Haut einmassieren. Sprühen Sie sich danach mit ihrem Lieblingsparfum ein, das mit dem Duft harmonieren wird, in den *Das Geheimnis der Diana* sie dezent gehüllt hat.«

Nun, da laut den Theorien der gemäßigten Regierung der Tourismus für die französische Wirtschaft lebenswichtig geworden ist, wird den Besuchern ein Reichtum an Kultur und Unterhaltung geboten. Die zu diesem Zwecke Beauftragten organisieren jedes Jahr eine Reihe von Ausstellungen und Messen gastronomischer, wissenschaftlicher, sportlicher, dekorativer, künstlerischer, historischer und praktischer Natur. Eines der attraktivsten Gebiete, die für kleine Messen im Freien vorgesehen sind, ist der Streifen entlang dem Rechten Ufer, zwischen dem Pont Alexandre III., mit dem geflügelten Pegasus auf Pylonen, und dem Pont de l'Alma, wo der berühmte steinerne Zuave als Wasserstandsanzeiger dient und der Schiffsverkehr als sicher gilt, bis der Pegel die Höhe von dessen Knien erreicht hat. Die breite Avenue samt Quai, gesäumt von Schatten spendenden Bäumen, Hausbooten und Flussdampfern für Tanz und Erfrischungen, ist bekannt als Cours Albert Ier.

Im Frühjahr 1949 wurde die Saison mit einer Benefizmesse für ehemalige Kriegsgefangene eröffnet, von diesen selbst organisiert. Für mich war die Ausstellung moderner Tapisserie aus Aubusson das herausragende Ereignis, es gab jedoch auch Gaumengenüsse aus allen Regionen Frankreichs. Die Werbeplakate, die mich am meisten fesselten, hingen an einem Stand mit Delikatessen aus dem maritimen Département Finistère. Beworben wurden Meeresfrüchte, meine Lieblingsspeise, die Zola so treffend als »flüssiges Feuer« bezeichnet hatte.

Die beiden Plakate, knapp einen Meter breit und zwei Meter hoch, zeigten das Innere einer Auster und einer Muschel, hundertfach vergrößert und bis ins kleinste Detail anschaulich koloriert.

Ich mochte Austern und mehr noch Muscheln schon mein ganzes Leben lang. Es ist nicht leicht, in den Vereinigten Staaten Muscheln zu kaufen, weil die Fischhändler mit ihrer verleumderischen Propaganda versucht haben, die Konsumenten vom Kauf billiger Meeresfrüchte abzubringen. Ich wurde von frühester Kindheit an den Gedanken gewöhnt, lebende Muscheln zu verspeisen. Bei gutem Essen bin ich nicht empfindlich. Ich habe Klapperschlangenfleisch à la King selbst zubereitet und fand es köstlich. Ich habe Stierhoden und Präriehühner gegessen – sie sind einfach fabelhaft. Ich genieße Tintenfisch in seiner schwärzesten Tinte. Aale grün oder in der Pfanne gebraten sowie Eichhörnchen in Brunswick-Pastete sind ganz nach meinem Geschmack. Dennoch war ich bei der Messe für die ehemaligen Gefangenen ziemlich schockiert, als ich die Auster- und Muschel-Plakate eingehender betrachtete. Jeder Körperteil war nummeriert und beschriftet.

Die Öffnung zur Wasseraufnahme einer Auster befindet sich in einem randnahen Mantel. Hält man eine Auster vertikal, so befinden sich direkt unter diesem Mantel die der Nahrungsaufnahme dienenden Kiemen. Dann kommen die Leber, Darm und Anus sowie ein Extremitätenpaar, das sich im Laufe von ein paar Millionen Jahren wie bei den Kaulquappen zu Beinen entwickeln kann. Die inneren Organe sind von einem Mantel umgeben. Bei den Muscheln gibt es zwei Öffnungen am hinteren Mantelrand, »Atem- und Aftersipho«, die miteinander verwachsen und zu einer Röhre verlängert sind.

Die Europäer wurden durch solche Plakate nicht abgeschreckt und studierten am jeweiligen Stand eifrig die Austern, Venus-, Herz- und Scheidenmuscheln, Schnecken oder Seeigel, doch ich muss gestehen, dass ich und andere Amerikaner sich schnell entfernten, und wir uns mit hart gekochten Eiern in der Elsässer Bar zufriedengaben.

Eine Werbemaßnahme unter Verwendung eines wertvollen Gemäldes sorgte bei der *Foire de Paris* für einen Skandal. Eine Firma, die einen beliebten Aperitif herstellte und vertrieb, dessen Alkoholgehalt das rechtlich vorgeschriebene Limit nicht überstieg, zeigte bei der größten Nahrungsmittelmesse vor ihrem Stand ein Ölgemälde, auf dem »Bacchus« zu sehen war. Ein paar Tage nach der Eröffnung besuchte der Diener einer prominenten französischen Familie an seinem freien Tag die Messe. Er machte an dem Aperitif-Stand Halt, wo ihm der Anblick des »Bacchus« seltsam vertraut vorkam. Er kannte das Bild. Bevor es seiner Dienstherrin, Madame Elaine Brault-Sabourdin, der Enkelin des Verlegers der ersten in Frankreich erschienenen Zeitung, gestohlen worden war, hatte er es immer wieder gesehen.

Er teilte seine Befürchtungen einem *agent de police* mit, der den örtlichen *commissaire* davon unterrichtete. Letzterer war verwundert, genoss der Aperitif-Hersteller doch ein hohes Ansehen und hätte sicher ein benötigtes oder gewünschtes Bild kaufen und dafür zahlen können. Zunächst erfolgte die Ermittlung in aller Heimlichkeit.

Ein Sachverständiger aus dem Louvre wurde hinzugezogen. Er untersuchte das Gemälde sorgfältig und erklärte, der »Bacchus« des Getränkehändlers sei von Rubens gemalt worden, der jedem Halunken eins auf die Rübe gehauen hätte, der ihm ein gesüßtes Getränk angeboten habe, das schwächer gewesen sei als alkoholstarkes, flämisches Bier. Das Bild sei nicht nur von Rubens gemalt worden, fuhr der Sachverständige fort. Über das, was Bacchus so maskulin gemacht hätte, sei von jemandem aus der Dekorationsabteilung des Abfüllkonzerns ein Lendenschurz gemalt worden, um das Familiengeschäft nicht zu gefährden.

Der Getränkehersteller hatte das Bild nicht gestohlen. Er hatte es für 35.000 Francs, damals etwas mehr als 100 Dollar, bei einem Antiquitätenhändler am Linken Ufer ohne Lendenschurz gekauft. Der Händler war ebenfalls unschuldig, doch ziemlich dumm. Er hatte das Meisterwerk von Rubens für 3.500 Francs, etwa elf Dollar, auf der Altmetallmesse erworben. Wie viel das Gemälde heute wert ist, lässt sich nicht mit Sicherheit sagen, da Madame Brault-Sabourdin, die rechtmäßige Eigentümerin, nicht daran denkt, es zu verkaufen, doch eine konservative Schätzung beliefe sich auf 7.000.000 Francs, beim derzeitigen Wechselkurs etwa 20.000 Dollar.

Obwohl die 20- und 30-jährigen Franzosen über historische Präzedenzien und die französische Geschichte spotten, sind die Vergangenheit und ihre Relikte im französischen Alltagsleben stets präsent. Es gibt noch immer Royalisten, meistens über sechzig Jahre alt, die einander Mut zusprechen und die groben Fehler der republikanischen Politiker als Zeichen der Hoffnung für die Rückkehr der Bourbonen interpretieren. Bonapartisten sind seltener, und die wenigen bekommen vom Klerus nicht so viel Trost zugesprochen wie die Königstreuen. Einer der bedeutendsten Unterstützer des Königreichs wohnt in der Rue de la Huchette, Nr. 20, in der Mansarde über Juliens Friseursalon, in dem Zimmer, das Napoléon inkognito bewohnte, als er sich verstecken musste. *Kronenaufzug*, wie Monsieur Temeraire wegen seiner großen, altmodischen, goldenen Uhr genannt wird, ist circa fünfzig Jahre alt, sieht aber sehr viel älter aus. Er hat lange Beine, relativ kurze Arme und einen gedrungenen Körper. Er hat wie Napoléon eine ansehnliche Leibesfülle und ein kleines Einkommen, das es ihm ermöglicht, sich zu kleiden wie in der napoléonischen Epoche, sich jeden Tag einen Rausch anzutrinken und über die Brücke oder den Quai Saint-Michel zu schreiten, als befände er sich auf St. Helena oder als inspiziere er das Feld von Austerlitz oder Waterloo.

Ein junger Feuilletonist von *Le Populaire*, Léon Blums sozialistischer Zeitung, bummelte eines Tages über die Place Saint-Michel, sah auf der Brücke die grübelnde Gestalt, die aussah wie Napoléon auf Stelzen, verwickelte Kronenaufzug in ein Gespräch, und der Bonapartist ließ sich von dem Journalisten zu ein paar Drinks einladen. Am nächsten Tag stand eine kurze Kolumne in *Le Populaire*, in der Temeraire als ein »*déhydraté*« beschrieben wurde. Das heißt als einer, der dehydriert ist, den mit anderen Worten der Alkohol ausgebrannt hat, wodurch er so trocken war wie eine Salzmakrele. Kronenaufzug störte sich nicht an den Sticheleien bezüglich seiner altmodischen Kleidung, seines Festhaltens an einer verlorenen Sache oder an dem Hinweis, Napoléon sei ein Diktator gewesen. Doch die Andeutung, er sei ein chronischer Schluckspecht, passte ihm ganz und gar nicht. Er hatte allen Grund, stolz darauf zu sein, dass er trank wie ein Gentleman der Schule des frühen 19. Jahrhunderts, als Weichlinge, die eigentlich schon genug intus hatten, weiter den geistigen Getränken zusprachen. Er konsultierte also den Satyr und Monsieur Nathaniel, den hübschen, großen Armenier, die sich beide, ohne sich abgesprochen zu haben, bereit erklärten, ihm als Sekundanten zu dienen, marschierte zum Büro von *Le Populaire*, fand Monsieur Essling, den jungen Reporter, kniff ihn in die Nase und forderte ihn zum Duell auf.

Essling, der ein paar Fechtstunden absolviert hatte, nahm die Herausforderung an und entschied sich für Säbel als Waffen für das Duell. Er wählte zwei recht junge Burschen als Sekundanten, und als diese bei dem Satyr und Monsieur Nathaniel aufgekreuzt waren, begannen sich die Leute in der Rue de la Huchette Sorgen zu machen. Sie mochten Kronenaufzug, der nie jemandem auch nur das Geringste angetan hatte. Seine Freunde wollten nicht, dass irgendein frecher, junger Schreiberling ihn mit einem Säbel einen Kopf kürzer machte.

Als das Duell arrangiert und angekündigt war, trank Kronenaufzug noch unbefangener und mehr als gewöhnlich in allen Cafés der Straße. Er prahlte, mit dem Säbel sei er unübertrefflich.

Am Tag vor dem Duell, so gegen Mittag, wurde Kronenaufzug ungehalten und wütend. Er rannte hin und her, stieß

Weingläser um und murmelte »*Déhydraté*, in der Tat. Ich werde diesen Grünschnabel dehydrieren. Ich werde ihm alle Knöpfe absäbeln.« Hin und wieder griff er in einem Café einen Besenstiel oder einen Staubwedel, nahm eine Fechtposition ein und machte Angriffsgesten hierhin und dorthin. Gegen Abend verlor er in einem dieser Momente die Balance, kippte um und wurde hinauf in sein Bett getragen.

Lange vor Tagesanbruch war er bereits wieder auf den Beinen, und nichts, was irgendwer sagte, konnte ihn abschrecken. Er fuhr mit dem Taxi an den Rand der Wälder bei Longchamps, der Satyr und Monsieur Nathaniel an seiner Seite. Beide murmelten Gebete, doch der Chef fing wieder an zu knurren und zu murmeln. Der Feuilletonist erschien samt seiner Sekundanten, lachte und scherzte. Ein Wundarzt stand ebenso bereit wie ein Dutzend Reporter, die alle auf ein blutrünstiges Vergnügen aus waren. Hinzu kam eine Gruppe verängstigter Leute aus der Rue de la Huchette.

Die Duellanten legten ihre Mäntel ab, krempelten die Ärmel hoch, die Sekundanten wählten die Waffen aus, die recht gefährlich aussahen. Als der Kampf begann, ging der junge Journalist äußerst selbstbewusst in die Offensive, doch schon bald staunten die Zuschauer, wie Kronenaufzug, alt und ohne Kondition, alle Stöße und Hiebe mit Leichtigkeit parierte, wobei er leise gluckste und die Augen zusammenkniff. In wenigen Sekunden war Essling unter Druck, zitterte und schwitzte. Er schoss wie ein Wahnsinniger vor, stach zu und teilte harte Hiebe aus, bis er kaum noch Luft bekam und Kronenaufzug seine Klinge nur Millimeter an Ohren, Nase und Hals des Reporters vorbeischlug.

Die Sekundanten des jungen Mannes versuchten das Duell abzubrechen, wurden aber vom Satyr und Nathaniel daran gehindert, die den Kampf nun in einem völlig neuen Licht sahen. Bevor der Bonapartist zu müde wurde, katapultierte er mit einem *Sforza* den Säbel seines Gegners in den Wipfel eines in der Nähe stehenden Baumes, drehte sich um, streifte seine Ärmel herab und zog in aller Ruhe und Würde seinen Mantel an.

Heute spricht in Kronenaufzugs Beisein niemand aus der Nachbarschaft mehr abfällig über Bonaparte oder König Alkohol.

Bei einem anderen Duell, das im Laufe des Jahres 1949 ausgetragen wurde, waren die Kontrahenten ein Filmregisseur namens Jacobi und ein Kritiker namens Madaule. Der *casus belli* hierbei war eine Schauspielerin, die unter dem Künstlernamen Lorraine Ledoux auftrat.

Madaule schrieb in seiner Kritik an Mademoiselle Ledouxs schauspielerischer Leistung in einem Film mit dem Titel *Voici*, die Zukunft dieses jungen Sternchens sei ihr *derrière*, d. h., sie liege bereits hinter ihr oder sei ihr Hinterteil. Wie soll ich solche Wortspielereien verdeutlichen? Der Kritiker lenkte die Aufmerksamkeit auf die offenkundigen körperlichen Vorzüge der Profil- oder der Rückansicht. Der Regisseur Jacobi nahm Anstoß an dem Artikel und ohrfeigte den Kritiker, der ihn darauf zum Duell aufforderte. Jacobi wählte das Florett, ohne die über die Spitze gestülpte Knospe.

Der Kritiker hatte noch nie zuvor eine solche Waffe in der Hand gehalten. Der Regisseur hatte einst als Statist etwa zehn Stunden Fechtunterricht genossen, um an einer Massenszene teilnehmen zu können, bei der rechts und links die Schwerter klirrten. Für die Sekundanten war das Duell eine schwere Aufgabe, weil Madaule, ohne zu wissen, dass es sich nicht um Fecht-Cricket handelte, mit der Spitze seines Floretts den Boden berührte als sei es ein Spazierstock. Wenn er dies tat, musste der Kampf jedes Mal unterbrochen und die Spitze von Madaules Waffe zwanglos mit einem Schwefelholz desinfiziert werden. Dem Regisseur gelang es schließlich, den Kritiker am Arm zu streifen. Die Ehre war wiederhergestellt, doch die Kombattanten weigerten sich, sich zu versöhnen.

Das wichtigste Duell von 1949 wurde nicht wie die beiden anderen im Wald ausgetragen, und es waren auch keine Journalisten anwesend.

Es duellierten sich Roger Nordmann, ein Lehrer am Gymnasium und Maître Jean-Louis Tixier-Vignancour, ein prominenter Anwalt.

Der Zank begann bei Gericht, im Palais de Justice. Maître Tixier-Vignancour verteidigte einen früheren Vichy-Funktionär, angeklagt wegen krimineller Kollaboration. Während er sein Plädoyer hielt, schrie der in der ersten Zuschauerreihe sitzende Lehrer, Monsieur Nordmann: »Sie, Tixier-Vignancour, sollten eine Menge über Kollaboration wissen!«

Maître Tixier-Vignancour unterbrach sein Plädoyer, baute sich vor dem Zwischenrufer auf und forderte Nordmann zum Duell auf. Nordmann willigte ein, und die beiden Männer überhäuften sich gegenseitig mit Anschuldigungen und Beleidigungen, bis der Richter die beiden zur Ordnung rief und seine Hilfskräfte anwies, für Ruhe im Saal zu sorgen, damit die Verhandlung fortgesetzt werden konnte. Zu diesem Zeitpunkt sah es so aus, als würde das Duell im Morgengrauen des nächsten Tages stattfinden.

Das französische Gesetz autorisiert die Polizei, bei einem Duell einzuschreiten, wenn es so aussieht, als könnte dabei jemand verletzt werden, doch es gibt keine Strafen für sich Duellierende. Der Richter, in dessen Gerichtssaal durch den Streit Unruhe eingekehrt war, fällte ein ungewöhnliches Urteil, das zweifellos als Grundsatzurteil gelten wird. Der Vorsitzende Richter untersagte Maître Tixier-Vignancour die Teilnahme an einem Duell oder an Duellen, bis der Prozess ein Ende gefunden hatte.

»Die Ethik der Pariser Anwaltschaft erlaubt es einem Anwalt nicht, während eines laufenden Verfahrens unnötig und absichtlich sein Leben zu riskieren und somit das Risiko einzugehen, seinen Mandanten ohne Anwalt zu lassen oder dem Staat einen neuen Prozess aufzubürden«, urteilte der Richter.

Sobald der Prozess zu Ende war – Maître Tixier-Vignancours Ex-Vichy-Mandant wurde wie so viele wohlgeborene und nichtkommunistische Mitglieder der Pétain-Partei heutzutage für nicht schuldig befunden – begannen die Pariser Polizei, Rechercheure und Fotografen der Pariser Zeitungen damit, Nordmann und Tixier-Vignancour Tag und Nacht zu beschatten. Der Polizeipräfekt hatte in Übereinstimmung mit Pierre de Gaulle angekündigt, dass das Duell verhindert werden würde.

Am Abend vor dem Zweikampf schliefen die beiden Duellanten und die Sekundanten, bis auf den von Nordmann, ein Monsieur Pierre Stibbe, seines Zeichens Rechtsanwalt, nicht zu Hause. Die Presse- und Polizei-Spürhunde folgten Stibbe, nachdem er um sieben Uhr aufgestanden und mit seinem Wagen auf einen Landsitz bei Saint-Cloud gefahren war. Die Pariser Polizisten, die geschworen hatten, das Duell zu unterbinden, mussten anerkennen, dass sie sich außerhalb ihres Autoritätsbereiches befanden. Bevor die Polizei von Saint-Cloud benachrichtigt und an den Ort des Geschehens gebracht werden konnte, war das Duell vorbei.

Der Zweikampf war in diesem Fall eine ernste Sache. Beide Kontrahenten waren geübte Schwertkämpfer und empfanden tiefen Hass füreinander. In der zweiten Runde fügte der Rechtsanwalt, Tixier-Vignancour, dem Lehrer eine zweieinhalb Zentimeter tiefe Wunde an seiner Führhand zu. Ein Treffer war gelandet und die Ehre wiederhergestellt worden. Zu einer Versöhnung kam es jedoch nicht. Vorsichtige Gastgeberinnen werden die beiden eine Zeit lang nicht zu ihren Partys einladen.

Im Frühherbst gerieten zwei Amerikaner, ihren Landsleuten wohlbekannt, beinahe in ein Duell. Art Buchwald von der *Paris Herald Tribune* sah Ingrid Bergman in der Hollywood-Produktion *Johanna von Orléans*. Der Premierenabend in Paris war ein internationales Ereignis der Freundschaft und des Lobes. Der neue Erzbischof von Paris hatte davon überzeugt werden können, einen Kirchenoffiziellen zu bestellen, der an diesem Ereignis teilnehmen und für die Gläubigen eine Beurteilung verfassen sollte. Die französische Regierung (unter Queuille) schickte Spitzendelegierte. Dutzende Besucher aus Amerika schritten aus ihren Limousinen über den roten Teppich zum Premierenort. Alle waren über das Ganze sehr viel glücklicher als Art Buchwald, der meiner Meinung nach ein ehrbarer Kritiker ist.

In seiner Kolumne im *Herald* am nächsten Tag – alle anderen Zeitungen beweihräucherten sich wegen der transatlantischen Zusammenarbeit – zerpflückte Art jedenfalls den Film in historischer, künstlerischer und sonstiger Hinsicht. Er verstieg sich sogar zu der Behauptung, Bergman habe als Jungfrau von Orléans nicht anders agiert als in dem Film *Wem die Stunde schlägt*, in dem sie ein »kleines Kaninchen« war, sowie in einer weiteren teuren Produktion, in dem sie eine Psychoanalytikerin spielte. Er schrieb, die Gebildeteren im Publikum hätten arg gelitten, da mit jeder Spule der Legende, der Wahrheit, der Humanität und dem Sinn Gewalt angetan worden sei.

Walter Wanger, der Produzent, war in Paris und veröffentlichte eine Erklärung, in der er Buchwald vorwarf, er sei vorurteilsbeladen und inkompetent und hasse das Kino aus Prinzip. Buchwald, der an den Regisseur denken musste, der kurz zuvor unter Einsatz seines Lebens und seiner Gliedmaßen die Rückansicht seiner Liebsten verteidigt hatte, beschloss, auch die Prosa eines Mannes sei es wert, verteidigt zu werden. Er forderte Wanger zum Duell, das eine rein amerikanische Angelegenheit gewesen wäre. Wanger weigerte sich dieser Duellforderung nachzukommen mit der Begründung, Buchwald wolle nur öffentliche Aufmerksamkeit erregen. Buchwald erlaubte sich die Stichelei, Wagner habe sich noch nie verächtlich über öffentliche Prominenz geäußert. Das ist der Stand der Dinge bis zum heutigen Tag.

Es ist bezeichnend, dass bei allen drei Duellen, die öffentliche Aufmerksamkeit auf sich zogen, der Herausforderer ein Mann mittleren Alters mit einem Vorkriegshintergrund, der Kontrahent hingegen ein junger Mann war, dessen Erfahrungen durch Krieg und Besatzung geprägt waren. Die Auseinandersetzung, selbst in dem Fall, in dem es um den Hintern einer Dame ging, verlief zwischen einer alten und einer neuen Lebensauffassung. Jedes Mal gewann der Mann mittleren Alters, und sein jugendlicher Kontrahent weigerte sich, ihm die Hand zu reichen.

Nichts ist in Paris auffälliger als das lebhafte Treiben am Linken Ufer im 6. Arrondissement, egal ob bei Tag oder Nacht. Dieses Gebiet blieb den Amerikanern ohne Bohème-Neigungen verschlossen und wurde dann und wann eher zufällig von seriösen Touristen besucht, die glaubten, sich unters gemeine Volk mischen zu müssen. Es ist wahr, dass in den Tagen von Hemingways *Fiesta* Maler, Modelle, Gewohnheitstrinker und Müßiggänger ihr Welthauptquartier in der Nähe der Kreuzung Boulevard Raspail und Boulevard du Montparnasse etabliert hatten. Jener fantastische, kosmopolitische Bereich der Außenseiter und der Künstler, die durch Playboys, reiche Witwen und steigende Mieten aus Montmartre vertrieben wurden, war in der Ära der *Lost Generation* und der berühmt-berüchtigten Expatriierten kein integraler Teil des 6. Arrondissements, obwohl sich das *Café Select* und das *Rotonde*, das Hôtel Vavin und Notre-Dame-des-Champs an dessen äußerem Rand befanden. Das *Café du Dôme*, das *Coupole* und das *Dingo* lagen auf der anderen Straßenseite im 14. Arrondissement, und die Sonne, die ihre Strahlen auf so viele amerikanische und andere Zecher warf, wenn diese noch beduselt waren, ging hinter ihnen auf. In diesen sorglosen Zeiten vor Hitler, als man sich über das Hundegesicht Mussolini lustig machte, blieben die Boulevardiers auf den Grands Boulevards, und die Amerikaner, die mit Geld um sich werfen konnten, zog es nach Montmartre, wo sie nach Strich und Faden ausgenommen wurden. Sonntagabends dinierten die Franzosen der oberen Mittelklasse, die sehen wollten, wie die andere Hälfte lebte, in Montparnasse, saßen bis Mitternacht auf der Terrasse des *Coupole* und beobachteten die Möchtegerne, Alkoholiker und Angeber. Lehrer aus dem Mittleren Westen der USA pilgerten in dieses Viertel in der Hoffnung, James Joyce und Gertrude

Stein zu sehen, die sich nie getroffen haben und sich auch nie zeigten. Joyce wohnte in der Rue de Grenelle im 15. Arrondissement und dinierte im *Trois Trianons* in der Nähe der Gare Montparnasse. Gertrudes berühmtes Apartment befand sich in der Rue de Fleurus, und sie speiste gerne zu Hause.

Als es in Montparnasse richtig krachte, lag die Betonung nicht auf Musik. Im *Coupole* spielte ein Orchester irgendwo hinter einem Balkongeländer zur Teezeit Tanzmusik sowie zum Diner das langweilige Zeug, das »Standardmusik« heißt, und anschließend weitere Tanzmusik. Nur wenige Gäste hörten überhaupt zu oder tanzten. Die Betrunkenen waren dazu nicht in der Lage, und die Touristen zu fasziniert vom Beobachten der Trunkenbolde. Die zivilisierten Franzosen, die sich mit Küche auskennen, sind schon immer gegen Musik beim Essen gewesen. Die Straßenmusik um das *Dôme*, das *Select*, das *Rotonde* und das *Coupole* herum diente nur dem Erbetteln von Geld – vereinzelte Akkordeonspieler, miserable alte Fiddler und ziemlich durchgeknallte Frauen mit sich überschlagenden Stimmen und weinerlich sentimentalen Texten.

Derzeit ist der Ort des Geschehens, der Treffpunkt der Exzentriker, Bohémiens, Playboys, Touristen und Spinner aus aller Welt das Viertel Saint-Germain-des-Prés um das *Café de Flore* und entlang der einst respektablen alten Avenue bis zur Grenze des Quartier Latin auf der einen und den großen, grauen Regierungsgebäuden auf der andere Seite. In Kellern, im Erdgeschoss und in Höfen befinden sich zahlreiche kleine Bars und Nachtclubs. Überall ist amerikanische Jazzmusik angesagt. Es gibt so viele lebendige Orte, dass jede Berühmtheit oder Gruppe von besessenen Café-Besuchern eine Lieblingslokalität und ein, zwei weitere Favoriten sowie eine Reihe von ziemlich sicheren Geheimtipps hat. Das Nachtleben findet im Untergrund statt, doch auch die Straßencafés sind gut besucht – das *Flore*, die *Brasserie Lipp* für Biertrinker, das *Deux Magots*, das derzeit nicht so in Mode zu sein scheint, und das neue *Royale*, das sich über zahlreichen Besuch von Franzosen freuen kann, die im Krieg und während des Aufschwungs danach gut verdient haben und ihr Geld großzügiger ausgeben als es die Franzosen je zuvor getan haben.

Der Bürgermeister des 6. Arrondissements, Monsieur Faure, interessiert sich sehr für kulturelle Aktivitäten, besonders für die Malerei. Er ist ein ausgesprochener Gourmet und begrüßt die Politik der Koalitionsregierung, mehr für den Tourismus zu tun, vor allem aus den Vereinigten Staaten.

Jedes Arrondissement hat ein Rathaus oder ein Bürgermeisteramt. Die *Mairie* des 6. an der Place Saint-Sulpice ist ein hübsches altes Gebäude, in deren Eingangshalle eine Statue steht, doch nicht von einem Soldaten, Politiker oder Kirchenmann, sondern von dem großartigen bürgerlichen Maler Jean Siméon Chardin, der in der Nähe gelebt und gearbeitet hat.

Im 6. Arrondissement befanden sich schon immer die ruhigsten, friedlichsten und tröstlichsten Winkel des Linken Ufers, die heute allerdings durchsetzt sind mit modernen, fortschrittlichen und ereignisreichen Örtlichkeiten. Man kann sich von ausgelassenen Feiern und Bohei in nur drei Minuten zu Fuß in Abgeschiedenheit und Ungestörtheit zurückziehen. Man kann aber auch mit bärtigen Existentialisten mit ihrem zweideutigen Gerede zusammenkommen und mit Krankenschwestern aus der Provinz, die sich noch nicht daran gewöhnt haben, Lederschuhe zu tragen.

Auf der anderen Seineseite befinden sich der riesige Palast der Bourbonen, Le Louvre, die Pfarrkirche Saint-Germain-l'Auxerrois, die Rue de l'Arbre-Sec, in der die erste Guillotine stand. Am Pont Neuf streckt die Seine zwei Arme aus und umfängt die Île de la Cité.

Fast alle Viertel des 6. Arrondissements waren respektabel, einige wurden von der alten Aristokratie dominiert. Das kleine Viertel nördlich und westlich der Boulevards Saint-Germain und Saint-Michel, zwischen der Abtei und dem Fluss, bildet die Ausnahme. In einem Viertel, nicht größer als einen Quadratkilometer, mischen sich das Laster, die Kunst, Elend, Tatkraft, Kriminalität, Arme, Reiche, alle Hautfarben, Menschen von zwei Dutzend Nationalitäten und Durchreisende. Die Betuchten wohnen am Quai mit Blick über die Seine. Die Kuppel des *Institut Français* erhebt sich über den eisernen Fußsteg. In der Nähe findet man das *Lapérouse*, eines der bekanntesten Restaurants der Welt, die École des Beaux-Arts, wo der Schwerpunkt auf orthodoxer Malerei und Skulptur liegt, eine Reihe von elenden Spelunken, Überlebende der Reform von 1945, den Buci-Markt, der das erlesenste Nahrungsmittelangebot in dieser Gegend bietet. An der Stelle der alten Stallungen der Abtei Saint-Germain befindet sich die Place de Furstenberg, ein malerisches Plätzchen, an dem sich in einem Hof das nahezu unverändert gebliebene Atelier von Eugène Delacroix befindet. Kaum zweihundert Meter entfernt befand sich Molières erstes Theater. Die kleineren und weniger teuren Kunstgalerien findet man in der Rue de Seine und in der Rue Bonaparte. Die Straßen sind eng und verwinkelt, und der Verkehr rauscht mit halsbrecherischer Geschwindigkeit und ohrenbetäubendem Lärm hindurch. Die Gebäude sind alt und von den feuchten Kellern bis ins Obergeschoss mit seinen undichten Dächern wahnsinnig überbelegt. Die Millionen Menschen, die im Louvre gegenüber Mona Lisa bestaunt haben, wissen nicht, dass ein solches Viertel überhaupt existiert; wüssten sie es, würden sie sich fürchten.

Im Gegensatz dazu bilden die an den *Jardin du Luxembourg* angrenzenden Straßen einen der feinsten Wohnbezirke, die man sich vorstellen kann. Was den Häusern an modernem Komfort fehlt, zum Beispiel neue Rohrleitungen oder ein Aufzug, wird durch besondere Vornehmheit wettgemacht. Die Gartenanlagen um den alten Luxembourg-Palast, in dem der Senat seinen Sitz hat, sind superb, mit Blumenbeeten voller spät blühender Herbstblumen sowie Bäumen, Wegen und Perspektiven, wie sie der Maler Antoine Watteau unsterblich gemacht hat. Alte Experten spielen Krocket, Fabrikarbeiter kloppen nach der Nachtschicht Karten, Eltern und Kindermädchen geleiten zahllose Kinder zum Spielen, es gibt ein Kindermarionettentheater und die weltweit beste Schule für Bienenzucht.

Im 6. Arrondissement befinden sich eine Filiale der Bank von Frankreich, das riesige städtische Pfandleihhaus *Mont de Piété*, der Bahnhof Montparnasse, die Diocésaine des Étrangers, die Kirchen Saint-Germain-des-Prés und Saint-Joseph-des-Carmes, die Kapelle der Lazaristen, Notre-Dame-des-Anges, Notre-Dame-des-Champs, Saint-Sulpice und der Temple Protestant du Luxembourg.

Der Sitz der französischen Geographischen Gesellschaft wurde neulich abends durchsucht, und ein Dozent, der den Studenten und der Jugend beiderlei Geschlechts freie Liebe und Promiskuität empfohlen hatte, auf das örtliche Kommissariat gebracht. Es kam jedoch nicht zu einer Anklage. Er sei, so führte er aus, ein ehrenwerter, verheirateter Mann und versuche Geld zu verdienen, um die Kosten für das Wochenbett seiner jungen Frau bezahlen zu können.

Ein Kolumnist schrieb vor kurzem, die Antialkoholiker-Gesellschaft, etwas abseits der Place Saint-Germain, habe den härtesten Job der Welt, seit die *Zazous* (Existentialisten) und die nordamerikanischen Saufnasen sich im Viertel breitmachten.

Auch der lange, haarige Arm der Weltpolitik reicht bis ins Viertel von Saint-Germain und beeinflusst den Charakter der internationalen Feiereien und Zechereien dort, sodass es wenig Ähnlichkeit aufweist mit der Hochzeit von Montparnasse in den 1920er und den frühen 1930er Jahren.

Die französische Annäherung an den amerikanischen Jazz erfolgte von oben. Ein paar Kritiker, deren Ansichten über Kunst und Musik allgemein Achtung genossen, waren die Ersten, die »*le hot*«, seine Meriten und Reize verstanden. Das anspruchsvolle Publikum ließ sich anstecken, mit dem Ergebnis, dass die Franzosen, die Jazz mögen oder überhaupt verstehen, emotional stark daran gebunden sind, die Spreu vom Weizen trennen und die Botschaft an Interessierte weitertragen.

Die Kommunisten, die in Amerika und in allen französischen Kolonien viel unternehmen, um die Schwarzen für ihre Sache zu gewinnen, haben sich sofort für Jazz begeistert, ihrer industriellen Basis Lindy Hop und Jitterbug nahegebracht, und in den Nachtclubs von Saint-Germain gelächelt und applaudiert, wann immer sich ein schwarz-weißes Paar zeigte. Dann erklärte in Russland der Politiker Andrei Schdanow, Jazz sei degeneriert und für das proletarische Amüsement nicht tauglich. Die Führer der französischen Kommunisten mussten schleunigst andere Saiten aufziehen, und für die aufrechten französischen Genossen war fortan der Zugang zu den Treffpunkten der *Zazous* von Saint-Germain verboten.

Im vergangenen Frühjahr besuchte ich das Jazzfestival in der *Salle Pleyel*. Es dauerte eine Woche lang samt einer Matinée am Samstag, und der Saal war voll, vom Parterre bis zur letzten Balkonreihe. Es waren so wenig Kommunisten anwesend wie Trotzkisten, Titoisten und Anarchisten beim *Weltkongress der Kämpfer für den Frieden*. Als die Existentialisten das Quartier Saint-Germain übernahmen, Studenten und Touristen anzogen, übten die Kommunisten Gewalt aus, um die Zaghaften zu entmutigen, sich in das Nachtleben zu stürzen. Montparnasse hatte kaum Gewalt gekannt. Genau genommen war das Viertel außerordentlich friedlich und sicher. Heute sind die kleinen Nachtclubs und Seitenstraßen um Saint-Germain recht gefährlich. Drogenabhängige und Marihuana-Raucher machen sich in den Cafés breit. Seeleute und Soldaten verschiedener Nationen sind immer häufiger in Prügeleien verwickelt. Homosexuellen wird oft etwas vorgegaukelt, um sie dann brutal anzugreifen. Die Existentialisten behaupten, die Kommunisten würden als Teil ihrer Kampagne gegen Amerika und gegen Touristen Schlägertrupps in das Viertel schicken. Binnen zwei Tagen geschahen zwei Morde, und in beiden Fällen hatte das Opfer sich zuvor im

Quartier Saint-Germain amüsiert. Eine junge Filmschauspielerin, die sich dem Existentialismus und einigen seiner Propheten zugewandt hatte, wurde in ein Auto gelockt, an ein Kanalufer gefahren, gewürgt, entkleidet, verstümmelt, und ihr Leichnam mit Steinen beschwert ins Wasser geworfen. Ein wohlhabender Engländer mit einem guten Job in Paris wurde von einem Saint-Germain-Nachtclub aus verfolgt, und sein Leichnam in einiger Entfernung in seinem Wagen gefunden. Zwei Tage später nahm man zwei französische Matrosen und einen französischen Soldaten fest; sie gestanden die Tat. Sie sagten, der Engländer hätte einem von ihnen unanständige Avancen gemacht, woraufhin sie ihm einen Sack über den Kopf gezogen, ihn mit Fäusten traktiert, ihm sein Geld, etwa 4.500 Francs, gestohlen und gerecht geteilt hatten, ihm seine wertvollen Ringe abgenommen und zu ihrem Dienst zurückgekehrt seien, ohne sich bewusst zu sein, dass er tot war. Sie werden glimpflich davonkommen, und keine britischen Kreuzer werden Seine-aufwärts vorstoßen.

In Montparnasse wurde viel getrunken, aber es wurden kaum Drogen konsumiert. Politik existierte nicht, bis sich Mitte der 1930er Jahre dort Flüchtlinge aus Mitteleuropa zusammenfanden.

Der Marihuana-Fimmel hat zu ein paar interessanten Begebenheiten geführt. Die Zollbeamten berichteten der Polizei, eine Tierhandlung am Quai de Gesvres bekäme besonders große Schiffsladungen an Vogelsamen aus Nord- und Südamerika. Eine Untersuchung ergab, dass Angestellte dieser Tierhandlung die Samen von *cannabis mexicana* aussortieren und in Hausgärten anbauten.

Amerikanische Studenten, die sich aufgrund der *G. I. Bill of Rights* in Paris aufhielten, trieben Handel mit geschmuggelten Zigaretten und konnten Benzin in großen Mengen erwerben und illegal an die Franzosen verkaufen. Da es mit dem Schwarzmarkthandel bergab geht, haben die Jungs und Mädels eine schwere Zeit vor sich. Es gibt kaum ein kleines, billiges Hotel im 6. Arrondissement, in dem nicht ein paar ehemalige amerikanische Soldaten und Soldatinnen wohnen.

Das Quartier Saint-Germain ist übersät mit Nachtclubs, darunter der *Club St.-Germain, Tabu, Vieux Colombier, Chez Inez, Reine Blanche*, die *Montana Bar* und die *Brasserie Civet*. Als die Franzosen sich mit dem Jazz vertraut machten, konnte viele Jahre lang kein Franzose ihn spielen, außer vielleicht der Gitarrist Django Reinhardt. Heute ist im *Vieux Colombier* Claude Luter der Bandleader. Er spielt einen derart heißen Dixieland, dass er beim Festival mit Sidney Bechet loslegte, auf seiner Klarinette zu einem Solo des Altmeisters aufspielte und das Publikum entfesselte. Selbst Bechet war überrascht und erfreut. Pierre Braslavsky konnte überall mitmischen, wo Jazzmusiker der alten Schule zu einer Jam-Session zusammenkamen. Noch spielen die Franzosen keinen Bebop, sie lieben ihn aber, und er rangierte beim Festival nach Sidney Bechet und Charlie Parker an zweiter Stelle, aber hat noch einiges aufzuholen. Beim Boogie Woogie tendieren die Franzosen eher zu den leichten Riffs von Count Basie als zu dem soliden Bass und den spontanen Inventionen des verstorbenen Albert Ammons. Die langsamen Stücke von Meade Lux Lewis befinden sich in jeder erstklassigen, französischen Plattensammlung.

Nicht mehr auf dem Boulevard Saint-Germain ist Riess mit seinem altehrwürdigen, viereckigen Bart. Er war der Hairstylist von Ernest Hemingway und dem verstorbenen E. Berry Wall. John Steinbeck ist Kunde bei den Nachfolgern von Riess, René und Marcel.

Das *Zazous*-Quartier übertrifft die Bärte betreffend sogar Oberammergau. Die Studenten tragen Gesichtsdekorationen aller Art – Fransenenzian, Orang-Utans Freude, Schifferkrause, Reuben-Haskins-Kinnbart, Backen-, Zottel- und Ziegenbart, Prinz-Albert-, Gebrüder-Smith- und Rasputinbart. Die Wackeren tragen steife Bärte, und einige der zentral- und südamerikanischen Jungs Van-Dyke-Bärte.

Bevor während des Kreuzzuges von 1945 die lizenzierten Bordelle geschlossen wurden, gab es in keinem Pariser Bezirk mehr davon als im 6. Arrondissement. In einem Gebiet nicht größer als das Yankee Stadium florierten mindestens vierzig Bordelle. Andererseits waren Stricherinnen relativ rar. Die Touristen suchten die Freudenhäuser nicht oft auf. Fremdenführer geleiteten die wohlhabenden Amerikaner in die teureren Etablissements am Rechten Ufer. Die Bordelle des 6. Arrondissements wurden von Franzosen aus der Mittelklasse und aus dem Proletariat sowie von Ausländern mit »schmalem Geldbeutel« besucht. In der Rue Saint-Benoît gab es eine Reihe von Häusern, die von den Damen gerne als »respektabel« bezeichnet wurden, zwei in der Passage de la Petite-Boucherie, drei oder vier in der Rue de l'Échaudé, fünf oder sechs in der Rue Grégoire-de-Tours, vier in der Rue Mazarine, zwei große in der winzigen Rue Mazet, zwei in der Rue Saint-Sulpice und weitere in der Rue des Quatre-Vents. Nicht weniger als fünfzig Hotels waren darauf spezialisiert, Zimmer an Paare zu vermieten, die keine Meldeformulare für die Polizei ausfüllten und ein Zimmer selten länger als eine Stunde belegten, es sei denn, es entwickelten sich ungewöhnlich schöne Freundschaften.

In jedem Freudenhaus arbeiteten im Durchschnitt fünf Frauen, sodass sich ihre Gesamtzahl auf 160 belief. Zudem waren 32 Submätressen und 32 Köche, Mädchen für alles und Zimmermädchen beschäftigt. Obwohl die Prostituierten plötzlich Geächtete waren, hatten sie weniger Schwierigkeiten, sich an die neue Situation anzupassen, als die Arbeitskräfte, die rechtschaffen blieben. Die meisten Köche kochten weiterhin, doch viele der Dienstmädchen und Submätressen fanden keine Arbeit und mussten mit ihren Kolleginnen konkurrieren. Viele schauen mit Bedauern auf die gute, alte Zeit zurück.

Als das Viertel östlich der Place Saint-Michel, in dem ich zu Hause war, Teil des 6. Arrondissements war, breiteten sich die gemütlichen kleinen Bordelle bis in die Rue de la Huchette, die Rue de la Harpe, die Rue Saint-Séverin und in die heutige Rue Xavier-Privas aus. Es ist zu schade, dass alles zwischen dem Boulevard Saint-Germain und der Seine, nördlich der Rue des Saints-Pères, nie vom 5. und 6. Arrondissement als eigenständiges Arrondissement abgetrennt wurde und eine eigene Verwaltung bekam, die den armen, aber lebendigen Lebensverhältnissen besser gerecht würde. Es gehörte eigentlich nie richtig zu dem respektablen 6. Arrondissement oder zum 5., das dem allgemeinen Lernen, dem Studium und der Praxis der Medizin, dem Zoo und dem Weingroßhandel gewidmet ist.

Fremden in Städten Spaniens oder Italiens, die das Rotlichtviertel lokalisieren möchten, wird geraten, eine Stelle zu suchen, die gleich weit vom wichtigsten Seminar und den Kasernen der *Guardia Civil* entfernt ist. Tatsache ist, dass diese Regel, für die französische Demokratie modifiziert, auch für das kleine Viertel hätte angewandt werden können, das ich zu beschreiben versuche. Es liegt zwischen dem klerikalen und missionarischen Zentrum bei Saint-Sulpice und den Kasernen der Republikanischen Garde und der benachbarten Polizeipräfektur.

Es war im Frühjahr 1949, als der Kampf für die Hoheit über den Frieden zwischen den Kommunisten und den Liberalen, die der stalinistischen Diktatur und der Strategie des Eisernen Vorhangs misstrauten, so richtig begann. Kaum hatten die französischen Kommunisten ganz Paris und seine Umgebung mit Picasso-Tauben beklebt und den *Weltkongress der Kämpfer für den Frieden* in der *Salle Pleyel* angekündigt, veröffentlichten antikommunistische Linke, Existentialisten, Trotzkisten, Titoisten und Anarchisten Pläne für eine Konkurrenzveranstaltung im *Vélodrome d'Hiver*.

Die Kommunistische Partei Frankreichs ist so organisiert, dass die Handvoll von Intellektuellen und Künstlern an der Spitze für die Basis, also für die gewerkschaftlich organisierten Industriearbeiter, eine Quelle des Stolzes und der Ermutigung ist. Die Erstgenannten, zu denen Frédéric Joliot-Curie, Jean-Richard

Bloch, Louis Aragon, Paul Éluard und der Abbé Boulier zählten, sind nicht zu vergleichen mit den »Elf«, die das Politbüro der amerikanischen Kommunistischen Partei bilden. Sie befinden sich auch keineswegs auf dem Niveau solcher literarischen Schlachtrösser wie Ilja Ehrenburg, Fadejew, Simonow oder der despotische Schdanow in Moskau.

Zu den kulturellen Höhepunkten, die den Delegierten zum Kommunistischen Weltkongress gegen den amerikanischen Imperialismus und den Atlantikpakt versprochen wurden, sollten Künstler und Wissenschaftler zählen, deren Reputation nicht nur auf ihrer Treue zur Parteilinie beruhte. Paul Robeson war einer der Sänger; Gedichte lasen zu diesem Anlass Louis Aragon und Paul Eluard; Joliot-Curie, Frankreichs Hochkommissar für Atomenergie, war ausersehen, den Delegierten zu versichern, dass französische Arbeiter und Wissenschaftler keine Bomben produzieren würden, um sie gegen Russland einzusetzen. Es wurde überall erzählt, dass Picasso seine Arbeit an Frauen mit drei Gesichtern und Babys mit Augen wie Flundern verschoben habe, um die »sanfte« Friedenstaube in realistisch-proletarischer Manier auszuführen.

Die Gegner der Roten konnten Picasso als Maler nicht übertreffen, doch sie versprachen ein Telegramm von Eleanor Roosevelt, konnten Marian Anderson gewinnen, die einige Schattierungen dunkler ist als Paul Robeson und wohl genauso gut singt wie er, stellten im Wissenschaftsbereich Joliot-Curie Dr. Karl T. Compton vom »Manhattan Project« der Vereinigten Staaten gegenüber und warteten mit einer Gruppe von Schriftstellern auf, die es mit dem Kontingent der französischen Kommunisten aufnehmen konnte und besser als die Russen war. Dazu gehörten James T. Farrell, Arthur Koestler, Ignacio Silone und Richard Wright. Aus den USA luden die Friedenskämpfer zur Unterstützung von Ilja Ehrenburg, Fadejew, Simonow und Pablo Neruda, den Dichter Chiles, Howard Fast und Donald Ogden Stewart ein.

Die Kommunisten behaupteten, die Mitgliedschaft der Organisationen, die »Delegierte« in die Salle-Pleyel-Versammlung entsenden würden, beliefe sich auf insgesamt 350 Millionen. Ihre Gegner beanspruchten, sie repräsentierten den Rest der Weltbevölkerung. Die Kommunisten planten eine Massendemonstration, die sie als spontan bezeichneten. *L'Humanité* meldete 250.000 Teilnehmer, die Polizei zählte 20.000, und die *New York Herald Tribune* berichtete von 50.000. Diese Zahlen sind normal für eine Veranstaltung für Stalin unter freiem Himmel. Ich glaube, die diversen Pariser Zeitungen halten an einer bestimmten Zahl fest. Meine Schätzung für die kommunistische Demonstration belief sich auf 35.000, von denen mindestens 30.000 im Auftrag ihrer Gewerkschaften oder Organisationen teilnahmen. Dazu gehörten sieben der zwölf aktiven oder erklärten Kommunisten aus der Rue de la Huchette.

Als ich Ostersonntag kurz nach Mittag mit dem amerikanischen Delegierten und dem zufällig dort vorbeikommenden Richard Wright auf der Terrasse des *Café Saint-Michel* saß, zählten zu den Anwesenden ein halbes Dutzend Kommunisten aus unserer Nachbarschaft, ebenso viele »Jouhaux«-, also Linkssozialisten, drei Blum-Anhänger (Sozialisten mit weißen Handschuhen), einige, die sich noch nie darum geschert hatten, wählen zu gehen, mindestens ein Dutzend Anhänger von Charles de Gaulle und ebenso viele Unterstützer der gemäßigten Regierung Queuilles. Dessen Koalition bestand aus Sozialisten, die meisten ihrer Sache nicht sicher, dem MRP (Mouvement républicain populaire) und den alten, stümperhaften Radikalsozialisten, von denen Herriot das beste und Daladier das schlimmste Beispiel ist. Jeder wusste, wie der andere gewählt hatte, wenn er denn wählen ging und die Sache ernst nahm. Zur De-Gaulle-Fraktion gehörten die meisten der praktizierenden Katholiken und alle jüdischen Geschäftsleute.

Wir bildeten eine unbeschwerte, freundliche Gemeinschaft aus Nachbarn, homogener als bei den Zusammenkünften in den späten 1930er Jahren, als die Demarkationslinie zwischen denen, die an die Republik glaubten, und denen, die eine Diktatur wollten, verlief. Die Verräter, die zugeschlagen hatten, als sich die Dritte Republik als hilflos erwies, hatten sich zerstreut oder waren davongejagt worden. Keiner der Anwesenden, außer Katya und vielleicht Raoul Roubait glaubten, dass Frankreich in absehbarer Zukunft kommunistisch werden würde, und nur wenige sahen es als wahrscheinlich an, dass die USA und Russland Krieg gegeneinander führen und Frankreich als Schlachtfeld benutzen würden. Die Intelligenteren unter den Kommunisten freuten sich über Siege in China, und die ebenso unhaltbare wie aussichtslose, vom US-Außenministerium eingepaukte Position der Regierung Queuille bestand darin, Indochina halten zu wollen. Sie waren durchaus bereit, Europa eine Zeit lang zu vernachlässigen. Bei den kommunistischen Treffen herrscht bis heute eine fröhliche Stimmung. Mit Millionen von Verbündeten in Russland und einer Million Menschen im Orient auf ihrer Seite, fühlt sich die Kommunistische Partei Frankreichs, die bei landesweiten Wahlen nur ein Drittel der Stimmen erzielen kann, sicher und ist optimistisch. Die kapitalistische Mehrheit fühlt sich ebenfalls ausgezeichnet, macht aber weniger Getöse und hat weniger Selbstvertrauen.

Die Verlorenen
bewegen sich im Kreis

In der Rue de la Huchette Nr. 32 bewohnten Jeanne Piot und Eugène, Frau und Sohn des geflüchteten Kollaborateurs Krautkopf ihre alte Wohnung. Jeanne vermietete ein Zimmer an eine Frau von Anfang zwanzig, die am benachbarten Wirtschaftskolleg Stenografie unterrichtete. Die Lehrerin, Berthe Metalyer de Latouche, zog es vor, einfach nur Berthe Latouche gerufen zu werden. Sie lebte dort seit ungefähr einem Jahr, als ich in die Rue de la Huchette zurückkehrte, und beteiligte sich nicht am Leben im Viertel. Sie bekam keinen Besuch, außer von dem jungen Dr. Thiouville. Die Nachbarn mochten Berthe ganz gerne, doch keiner wusste sehr viel über sie. Sie redete wenig, und über sich überhaupt nicht. Sie war groß und grazil, hatte lange Beine, dunkles Haar, ausdrucksvolle Augen und von Natur aus einen starken Charakter, der es ihr ermöglichte, im Klassenzimmer die Disziplin aufrechtzuerhalten.

Es war Berthe Latouche, die auf die Idee kam, die Flachdächer in der Rue de la Huchette über dem breiten Ende der Straße zum Sonnenbaden zu nutzen, was sie mit Vorliebe tat. Sie war nicht athletisch, hielt sich aber gerne unbekleidet draußen auf. Während der Wochen des Regens und der Kälte vor dem Osterwochenende hatte sich die Sonne überhaupt nicht gezeigt.

Die Institution des Sonnenbades war wie die Autowerkstatt, die Fahrschule, das avantgardistische *Théâtre de la Huchette* im Haus Nr. 19, die beiden Neonreklamen, die Busse mit den Neugierigen und die brandneue Apotheke eine moderne Errungenschaft in der Entwicklung der Straße. Diejenigen von uns, denen das Viertel aus der Zeit der tragbaren Badewannen, der umherziehenden Herde von Milchziegen, die in leere Cognacflaschen gemolken wurden, der ambulanten Händler mit ihren traditionellen musikalischen Ausrufen bekannt war, hatten so etwas nicht erwartet.

Berthe entkleidete sich in ihrem Schlafzimmer, legte einen Büstenhalter an, bedeckte ihre untere Blöße mit einem Tuch, zog einen Morgenrock über, schlüpfte mit ihren feingliedrigen Füßen in Pantoletten und stieg über eine Leiter zur Dachluke hinauf. Jeanne Piot, die für ihre vierzig Lenze recht blond, sanft und attraktiv war, sich jedoch noch nie entkleidet hatte, wenn sie es nicht so gemeint hatte, beobachtete ihre Untermieterin mit sanfter Neugier. Jeanne konnte nicht verstehen, warum die Lehrerin, die über sehr viel Zeit verfügte und tun und lassen konnte, was sie wollte, so oft allein war und nur sehr wenige Männer kannte. Es war leicht ersichtlich, dass Berthe wohlerzogen und ganz in der alten französischen Tradition aufgewachsen war.

Die Dächer am breiten Ende der Straße waren etwas höher als die anderen, sodass Berthe, als sie das Dach von Nr. 32 erreicht hatte und über einen engen Steg gegangen war, davon ausging, dort unbeobachtet zu sein. Sie war zur Rückseite des Schornsteins gelangt, ohne Anatole gesehen zu haben, den Buchhändler, der fest in seinem Liegestuhl schlief. Die Aufenthalte der beiden auf dem Dach hatten sich noch nie überschnitten. Sie hatte ihre grobe Wolldecke in der Sonne ausgebreitet, ihren Morgenmantel abgelegt, sich ihrer Pantoletten entledigt und löste den Haken ihres BH-Trägers. Sie legte sich auf den Bauch und genoss die Sonnenwärme.

Da sie keinen Grund zu der Annahme hatte, dass irgendwer in der Nähe sei, drehte sie sich auf den Rücken. Ihre festen Brüste ragten gen Himmel, ihre Beine ausgestreckt und leicht gespreizt, die Hände unter dem Kopf verschränkt. Sie schloss die Augen. Das Sonnenlicht war stärker als sie angenommen hatte, und in dessen Bann schlief sie ein. Als sie sich kurz bewegte, fiel ihr linker Arm zur Seite, und sie verlagerte ihr Gewicht auf den rechten Arm, während der andere über einem Spalt zwischen den Brettern der Dachschalung ruhte.

In ihrer Wohnung über dem *Cabaret Rahab* in der Nr. 29 legte Helen Hatounian auf ihrem Grammophon eine armenische Platte auf. Die Fenster waren weit geöffnet, und die nachmittägliche Stille in der Nachbarschaft wurde durch die schrille Stimme eines Soprans aus Nahost durchbrochen. Die Musik war für armenische Ohren weniger erschreckend als für die Nachbarn in Hörweite. Ihre Wirkung bedeutete für Anatole eine Katastrophe. Der schrille Klang drang an seine Ohren und fachte seine Erinnerungen an schreiende Zigeunerfrauen an. Er wurde unsanft aus dem Schlaf gerissen und hüpfte benommen und perplex von seinem Liegestuhl, stürzte ihn um und lief blindlings über das Dach.

Berthe, durch den umgekippten Liegestuhl, das orientalische Gekreische von unten und die ungestümen Schritte aufgeschreckt, sah, wie ein offenbar Irrer auf sie zugestürmt kam. Instinktiv versuchte sie, sich zu erheben, fiel mit einem lauten Klonk nach hinten und bemerkte, dass sie splitterfasernackt und ihr rechter Arm taub und unbrauchbar war. Ihre Haut war von der Stirn bis zu den Zehen von der Sonne hochrot.

Ihre Not war so plötzlich und umfassend eingetreten, hatte so viele Facetten und Nuancen, dass sie weder schreien noch protestieren, sondern nur nach Luft ringen, in sich zusammensacken und erstaunt dreinblicken konnte.

Anatole hatte einen noch größeren Schrecken bekommen. Was er vor sich zu sehen meinte, dämpfte seine vorangegangene Panik, die ihn auf Trab gebracht hatte.

»Aber Mademoiselle!«, sagte er beinahe vorwurfsvoll, als er zum Stehen kam.

»Herrje, Monsieur. Mein Arm«, stöhnte Berthe und berührte mit ihrer linken Hand ängstlich ihren tauben, rechten Arm.

»Ihr Arm?«, wiederholte Anatole. Er besah ihren rechten Arm, enorm erleichtert, etwas Erlaubtes anstarren zu dürfen. »Ihr Arm?«, stammelte er.

»Ich kann ihn nicht bewegen«, sagte Berthe. »Er ist gelähmt.«

»Das tut mir leid, Mademoiselle«, antwortete Anatole, im gleichen Augenblick damit befasst, ihren Morgenmantel aufzuheben und ihre Nacktheit damit zu bedecken.

»Dankeschön, Monsieur. Das ist sehr freundlich«, sagte sie und runzelte die Stirn, weil das, was sie sagte, wenig Sinn ergab. Sie verspürte keine akuten Schmerzen, doch die Tatsache, dass sie ihren Arm nicht bewegen konnte, bereitete ihr Sorgen.

Sie sahen einander an. Anatole glaubte, dieses Gesicht schon einmal gesehen zu haben, und Berthe war sich sicher, ihn wiederzuerkennen. Wirklich begegnet waren sie sich noch nie.

»Sie haben einen schlimmen Sonnenbrand«, fuhr Anatole fort. »Reiben Sie nicht zu sehr über Ihre Haut.«

»Ich bin eingeschlafen«, sagte sie.

»Ah, ich auch. Haben Sie das Gekreische gehört?«, fragte er. »Vielleicht habe ich es nur geträumt.«

»Das kam von einem Grammophon«, erklärte Berthe.

»Richtig«, antwortete Anatole, der sodann versuchte, sich zu berappeln. »Ich sollte etwas tun, um Ihnen zu helfen. Nur was, frage ich mich?«

»Könnten Sie mir helfen, die Leiter unter der Dachluke von Nr. 32 hinabzusteigen?«, fragte sie und versuchte erneut, ihren Arm zu bewegen, doch ohne Erfolg.

Berthe litt unter dem, was man in den Vereinigten Staaten als »Saturday-night paralysis« kennt. Derartige Fälle ereignen sich in den Großstädten jedes Wochenende, wenn betrunkene Männer in der Gosse nächtigen und ein Arm auf einer scharfen Bordsteinkante ruht. Anatole hatte mit derlei Dingen keinerlei Erfahrung.

»Ich bin ziemlich stark«, sagte Anatole. »Soll ich Sie zur Luke tragen? Wenn ich es von dort nicht weiter packe, hole ich Hilfe.«

»Mir wäre es lieber, wir kämen ohne Hilfe hinunter«, antwortete sie.

Ein paar Minuten später öffnete Jeanne Piot, die stocktaub war, die Tür zu ihrem oberen Flur. Sie sah einen jungen Mann, der sich abmühte und keuchte, und sich kaum auf den unteren Sprossen der Leiter halten konnte. Ihre Untermieterin lag schlaff und fast nackt in seinen Armen.

Auf der Place Saint-Michel nahmen so viele neue Blätter und Knospen den Glanz der Sonnenstrahlen auf, dass das Fieber der Inflation spürbar war, und die Zahl des vielen Grüns zwischen den Zweigen und Ästen, das sich abhob gegen den Brunnen, die vertrauten Gebäude und den Himmel, stieg ins Unendliche. Die Rinde der Platanen war fleckig und blätterte ab, die Ulme zeigte sich kahl. Die Franzosen und die Freunde der Franzosen saßen auf den Terrassen. Die Bücherstände entlang den Quais mit alten Zeitungsbänden, Radierungen und Partituren waren geöffnet. Fischer faulenzten, standen oder saßen auf den Uferbefestigungen; Schleppschiffe, Gigruderboote und Lastkähne schipperten die Seine auf und ab. Niemand war auffallend gekleidet. Ein paar Jungen trugen neue Kaufhausklamotten und waren unübersehbar halb stolz, halb schüchtern. Was an *chic* fehlte, der vor der *Taverne du Palais* dominierte, wurde durch ausgiebige Erholung wettgemacht. Ein, zwei Priester waren zu sehen, mit Baskenmütze statt eines komischen Deckels von anno dazumal, und als anderes Extrem algerische Höker, die statt einer Baskenmütze einen scharlachroten Fes trugen. Fortschritt und Verlust. Einige Franzosen in Hemdsärmeln oder Baumwollpullovern hätten vor dem Krieg in senatorischer Manier ein weißes Hemd und eine Jacke getragen. Der *tonnelier* in einem Lederkittel, den man roch, auch wenn man den Tisch zweimal wegrückte. Der Kastanienmann mit einer breiten, roten Schärpe um den Bauch. Noël mit einer weich fließenden Krawatte.

Monsieur Mainguet erhob sich, ohne ein Wort zu einem von uns zu sagen, und machte sich auf den Weg zum Gebet in Saint-Séverin. Er liebte Gott und Hortense. Sollte Ersterer es zulassen, dass der Letzteren Leid zugefügt würde, wollte der fromme kleine Statistiker es nicht gegen sich verwendet sehen, dass er den Chef nicht darauf aufmerksam gemacht hatte. Mainguet war während vergangener Krisen klar geworden, dass er ohne Moneten und Macht wenig Greifbares zu bieten hatte. Er wollte etwas für Hortense tun.

Als Mainguet auf seinem Weg zur Arbeiterkirche die Rue Xavier-Privas entlangging, spürte er den Mangel an Sonne. Die Luft in diesen engen, städtischen Gassen war warm, und es stank. Die Hitze konnte eindringen, aber nicht die Sonne. Selbst die Rue Galande hatte wegen ihrer Ausrichtung an jenem Nachmittag Sonne. Mainguet war ein wenig aufgeregt, weil er in der kleinen Querstraße wegen der nicht rechtmäßigen Etablissements Spießruten laufen musste. Im zwei Meter breiten Lebensmittelladen *Au Petit Vatel* wurde jedes Mal dutzendfach das Gesetz gebrochen, wenn dort Fleisch im Wert von fünf Francs verkauft wurde. Der Eigentümer der fünfmal größeren Bar in Nr. 4 vermietete oben Zimmer für sündige Zwecke, die durch die fehlende Sauberkeit noch anstößiger wurden. Kohle und Wein aus Nr. 6 waren gestreckt und von miesester Qualität. Der Drucker arbeitete in der Druckerei an einer Speisekarte, auf der Pferde-

zu Rindfleisch wurde und Kaninchen oftmals Katze bedeutete. Die Friseurin und ihre Gehilfin waren damit beschäftigt, Frauen unter Außerachtlassung von Gottes Gnade in ihrer Eitelkeit zu bestärken, die mit ihrem veränderten Äußeren Männer dazu verführen würden, gegen das sechste Gebot zu verstoßen. In Nr. 9 verkaufte der Kräuterdoktor die getrockneten und zerriebenen Blätter einer Pflanze mit aphrodisierender Wirkung und eine andere, um den natürlichen Folgen der Ausschweifung vorzubeugen. In Nr. 10 wurden Joints gedreht und geraucht. Messidor, der Schlosser, wurde von Einbrechern sehr geliebt. Der Gestank aus dem Fischladen in Nr. 14 verdarb einem rechtschaffenen Bürger das Vergnügen, sich in Jesus' wunderbaren Fischfang von Galiläa zu vertiefen. Unzüchtige Frauen, die aus dem großen Haus mit der Hausnummer 18 vertrieben worden waren, lauerten im Café in Nr. 13, gekleidet wie Zimmermädchen, doch ohne Mieder. Das Natternnest an der Ecke beherbergte abends Jitterbug- und Lindy-Hop-Tänzer, deren Possen die Gottesanbeter beschämte.

Vor der Schlosserwerkstatt saß Christophe auf einem Feldstuhl, die Dänische Dogge an seiner Seite. Mainguet redete freundlich mit beiden. Christophe lüftete seinen Homburg, neigte ihn nach hinten, schwenkte ihn und drückte ihn wieder auf seine Birne. Christophe war gekränkt und grollte, was Mainguet verunsicherte. Der alte Mann hatte recht. Noël, Gilles, Wilf und der Kastanienmann waren fürsorglich, soweit dies Männer sein können, und keiner hatte sich an der seltsamen Art gestoßen, in der Christophe agierte. Keiner dachte an Geld oder daran, wie es für einen Mann sein musste, der zwar elegant gekleidet, aber mittellos und hungrig ist.

Als Xavier, der Hund, erkennen ließ, dass er Hunger hatte, schritt Christophe zur Tat. Er selbst könnte sterben, an Groll, doch nicht sein stolzes Tier. Finstere Gedanken wühlten Christophe auf, und alle drehten sich um Busse. Busse wollte ihn vernichten und hatte bereits Schritte dazu unternommen.

Was waren die Fakten? Christophe war nicht pleite. Er hatte noch einen Wochenlohn zu bekommen, 1.500 Francs. Wenn Madame Berthelot ihm diese Summe schuldete, und Busse ihr weitaus mehr, dann, so dachte Christophe, war es gerechtfertigt, das Geld unter allen Umständen bei Busse einzutreiben. Busse war Manager des Hotels und des Restaurants Mont Souris. Für 1.500 Francs würde Christophe sich eine ordentliche Mahlzeit leisten können. Christophe erhob sich, und der Hund wuffte zustimmend.

Christophe führte die Dänische Dogge durch die Hotellobby, das Haupt höher erhoben als ein Premierminister. Die Dogge rutschte mit ihren großen Pfoten über das polierte Parkett. Der Hotelangestellte Ribou arbeitete nicht am Empfang. Unter den Palmen und Gummibäumen saßen keine Gäste. Busse war nirgendwo zu sehen.

Christophe begab sich in den Speisesaal, der zu dieser Stunde leer war. Die Dänische Dogge roch das Essen in der Küche und ließ ein tiefes Bellen vernehmen, das durch das Gebäude hallte.

Busse befand sich in der zweiten Etage und starrte immer noch das Gemälde »Die spirituelle Jagd« an, das auf seinem camouflierten Bidet thronte. Er wurde blass und zitterte. Er wusste, dass er sich am Riemen reißen und behaupten sollte, musste sich aber eingestehen, dass ihm dazu der Mut fehlte. Wie jeden Tag wünschte er sich, er wäre als Held zur Welt gekommen.

Die regulären Kellner des Speisesaals im Mont Souris hatten ein paar Stunden freibekommen, und ein zusätzlicher, von der Gewerkschaft entsandter Kollege, hielt die Stellung. Als der seltsame Kellner einen großen, gut und korrekt gekleideten Mann mit einem prächtigen Hund an der Leine hereinkommen sah, verbeugte er sich und näherte sich ihm. Der Speisesaal bot ein angenehmes Bild. Alle Tische waren sorgfältig gedeckt. Das Leinen strahlte weiß, das Silber glitzerte im Halbdunkel. Die Vorhänge am Fenster zum Hof waren einen Spalt aufgezogen,

in regelmäßigen Abständen Bouquets aus Frühlingsblumen in Reih und Glied arrangiert. Ihre Farben und ihr Duft bedrängten Christophe, der Haltung annahm und mit den Zähnen knirschte.

»Ein toller Hund, Monsieur«, sagte der Ersatzkellner.

»Er hat Hunger«, erwiderte Christophe nonchalant. »Ein paar Pfund rohes Fleisch und ein, zwei Knochen, wenn ich bitten darf.«

»Wie Sie wünschen«, antwortete der Kellner. »Ich hole Fleisch und Knochen aus der Küche ... und für Monsieur?«

»Wenn ich es mir recht überlege, habe ich heute noch nicht zu Mittag gegessen«, sagte Christophe.

Der Kellner deutete auf die vielen nicht besetzten Plätze. »Wünschen Monsieur am Fenster zu sitzen?«, fragte er.

Christophe zog es vor, sich nicht allzu weit in den Saal zu begeben. Er wies auf einen Tisch in der Nähe der zur Bar führenden Tür, und der Kellner platzierte ihn dort. Xavier, überzeugt davon, dass alles gut war, streckte sich in voller Länge aus und legte seinen Kopf auf die Vorderpfoten.

»In Ordnung«, sagte Christophe.

»Und was darf ich Ihnen bringen?«, fragte der Kellner.

Aus Christophes Gedächtnis stiegen Erinnerungen an Essen und Wein auf.

»Haben Sie ein gut genährtes junges Perlhuhn, das halbiert und leicht gegrillt werden könnte?«, fragte Christophe.

»Wir haben geröstetes Bresse-Hühnchen«, antwortete der Kellner.

»Sehr gut. Ein Bresse-Hühnchen. Und vorab bitte Kaninchenpastete und Brot und dazu eine Flasche Souilly.«

»Die Pastete ist vorzüglich. Ich habe selbst davon gekostet«, sagte der Kellner. Er eilte in die Küche, kehrte mit Pastete und Brot zurück, entschuldigte sich und kam mit dem Wein und einer Servierplatte mit rohen Fleischabfällen für Xavier wieder.

Christophe drehte die Weinflasche im Eiskübel. »Er ist gut gekühlt«, stellte er fest. Der Kellner schickte sich an, die Flasche zu entkorken, und zeigte sich nicht erstaunt, als Christophe sich vergaß, das Brot schnappte, einen Mundvoll abriss und heißhungrig kaute.

»Es geschieht heutzutage nicht oft, dass man einen gesunden Appetit sieht«, bemerkte der Kellner. Der alte Mann hatte die Serviette in seinen Kragen gesteckt und das halbe Brot und fast die ganze Pastete verspeist. Als der Kellner den Weißwein in ein Weinglas goss und es gefüllt war, schob Christophe sein Wasserglas weg.

»Mundet er Ihnen, Monsieur?«, fragte der Kellner.

Christophe war bereits bei seinem zweiten Glas. Er trank und nickte.

Der Kellner sah auf den Hund hinab, der das Fleisch in drei Zügen von der Platte verschlungen hatte. »Sie füttern Ihren Hund recht früh, wenn Sie eine ruhige Nacht haben wollen.«

»Ich möchte keine ruhige Nacht haben«, erwiderte Christophe. Er hatte die Pastete, das Brot, die leckere Sülze und den Salat aufgegessen. »Mehr Wein, bitte.«

»Zu Geflügel eignet sich ein Rotwein«, empfahl der Kellner.

»Bordeaux«, sagte Christophe.

»Lafitte, Monsieur?«

Christophe signalisierte sein »Ja«. »Welche Tageszeit ist die beste, um einen Hund zu füttern, und wie viel sollte ein Hund wie dieser bekommen?«, fragte er.

»Gegen sieben Uhr abends, und rohes Fleisch ist das Beste. Ein Pfund pro 50 Kilo Körpergewicht des Tieres«, antwortete der Kellner.

Christophe reagierte gereizt. »Bei 450 Francs das Kilo Rindfleisch? Wie schwer wird dieser Hund sein?«

»Etwa 80 Kilo, schätze ich«, antwortete der Kellner.

»Mit anderen Worten, 350 Francs pro Mahlzeit. Ich werde ihn der Vierten Republik vermachen«, sagte Christophe.

»Die Regierung akzeptiert keine Hunde im *Jardin des Plantes* oder im *Jardin d'Acclimatation*«, betonte der Kellner.

»Man muss vermutlich wohl auf Bestechung verfallen«, stellte Christophe fest. Aus der Küche erfolgte ein Signal, und der Kellner machte sich auf den Weg, das Hühnchen zu holen. Christophe griff sich die Speisekarte und studierte die Preise. Samt dem Wein, den er bestellt hatte, und dem Weinbrand, den er noch ordern würde, beliefe sich die Rechnung auf weit über 1.500 Francs. Warum nicht? Der alte Mann, innerlich gewärmt durch den kühlen Wein, ging davon aus, dass Busse, indem er den Blumenladen leergeräumt und die Bestände nicht wieder aufgestockt hatte, ihm das Recht auf Arbeit genommen hatte. War angesichts dessen eine hohe Entschädigung nicht sein gutes Recht? Nach mageren Jahren schien eine Chance auf Wiedergutmachung gekommen zu sein. Ihm war keine temporäre, untergeordnete Tätigkeit, sondern das Management eines ganzen Unternehmens angeboten worden. Busse hatte das Unternehmen geplündert. Busse musste blechen.

Draußen war der Nachmittag in Sonnenlicht getaucht, von dem allerdings wenig in den Speisesaal des Mont Souris drang. Durch die offenen Fenster wehte jedoch der Duft des Frühlings, der Seine, der knospenden Bäume herein, dazu der Wohlgeruch von Schnittblumen, Flieder in falschem Blau, mahagonifarbenen Tulpen, wedgwoodblauem Rittersporn, Maiglöckchen, bronze-, bernsteinfarbenen und hellrosa Schwertlilien. Das Hellrosa setzte den Ton gegenüber dem Weiß, kontrastiert durch das Blau, gedämpft durch das Lavendelblau. In solch einer einsamen Pracht saß Christophe, schon etwas beschwipst vom Wein. Zu seinen Füßen lag ein monströser Hund, der seinem Willen folgte. Aus der Küche hörte er das fröhliche Lachen des Kellners und die Stimme des Kochs. Beide arbeiteten nur für ihn. Er würde sich nicht übers Ohr hauen lassen, am wenigsten von Busse. Dann holte ihn die Realität ein. Das Trinkgeld! Das Essen würde so teuer sein, dass er allein an Trinkgeld für den Kellner 1.500 Francs benötigte. Er kippte noch ein Glas Wein hinunter. Das Trinkgeld musste von Busse kommen, in bar.

Unterdessen wartete der zitternde Monsieur Busse ein paar Etagen höher. Nach dem ersten tiefen Bellen hatte er keine Hundegeräusche mehr gehört. Er musste sicher sein, der Dänischen Dogge nicht noch einmal zu begegnen, und harrte im Zimmer aus. Je mehr er über Christophe nachdachte, desto mehr Angst bekam er. Er hatte das glühend' Aug des graubärt'gen alten Seemanns. Sein Stern stieg. Busse plagte eine Katastrophenahnung, die ihn schwächte und krankmachte. Da unten alles ruhig war, nahm er schließlich das Gemälde vom Bidet, verpackte es, klemmte es unter seinen Arm und machte sich auf den Weg ins Erdgeschoss. Er ging durch die Lobby und stellte fest, dass Ribou sich nicht an seinem Arbeitsplatz befand. Er schritt durch die Bar, wo alles in Ordnung war. Wie eine Katze schlich er sich in das Halbdunkel des Speisesaals. Auf den ersten Blick sah es so aus, als sei der Saal leer, und Busse war entrüstet, weil kein Kellner seinen Dienst zu verrichten schien. Er tappte weiter, bis plötzlich ein riesiges, graues Tier ihm den Weg versperrte. Ihm entfuhr ein kurzer Schrei, er strauchelte und taumelte nach vorn, um dann in die Luft zu hüpfen, da er aus dem Augenwinkel den alten Mann sah, den er am meisten fürchtete. Der Alte saß am Tisch, schlemmte und blickte finster drin.

In diesem Sekundenbruchteil, in dem er eine Parabel beschrieb, vom Fußboden in die Luft und wieder hinunter, erlebte Busse den ganzen Schrecken seiner Einbildung und der Realität in einem. Seine Koordination ging flöten, er kippte zur Seite, verknackste sich den Fuß, schlug schwer auf dem Boden auf und lag ausgebreitet da. Seine Nase hatte mit dem polierten Parkett Bekanntschaft gemacht, und als der Kellner und der Koch aus der Küche gerannt und ein paar Schaulustige aus der Bar geschlendert kamen, fanden sie Busse hingestreckt, keuchend und heulend vor. Als die Retter ihn aufrichteten, tropfte Blut aus seiner Nase.

Der alte Christophe saß ruhig an seinem Tisch und zeigte eher Verärgerung denn Mitleid. Er hatte Busse ohnehin früher oder später sehen wollen, und nun war er da.

»Kann ein Mann nicht einmal in Ruhe zu Mittag essen?«, fragte er.

Der Ersatzkellner versuchte mit einer sauberen Serviette den Blutfluss aus Busses Nase zu stoppen.

»Soll ich den Arzt rufen, Monsieur?«, fragte der Kellner. »Ich glaube, Ihre Nase ist gebrochen.«

Xavier, der bis dahin kaum einen Muskel bewegt hatte, ging in Hockstellung und beobachtete das Geschehen kritisch.

»Diese wilde Bestie hat mich zum Stolpern gebracht!«, stammelte Busse durch die Serviette.

»Sie fantasieren!«, erwiderte Christophe. »Zum Glück gibt es Zeugen. Mein Hund lag ruhig da und hat sich nicht gerührt, bis Sie aufkreuzten. Da hat er sich erhoben. Sie waren unbesonnen, sind über ihn gehüpft und haben sich dabei ihr langweiliges Gesicht aufgeschlagen. Dumm gelaufen. Stimmt doch, Messieurs?«

Die meisten der Anwesenden schienen ihm Recht zu geben. Dann wurden alle durch einen herzzerreißenden Schrei aufgeschreckt.

»Mein Gott! Was soll ich bloß machen? Das Gemälde. Die unbezahlbare Leinwand! Ich habe meinen Ellbogen durch das Bild gerammt«, jammerte Busse.

Victor Lefevrais verbrachte auf Bitten von Louis, dem *garçon* im Normandie, den ersten Teil des Nachmittags mit dem Absuchen der Straßenzüge westlich der Place Saint-Michel nach den beiden Flüchtlingen, Bruder und Schwester, die zuvor in diese Richtung verschwunden waren. Victor nahm Fabien Salmon mit.

Es kam Victor unwahrscheinlich vor, dass ein Mann und eine Frau, die mit ihren Boche-Hüten wie Boches aussahen, bei strahlendem Sonnenschein in einem Viertel, in dem ein jeder seltsame Passanten neugierig beäugte, durch enge Straßen spazieren konnten, ohne eine Spur zu hinterlassen. Dutzende Männer, Frauen und Kinder mussten das Paar gesehen und ihre Ängstlichkeit bemerkt haben. Wie Louis war sich Victor sicher, dass das Paar aus Köln zunächst durch die Rue Saint-André-des-Arts gegangen war, nicht weil es ein festes Ziel hatte, sondern um dem Trubel auf der Place Saint-Michel zu entgehen. Ihr Gang in die Rue Xavier-Privas machte für Victor nicht viel Sinn. Er hielt das Ganze für eine Nullnummer. Er war nicht bereit zu glauben, dass Deutsche jemals das meinten, was sie sagten, es sei denn, es wäre gemein und verletzend. Ein Bankier namens Bernstein, wenn es ihn denn überhaupt gab, hätte an einem sichereren Ort gewohnt als in Victors Strässchen.

Victor mochte es nicht, wenn er einen Auftrag nicht erfüllen konnte. Außerdem galt es, nicht unnötig Zeit zu verlieren. Wollte er das verschwundene Paar finden, musste er sich etwas Anderes einfallen lassen. Niedergeschlagen kehrte er zusammen mit Fabien zur Place Saint-Michel zurück. Als Noël die beiden Burschen sah, wusste er sofort und ohne dass sie ein Wort sagten, dass etwas schiefgelaufen war.

»Jungs, trinkt erst mal was«, sagte er. »Es ist viel zu heiß, um bei dieser Hitze in der Gegend herumzulaufen.«

»Wir haben jemanden gesucht«, erklärte Victor.

»Das Paar wirkte orientierungslos«, sagte Noël verständnisvoll.

Victor ärgerte sich, weil sich seine Aufgabe als äußerst transparent erwiesen hatte. Fabien senkte seinen Blick, weil er das Gefühl hatte, ihm könnte die Schuld zugeschoben werden.

»Ich frage mich, wie das wohl wäre«, fuhr Noël fort. »Stellt euch vor, ihr wäret Fremde, egal wohin es euch verschlägt, und ihr hättet überhaupt kein Zuhause. Ich habe Frankreich nie und Paris nur selten verlassen. Ich komme mir seltsam vor, wann immer ich auch nur unser Viertel verlasse.«

»Könnte es sein, dass die beiden Deutsche und keine Israeliten sind?«, fragte Victor. Sein Tonfall und die Art, in der er fragte, machten deutlich, dass Noëls Überlegungen hinsichtlich der Leiden von Flüchtlingen und Fußreisenden, Obdachlosen und Exilierten bei ihm keinen positiven Nerv getroffen hatten.

»Du magst sie nicht, Junge. Das ist wirklich schade«, sagte Noël. »Ob sie nun Juden oder Deutsche sind, sie stecken in argen Schwierigkeiten. Als sie Köln verlassen mussten, konnten sie kaum mehr als fünf Jahre älter gewesen sein als ihr es jetzt seid.«

»Vielleicht sind es Kinder von Intellektuellen«, warf ich ein.

Victors Augen glühten wie Lava.

»Die Kinder von Deutschen«, sagte er.

Noël fiel ihm ins Wort. »Hör mal, mein Junge. Lass das! Wir führen keinen Krieg gegen Kinder.«

»Ich schon«, erwiderte Victor.

»Die Boches haben massenhaft Kinder umgebracht«, sagte der schüchterne Fabien.

Ich habe Noël selten so außer sich gesehen. »Was nützt es denn, Franzose zu sein, wenn wir wie die Boches handeln?«, polterte er.

Er schämte sich sogleich über seinen Ausbruch und beruhigte sich wieder. Er tätschelte Victors Schulter und sagte sanft: »Die Verlorenen bewegen sich im Kreis, mein Junge.«

Pierre Vautier, allein in seinem Dachatelier in der Nr. 29, lief auf und ab. Seine Staffelei stand leer, seine Palette war von den Farbresten befreit, seine Pinsel, die er akribisch sauber hielt, standen in Glasgefäßen auf dem Kaminsims, die Borsten nach oben. Einige aufgezogene Leinwände lehnten mit der bemalten Fläche zur Wand.

Pierre war wie so oft in einer miserablen Stimmung.

An jenem sonnigen Nachmittag bekam seine Aversion gegen Frauen und Fremde durch die armenische Musik aus dem Grammophon neue Nahrung. Das Gekreische drang durch die offenen Fenster bis in die oberste Etage. Warum konnte Frankreich nicht den Franzosen gehören?

Von meinem Sitzplatz auf der Terrasse des *Café Saint-Michel* konnte ich Pierres Kopf und Schultern sehen; er stapfte am Fenster hin und her. Während ich ihn dabei beobachtete, wünschte ich, dass Carmen nicht Miró und Derain erwähnt hätte. Pierre fürchtete offenbar, sich nicht nur von diesen Malern hatte inspirieren lassen, sondern sie kopiert zu haben.

Als Anatole über die Rue de la Huchette eilte und in das Gebäude stürzte, in dem sich die Arztpraxis befand, sah ihn Pierre, und da er ihn besser kannte als die meisten, war er erstaunt über die Hektik des Buchhändlers. Es musste etwas Schwerwiegendes passiert sein, schlussfolgerte Pierre. Er vergaß seine und andere Probleme, ging die Treppe hinab und erreichte den Eingang zu Nr. 23 just in dem Augenblick, als Anatole und Dr. Thiouville auftauchten. Ohne zu fragen schloss er sich ihnen an, obwohl er sich bewusst war, dass Anatole und vermutlich auch der Arzt seine Gesellschaft nicht wünschten. Er begab sich mit ihnen zurück zur Nr. 32 und stieg mit ihnen Absatz für Absatz die Treppen hinauf.

Dr. Thiouville, dem nicht nach Lachen zumute war, war vorangegangen und klingelte bei Jeanne.

In der Gegenwart von Jeanne Piot benahm sich Pierre Vautier sanfter. Dies schien in der Nachbarschaft die Regel zu sein. Es gab ein paar Misanthropen sowie einige andere, die nur Frauen nicht mochten, ich erinnere mich aber an keinen, außer an den abwesenden Krautkopf, der keine Gefühle für Jeanne gehegt hätte. Es ist mir immer so vorgekommen, als habe Krautkopfs liebenswerte Frau gewisse Ähnlichkeiten mit der Heroine in Somerset Maughams *Rosie und die Künstler*. Sie war stets freundlich und aufgeschlossen, unprätentiös und durch und durch feminin. Die immense Liebe, die sie für ihren einzigen Sohn Eugène empfand, hinderte sie nicht an ihrer Entfaltung. Gerüchte gab es mehr als genug. Vor dem Krieg hatte sie sich bei allen Gutwilligen im Viertel beliebt gemacht, weil sie dem Krautkopf Hörner aufsetzte, erst mit einem sozialistischen Abgeordneten, der von einem Lastwagen überfahren wurde, während er über sein amouröses Abenteuer nachdachte, dann mit einer Reihe von Männern, die sie temporär zu brauchen schienen, und zuletzt mit einem Perser, der sie mit nach Ankara nahm und den Anstand besaß, sie nach Frankreich zurückkehren zu lassen, als sie vor Heimweh zu sterben schien.

Pierre war boshaft und engherzig, doch er empfand einen ebenso extremen wie gesunden Hass auf Verräter, und als er in der Vergangenheit unter allerlei Frustrationen litt, hatte Jeannes Art, den Krautkopf fortwährend zum Gespött zu machen, einen kleinen Funken des Glaubens an eine abstrakte Gerechtigkeit in ihm bewahrt.

Dr. Thiouville steuerte zielstrebig Berthes Schlafzimmer an, doch als er eintrat, geriet er an den Türriegel, und die Tür blieb halb offen, sodass Anatole und Pierre im benachbarten Wohnzimmer fast alles hören konnten, was gesprochen wurde. Nur Anatole fiel auf, dass Berthe sich ausweichend verhielt, wenn nicht gar absichtlich versuchte, dem Arzt einen falschen Eindruck von dem zu geben, was sich zugetragen hatte; der Buchhändler war fassungsloser als die beiden anderen. Er wusste ebenso wenig wie Jeanne, dass Dr. Thiouville seit einiger Zeit Berthe eine scheue Aufmerksamkeit schenkte.

Zunächst einmal war klar, dass Dr. Thiouville noch nie mit einer Paralyse wie dieser konfrontiert war, die er diagnostizieren und heilen sollte.

»Ich bin mit dem Arm unter meinem Kopf eingeschlafen«, sagte Berthe. »Wir haben beide geschlafen«, fügte sie hinzu.

Die Häme in Pierres Gesicht, als er im Wohnzimmer Anatole ansah, glich einzig dem erfreuten Staunen in Jeannes Gesicht, als Pierre die Hände an ihr Ohr legte und laut sagte: »Sie sind beide eingeschlafen dort oben.«

Anatole, um jeden Preis entschlossen galant zu sein, zuckte mit den Achseln, in gewisser Hinsicht etwas zu lässig.

Während der Dialog im Schlafzimmer fortgeführt wurde, verlor Dr. Thiouville immer mehr seine professionelle Souveränität. Wenn er es bis dahin noch nicht gewusst hatte, wurde ihm nun bewusst, dass er sich in diese junge Frau verliebt hatte, und zum ersten Mal trübten die furchtbaren Qualen der Eifersucht seine Sinne. Sie musste verstanden haben, warum er so zurückhaltend war, dass er sie nicht wirklich körperlich begehren konnte, ohne sich ihrer politisch sicher zu sein. Er hatte Berthe zweimal die Woche besucht, sein Herz in den ausgestreckten Händen. Und der Buchhändler, der Zyniker, der Apostel der Tatenlosigkeit, der Ungläubige, für den sozialer Fortschritt eine nicht erfüllbare Wunschvorstellung ist, schien an einem Frühlingsnachmittag zwischen zwei und drei Uhr erreicht zu haben, was er seiner ehrenwerten Skrupel wegen und aufgrund seiner völligen Unkenntnis darüber, wie er vorgehen müsste, nicht voranzutreiben sich gewagt hatte. Ein Arzt, selbst ein ernsthafter junger Arzt, erlebt im Verlaufe seiner Ausbildung genug, um Zweifel an Frauen aufkommen zu lassen. Und es traf ihn wie ein Stoß zwischen die Augen, dass diejenige, die er aus der Distanz bewundert hatte, fehlbar war wie alle anderen.

Das, was der Arzt sagte, war eine Zeit lang für die Lauscher draußen nicht deutlich zu vernehmen, doch Berthe fiel dem Arzt mit einer Bemerkung ins Wort, die Pierre auf die Stuhlkante rutschen ließ.

»Sie müssen zugeben, dass ich in der Vergangenheit nicht sonderlich ermutigt wurde, aus meiner Muschelschale herauszukommen – am wenigstens von Ihnen, Herr Doktor«, sagte sie.

»O Gott. Die Muschelschale der Dame«, murmelte Pierre, so erfreut, dass er nicht mehr an sich halten konnte.

Jeanne berührte mit einem wohlgeformten Finger ihre Lippen.

Anatole wurde muschelschalenpink und nahm dann eine Erdbeertönung an, doch er hielt eisern an seiner Politik passiver Akzeptanz fest. Er dachte, Berthe habe das Liebeswerben des Arztes langweilig gefunden und tue nun alles, um ihn zu entmutigen. Sein Gesicht immer noch errötet, stand Anatole auf, durchquerte eiligst das Zimmer und schloss die Schlafzimmertür. Er glaubte, Berthe sei sich nicht bewusst, dass ihr Gespräch mit dem Arzt mitgehört wurde.

»Die angeschlagene Muschelschale«, murmelte Pierre, als Anatole an ihm vorbeiging, und brach dann in so lautes höhnisches Gelächter aus, dass selbst Berthe es hörte.

»Dafür, dass Sie gerade ein Vermögen verloren haben, sind Sie ziemlich gefasst«, flüsterte Jeanne Pierre zu.

»Ein Vermögen verloren, wie das?«, fragte Pierre.

»Das Gemälde!«, antwortete Jeanne.

Sie war überrascht, dass weder Pierre noch Anatole von Busses Missgeschick wussten.

»Sie haben es noch nicht gehört?«, fragte sie.

Als sie von dem ruinierten Gemälde berichtete, erstaunte Pierres Reaktion selbst Anatole. Pierre sprang mit einem teuflischen Grinsen auf.

»Ein paar Bögen Schreibpapier bitte, Jeanne. Haben Sie Leinenpapier? Velin? Es darf gerne parfümiert sein.«

Verwundert reichte Jeanne ihm ein paar Blatt Papier. Pierre setzte sich an den Schreibtisch, schrieb zügig und frei heraus in seiner stürmischen und arroganten Handschrift.

Keine zehn Minuten später wurde Busse, der stöhnte und eine kalte Kompresse an seine Nase drückte, weil er Dr. Thiouville nicht hatte finden können, von der Concierge der Nr. 32 eine versiegelte Nachricht überbracht.

»*Cher monsieur*«, begann die Nachricht. »Seit unserem Gespräch am heutigen Morgen, bei dem ich Ihnen mein Gemälde mit dem Titel ›Die spirituelle Jagd‹ leihweise überließ, ist ein Kaufinteressent an mich herangetreten, der mir in Gegenwart von zuverlässigen Zeugen die Summe von einer Million Francs angeboten hat. Trotz meines Widerstrebens, mich von dem genannten Gemälde zu trennen, kann ich ein solches Angebot nicht ablehnen. Wenn Sie also, nachdem Sie Madame Berthelot mein Bedauern übermittelt haben, das Gemälde bitte in mein Atelier bringen könnten, suche ich gerne ein anderes in gleichwertiger Qualität heraus, in der Hoffnung, dass es Ihren Zweck erfüllt.

Seien Sie, werter Herr, meiner vorzüglichsten Hochachtung versichert.

Pierre Vautier«

Der alte Christophe saß mit seinem Hund allein in dem mit Blumen geschmückten Speisesaal, während die Kellner und Andere dem jammernden Busse mit seiner gebrochenen Nase und dem eingerissenen Gemälde nach draußen halfen, und nutzte die Situation wie ein Kommandeur, der eine Schlacht befehligt, die eine unerwartete Wende zu seinen Gunsten genommen hatte. Der alte Mann hatte beabsichtigt, Monsieur Busse mit einer hohen, unbezahlten Rechnung für das Mittagessen zu konfrontieren und seine 1.500 Francs zu fordern, damit er dem Kellner ein fürstliches Trinkgeld geben könnte. Nun, da Xavier sich nach dem Essen satt und zufrieden zeigte, der Kellner verschwunden war, änderte Christophe seine Absichten. Er hatte aufgrund von diesem und jenem Geschehen einen anstrengenden Tag gehabt. Madame Berthelot befand sich noch immer im Krankenhaus. Er sehnte sich danach, lange und ungestört zu schlafen. Doch die Frage war: Wo? Er beabsichtigte nicht, in die Rue Galande zurückzukehren. Dieses schäbige Dasein hatte für ihn ein Ende.

Vom Speisesaal führte eine Tür direkt in den Hof, in dem es einen Durchlass zum Quai gab. Von dort könnte er einen Umweg machen und schließlich die Schlosserei in der Rue Xavier-Privas erreichen. Er fühlte sich so gut, dass er glaubte, sicher und unsichtbar zu sein.

Der Plan ging auf. Messidor, der Schlosser, war zwar so betrunken, dass er allem zustimmte, aber durchaus noch in der Lage, Christophe durch eine Passage in den ruhigen Hof der Rue de la Huchette Nr. 23 begleiten zu können. Er öffnete mit einem der Dietriche an seinem großen Schlüsselbund die Hintertür zu Hortenses kleinem Schlafzimmer.

Christophe, allein im Blumenladen, versicherte sich, dass die Vordertür verschlossen war, und ging, mit Xavier auf den Fersen, zurück ins Schlafzimmer. Seine Reflexion im Spiegel der Frisierkommode erinnerte ihn daran, dass er sauber und gut gekleidet war. Statt sich also auf dem Boden neben dem Hund auszustrecken, legte er sich auf Madame Berthelots Bett und schlief bald selig.

Am östlichen Ende der Rue de la Huchette lehnte Victor Lefevrais an einem der Stützpfosten der Außenwand von Nr. 1, an der das Porträt von Amiard, dem Bandagisten, das falsche Fenster in der zweiten Etage zierte.

Fabien Salmon stand in der Nähe, sich bewusst, dass Victor in Gedanken versunken war und nicht gestört werden wollte.

»Die Verlorenen bewegen sich im Kreis«, wiederholte Victor halblaut.

»Hat Monsieur Noël damit gemeint, dass die Boches zurückkommen werden?«

»So habe ich es verstanden«, antwortete Fabien.

In der Rue du Petit Point herrschte nicht viel Verkehr. Auf dem Weg zu Saint-Séverin liefen ein, zwei Priester vorbei, im Schlepptau hundert auswärtige Chorknaben.

»Diese Knaben müssen eine schreckliche Zeit haben«, sagte Victor.

»Lass sie«, sagte Fabien.

Ein paar algerische Teppichhändler verirrten sich in das Hôtel des Hirondelles. Victor hatte noch nie gesehen, dass sie einen Teppich verkauft hatten, und glaubte wie fast alle, dass die Dunkelhäutigen aus der Kolonie eigentlich einer anderen Tätigkeit nachgingen und die Teppiche nur zur Tarnung mit sich führten. Ein Taxi fuhr langsam vorbei, und Victor war sich in seiner Voreingenommenheit gegenüber Ausländern sicher, dass ein deutscher Holzkopf aus dem Dunkel des Wagens verstohlen in die Rue de la Huchette geblickt hatte.

»Hast du diesen Typen in dem Taxi gesehen?«, fragte er Fabien.

»Ich glaube, es war ein Orientale ... Vielleicht ein Rebell aus Vietnam«, antwortete der Metzgersohn.

Die Nachmittagssonne stand noch hoch am Himmel, und es war glühend heiß, aber nicht schwül. Einen Augenblick lang wurde das Grün des kleinen, rechteckigen Parks, durchbrochen von gelbbraunen, chromroten und violetten Klecksen, vom Schwingen künstlicher Farben erschüttert. Eine schaukelnde Traube von Luftballons, runde und längliche aus ultramarinblauem, zinnoberrotem, blass milchweißem und orangefarbenem Gummi wurde an einem Stock von einem Ballonverkäufer hineingetragen.

»Ich hatte einmal einen mit Wasserstoff gefüllten Ballon, der 60 Francs gekostet hat«, sagte Fabien. »Ich mochte es, wie sich der Gummi anfühlte, fest und dünn, ich wusste aber nicht so recht, was ich damit anfangen soll. Ich hatte Angst, er könnte platzen oder davonfliegen. Ich behielt ihn also, und er wurde immer kleiner, weicher und schrumpelte. Ich habe mich nicht getraut, ihn wieder aufzublasen. Ist Wasserstoff giftig?«

»Wenn ja, dann hättest du nicht einen damit gefüllten Ballon für 60 Francs kaufen können«, sagte Victor. »Wenn Gift so billig wäre, gäbe es sehr viel weniger Stinkstiefel in Frankreich.«

Dann erblickte Fabien etwas, das ihm den Atem verschlug. Der dünne Mann und die Frau mit den komischen Hüten, die am Vormittag im Viertel gewesen waren, näherten sich vom Petit Pont. Sie sahen so verloren und unsicher aus wie am Morgen und zudem noch eingestaubter und müder. Als sie am Quai stehen blieben, sah Fabien schnell weg. Er wollte, dass Victor sie entdeckte, und wartete angespannt, die Augen auf das Pflaster gerichtet.

Victor, der weiterhin beobachtete, wie die Ballons schaukelten und sich aneinander rieben, bemerkte nicht sofort, dass Fabien sich komisch benahm. Als es ihm auffiel, sah er sich um und erstarrte, als er die Flüchtlinge erblickte. Einen Moment lang sagte er nichts. Er vermutete, dass Fabien das Paar entdecket hatte, und benötigte nicht sehr viel Zeit, um zu begreifen, dass sein Begleiter ein weiteres Mal ein Opfer für ihn brachte. Er spürte, wie eine übertriebene Irritation in ihm aufstieg.

»Du hast sie gesehen«, flüsterte er. »Warum hast du es nicht gesagt?«

»Ich war mir nicht sicher«, sagte Fabien, doch sein Tonfall verriet ihn.

»Du gehst besser los und sagst es Louis«, antwortete Victor. »Ich werde die beiden im Auge behalten.«

Weltbürger

Louis, der *garçon*, stand in der Tür des Normandie. Aus dem Augenwinkel erhaschte er einen Blick auf Achille Ithier von der Antialkoholiker-Gesellschaft, der sich auf eine Weise in die Rue Xavier-Privas stahl, die deutlich zeigte, wie nervös er wegen seines Auftrages war. Louis schlenderte also genau zur rechten Zeit zur Ecke und sah, wie Ithier den düsteren Laden des Herbalisten betrat. Louis, der ohne Erfolg versuchte, einen plausiblen Vorwand zu finden, Doc Robinet ebenfalls zu besuchen, folgte Ithier und ging in den Laden.

In dem kleinen, duftenden Vorderraum standen Regale und altmodische Holzschubladen, in denen Kräuter, Wurzeln und Heilpflanzen, getrocknet, in Pulverform oder als Lösung vorrätig gehalten wurden. Einige der Umschläge, in denen sich die Heilmittel der Natur befanden, waren mit der Zeit vergilbt.

Bevor Louis aufkreuzte, musste Ithier bereits seine Bestellung aufgegeben haben, oder es handelte sich um Kräuter, die Doc Robinet regelmäßig für ihn abfüllte. Jedenfalls hantierte der Herbalist hinter dem Tresen herum, siebte bestimmte Kräuter in einen Messbecher, verrührte sie mit einem Spatel und schüttete sie auf ein viereckiges, blaugrünes Papier, das er säuberlich faltete, damit der Puder nicht herausrieselte. Dann überreichte er es Ithier.

»Bringen Sie nie die getrockneten Kräuter durcheinander und geben einem Mann, der Blei für seinen Stift benötigt, ein Abführmittel?«, fragte Louis.

Die Bemerkung erschreckte und verdutzte Ithier so sehr, dass er den säuberlich verpackten Puder fallen ließ und tastend wieder aufhob.

»Etwas verschüttet?«, fragte Louis grinsend.

Ithier hastete aus dem Laden, ohne zu antworten.

»Unsere berühmte französische Freundlichkeit«, kommentierte der Doc.

Louis zuckte die Achseln, ein wenig verärgert über sich, weil er eine Neugier für Dinge an den Tag gelegt hatte, die ihn nichts angingen. Er hatte im Laufe des Tages gehört, wie sich Ithier und Antoinette darüber unterhalten hatten, ihrem Vater einen »Puder« zu geben, doch was ging ihn das an? Er vergaß Ithier prompt, als Fabien Salmon angerannt kam und ihm eröffnete, die zwei Flüchtlinge aus Köln stünden in der Nähe des östlichen Straßenendes. Louis begab sich mit dem Jungen dorthin, bat Victor und Fabien, stehen zu bleiben, und näherte sich den beiden.

»Ich bin froh, dass Sie zurückgekommen sind«, sagte Louis. »Ich habe Neuigkeiten für Sie.«

Der Bruder wirkte erschrocken. Seine Schwester berührte seinen Arm.

»Noch nichts Definitives«, fuhr Louis fort. »Es gibt ein paar Adressen, die Ihnen weiterhelfen werden.«

Die Schwester hatte Louis angeschaut und schien weniger erschrocken und ängstlich zu sein.

»Wenn Sie mit mir ins Hotel kommen, werde ich sehen, was ich finden kann. Ich kannte in den letzten Jahren vor dem Krieg viele Flüchtlinge. Einige gingen nach New York und haben mir von dort geschrieben«, sagte Louis.

Bis dahin hatten die Geschwister noch kein Wort gesagt. Sie standen da, bereit auf Anhieb zu verschwinden. Als Louis seinen Vorschlag unterbreitete, sah der Bruder seine Schwester fragend an und nickte zustimmend.

»Hermann Pflantz«, stellte sich der Bruder vor, verbeugte sich und knallte in deutscher Manier die Hacken zusammen. »Und das ist meine Schwester Miriam.«

»Sehr erfreut«, sagte Louis, »gehen wir.«

Er sah direkt in die Augen der jungen Frau, deren Lippen sich leicht öffneten, während sie den Ärmel ihres Bruders zwischen ihrem Daumen und den Fingern hielt.

»Sie wirken müde«, stellte Louis fest.

Sie nickte erneut heftig.

»Wir sind jeden Tag auf Achse«, sagte der Bruder. »In Paris scheint dies noch ermüdender zu sein.«

»Sie sind also noch nicht lange hier?«, fragte Louis.

»Seit heute Morgen«, antwortete Hermann.

Louis wagte eine weitere Frage und sah dabei wieder die junge Frau an.

»Haben Sie eine Unterkunft gefunden?«

Beide waren verwundert, traten ein wenig auseinander und sahen einander an. Eine Antwort erübrigte sich. Es war klar, dass sie keine Bleibe hatten.

Louis lächelte. »Dieses Viertel ist in Ordnung. Keiner ist neugierig. Und zufällig ist im Normandie ein Zimmer frei.«

»Oh, ja?«, sagte die junge Frau, so augenfällig erleichtert, dass Hermann keine Anstalten machte, sich zu verstellen.

»Wir haben unser Gepäck im Bahnhof in der Gepäckaufbewahrung gelassen«, sagte Hermann. »Da wir Herrn Bernstein nicht wie erhofft finden konnten, haben wir uns an verschiedenen Orten um eine Unterkunft bemüht. Es waren allerdings keine Zimmer frei. Ist das normal?«

Louis verstand sehr gut, was Hermann meinte. Waren sie wegen ihres Aussehens abgewiesen worden?

Da er ihnen freiweg ein Zimmer versprochen hatte, musste er schnell nachdenken. Er beschloss, die beiden in Nr. 9 einzuquartieren, neben Monsieur Ithier. Das Zimmer Nr. 9 war für drei Mexikaner der Sankt-Felix-Delegation reserviert worden. Die Mexikaner würden erst nach der Abendessenszeit eintreffen, und in der Zwischenzeit müsste Louis das Unmögliche möglich machen und irgendwo anders Betten für sie finden.

Er hatte überlegt, dass die Geschwister Pflantz mit einem Frühzug nach Paris gekommen waren, rechtzeitig, um eine Stunde nach Sonnenaufgang zur Place Saint-Michel zu gelangen, und daher seit mindestens dreizehn Stunden auf den Beinen sein mussten. Er sah erneut die junge Frau an, und hatte das seltsame Gefühl, sich mit ihr zu identifizieren, als könnte er die Textur ihrer feuchten Kleidung auf der Haut spüren, das Gewicht des Staubs auf dem zu schweren Tweed, das rohe Leder an den Füßen, die sie trugen und die immer noch zart waren. Er atmete wie sie, atmete ein, als sich ihre Brüste unter der tristen Hülle hoben, und atmete aus, als sie es tat. Eine leichte Verlegenheit ergriff Besitz von allen Dreien, sodass Hermann sich ein wenig abseits stellte und wartete, wie Miriam auf das Zimmerangebot des einarmigen *garçons* und dessen Interesse an ihnen reagieren würde, das weit über das hinausging, was Hermann für erklärbar hielt.

Louis gingen seltsame Dinge durch den Kopf, unter anderem, wie er sie trösten könnte. Hermann, der Bruder, der mit seiner Schwester seit vierzehn Jahren durch die Welt zog, war sich überhaupt nicht irgendeines Funkens, Knisterns oder einer Zuneigung zwischen ihr und Louis bewusst. Louis selbst konnte sich nicht allzu sicher sein, dass seine Gefühle ihm keine Streiche spielten.

»Mit den Papieren nehmen wir es nicht so genau. Immerhin sind die diensthabenden Polizisten seit Jahren unsere Freunde.

Sie akzeptieren, was ich ihnen sage, ohne herumzuschnüffeln ... wenn Sie wissen, was ich meine«, sagte Louis.

Der Gesichtsausdruck Hermanns bot eine Studie widersprüchlicher Gefühle. Er war erleichtert, ergreifend hoffnungsvoll und mehr denn je ängstlich. Seine Schwester stand recht aufrecht da und lächelte ihn an.

»Unsere Pässe ...«, hob Hermann an. »Wir besitzen Pässe.« Er zögerte, und Miriam trat einen halben Schritt nach vorne.

»Aus Kuba«, sagte sie mit einer solchen Würde, dass sie viel älter wirkte. Sie betonte es noch einmal: »Kuu-baa.«

Louis konnte seine Verwunderung nicht verbergen.

»Wir wurden auf Kuba geboren, an einem Ort namens Siboney. Später kehrten unsere Eltern nach Köln zurück«, erklärte sie.

»Nun, gut. Was spricht gegen Kuba?«, fragte Louis.

Hermann beugte sich vor und sah in den Staub, und Miriam, die nicht mehr lächelte, schaute Louis an. Der ging in Richtung Hotel, und die beiden folgten ihm, Miriam an der Spitze, Hermann zwei Schritte dahinter.

Madame Fontaine, seit Herbst 1944 Eigentümerin des Hôtel Normandie, hütete die hübsche, verzinkte Bar, als sie die beiden Flüchtlinge aus Köln zur Tür hereinkommen sah, die direkt zur Treppe führte. Wer immer hereinkam oder hinausging, musste in Schulterhöhe an einem kleinen Fenster vorbei, sodass jeder, der an der Bar oder an der Rezeption arbeitete, die Person sehen konnte. Als Madame Louis erkannte, der kurz nach dem merkwürdig aussehenden, in Tweed gekleideten Paar hereinkam, zuckte sie die Achseln und vermied ein Stirnrunzeln aus Angst vor Falten.

Sie war eine gut aussehende, dralle Frau von etwa ein Meter siebzig mit wohlgeformten Beinen und einem reizenden Gang. Ihr Haar war von einem natürlichen Dunkelrot, dem durch den geschickten Einsatz von Henna Glanzpunkte verliehen wurden. Sie hatte hellgrüne Augen, ein eigenwilliges Kinn, relativ schmale Hüften und einen adretten, flachen Po. Sie war aufmerksam und zynisch, äußerst leidenschaftlich und von kalter Pragmatik. In der Bar verfügte sie über die seltene Gabe der Schlagfertigkeit. Gegenüber dem Tresen standen zwei absolut entwaffnende und extreme Bewohner des Viertels, der große, schwarzäugige Armenier, Monsieur Nathaniel, und der anerkannte Meisterkoch, der Satyr.

Die Art und Weise, in der Madame auf den Kopf und die Schultern der deutschen Frau und dann auf Louis' Hinterkopf sah, ließ die beiden Männer lächeln. Beide wussten, dass die *patronne* eine Schwäche für Louis hatte, der jedoch nur an einem Arbeitsverhältnis mit seiner Chefin Interesse hatte. Nathaniel versicherte Madame, dass er oder der Satyr oder sie beide glücklich wären, wenn sie ihr zu Diensten sein dürften, und sie nahm dieses Angebot gut auf.

»Wohin will der mit dieser Bohnenstange?«, fragte sie. »Im Haus ist kein Platz.«

»Ich habe Louis heute Morgen herumhüpfen sehen wie einen Hilfskranich«, sagte der Satyr. »Er ist ganz scharf auf Hungerhaken, Madame. Sie täten gut daran, etwas abzunehmen.«

Nathaniel erbot sich, Madame bei ein paar Übungen behilflich zu sein, die sowohl ihr Gewicht als auch ihre lüsternen Neigungen reduzieren würden.

Unterdessen quartierte Louis die Geschwister in Zimmer Nr. 9 ein, das er zuvor für die Mexikaner mit einem Doppelbett und einer Pritsche, dazwischen ein Paravent, ausgestattet hatte. Aus dem Hôtel de la Harpe hatte er zur Wanddekoration zwei gerahmte Chromos mit dem »Blutenden Herzen« und dem »Jesuskind« ausgeliehen sowie zwei besonders grauenvolle Kruzifixe. Hermann schien sich unwohl zu fühlen, sodass Louis seine Gäste für eine Weile allein ließ und versprach, mit den auszufüllenden Papieren wiederzukommen. Die Erwähnung der Papiere beunruhigte Hermann noch mehr. Sobald Louis gegangen war, schritt der Deutsche zur Tür, um den Aushang zu lesen, auf dem der Zimmerpreis stand. Für zwei Personen waren es pro Nacht 180 Francs.

»Das können wir uns leisten«, sagte Miriam, und ihr Bruder nickte. Dann lief er hin und her wie ein Wasservogel, seine Nase ein Schnabel, in seinen Augen ein schwacher Glanz, die Knie angewinkelt, um seinen langen, dünnen Beinen, die in zu engen Hosen steckten, etwas Raum zu verschaffen, die Hände hinter dem Kopf verschränkt, sodass die Finger wie Flügelspitzen aussahen.

»Ich habe wieder französisches Bier getrunken«, jammerte er.

»Geh zur Toilette und übergib dich. Dann wird es dir besser gehen«, riet sie ihm weise.

Unten hatte Louis unter den mokanten Augen von Monsieur Nathaniel und des Satyrs von Madame Fontaine zwei Meldescheine bekommen, die für die Polizei bestimmt waren. Ausländer und Reisende in Frankreich unterliegen bis zu einem gewissen Punkt der Beobachtung, und es ist ihnen nicht erlaubt, gegen Gesetze zu verstoßen.

»Wo haben Sie denn Ihre Freundin untergebracht?«, fragte Madame Fontaine in einem schärferen Tonfall, als sie es beabsichtigt hatte.

»Sie ist mit ihrem Bruder in Zimmer Nr. 9. Ich habe für die Mexikaner Betten im Hôtel du Caveau gefunden«, sagte Louis. Er hatte noch keine Arrangements getroffen, doch er wollte Miriam sicher untergebracht wissen, bevor er sich über mexikanische Priester Gedanken machte.

Der Satyr lachte von Herzen über die Idee, dass religiöse Pilger im Caveau unterkommen sollten, das sich unter seinem Vorkriegsmanagement auf Kurzzeitgäste ganz anderer Art spezialisiert hatte.

Louis ging mit den offiziellen Meldescheinen nach oben.

»Bitte entschuldigen Sie das Durcheinander«, sagte Miriam, als er eintrat. Sie war gerade dabei, den Paravent zwischen Pritsche und Doppelbett umzustellen.

Louis öffnete die Tischschublade und entnahm ihr ein Fläschchen mit dicker, violetter Tinte und einen angeknabberten Federhalter mit einer rostigen Feder sowie eine Schreibunterlage und ein Löschblatt, auf dem Telefonnummern, Adressen, Initialen, Namen und obszöne Verse seitenverkehrt zu lesen waren. Louis bemerkte, dass Hermann grau aussah und zitterte, während Miriams Augen groß und rund waren.

»Soll ich anfangen, Bruder?«, fragte sie, da Hermann steif vor Angst war.

»Es gibt keinen Grund zur Besorgnis«, versicherte ihm Louis. »Ich werde diese Formulare direkt Benoist übergeben, dem Polizisten, der sie einsammelt. Ich kenne ihn seit Jahren. In neun von zehn Fällen wird ein Formular zu den Akten genommen, ohne dass es noch einmal gelesen wird.«

Hermann überflog die Instruktionen und schrieb seinen Familiennamen in Druckschrift: P-F-L-A-N-T-Z.

Miriam trat näher, und Louis sah ihr erneut in die Augen. Während sie so dastanden, begegnete er ihren fragenden Blicken mit bekräftigenden Signalen. Sie sah einen Mann, der keinen Verrat kannte, er eine junge Frau, die des Umherziehens müde war und nichts Unrechtes getan hatte.

»Wird niemand unsere Herkunft infrage stellen ... Kuba?«, fragte sie.

»Vermutlich nicht«, antwortete Louis.

Hermann gab als Geburtsdatum den 9. März 1919 an; Geburtsort: Siboney; Beruf: Sprachlehrer. Als er zu »Wohnsitz« kam, fragte er seine Schwester mit bebender Stimme: »Schweden?«

Sie schüttelte den Kopf: »Nein, Amsterdam ist besser.«

»Nächstes Ziel? New York?«

»Havanna«, korrigierte sie. Er nickte.

»Zweck des Aufenthaltes?«

Diesmal mischte sich Louis ein: »Studienaufenthalt. Das ist das Beste. Kein Mensch belästigt heutzutage Touristen, die Dollars in der Tasche haben.«

»Schwedische Kronen«, sagte Miriam

»Auch gut«, antwortete Louis. »Dollar, Pfund, Schweizer Franken, Schwedische Kronen oder Gulden. Alle anderen Währungen sind riskant, einschließlich unserer eigenen, leider.«

Als Miriam Platz genommen hatte und ihr Formular ausfüllte, stand Louis neben ihr, sodass sein Ärmel die Baumwolle ihrer Bluse berührte. Sein Handgelenk war nur drei Zentimeter von ihrer Schulter entfernt, doch er hatte das Gefühl, sie durch den Stoff zu berühren. Er glaubte, dass auch sie es so empfand und nichts dagegen hatte. Der Bruder, so vermutete er, bemerkte es nicht.

Louis hatte die Namen von Hermanns Eltern gelesen: Johannes Hermann Pflantz und Brunhilda Storrs Pflantz. Als Miriam denselben Vater nannte und als Namen ihrer Mutter Rebecca Bernstein Pflantz angab, wurde Louis auf der Stelle einiges klarer. Hermann war Deutscher, Miriam Halbjüdin. Sie waren wegen ihr und nicht wegen Hermann aus Köln geflohen. Entwurzelt waren sie vierzehn Jahre lang durch die Welt gereist. Hermann hatte sich als loyal und opferbereit erwiesen. Die junge Frau war die Ursache ihres Unglücks, und der abwesende Vater, der eine jüdische Frau geheiratet hatte.

Als Louis mir die Details anvertraute, erklärte ich ihm, was es mit den kubanischen Pässen auf sich hatte, die Ende 1936 ausgestellt und in Schweden verlängert worden waren. Während des Spanischen Bürgerkrieges waren auf dem republikanischen Territorium erwischten Faschisten und verschiedenen Flüchtlingen, die exorbitante Preise zahlen konnten, von der kubanischen Vertretung in Spanien Pässe verkauft worden. So gelangten viele unerwünschte und ein paar gute Bürger von Kuba in die Vereinigten Staaten und blieben dort.

Als die Formulare ausgefüllt waren und Louis im Begriff war zu gehen, zeigte sich Hermann nervöser denn je.

»Wann will Ihr Freund, der Polizist, die Formulare abholen, prüfen und unsere Anmeldung zu den Akten nehmen?«, fragte er.

»Nicht vor morgen. Heute Abend müssen Sie sich über nichts Sorgen machen«, antwortete Louis.

Es war Miriam, die sich Sorgen machte, weil sie wusste, ihr Bruder würde wegen der Ungewissheit kein Auge zutun.

In diesem Moment musste Hermann niesen, die junge Frau sagte *Gesundheit* und lächelte. »Lass uns fröhlich sein, Bruderherz.«

»Als wir Kinder waren, gingen unsere Eltern mit uns zur Komödienstraße, auf der viele promenierten, vom Dom bis zum Ende der Straße, vorbei an Geschäften, Kaufhäusern, Büros, Versicherungsgesellschaften, Regierungsgebäuden, Gaststätten und schönen Wohnungen. Diejenigen, die gen Westen gingen, grüßten ihre Freunde, die auf der anderen Seite gen Osten spazierten. Dieser Brauch hatte keinerlei Bedeutung, doch er war lustig. Konnte man nicht promenieren, erlebte man dies als Verlust.«

»Die Zeiten sind vorbei«, sagte Hermann niedergeschlagen. »Kein Mensch spaziert heutzutage in der Dämmerung zum Freizeitvergnügen durch städtische Straßen, in Deutschland am allerwenigsten.«

Er musste aufhören zu sprechen, denn er verzerrte das Gesicht und musste unglaublich oft niesen, lauter und heftiger als zuvor.

»Oh je«, sagte Miriam, wandte sich flehenden Blickes an Louis und fragte: »In den Kopfkissen oder Matratzen sind nicht etwa Federn? Mein Bruder ist nämlich allergisch gegen Federn.«

Hermann nieste erneut, so laut, dass das Haus wackelte; seine Körperhaltung war schlaff.

Louis machte sich mit einem geduldigen Lächeln daran, die Matratzen zu wechseln. Er hatte sie bereits vom vierten in den zweiten Stock geschleppt, damit es für seine Gäste komfortabler war. Nun musste er mit einem Arm und einem Stummel die beiden Federmatratzen aus den Betten in Zimmer Nr. 9 hieven, sie zwei Etagen höher tragen, die alten, mit Haar gefüllten Matratzen runterbringen und vier Betten machen.

Kurz nachdem Hortense mit einem Krankenwagen aus dem Hospital nach Hause gebracht worden war und bevor ich es für taktvoll hielt, sie in ihrem Zimmer zu besuchen, sah ich Pierre Vautier aus Juliens Frisiersalon kommen. Er trug einen neuen, gut geschnittenen Anzug aus blauer Serge, einen neuen Hut, neue Schuhe und in seiner Brusttasche ein Einstecktuch. Ich hatte ihn noch nie so flott angezogen gesehen, und als er gleichauf war, grüßte er mich freundlich und lud mich zu einem Drink ein. Wir setzten uns auf die Terrasse des *Café Saint-Michel*.

Pierre war außergewöhnlich gut gelaunt. Ich hatte ihn natürlich schon in früheren Jahren hin und wieder beschwingt, guter Dinge und mit einem netten Wort für alle erlebt. In einer solchen Stimmung konnte er charmant sein, wenn man ihn nicht an seine vorangegangene finstere Depression oder an die Angst erinnerte, es könnte ihn noch weiter nach unten ziehen. Ich hatte von dem kaputten Gemälde gehört und vermutete, dass diese Nachricht noch nicht bis zu ihm vorgedrungen war.

»Ich habe dich heute Morgen schlecht behandelt«, sagte Pierre. »Verzeih mir. Ich muss gestehen, dass ich sehr erfreut und sprachlos darüber war, dass du mein Gemälde wahrgenommen und schöne Worte dafür gefunden hast. Warum haben wir nur so verdammt viel Angst vor unseren Gefühlen? Von dir mit deinem englischen Hintergrund ist dies zu erwarten. Doch ein Franzose – von ihm wird verlangt, dass er mitteilsam oder auf verzeihliche Weise gar angeberisch ist.«

»Könnte ich bei Gelegenheit mal deine anderen Werke sehen?«, fragte ich.

»Gerne. Alles, was ich gemalt habe, ist noch in meinem Atelier und lehnt an der Wand. Komm später zu mir, wenn du willst. Ich habe noch etwas zu erledigen.« Er schaute mir lächelnd in die Augen. »Eine Mission, die du bestimmt gutheißen wirst«, fügte er hinzu. Er zahlte, gab dem Kellner ein großzügiges Trinkgeld, winkte fröhlich und ging in Richtung Pont Saint-Michel.

»Möge Gott uns beistehen«, murmelte ich vor mich hin, »wenn er erfährt, was Busse getan hat, möchte ich nicht in der Nähe sein.«

Zehn Minuten später tauchte Pierre vor Carmens Wohnung am Quai de Béthune auf. Die Île Saint-Louis sah im Sonnenlicht herrlich aus, smaragdgrün, himmelblau, gülden. An der Kaimauer hielten sich so viele hemdsärmelige Angler auf, dass ihre auffälligen Schwimmer, knallrot und schwarz glänzend, eine unregelmäßige und schaukelnde Linie bildeten. Männer, Frauen und Kinder, die in der feuchten Inselmitte lange gebibbert hatten, hielten sich nun in Freizeitkleidung am Ufer auf. In den Cafés, Läden und Restaurants war viel los, und aus dem kleinen, flussaufwärts gelegenen Park, ertönten fröhliche Kinderstimmen.

Monsieur Dassary befand sich wie immer, wenn er dem Geschäftlichen entfliehen konnte, auf einem Ausflug mit seelenverwandten und erfolgreichen Kollegen, die er seit Kindertagen kannte. Guy Orey ging zur Abendessenszeit aus, um ein paar Freunde aus der Deko-Zunft zu treffen, zu trinken, zu essen und die pikante, neue Revue der *Pax Brothers* im *Théâtre de Dix Heures* anzuschauen. Guy war ein wenig unbehaglich zumute, weil er sich wie so oft amüsieren, Carmen aber allein und untätig zu Hause hocken würde. Er hätte sich noch schlechter fühlen müssen, als sie ihm versicherte, sie zöge dieses Arrangement vor. Sie hatte weder ihm noch ihrem Vater von der Zurückweisung und Enttäuschung durch Pierre erzählt. Sie war daher sehr erstaunt, als dieser unerwartet und unangekündigt aufkreuzte, um Verzeihung bat und ganz bezaubernd war.

»Ich habe mich mit Monsieur Paul wieder versöhnt. Er glaubte, dass Sie nichts dagegen haben würden, wenn ich Sie besuche«, sagte Pierre. Als ich die Geschichte später hörte, sah es so aus, als könnte er kein Wässerchen trüben. Er fand die Örtlichkeit, die Insel und den Fluss, entzückend, den Blick hinreißend und das Apartment sowie die Einrichtung äußerst geschmackvoll. Er stimmte dem »Tee« (in Form von Bacardi-Cocktails) nur unter der Bedingung zu, dass Carmen mit ihm dinieren und sich noch einmal das Bild ansehen würde, das sie so gerne besäße. Reumütig versprach Pierre, wenn sie »Die spirituelle Jagd« noch immer wolle, gehöre das Bild ihr. Bei Cocktails erklärte er, er habe das Gemälde einem verletzten Freund geliehen, der mit einem anderen ebenso zufrieden wäre. Das Gemälde würde er am Abend zurückbekommen, fuhr er fort, und sollte es nicht prompt zurückkommen, könnten sie Madame Berthelot im Hôtel de Mont Souris aufsuchen und es zurückholen.

Wäre ich anwesend gewesen, hätte mich Pierres Duldung von Cocktails gewarnt, hatte er sie doch jahrelang als eine barbarische amerikanische Erfindung gebrandmarkt.

Im Gegensatz zu Pierre war Carmen nicht manisch-depressiv, sondern sprunghaft, und konnte leicht aus ihrer gewohnten Langeweile befreit werden. Guy Orey sah, dass sie sich gut amüsierte, entbot rücksichtsvoll seine Entschuldigungen und war im Begriff, das Haus zu verlassen. Sein Verhalten irritierte Pierre. Früher hatte ich mir anhören müssen, wie verächtlich er über alle möglichen unglücklichen und anmaßenden Wesen sprach, doch nichts schien so erbärmlich zu sein wie ein unterwürfiger, von sich selbst eingenommener Ehemann.

Pierre sagte: »Ich wünsche sehr, Sie würden uns Gesellschaft leisten, Monsieur Orey. Ich würde gerne auch Ihre Meinung hören, schließlich sind wir Künstlerkollegen. Ein Gemälde ist, wie ich glaube, entweder nichts oder ein Vermögen wert. Ich habe angeboten, Madame das Bild »Die spirituelle Jagd« zu überlassen, weil sie es mag. Sie möchte davon nichts hören, sodass ich 1.000.000 Francs auf dem Blankoscheck eingetragen habe, den sie mir gegeben hat.«

Guy Orey blinzelte unwillkürlich mit den Augen, als Pierre die Summe nannte, doch Carmen schien froh zu sein, dass er sich eines Kommentars enthielt.

»*Au revoir, Monsieur*«, verabschiedete sich Orey von Pierre und fügte Carmen gegenüber hinzu: »Wir sehen uns morgen zum Mittagessen, meine Liebe. Das heißt, wenn du nicht anderweitig beschäftigt bist.«

»Mein Gott«, grummelte Pierre angewidert und fiel damit aus der Rolle. Er wollte hinzufügen: »Warum bieten Sie diese Frau nicht gleich auf einem Tablett an, am Rand dekoriert mit Petersilie.«

Ich hatte gerade Victor aufgelauert, der mit dem Koffer und der Tasche der Flüchtlinge vom Bahnhof zurückkam, und ihn gebeten, den alten Christophe zu finden. Herumirrende Deutsche mochten keine Spuren hinterlassen, doch nicht ein großer, alter Mann, der gekleidet war wie Robert Schuman und eine Dänische Dogge an der Leine führte.

Ohne große Zuversicht, dass Mignon, die zwölfjährige Nichte des Schlossers ihm irgendetwas Wichtiges sagen würde, fragte Victor sic, ob sie Christophe gesehen habe. Sie erinnerte sich, dass ihr Onkel mit Christophe und einem Schlüsselbund in Jonquils Hof gegangen war.

»Was wollen Sie denn von ihm?«, fragte sie Victor.

»Das ist meine Sache«, erwiderte er.

»Ich habe ihn nicht gesehen«, sagte Mignon allzu locker.

Kaum war Victor außer Sicht, zog Mignon die verblassten Gardinen zu, damit ihrem betrunkenen Onkel kein Licht in die Augen fiele und er dadurch nicht noch länger bewegungsunfähig wäre. Vorsichtig schlich sie sich durch den Durchgang in den Hof von Nr. 23.

Sie presste ihr Ohr an die Tür von Madame Berthelots Schlafzimmer hinter dem Blumenladen und hörte einen langen Seufzer, der vom Boden zu kommen schien.

»Hübsches Hündchen«, stellte sie fest.

Es folgte ein langes, klagendes Winseln.

Mignon öffnete neugierig einen Spaltbreit die Tür. Da tauchte eine Pfote so groß wie ihre Hand auf, die Tür öffnete sich weiter, und Xavier, die Leine hinter sich herziehend, lief heraus.

Mignon kannte überhaupt keine Angst. Sie hatte sich noch nie verletzt oder sonderlich gefürchtet, auch nicht während der Kämpfe an den nur fünfzig Meter von ihrem Haus entfernten Barrikaden. Viele der Soldaten in Grün hatten wehmutsvoll mit ihr geredet oder ihr kleine Geschenke gemacht. Das ist fünf Jahre her, da war sie sieben. Sie imitierte die wenigen Frauen im Viertel, die sie bewunderte – Madame Berthelot, Mademoiselle Dominique, Madame Fontaine und Irma – stolzierte erhobenen Hauptes an den Nazi-Soldaten vorbei und achtete darauf, dass sie diese nicht mit ihrem Rockzipfel berührte. Und wenn sie amüsiert wegen ihres Mumms hinter ihrem Rücken lachten, was viele von ihnen taten, drehte sie sich nie um. Und als die Nazis Messidor aufgefordert hatten, ihnen Schlüssel für bestimmte Türen auszuhändigen, war es die kleine Mignon, die losgegangen war und die Bewohner rechtzeitig gewarnt hatte. Sie hatte keine Angst, sondern war glücklich und aufgeregt.

Xavier, der gegen Jonquils Mülltonne gepinkelt hatte, stand da und sah sich um. Mignon schnappte sich die Leine, führte ihn zurück und manövrierte ihn vorsichtig ins Schlafzimmer. Sie sah, dass der alte Christophe auf dem Bett lag, die Art, wie er atmete, verriet ihrem erfahrenen Ohr jedoch, dass etwas Drastisches würde geschehen müssen, damit er aufwachte. Als der Hund sich im Zimmer wieder ausgestreckt hatte, schloss Mignon die Tür und verschwand aus dem Hof, bevor die Jonquil vorne hereinkäme.

Mignon sah, wie Victor in die Rue Saint-Séverin einbog und beobachtete, wie er zur Rue Galande weiterging. Sie lächelte, einen kleinen Hauch rätselhafter als Mona Lisa. Ihre Entdeckung würde ihr Geheimnis sein. Sie wünschte sich wie so oft zuvor, in den Tropen zu leben, wo laut dem Satyr Mädchen mit zwölfeinhalb Jahren als erwachsen gelten und mehr oder weniger tun und lassen können, was sie wollen. Der heiße Sonnenschein verwandelte Paris an diesem Nachmittag in eine tropische Gegend.

Emile, der Hotelpage des Mont Souris, war ein jugendlicher Delinquent, der einen Beruf gefunden zu haben schien, der praktisch keinerlei Einweisung erforderlich machte.

In der Hotellobby klingelte das Telefon. Ribou war unerlaubt abwesend; Busse pflegte seine *margoulette*, wie Emile es respektlos formulierte; Monsieur Wilf senior spielte *Belote* im hinteren Teil der *Taverne du Palais*; und Hubert stand am Quai und sah zu, wie der Apotheker Cabat Weißfische fing.

»*Ici, le Grand Hôtel de Mont Souris*«, piepste Emile in die Sprechmuschel. Am anderen Ende der Leitung war Pater Taillepied, O.P., der Monsieur Mainguet zu sprechen wünschte.

»Er betet in Saint-Séverin. Soll ich ihn stören?«, fragte Emile.

Das bremste Pater Taillepied für einen Moment.

»Seien Sie bitte so nett und richten Sie ihm aus, er möge mich anrufen, wenn er vom Gebet zurück ist«, bat der Professor der vergleichenden Religionswissenschaften.

Emile legte auf und beschloss, Monsieur Mainguets Gebet auf jeden Fall zu unterbrechen. Er trug dem Zimmermädchen Lola auf, die Rezeption im Auge zu behalten, während er zur Saint-Séverin-Kirche schlendern würde. Dort fand er Mainguet vor; der einzige Kirchenbesucher kniete vor dem Altar. Emile tippte ihm auf die Schulter und sagte in schroffem Ton: »Sie werden am Telefon verlangt.«

Mainguet, mit geschlossenen Augen ins Gebet vertieft, erschrak so sehr, dass er beinahe vom Betstuhl kippte. Er blinzelte, schüttelte sich und sah das Affengesicht vorwurfsvoll an.

»Sie sollten mich nicht rufen, wenn ich – beschäftigt bin.«

Emile reckte den Daumen in die Höhe. »Was macht das schon! Dort oben gibt es keine Zeit, und hier unten kosten den Typen am Telefon drei Minuten 22 Francs.«

Mainguet seufzte und erhob sich.

Bis er in der Lobby des Mont Souris angekommen war, hatte Emile, der ebenso effizient wie verdorben war, Pater Taillepied wieder an der Strippe.

»Ich bin untröstlich, sollte ich Ihre Andacht unterbrochen haben«, sagte der gelehrte Priester höflich.

»Ein Diener des Satans hat mich daran erinnert, dass die Zeit oben ewig währt, während es hier unten 22 Francs kostet, drei Minuten zu telefonieren ... Keine schlechten Nachrichten von unseren mexikanischen Pilgern, hoffe ich.« Mainguet konnte nicht leugnen, dass in dem, was der Junge gesagt hatte, ein Fünkchen Wahrheit steckte.

»Im Gegenteil, gute Nachrichten. Unsere Glaubensbrüder aus Mexiko werden nicht im Flugzeug zu Abend essen und nicht haltmachen, um im *Le Bourget* zu speisen. Wäre es Ihren Gastgebern in Ihrem Viertel möglich, sie kurz nach acht Uhr zu bewirten?«, sagte Pater Taillepied.

»Ich werde in den Hotels fragen«, antwortete Mainguet voller Zweifel.

»Tun Sie Ihr Bestes, denn die Mexikaner werden auf jeden Fall ankommen, wenn die Reise reibungslos verläuft, und sie werden Hunger haben. Ich muss gestehen, dass ich noch nie geflogen bin. Ich kann nicht anders, ich möchte für die Wiederauferstehung körperlich intakt sein«, erklärte der angesehene Theologe.

Mainguet beschloss, Gilles Wilf zu konsultieren, da dieser die detailliertesten Vorkehrungen für den Empfang der Besucher getroffen hatte.

»Wo ist Monsieur Gilles?«, fragte Mainguet Emile.

»Er hat mir gesagt, dass er nicht gestört werden möchte«, antwortete Emile in einem Ton und in einer Weise, die er seiner Meinung nach unwichtigen Leuten vorbehielt. Statt dem frechen Hotelpagen eins mit seinem *en-tout-cas* überzubraten, und ihm zu drohen, er werde bei lebendigem Leibe gehäutet, wenn er nicht auf der Stelle Gilles eine Nachricht überbringe, beschloss der kleine Monsieur Mainguet, der unentschlossen vor sich hinstarrte und die Stirn runzelte, zunächst mit dem Koch zu sprechen. Der Abbé d'Alexis hatte anfangs gesagt, die mexikanische Delegation treffe erst am späteren Abend, also nach der Abendessenszeit in der Rue de la Huchette ein. Bislang waren keine Vorkehrungen getroffen worden, ihnen Abendessen zu servieren.

Der Koch des Mont Souris war eine Primadonna, wie die meisten Köche, die sich zu gut für kleine Restaurants erwiesen, aber nicht dazu in der Lage waren, eine Küche in einem großen Luxushotel zu führen. Er erklärte Mainguet herablassend, Fleisch wachse nicht auf Bäumen, Milch, Butter und Käse sei von der Rationierungsliste gestrichen worden und würden billiger angeboten als von den Produzenten gefordert. Folglich würden diese Produkte zurückgehalten, und die örtlichen Milchläden seien leer. Das frische, grüne Gemüse sei in der stechenden Sonne so sehr verwelkt, dass es sich am Nachmittag nicht mehr gelohnt habe, danach zu suchen. Zucker sei immer noch rationiert, Kaffee so selten zu bekommen, wie seit der Besatzung nicht. Die fünfundzwanzig Mexikaner würden eine ganze Schar von Priestern um sich versammelt haben, bevor sie den Flughafen verlassen, sodass der Koch sich klipp und klar weigerte, zu einer unbestimmten Zeit zwischen acht Uhr und Mitternacht für fünfzig oder sechzig Gäste zu kochen.

Im Normandie brachte man Monsieur Mainguet mehr Respekt entgegen, doch ermutigt wurde er kaum. Bis die Mexikaner zum Essen kämen, wäre die Vorratskammer leer. Überall im Viertel schlemmten die Männer und Frauen wegen des Sonnenscheins, des langen Wochenendes und der Lockerung der Restriktionen. Der Koch des Normandie würde etwas für die vier Mexikaner auf den Tisch bringen können, die Zimmer reserviert haben, aber sicher nicht mehr.

Im Hôtel de la Huchette versicherte Thérèse Monsieur Mainguet, sie werde jedem Mexikaner oder Priester, der sich bei ihr blicken lassen würde, mit einer heißen Pfanne eins überbraten. Am Morgen war sie von Katya wegen ihres übermäßigen Alkoholkonsums getadelt worden und hatte wissen wollen, warum hart arbeitende französische Proletarier als Beispiel vorangehen sollten, wenn Genosse Stalin bei jedem Bankett so oft mit Wodka anstieß, bis alle Anwesenden steifer als Polster waren und wie Brennholz im Kreml gestapelt werden mussten.

Das Hôtel de la Harpe, das so nahe beim *Palais*, dem Mont Souris und dem *Rahab* lag, verfügte über keinen Speisesaal. Mainguet begann intensiv nachzudenken. Die Gebrüder Rouzier würden eine Tischgesellschaft von sechzig Gästen ebenso bewerkstelligen können wie *Lapérouse*, doch die Rechnung würde aussehen wie die nationale Schuldenbilanz, und Mainguet wusste nicht genau, wer zahlen würde.

Das *Palais* servierte gutes Essen, doch dort tummelten sich Profiteure und Zocker, die mit Geld nur so um sich warfen, und die Frauen, die mit ihnen speisten und scherzten, zählten nicht zu der Art Französin, von der man ausländischen Besuchern, die religiös sind, einen bleibenden Eindruck vermitteln möchte. Und die Nachtclub-Show im *Rahab* mit Folksongs, deren Texte man nicht der Post anvertrauen konnte, sowie der Hoochie-Coochie-Tanz waren ebenfalls nicht typisch für die nüchterne französische Lebensweise.

Die Sonne schien gnadenlos, und die wegen des Krieges so lange vernachlässigten, engen Gehwege wurden wärmer und schließlich heiß, sodass der hin und her stapfende Monsieur Mainguet spürte, wie seine Fußsohlen brannten. Sein Hemd war schweißnass. Zum ersten Mal in seinem Leben begann er, der ausgebildete Statistiker, die Komplexität des Ernährungsproblems für das moderne Dasein zu ermessen. Hätte er nicht im Vorübergehen an einem Seitenfenster des *Palais* Gilles Wilf an einem Kartentisch gesichtet, wäre er vermutlich für den Rest des Tages von Küche zu Küche spaziert. Als er sich an Gilles wandte, unterbrach der sein Spiel, und in zehn Minuten war alles arrangiert. Gilles fand einfach Busse, dessen Gesicht so geschwollen und verfärbt war, dass es aussah wie eine zerschmetterte Aubergine.

»Sagen Sie diesem Koch, er soll die ganze Bande beköstigen, und wenn er die ganze Nacht schuften muss. Sagen Sie ihm, dass ich es wünsche. Und sollte er irgendwelche Einwände vorbringen oder mit Ihnen diskutieren wollen, lassen Sie ihn ein für allemal wissen, wer der Chef ist«, sagte Gilles.

Busse wartete, bis sein Boss und Mainguet den Raum verließen und die Tür hinter sich schlossen, bevor er zu beben anfing und an seinen Fingern kaute. Er hatte sich schon immer vor dem Koch gefürchtet und bemüht, sich nicht mit ihm anzulegen. Unter normalen Umständen hätte er sich vorsichtig an ihn gewandt, um ihm das ungewöhnliche Anliegen vorzutragen. Wegen seiner gebrochenen Nase und dem von ihm demolierten 1-Million-Francs-Gemälde war er moralisch am Ende. Er kannte nur eine Möglichkeit der Entlastung. Er musste nach unten eilen und Hortense von seinen Schwierigkeiten berichten.

Bevor er drei Schritte gegangen war, drang Gilles' Stimme aus der Lobby zwei Etagen tiefer zu ihm herauf: »Ach, noch was, das ich Ihnen sagen wollte. Das mexikanische Gepäck ist vorab per Zug zur Gare de Lyon geschickt worden. Sehen Sie zu, dass es durch den Zoll kommt, und das Zeug der Mexikaner in den Zimmern ist, bevor sie vom Flughafen *Le Bourget* eintreffen.«

Busses Knie schlotterten, und er setzte sich auf die Treppe. Gepäck! Gepäck für fünfundzwanzig Reisende mit langen mexikanischen Namen, die alle gleich klangen. Vier verschiedene Hotels. Die Zollstelle, die am Nachmittag eines Feiertages kaum besetzt wäre.

»Haben Sie gehört?«, rief Gilles hinauf.

Busses Antwort klang, als sei ein kranker Frosch in einen Brunnen gepurzelt.

Ich hatte es zu lange hinausgezögert, Hortense meinen Respekt zu zollen, doch ich konnte ihr nicht gegenübertreten und zugeben, dass wir, nachdem wir Christophe herausgeputzt hatten wie einen Minister des Kabinetts, ihn völlig aus den Augen verloren hatten.

Victor hatte alle Orte abgesucht, an denen sich Christophe aufhalten konnte. Im »Pfuhl von Montebello« war er nirgends zu finden. Man konnte dort nur wenigen der Anwohner trauen. Die meisten von ihnen würden nicht einmal die Wahrheit sagen können, wenn sie es versuchten. In ihrer rücksichtslosen, verkommenen Art waren sie jedoch durchschaubar, und absolut jeder zeigte sich neugierig, wo sich Christophe wohl aufhielt. Es war für Alt und Jung kein Tag, um sich in *Les Halles* zu verstecken. Die Zentralmarkthalle war geschlossen und würde es bis Dienstag gegen Mitternacht bleiben. Unter den Anglern am Flussufer befanden sich so viele unserer Freunde und Bekannten, dass keine beeindruckende, altehrwürdige Gestalt in Grau, mit einem Homburg und dem großen Hund Xavier unbemerkt hätte verschwinden können.

Busse mit seinen Ängsten und Wehwehchen hatte einen Grund, zufrieden zu sein. Er müsste zwar eventuell die enorme Rechnung begleichen, die Christophe für seine Bewirtung gemacht hatte, doch es sah ganz so aus, als hätte er recht behalten, was Christophes Zuverlässigkeit betrifft, und nicht wir.

Ich betrat Hortenses Zimmer, bereit, mich zu entschuldigen und eine heitere Note in das Ganze zu bringen. Ihr finsteres Gesicht ließ mich Christophe vergessen. Sie litt, wie nur eine Frau leiden konnte, die so geduldig und besonnen war wie sie.

»Um Himmels willen, was ist denn los?«, fragte ich.

Sie blickte über ihre Schulter, um sicherzugehen, dass die Tür geschlossen war.

»Mein Arm schmerzt seit Kurzem«, antwortete sie.

»Hol den Arzt. Warum hast du ihn nicht längst gerufen?«

Sie gab sich Mühe, die Beherrschung nicht zu verlieren, und versuchte, eine Erklärung zu finden, ohne Dr. Thiouville zu beschuldigen.

»Ich habe mir den Ellbogen am Bettgestell gestoßen«, hob sie an.

»Bist du bewusstlos gewesen?«, fragte ich ungeduldig. Dummes Benehmen passte gar nicht zu Hortense.

»Ich lasse sofort den Arzt holen.«

Dann brach sie zusammen, und unterbrochen von Pausen, die sie einlegte, wenn die Schmerzen sie plagten, berichtete sie mir, was geschehen war. Nachdem sie ins Hotel zurückgebracht worden war, hatte der gut meinende Doktor beim Anlegen der Schlinge versehentlich ihren Arm herabfallen lassen, sodass er gegen das Bettgestell geknallt und die neue, schmerzliche Verletzung verursacht worden war.

Ich wartete nicht länger, klingelte Emile herbei und schickte ihn eilends zu Thiouville. Der junge Arzt kam sofort. Er betrat das Zimmer, sah sich die Patientin an und wurde bleich, während seine Backen glühten. Er nahm die Schlinge ab, hielt mit einer Hand ihren Arm und befühlte das verletzte Gelenk. Er legte die Schlinge wieder an, und saß dann niedergeschlagen neben dem Bett auf einem Stuhl, von dem ich mich erhoben hatte, als er hereingekommen war.

»Ich hätte es wissen können«, sagte er.

»Es war nicht Ihr Fehler. Ich bin mit dem Ellbogen gegen das Bettgestell gedonnert, nachdem Sie ihn gerichtet hatten«, sagte Hortense. Sie musste ihre ganze Fähigkeit zu lügen ausgeschöpft haben, als die Nazis an der Macht waren, denn kein Mensch hätte weniger überzeugend sein können.

Dr. Thiouville war jetzt noch mehr verletzt.

»Bitte, Madame, seien Sie aufrichtig. Ich muss es auch sein.«

»Es kann nicht so schlimm sein«, behauptete sie. »Vielleicht bin ich bloß müde und übertreibe die Schmerzen.«

»Das Bruchstück des Knochens, zuvor an Ort und Stelle, ist verrutscht, wenn ich mich nicht irre«, sagte der Arzt.

»Es wird nicht lange dauern, bis alles wieder zusammengewachsen ist«, antwortete Hortense.

»Madame, die Röntgenbilder, die samt der schriftlichen Beurteilung von Dr. Flandrin de Monique bereits geliefert wurden, sind nunmehr wertlos. Wir werden wohl wieder ins Krankenhaus fahren und das ganze Procedere wiederholen müssen«, konstatierte der Arzt.

Auch wenn man Hortense auf die Streckbank geschnallt und ihr Daumenschrauben angelegt hätte, wäre sie mit ihren ersten Gedanken bei anderen gewesen. »Ich flehe Sie an, keinem zu sagen, nicht ein Wort, dass Sie einen Fehler gemacht hätten. Ich werde auf meine Weise die Geschichte von dem Missgeschick erzählen und möchte nicht der Unwahrheit bezichtigt werden ... Und, Herr Doktor, wenn wir schon eine weitere Fahrt zur Rue Pierre Curie unternehmen müssen, sollten wir dann nicht Monsieur Busse mitnehmen und seine Nase röntgen lassen? Er fürchtet wie ich, dass etwas gebrochen ist.«

»Auf jeden Fall. Ich hätte dies schon viel früher tun müssen. Ich muss Ihnen ein Opiat spritzen«, sagte der Arzt und kramte in seiner Tasche nach einer Injektionsspritze. Hortense bemühte sich, nicht zu zucken, schob den Ärmel ihres Nachthemdes hoch und legte ihren Arm frei.

Der Arzt bereitete sich auf das Zusammentreffen mit Dr. Flandrin de Monique und den Ärzten, Krankenschwestern und Technikern des Hospitals Dupuy vor. Ein Fall hatte sich erledigt, beim Zweiten war zu lange gezögert worden. Später würde er sich um einen Fall von Sonnenbrand kümmern müssen, der sich von der Stirn, die er nicht geküsst hatte, bis zu den zarten Füßen erstreckte, die auf den zarten Sprossen im Garten seines Herzens herumtrampelten.

Auf Hortenses Bitte hin begab ich mich in die zweite Etage, um Busse zu bitten, sich bereitzuhalten. Der Krankenwagen würde in einer halben Stunde vorfahren. Das beschädigte Gemälde stand wieder auf dem Bidet, das ohne seinen Petit-Point-Überwurf furchtbar weiß aussah. Busse stand davor, den Kopf nach hinten gelegt, die Arme gerade von seinem Körper weggestreckt, die Handflächen aufrecht, die Finger extrem gespreizt.

»Ich bin pleite«, jammerte er. »Meine gesamten Ersparnisse, die ich die ganzen schrecklichen Jahre über gehütet und verteidigt habe – weg. Und damit kann ich nicht mal die Hälfte begleichen, nicht mehr als ein Drittel.«

Er sah, dass ich keine Ahnung hatte, wovon er sprach und zeigte mir die Nachricht.

»Sie hatten keine kriminellen Absichten«, sagte ich und versuchte etwas zu finden, dass ihn beruhigen könnte. Erst jetzt wurde mir klar, warum Pierre in einer solchen Jubelstimmung war.

»Und wie soll ich mich ohne einen Cent von dem Unfall mit dem Köter erholen?«

»Christophe trifft ebenfalls keine Schuld«, sagte ich. »Es gibt kein Gesetz, das es Hunden verbietet, ein Café zu betreten und ruhig neben seinem Herrchen zu liegen. Der Hund hat sich nicht gerührt. Sie wollten über ihn klettern und sind gestürzt. Eine bemerkenswerte Dänische Dogge.«

»Können Sie nicht bei Monsieur Vautier ein Wort für mich einlegen?«, bat er.

»Das würde ihn nur noch mehr reizen«, antwortete ich.

Busse faltete die Hände und kniff die Augen halb zu, wie ein Darsteller einer tragischen Rolle, wenn der Vorhang fällt. »Ich habe nicht die Stirn, mich umzubringen«, sagte er. »Ich hätte es schon mehr als einmal tun sollen, wenn ich es nur gekonnt hätte. Zweimal schon habe ich mir Barbiturat-Pillen gekauft, die jeden ins Jenseits befördert hätten, und einmal habe ich eine Selbstmordnotiz verfasst. Es nützte nichts. So kann ich dem Ganzen nicht entgehen. Ich werde Tag für Tag meine Schulden abarbeiten müssen.«

»Geben Sie nicht auf. Wir werden Anatole fragen. Er hat immer eine Idee«, ermunterte ich ihn.

»Sie sind ein guter, netter Mensch«, antwortete er. »Die meisten Menschen können mich nicht leiden. Nur weil ich bin, wie ich bin, gehe ich ihnen auf die Nerven. Warum ist es so, dass einige von uns so geboren werden, damit andere unsere Würde antasten wollen?«

»Was immer Sie tun, lassen Sie Pierre nicht spüren, dass Sie sich ängstigen«, riet ich ihm.

Das raubte ihm den letzten Mut.

»Er wird mich mit seinen Augen fixieren und sehen, wie ich schlottere und schwitze«, stöhnte Busse.

»Es wurde nichts schriftlich vereinbart. Sie haben nicht um das Gemälde gebeten. Leugnen Sie jede Verantwortung«, drängte ich ihn.

»Ich bin erledigt«, seufzte er.

Es machte mir keine Freude, ihn weiter zu bedrängen, ich musste ihn jedoch vor Hortense warnen. »Sie ist aufgebracht, weil Sie Ihren Laden geschlossen und Christophe vertrieben haben«, sagte ich.

»Das war ich nicht. Ich schwöre es. Ich gebe zu, dass ich die Blumen gekauft habe, aber Madame Morizot hat die Tür abgeschlossen und den Schlüssel mitgenommen. Wenn sich Hortense gegen mich stellt, werde ich sterben … Ich wollte gerade mit ihr reden. Wie oft war ich versucht, ihr alles zu sagen … Ich meine alles über mich? Spricht sie Ihnen gegenüber manchmal von mir?«

Es war unverkennbar, dass Busse in sie verliebt war und von ihr bemuttert werden wollte.

»Sie erwähnt Sie oft«, antwortete ich. Ich konnte ihn in diesem demoralisierten Zustand doch nicht noch weiter verletzen.

»Wie viel versteht Sie wirklich?«

»Das weiß ich nicht«, antwortete ich wenig überzeugend.

»Sie verschweigen mir doch nichts, oder?«, fragte er.

»Ich weiß nicht, was in ihrem Kopf vorgeht«, erwiderte ich.

»Keiner von uns redet je mit dem anderen, jedenfalls nicht wirklich«, stellte er deprimiert fest. »Das ist der Grund für Sex, vermute ich. Er soll uns die Illusion einer Gemeinsamkeit geben, selbst wenn sie in der Realität nicht existiert.«

Die »Du-mi-du«-Sirene war zu hören, als der Krankenwagen in die Rue de la Huchette einbog. Ich begleitete Busse nach unten, sein Gesicht unter einem Seidenschal verborgen. Hortense, deren Schmerzen wegen des Narkotikums nachgelassen hatten, setzte sich vorne neben den Fahrer. Dr. Thiouville und Busse kletterten in den hinteren Teil des Wagens. Es ließ sich schwer sagen, wer von den beiden unglücklicher war. Dem Doktor graute vor dem Wegfahren, und Monsieur Busse fürchtete sich vor der Rückkehr.

Von der Île de la Cité sahen wir, wie sich auf der anderen Seite des Pont Saint-Michel eine Gruppe von wenigen Männern und insgesamt etwa fünfzehn Frauen auf unser Café zubewegte. An der Spitze lief ein großer, soldatischer Mann ohne Gewehr, Schwert oder Seitenwaffen, unter dem Arm eine Mappe oder ein Portfolio. Er trug keine Mütze und keine Feldbluse, doch seine Khaki-Hose, sein olivfarbenes Hemd und die polierten Stiefel waren in Ordnung. Er war jung, doch offenbar der Anführer der Gruppe. Einige seiner Gefolgsleute führten ebenfalls ein Portfolio mit sich.

Er blieb nach einem Drittel des Weges auf der Brücke stehen, deutete zwanglos auf das Parapet, und eine schlicht gekleidete Frau mit Stiefeln so robust wie die seinen breitete auf der breiten Steinmauer ihr Portfolio aus, entbot eine Abschiedsgeste und blieb mit einem Stift in der Hand stehen.

»Mais, alors! C'est Monsieur Garry Davis«, sagte der Kastanienmann, und die hutzlige, kleine Madame du Gran' Chemin kicherte leise und zog vergnügt die Schultern hoch. Sie fühlte sich Männern und Frauen, deren Bilder in den von ihr verkauften Zeitungen zu sehen waren, persönlich verbunden.

Der Kastanienmann hatte recht. Es war Garry Davis. Der amerikanische Delegierte und ich erkannten unseren ehemaligen Landsmann und jetzigen »Weltbürger«. Nach zwei Drittel der Wegstrecke blieb Garry erneut stehen und positionierte eine weitere Frau mit Portfolio und Stift. In jedem Portfolio befand sich ein großes Buch, aufgeschlagen wie das Gästebuch eines

Hotels, die Seiten mit Linien versehen, um jenen eine Hilfe zu bieten, die sich einzutragen wünschten.

Katya und Raoul erstarrten ein wenig, und die anderen Kommunisten, Rachel und die beiden gewerkschaftlich organisierten Heizungsinstallateure, glotzten, wie Königin Victoria es getan haben musste, als sie den berühmten Satz »We are not amused« von sich gab. Ihre Haltung verwunderte mich ein bisschen, hatte doch in einigen Zeitungen gestanden, dass Garry beim *Weltkongress der Kämpfer für den Frieden* über sein Lieblingsthema, die Weltbürgerschaft und das Reisen zwischen Ländern ohne Beschränkungen oder Pässe, eine Rede halten würde.

Als Garry schließlich zu unserer Terrasse kam, erhob sich der amerikanische Delegierte, um ihn zu begrüßen und sich in sein großes Buch einzutragen, sich des Missfallens seiner Genossen nicht bewusst. Nahezu alle, die sich in der Nähe aufhielten, waren allerdings bereit, wenn nicht gar erpicht darauf, sich ebenfalls in dem Buch zu verewigen. Mitglieder aller politischen Parteien standen Schlange, um ihren Namen auf die gepunktete Linie zu schreiben. Die meisten von ihnen waren noch nie gereist und erwarteten nicht, dass sie Frankreich jemals verlassen würden. Dennoch setzten sie sich mit ihrer Unterschrift gegen Passvorschriften ein. Hätte Garry in seiner Proklamation die Wirkung von Schlangenöl bei Hexenschuss gepriesen, hätte er an jenem sonnigen Nachmittag ebenso viele Unterstützer gefunden. Die Pariser Bürgerinnen und Bürgen waren in versöhnlicher Stimmung.

Da kann ich ruhig gestehen, dass auch ich mich in das Buch eingetragen habe.

Doppelt plagt euch, mengt und mischt

Während meiner zehnjährigen Abwesenheit aus Frankreich befürchtete ich, die Franzosen könnten ihre charmante Ineffizienz verlieren, die jedem von ihnen, sowie ihren Institutionen, in inkonsistenter Weise eigen ist, gut für Überraschungen und großen Lärm wie von einer Rakete. Eine Stunde an Bord der alten *De Grasse*, ein schäbiges Relikt der einst ausgezeichneten *French Line*, das nach Le Havre auslaufen sollte, aber noch im Hudson vor Anker lag, und ich wusste, dass meine Befürchtungen umsonst waren. Französische Erzeugnisse und Dienstleistungen erweisen sich immer noch als ruinös teuer, und was eigentlich leicht wäre, wird schwer gemacht.

In Frankreich gibt es keine Arbeitslosigkeit. Die Franzosen sind voller Elan, fleißig und tapfer. Sie geben sich alle Mühe und machen weiter, egal, mit welchen Entmutigungen sie konfrontiert werden. Wenn sie sich von ihrer schlechtesten Seite zeigen, können sie arrogant sein wie Hindus, stur wie Basken, wortkarg wie Finnen. Sie sind jedoch mutig. Dafür liebt man sie. Die Möglichkeit, dass sie Erfolg haben werden, ist größer als umgekehrt. Es ist allerdings nur schwer vorstellbar, dass Paris sich in Staub auflösen wird, wie Babylon, Nineve, Tyros, Sidon, Sodom und Gomorrah oder Athen, Rom, Madrid, Berlin, Wien oder gar London, wenn man so will.

Die Franzosen, obwohl nicht schlecht darin, bei großen Dingen für Verwirrung zu sorgen, versäumen es nicht, die pikanten kleinen Dinge aufzubauschen, die uns allen so viel bedeuten.

Ich habe erwähnt, dass große Lastwagen mit Ladungen von fünf Pfund Gewicht durch den Pariser Verkehr brummen, während Handwagen, die aus der Zeit vor dem Besuch von Edward VII. stammen, unter Tonnen von Schrott zusammenbrechen. Wenn der kleine Geugeot, der im Wettbewerb, wenn es ums Bocken geht, gegen eine gesunde Ziege kaum gewinnen könnte, eine Zündkerze verliert, versammeln sich acht erwachsene Mechaniker freiwillig um das Fahrzeug, schirmen es vor Blicken ab und stehen sich gegenseitig im Weg. Wenn hingegen ein Autobus liegen bleibt und dessen Motor nicht mehr anspringt, muss der Fahrer, der selten ein Mechaniker und nicht immer ein guter Fahrer ist, mitten auf der Place de l'Opéra oder der Place du Châtelet, allein herumwerkeln; ein kaputter Bus blockiert oft auf dem viel befahrenen Platz zwei, drei Tage und Nächte den Verkehr.

Über die Arbeit auf dem Bau würde sich, selbst wenn der Bauunternehmer ehrlich und der zahlungspflichtige Auftraggeber in Verzug wäre, ein pfiffiger amerikanischer Junge mit einem Meccano-Baukasten halb totlachen. Neulich beobachtete ich einen Reparaturtrupp auf einem Dach in der Rue Saint-Séverin. Zunächst waren wir nur zu dritt oder zu viert, doch die Zahl der Zuschauer stieg, bis die Straße blockiert war. Zwei Arbeiter im Blaumann bemühten sich, die Gaffer aus der Gefahrenzone zurückzudrängen, in die Ziegel- oder Putzteile fallen könnten. Ein Mann stand unter Lebensgefahr am Rand des kaputten Daches, klammerte sich mit beiden Händen an den Schornstein und entfernte mit einem Fuß die losen Teile. Das, was so im Verlauf eines Morgens erreicht wurde, hätte ein tatkräftiges Eichhörnchen in zwanzig Minuten geschafft.

Wo immer man in Paris hingeht, sieht man auf Türmen und Dächern sowie vor Wänden raffinierte Gerüste. In neun von zehn Fällen dauert deren Aufbau länger als die Reparaturarbeit. Vor ein paar Jahren fiel ein Arbeiter vom Gerüst. Die Gewerkschaft beschwerte sich. Die Legislative verabschiedete ein Gesetz, das fantastische Gerüste vorsieht. Der dadurch entstehende Schaden lässt sich kaum kalkulieren, denn private Eigentümer von Wohnhäusern oder Apartments können sich die höheren Kosten für Reparaturen, die gemessen an der eingesetzten Energie höher sind als ein chirurgischer Eingriff, kaum leisten. Flaschenzug und Eimer sind allgegenwärtig. Wenn man überall in Paris Menschen Talg ausschmelzen und Kerzen gießen sieht, die ihnen als Lichtquelle dienen, könnte man genauso gut beobachten, wie Arbeiter für 100 Francs die Stunde einen Hammer oder ein paar Pfund Zement mit einem großen Flaschenzug vor einer Hausfassade sechs Stockwerke nach oben befördern.

Will man wissen, warum es in Frankreich keine Arbeitslosigkeit gibt, muss man sich nur die öffentlichen Verwaltungen ansehen – die Gepäckaufbewahrung an großen Bahnhöfen, eine Zollstation, eine Bank oder irgendein Büro, das einem Ministerium oder einem verstaatlichten Unternehmen untersteht. Man könnte genauso behaupten, dass es keine Beschäftigung gibt. Die auf den Gehaltslisten stehenden Frauen und Männer verbringen die meiste Zeit damit, Einmischungen abzuwehren, Fehler zu begehen oder die Irrtümer anderer auszubügeln. In den Flugzeugwerken zum Beispiel werden nun für jeweils sechs Beschäftigte, die einst von dem privaten Management eingestellt wurden, vierzehn Führungskräfte aufgeboten. Dafür sind zu einem Großteil die Kommunisten verantwortlich, die gegenüber der Regierung Blockade betreiben. Diese wagt es aus Angst vor einem Generalstreik nicht, gegen die Subversiven vorzugehen.

Viele der französischen Industriearbeiter handeln wie Staatsfeinde. In Frankreich wird ein kalter Klassenkrieg ausgetragen, genau wie es Marx antizipiert hatte. Aber wo gibt es diesen Konflikt nicht?

Franzosen sind derart ausgesprochene Individualisten, dass ein kooperatives Bemühen für sie immer schwer ist. Ich habe einer wunderbaren Aufführung von Purcells *Dido und Aeneas* des städtischen Chors von Lille beigewohnt. Die Frauen trugen alle lange Röcke, unter denen altmodische Schlüpfer vermutet werden konnten. Die Königin von Karthago durfte als Solistin ein »Directoire«-Kostüm tragen, in dem sie aussah wie Anna Held. Die Männer, ob alt oder jung, trugen Straßenanzüge, überwiegend in blau. Ein paar Ikonoklasten bevorzugten jedoch braun oder grau, und Trauernde schwarz, wie es in einigen Provinzstädten immer noch Brauch ist. Der Chor aus Lille war weniger ein Chor, denn eine Gruppe von Solisten.

Die Aufführung fand in der *Salle Pleyel* statt, um Touristen einen kulturellen Leckerbissen zu bieten. Die Republikanische Garde säumte in prächtigen Uniformen die Treppen, um dem Abend eine offizielle, zeremonielle Atmosphäre zu verleihen. Das Spektakel in der Lobby war beeindruckend, schön und würdevoll. Ich bedaure sagen zu müssen, dass nur wenige Touristen anwesend waren. Amerikanische Besucher verbrachten den Abend im *Folies Bergère*, in einem der Jazz-»Clubs« der Existentialisten-Zone oder in einer der teuren Touristenfallen in Montmartre, in denen New Yorker Preise für Unterhaltung zu bezahlen sind.

Es tat weh, solch großartige Darbietungen während der gesamten Touristensaison zu erleben, wohlpräsentiert, aber sehr schlecht besucht. Viele Leute strömten in eine Napoléon-Ausstellung, um ein paar uninteressante Relikte zu sehen (eine wirklich belanglose Sammlung) und ignorierten das »Jahrhundert der Hüte« im Carnavalet, das Geschichte und gesellschaftliche Entwicklung in Kurzform für diejenigen bot, die für intensivere Studien keine Zeit haben.

Die Rennbahnen erlebten ein erfolgreiches Jahr. Die Inflation hatte gemeine Tricks auf Lager gehabt, doch die Preise bei den Buchmachern waren gesunken, sodass 100-Francs-Wetten, die einst ziemlich teuer waren, nun weniger als dreißig Cent kosteten und 1.000-Francs-Wetten, die einst Millionären vorbehalten waren, nun automatisch auf 2.86 Dollar herabgesetzt wurden. Nun verkehren Reiche und Arme sowie die dazwischen auf den Rennbahnen.

Häufig agieren die offiziellen Richter entweder wie die Marx Brothers oder wie die James Brothers (nicht William und Henry), doch die Öffentlichkeit protestiert selten. Mit Tricks im Rechtswesen, so denkt der gebildete Franzose, ist stets zu rechnen, während ihr Ausbleiben ihm vorkommt wie das Fehlen groben Salzes bei gekochtem Rindfleisch.

Der Postdienst in Paris ist ziemlich verlässlich, doch wenn in einem Postamt mal etwas schiefgeht, dann gleich alles. Einer meiner Freunde, ein Kalifornier, der für die Pariser Ausgabe der *New York Herald Tribune* arbeitet, hat eine Mutter, die er ungewöhnlich gerne mag, und die ihm mindestens zweimal die Woche lange Briefe schreibt. Er muss jeden Tag mindestens drei Spalten der Zeitung füllen und kann sich nicht sehr oft zwingen, lange Antworten an seine Mutter zu verfassen. Hin und wieder opfert er seinen freien Tag und schreibt ihr mehrere Seiten, wobei er bei Auslassungen gewissenhafter ist als beim Text. Vor fünf Monaten quälte er sich mit dem Briefeschreiben und vergaß auf dem Umschlag neben der Straße und Hausnummer in der kalifornischen Stadt »États Unis« anzugeben, also »Vereinigte Staaten«.

Einhundertsechsundfünfzig Tage später brachte ein Page aus dem Hôtel California, das direkt gegenüber dem Herald-Gebäude in der engen Rue de Berri liegt, dem amerikanischen Reporter den Briefumschlag zurück. Dieser war durch Frankreich gegeistert und schließlich wegen des Wortes »California« in der Adresse im Hôtel California gelandet, fünfzig Meter von dem Ort entfernt, von dem er abgeschickt worden war.

Vor dem Zweiten Weltkrieg, in den Jahren, als die Volksfront Verrat an Spanien beging, und die französischen Industriellen mit Hitler liebäugelten, um die Volksfront zu untergraben, stieg die Selbstmordrate in Paris sprunghaft an. Es gibt keine verlässlichen Zahlen, da die französische Datenerhebung Mathematiker und die Realität ignoriert. Doch alle, die Zeitung lasen, waren sich bewusst, dass immer mehr Bürger sich das Leben nahmen.

Ein aufmerksamer Leser stellte fest, dass die meisten Entmutigten Selbstmord begingen, indem sie sich in die Seine stürzten. Bei weiteren Nachforschungen fand dieser Leser heraus, dass sich ein hoher Prozentsatz dieser tragischen Geschehnisse zwischen dem Pont Saint-Michel und dem Pont Neuf, am Quai des Orfèvres der Île de la Cité ereignete.

Der erwähnte Zeitungsleser schrieb einen eindringlichen Brief an die Pariser *Temps*, in dem er fragte, warum die städtischen Behörden nicht längst Polizisten am Quai des Orfèvres postiert hätten, um die Lebensmüden von ihrer Absicht abzubringen und von der Seine fernzuhalten. Die meisten Selbstmordversuche, so der Leser, konzentrierten sich auf den kurzen Abschnitt des Quais und würden zwischen ein und sechs Uhr nachts verübt. Der Brief wurde veröffentlicht, von der *Temps* mit einem Kommentar versehen, und weitere Briefe erreichten die Redaktion, mit Fragen und dem Versuch herauszufinden, warum die Stunden zwischen eins und sechs für die Untröstlichen so attraktiv seien.

Ein Polizeiinspektor, der sich als praktischer Psychologe wähnte, wies darauf hin, dass die Nachtbusse in die Randbezirke und Vororte von Paris fast alle von der Place du Châtelet abfuhren. Die meisten Busse verkehrten stündlich. Wenn also jemand einen Nachtbus verpasste, musste er eine Stunde warten.

Das Wetter sei meistens schlecht, und es gäbe keine Unterstellmöglichkeit für diejenigen, die sich nicht in eines der die ganze Nacht geöffneten Cafés zwängen wollten oder sich keinen Kaffee oder Wein leisten konnten. Die elende Warterei treibe die Entmutigung, welche die Verzweifelten und Leidenden nicht ertragen könnten, auf die Spitze. Der Quai des Orfèvres befinde sich in der Nähe, kaum einen Block entfernt.

Nach dem Zweiten Weltkrieg stieg die Zahl der Selbstmorde in der Seine wieder an, Selbstmordversuche wurden bei Tag und bei Nacht unternommen. Die Gründe waren die Inflation und gescheiterte Beziehungen. Die städtischen Behörden beschlossen, auf den Pariser Brücken Lebensrettungsvorrichtungen anzubringen: Holzkisten, in denen sich Rettungsringe und lange Seile befanden. Ein Sonntagnachmittag wurde für die Demonstration durch die Polizei auf einigen Brücken angesetzt, die Öffentlichkeit zur Teilnahme aufgefordert.

Auf dem Pont du Carrousel, zwischen dem Louvre und dem Linken Ufer versammelte sich eine große Menschenmenge, und ein junger Polizist hievte den schweren Rettungsring aus der Kiste, wickelte sich das Seil mehrfach um sein Handgelenk und wuchtete den ausgestopften Canvasring über die niedrige Steinmauer. Er hatte während seiner Ausbildung auf dem Kommissariat gedient und verfügte über keinerlei Marinekenntnisse. Das Gewicht des Rettungsringes, der ins Wasser fiel, bevor sich das Seil um sein Handgelenk spannte, riss ihn über die Mauer in den Fluss. Etwa zwanzig Minuten später wurde er in ein Ruderboot gezogen und wiederbelebt. Ihm wurde die Ehre zuteil, der erste Mensch zu sein, der durch das neue Sicherheitssystem gerettet wurde.

Einige Südamerikaner, Spanier und Katalanen in Paris richteten an den Nachmittagen von Sonn- und Feiertagen Hahnenkämpfe aus. Im Zuge der Reformen, durch die die Bordelle geschlossen wurden, protestierten Mitglieder der *Französischen Gesellschaft zur Verhinderung der Grausamkeit gegenüber Tieren* gegen diese Hahnenkämpfe. Um die hundert Hähne wurden beschlagnahmt, und da der für die Kampagne zuständige Polizeihauptmann der Auffassung war, die Kampfhähne wären eine gute Mahlzeit, wenn sie ein paar Tage lang speziell gefüttert würden, ließen seine Untergebenen die Tiere auf dem Hügel von Montmartre in einem Hühnergehege frei herumlaufen. Die Polizisten warfen Maisschrot hinein, bevor sie abends nach Hause gingen.

Dies muss ein unglaublicher Abend gewesen sein. Am Morgen waren bis auf zwei alle Hähne tot, und die beiden Überlebenden, zu müde, um Chaos zu verursachen, saßen sich auf ihren Stangen gegenüber und bewegten kraftlos ihren Sporn.

Als die nationale Gobelin-Manufaktur vor Jahren Angoraziegen aus Kaschmir importieren wollte, entsandte die Regierung eine Gruppe von Gobelinexperten, die sich mit feiner Wolle bestens auskannten, mit einem eigens gecharterten Schiff, um die Ziegen abzuholen. Die prächtigen Tiere wurden an Bord gebracht, doch sie starben alle auf dem Weg nach Frankreich, weil die Textilexperten keine Ahnung hatten, wie die Ziegen zu füttern waren.

In den Tagen vor dem Aufstieg und Fall Hitlers gingen junge Franzosen, die einen starken Familien- oder anderen Einfluss hinter sich hatten, zur Pariser Feuerwehr, um ihren Militärdienst sicher und ohne großen Stress abzuleisten und ohne das schöne Paris verlassen zu müssen. Sie mussten ein bisschen die Fahrzeuge polieren, die Schläuche testen und wurden angelernt, während der Aufführungen in Pariser Theatern und anderen Versammlungs- oder Unterhaltungseinrichtungen zu sitzen, damit jemand von der Feuerwehr zur Stelle wäre, sollte ein Notfall eintreten. Notfälle gab es faktisch nicht, und es brachen auch keine nennenswerten Feuer aus. Paris besteht aus großen und kleinen Feuerfallen, die in Middletown oder Skowhegan nicht toleriert würden, doch es brennt nie etwas.

Übrigens, die Ewige Flamme am Grab des Unbekannten Soldaten, ging in einer Winternacht mal aus, und es bedurfte vierzehn Stunden der gemeinsamen Anstrengung aller Mechanik-Genies von Paris, um das Feuer wieder zu entzünden.

Rabelais erzählt, wie Diogenes, der sich schämte, weil er der einzige müßige Mann war, während seine Landsleute sich auf den Krieg vorbereiteten, und keine Idee hatte, wie ein Philosoph von Hilfe sein könnte, seine Tonne den Hügel hinauf und hinab rollte, um einen geschäftigen Eindruck zu machen und kein schlechtes Beispiel zu geben. In diesem Jahr müssen ein paar Verantwortliche der Pariser Feuerwehr sich ein Beispiel an Diogenes genommen haben. Die jungen Männer, die zur Fahne gerufen werden, versuchen nicht mehr, in eine Feuerwehrkaserne zu kommen. Diejenigen, die zur Feuerwehr abgestellt werden, hocken nicht geruhsam in ihren Kojen und spielen Französische Dame oder *Belote*, trösten keine ruhelosen Frauen in den benachbarten Blocks und besetzen keine freien Plätze in den Shows. Heutzutage tun die *pompiers* selbst den Infanteristen und Ingenieuren leid.

In den ersten achtzehn Jahren meines immer mal wieder unterbrochenen Paris-Aufenthaltes habe ich von nur zwei Menschen gelesen, die in Friedenszeiten im Feuer umgekommen sind. Eines der Opfer war ein Amerikaner, der gerade erst aus New York angekommen war.

Während der letzten neun Monate habe ich nicht einmal die Feuerwehr ausfahren sehen, außer zu Übungszwecken, und wir haben seit Oktober sehr kaltes Wetter gehabt. Elektroleitungen werden in neun von zehn Fällen von Amateuren verlegt und würden jeden Inspektor in Ohnmacht fallen lassen. Die Gasanschlüsse waren noch nie brauchbar und wurden seit dem Ausbruch des Krieges im Jahre 1939 weder ersetzt noch repariert. Dampfheizungen, die jahrelang nicht in Betrieb waren, wurden im Oktober 1949 in Gang gesetzt; alte, rostige Boiler wurden Druck ausgesetzt; Leitungen ächzten, keuchten, zischten und gaben den Geist auf. Dennoch brannte es nirgendwo. Hin und wieder wird ein Vorhang durch ein Streichholz oder eine Kerze in Brand gesetzt und Alarm ausgelöst. Es wird auch wieder zu Rußbränden kommen. Diese Brände sind ein Albtraum für die Hausbewohner und -eigentümer, für den Pariser Feuerwehrmann jedoch ein Traum. Er setzt ein ganzes Wohnhaus unter Wasser, spart nicht mit Chemikalien und schlägt alte Eichentüren gleich dutzendweise ein, um ein paar Blatt Papier in einem Abfalleimer oder eine glimmende Stelle in einem Stuhlpolster zu löschen.

Die meisten Häuser in Paris sind aus einer Art Beton gebaut und tragen eine Putzschicht. Holzkonstruktionen gibt es kaum. Papier und Stoff sind so rar, dass keine alten oder verölten Lappen herumfliegen. Boiler sind so schwach, dass keine große Druckwelle entsteht, wenn sie explodieren. Die abscheulichen Zigaretten sind eine sehr teure Seltenheit. Der Pariser raucht sie daher so weit herunter, dass der Stummel nicht mal ein Häufchen trockene Späne entzünden könnte.

Zum Glück brennt es nicht sehr oft, denn die Franzosen können sich keine Feuer leisten.

Alles in allem glauben sie immer noch fest, dass Ineffektivität das Gesetz und die Verordnung der menschlichen Natur ist und sie ohne sie eine Nation von Robotern werden würden.

Ein unvergesslicher Abend

Zehn Jahre lang waren die Lichter von Paris schwarz, blutgetönt, braun, verdüstert durch Demütigung, grau, der Hoffnung beraubt. Die Befreiung ließ die Überlebenden an alte Zeiten zurückdenken, und am Abend des Ostersamstags 1949 trat die Veränderung ein.

Die offizielle Ankündigung war undramatisch. In den Pariser Zeitungen erschienen ein paar Zeilen, aus denen hervorging, dass durch mehr Kohlelieferungen mehr Strom verfügbar war. Die Beschränkungen für den häuslichen Stromverbrauch wurden aufgehoben, die Pariser hatten also wieder jeden Tag Licht in ihren Wohnungen, Häusern, Hotels und kleinen Läden und mussten freitagnachmittags und samstagvormittags nicht mehr im Dunkeln herumtappen. Die Verkleidungen wurden von den Straßen- und Brückenlampen so weit wie möglich entfernt, und jedermann bekam die Genehmigung für Leuchtreklame und Schaufensterbeleuchtung. Die einzelnen Bürger lasen die Zeitungsberichte und beschlossen zu handeln, ohne gedrängt zu werden oder organisiert vorzugehen.

In den lebendigeren Straßen wie der Rue de la Huchette erfolgten spontane Reaktionen. Eine Aufforderung war nicht nötig. Das Fenster der Bandagenwerkstatt am östlichen Ende war nicht mehr so düster und Salmons Metzgerei und Wohnung sowie die oberen Seitenfenster waren hell erleuchtet. In jedem Zimmer befand sich nahe der Deckenmitte eine Glühbirne. Im Fenster des Malerladens spiegelte sich das weiße Licht einer Leuchtröhre auf Töpfen und Tiegeln, auf Krimskrams und Klimbim. Das Caveau wurde durch filigrane, gusseiserne Laternen hervorgehoben.

Im *Entrepôt* erstrahlten alle Lichter und betonten die Gemüsetheken. Gillottes Bäckerei wirkte belebt, die Schokohasen und -eier auf den Glasregalen entfalteten eine prismatische Wirkung. Damit die Kommunisten sich ärgerten, hatte Mademoiselle Dunette, alias Schwalbenschwanz, das Fenster des »Au Temps Difficiles«-Antiquitätenladens mit einem großen Ölgemälde dekoriert, für das ein Foto des Leichnams von Jean Jaurès als Vorlage gedient hatte. Schräg gegenüber hatte Katya Bilder von Stalin, Thorez und Duclos in türkisch-rotem Fahnentuch drapiert und daneben einen fünfspaltigen Zeitungsartikel über französische Fremdenlegionäre, die die abgetrennten Köpfe indochinesischer Patrioten an deren Haaren hochhielten. Die Patrioten waren offenbar im Verlauf der Kämpfe zwischen den Franzosen und den Kräften von Ho Chí Minh »gefangen genommen« worden. Es handelte sich um das gleiche Foto, das einige Monate zuvor verwendet worden war, um auf die Gräueltaten der Briten in Malaya hinzuweisen.

Im Hôtel de la Huchette wurden alle Lichter angeknipst, die Vorhänge zurückgezogen und die Türen geöffnet. Monsieur Mercanton hatte einige Lampen so ausgerichtet, dass sie direkt das neu gemalte Hotelschild anstrahlten. Die Apotheke präsentierte altmodische Kugeln mit farbiger Flüssigkeit, rosarot wie korsischer Wein sowie blaugrün und transparent, dahinter Glühbirnen, die den Linsenaugen riesiger Polypen glichen. In der *Buvette Ali Baba* standen etwa zehn Zentimeter lange, dünne Kerzen in Konservengläsern zwischen verwegen aussehenden vierzig Gaunern mit Piratenhüten.

Im Gebäude an der Ecke, einst Polizeirevier und nun Lagerhaus für Installateur- und Heizungsbaubedarf, war es ebenso dunkel wie in Madame Mariettes »reformiertem« Etablissement. Hierauf, wie auf den Schrottplatz, schimmerte das Licht von allen Seiten, sodass groteske Formen und Schatten entstanden, fahl wie die Bergschatten auf dem Mond.

St. Cricq, der Schuster in Nr. 9, gegenüber von der Apotheke, besaß neben seinem schwachen elektrischen Licht eine zylindrische Petroleumlampe, bei der die Luft aufgepumpt werden musste, wobei das unkalkulierbare Risiko einer Explosion bestand. St. Cricq illuminierte mit dieser Lampe große Porträts von De Gaulle und Leclerc.

Eine bildliche oder sonstige Würdigung des Premierministers und Apostels des Im-Zweifelsfall-untätig-Bleibens, Queuille, oder seiner politisch gemäßigten Vorgänger war nirgendwo zu sehen, obwohl die zu jener Zeit von Queuille angeführte Koalition im Viertel mindestens ein Drittel der Wählerstimmen auf sich vereinigen konnte. Politisch Moderate werden nicht gefeiert.

Noël hatte die Fenster von *Les Halles de la Huchette* gestaltet, die Glühbirnen blau, gelb, pink und grün, und zwei ausgestopfte Möwen weiß gefärbt und als Parodie der Tauben von Picasso als *pièce de résistance* aufgestellt; er hatte viele Preisschilder aus der Vorkriegszeit gefunden und samt der von Mademoiselle Schwalbenschwanz geliehenen Briefbeschwerer-Grabsteine auf ein Rasenimitat platziert.

Das Flussende der Rue Xavier-Privas war eine halbdunkler Platz für Fledermäuse, und der lebendige, verruchte Teil nur schwach beleuchtet, für Zwecke, die weitgehend nicht im Bereich der Zehn Gebote lagen. Bitte glauben Sie mir: Ich habe ein paar Schwarze in Anzügen mit wattierten Schultern und nach unten enger werdenden Hosen gesehen, die auf dem Weg in die Bar in Nr. 12 waren.

Das breite Ende der Rue de la Huchette neben der Place Saint-Michel wirkte unaufdringlich prächtig. Es brannte so viel Licht wie man es sich nur wünschen konnte, doch auf Protz wurde verzichtet. Busse war nicht da, als die Lichter angingen, doch er hatte angeordnet, die Neonreklame leuchten zu lassen und in allen Fenstern zur Ergänzung des elektrischen Lichts Kerzen aufzustellen. Die Elfenbeinfassade des Hotels und die Bar glänzten wie ein Hochzeitskuchen. Geugeots sausten wie glückliche Käfer zur Rue de la Harpe und dann weiter in die entgegengesetzte Richtung. Die Tatsache, dass das *Rose France* und das *Au Corset d'Art* dunkel waren, machte die orientalische Filigranität des *Rahab* mit dem neuen, sich bewegenden Neonschild auf perverse Weise verführerisch. Drinnen erklangen zum Schlag der marokkanischen Trommel die elegischen Töne einer Oboe.

Im *Café Saint-Michel* und in der *Taverne du Palais* am westlichen Zugang war so viel los, dass es schwerfiel, sich an die Hölle des Krieges zu erinnern. Am meisten kommentiert wurden die den Sicherheitsanforderungen genügenden Sägeböcke sowie die vier neuen roten Laternen auf beiden Seiten des Grabens im Gehweg vor dem Haus, in dem E. Saillens & Söhne mit der Renovierung befasst waren. Der Wasserstand der Seine war hoch. Die Lichter, mal scharlachrot und grün, dann pinkfarben und zitronengelb, bunte Streifen auf dem bewegten Wasser, waren nicht so brillant wie vor dem Krieg. Lediglich ein paar zartgelbe Lampen, nach wie vor gekrönt von Indigoblau, markierten die historischen Brücken, sodass man von den oberen Fenstern über Lapérouse den Pont Neuf, die unpassende schwarze Fußgängerbrücke zum Louvre, den Pont du Carrousel, den Pont Royal, den Pont de Solférino und den Pont de la Concorde sehen konnte. In diesem beeindruckenden Zirkel sprudelten die Springbrunnen.

Und wer von denen, die unser obskures Viertel liebten, würde nicht in die andere Richtung schauen, flussaufwärts zur Île de la

Cité, zum Turm von Sainte-Chapelle, zum Palais de Justice, zur schattigen Place Dauphine, zum Pont Saint-Michel, zur Conciergerie, zur Präfektur, zum Hôtel-Dieu und zur Notre-Dame.

Sie ist da, die Kathedrale. Irgendwo in astralen Räumen bewegen sich die Echos der Menschen, die geschuftet, die Gedanken der Architekten und Planer, der Frommen, die gebetet, der Vertreter der Elite, die alles abgesegnet haben. Nach acht Jahrhunderten sind die Fundamente noch immer stabil, die Steine, Bögen, Fenster, Türen, das Hauptschiff und die Querschiffe, das Strebewerk, die Wasserspeier oben bilden Notre-Dame, Unsere Dame von Paris. Sie fängt das Licht und die Finsternis ein, das Entrücktsein und die Interdependenz, Aufstieg und Fall, und sie zeigt visuell, was sie spirituell nicht vermitteln kann – die Kirche der Reichen in einer Gemeinschaft der Armen.

Sollen wir uns weiter umsehen, bis zum Slum der Slums und dem zentralen Weinmarkt, die eine Wallfahrt in die Gerüche wert sind? Im Zoo befinden sich die Überlebenden, die Tiere, die zu räudig sind, um zu sterben. Die tag- und nachtaktiven Tiere schlafen in schlecht gepflegten Käfigen oder laufen mit leuchtenden Augen, wedelndem Schwanz und auf leisen Pfoten hin und her, vor und zurück.

In jener Nacht gab es Licht in der Rue de la Huchette.

Sobald die Federmatratzen entfernt und die Meldescheine ausgefüllt waren, begannen die Pflanztes in Zimmer 9 des Hôtel Normandie methodisch das zu tun, was sie in vielen Zimmern gelernt hatten, die sie sich aus ökonomischen Gründen hatten teilen müssen. Das Packen war systematisch erfolgt, und die Sachen kamen in umgekehrter Reihenfolge aus dem Koffer und der Tasche. Hermann zog sich aus und wusch sich, während Miriam auf der anderen Seite des Paravents Kleidungsstücke auf zusammenklappbare Bügel hängte, die sie mitgebracht hatten. Sie wussten, dass die Franzosen keine geeigneten Kleiderbügel herstellen konnten. Wie recht sie hatten!

Später entkleidete sich Miriam, während Hermann seine Sachen verstaute. Die Art, wie Miriam vor dem Waschbecken stand, die Hände über Kreuz vor ihren Brüsten, der Kopf leicht zur Seite geneigt, hätte Modigliani erfreut. Ihr Gesicht, lang und blass, das neutrale Blond ihrer Haare, von der Sonne gebleicht, ihre glanzlosen Augen im abendlichen Dunkel könnten je nach Betrachter als hübsch oder als unscheinbar gelten. Doch an ihrem schlanken Körper, ihren langen, wohlgeformten Beinen, ihren hübschen Knien war nichts auszusetzen.

Miriam sah unbekleidet sehr viel besser aus, während ihr Halbbruder Hermann bekleidet vorteilhafter wirkte.

Es gab keinen Spiegel, und Miriam ertappte sich dabei, wie sie sich selbst betrachtete, nackt und glänzend, als wäre sie eine Figur auf einem Gemälde. Das erschreckte sie. Sie trocknete sich schneller ab als gewöhnlich und zog die schlichteste Unterwäsche an.

Nachdem beide angezogen waren, faltete Hermann den Paravent ein wenig zusammen und stellte ihn vor das Bidet. Im Normandie boten nur die großen Zimmer zur Straße hin diese Annehmlichkeit. Hermann verlor keine Zeit. Er putzte seine Stiefel und begann, ein paar Socken zu stopfen. Miriam machte sich daran, Unterwäsche zu waschen, doch erst als sie die Schüssel mit Wasser gefüllt und mit französischer Lux-Seife eine Lauge erzeugt und die Kleidungsstücke darin eingeweicht hatte, sah sie das Hinweisschild.

»Ach, Bruder«, seufzte sie.

Auf dem Schild stand: Es ist Gästen grundsätzlich verboten, in den Zimmern Wäsche zu waschen.

»Schade«, sagte Hermann. Er war mit der Tatsache konfrontiert, dass eine strikte Regel bereits gebrochen worden war, bevor die Polizei ihre illegal erworbenen kubanischen Pässe überprüft hatte. Bevor Hermann nicht über die Gewissheit verfügte, dass ihre Meldescheine akzeptiert und archiviert worden waren, mussten alle anderen Details zwar vernachlässigt, aber so behandelt werden, dass sie nicht die Aufmerksamkeit auf sich lenkten.

Miriam erstaunte es nicht, dass sie in diesem kleinen Notfall sofort an Louis, den *garçon*, denken musste. Ohne ein Wort zu sagen, entfernte sie den zum Teil gefalteten Paravent vom Bidet und stellte ihn in voller Breite zwischen die Betten, also zwischen sich und Hermann, zog ihr Gingham-Kleid aus und entschied sich für eine Bauernbluse und einen Tellerrock, beides billig von einer Dalmatinerin erworben, die in Antwerpen gestrandet war. Hermann hatte Bedenken wegen des bunten Stickmusters, weil man dieses leicht behalten und wiedererkennen konnte, sah jedoch, dass Miriam diese Kleidung mochte und sich darin wohlfühlte. Er schob seine Bedenken beiseite.

»Einen Augenblick«, sagte Miriam, »ich komme hinunter.«

Louis stand hinter der Bar und Madame Fontaine an der Rezeption. Zu den Gästen gehörten Noël, der Kastanienmann, Monge, der Pferdemetzger, der Satyr, Gillette, St. Cricq, der Schuhmacher, und Doc Robinet, der Kräuterhändler. Vignon kehrte von der Toilette zurück, die von primitiv ottomanischer Natur war, und hatte seine Mühe mit einem widerspenstigen Knopf seines Hosenstalls. Als der kleine Lebensmittelhändler die Erscheinung in Bauernstickerei in der Tür stehen sah, führte er einen so heftigen Veitstanz auf, dass er sich fast den Hals verrenkte. Louis kroch unter der Bar hervor und zerstörte sich dabei seine gerade erst gerichtete hübsche Frisur. Chouette, der schuldige Lastwagenfahrer, bereits das zweite Mal an diesem Tag betrunken, klammerte sich an die Kante des Tisches, an dem er saß, und brummelte: »*Bon Dieu!*«

»Entschuldigen Sie bitte!«, sagte Miriam.

Louis stellte sich zwischen die junge Frau und die Anderen, konnte sich aber dem Blick von Madame Fontaine nicht entziehen, die ihren neuen Hotelgast von Kopf bis Fuß musterte und versuchte, ihre Abneigung zu verbergen, die die lästernden Saufnasen in ihren Blicken und Gesten zu erkennen glaubten.

»Kann ich Ihnen behilflich sein?«, fragte Louis.

»Wenn Sie nach oben kommen könnten«, bat Miriam höflich.

»Gewiss«, sagte Madame Fontaine mit lauter Stimme. »Ich bitte darum, Louis. Nach oben, mein Tauberich. Hinauf. Es ist nicht schlimm, wenn die Bar vorübergehend nicht besetzt ist.«

»Es tut mir leid«, sagte Miriam. Sie war bestürzt, dass sie bei der Madame des Hauses Ärgernis erregt hatte, und mehr noch angesichts der Vorstellung, die eingeweichte Wäsche beichten zu müssen, während all die Männer sie weiterhin würden zustimmend anstarren können. Sie war in einigen Ländern angeglotzt, belästigt und verfolgt worden, doch in diesem Pariser Viertel, in dem es von willigen Frauen wimmelte, die zu praktisch allem bereit waren, hatte sie solch eine spontane Zuneigung nicht erwartet.

»Ich befinde mich heute Abend in einer misslichen Situation«, sagte Miriam, während Louis ihr mit zwei Stufen Abstand folgte.

Louis vernahm die Aussage, vergaß jedoch zu antworten.

»Was sagten Sie, Mademoiselle …?«, hakte er auf dem ersten Treppenabsatz nach. Sie blieb stehen und sah ihn ruhig atmend an, während er keuchte.

»Ich habe unbeabsichtigt gegen eine Anordnung von Madame verstoßen, und nun ist sie ungehalten, weil ich Sie bei Ihrer Arbeit unterbrach. Sie ist streng, *n'ést-ce pas?*«

»Nicht, wenn sie Sie mag«, antwortete Louis.

»Ich glaube, sie mag mich nicht«, sagte Miriam, und Louis fand keine Worte, um ihr zu widersprechen.

Nachdem sie die Tür zu Nummer 9 geöffnet hatte, waren sich Miriam und Louis unsicher, wer zuerst das Zimmer betreten sollte.

Als sie eintraten, schaute Hermann Louis ängstlich an, willens, sich nach dessen Bekundungen zu freuen oder zu grämen. Brachte er Neuigkeiten von der Polizei mit? Da Louis aber offenbar nichts Neues mitteilen konnte, war Hermann sichtlich enttäuscht. Nichts war für jemanden in seiner Lage gefährlicher, als sich beunruhigt zu zeigen. Miriam zeigte ein gewisses Verständnis, sagte jedoch in leicht vorwurfsvollem Ton: »Monsieur Louis hat ausdrücklich darauf hingewiesen, dass die Polizei die Papiere erst morgen abholen und prüfen wird.«

»Machen Sie sich keine Sorgen«, sagte Louis. Er war guter Dinge und reagierte nicht auf Hermanns Befürchtungen.

Bevor Miriam auf die eingeweichte Wäsche hinweisen konnte, entdeckte Louis sie, sah die besorgten Blicke der Pflantzes und lachte laut.

»Dieses Schild ist nur für Gäste, die Madame nicht mag«, erklärte Louis. »Ignorieren Sie es.«

Miriam lächelte nicht, sondern runzelte reumütig die Stirn.

»Madame mag mich leider nicht«, sagte sie.

»Ich werde Madame in Schach halten«, fuhr Louis fort. »Wenn Sie Ihnen Probleme bereiten sollte, lassen Sie es mich wissen. Das Einzige, was sie zur Weißglut bringt, ist ein elektrisches Bügeleisen.«

Ihr mit einem Mal gramerfüllter Gesichtsausdruck sagte Louis alles.

»Sie haben eins, nehme ich an?«, fragte Louis.

Miriam nickte langsam wie ein Kind, das in der Schule etwas falsch gemacht hatte.

Er lächelte und berührte leicht ihr Handgelenk.

»Zeigen Sie es mir«, bat Louis.

»Wäre es nicht besser, wir würden es in Madames Safe deponieren?«, fragte Hermann.

Miriam entnahm einer Schublade ein elektrisches Bügeleisen samt einem akkurat aufgewickelten Kabel.

»Ah«, sagte Louis, »es ist eines der Bügeleisen, in die man Wasser einfüllen kann.«

»Sollen wir unten es bei Madame lassen?«, fragte Miriam.

»Wenn Sie bügeln, zünden sie Räucherwerk an, das es beim Türken hier in der Straße gibt. Dann riecht man nicht, dass Sie bügeln«, empfahl Louis.

»Wir können also das Bügeleisen benutzen?«, fragte Miriam.
»Verlässliche Wäschereien sind sehr teuer.«
»Ich werde im Flur eine stärkere Sicherung einschrauben«, sagte Louis.
Unten an der Bar bediente Madame Fontaine Gäste. Hin und wieder stellte sie die Gläser so flott ab, dass die Getränke überschwappten und die Stammgäste grinsten.
»Louis hält sich schon lange oben auf«, stellte der Satyr fest.
»Mit nur einem Arm«, sagte Doc Robinet, »ergeben sich zweifellos Unbequemlichkeiten.«
Madame, Alarmsignale in den Augen, wollte etwas erwidern, da klingelte das Telefon. Sie schnappte es sich als sei es Louis' Hals und nahm den Hörer ab.
»*Alors!*«, rief sie brüsk hinein, bevor sie ein Wort hörte.
Noël lächelte vergnügt in ihre Blickrichtung, keine zwei Fuß von der Bar entfernt. »Unsere berühmte französische Höflichkeit«, sagte er und seufzte.
»Er ist nicht da«, sprach Madame Fontaine in den Hörer. »Nein ... nein, Monsieur Busse ist nicht da und Monsieur Wilf auch nicht ... Monsieur Mainguet? Der ist höchstwahrscheinlich in der Kirche.«
Sie senkte den Hörer vor ihren Busen. Aus dem Hörer schepperten Töne, die sie jedoch ignorierte.
»Diese blöden Mexikaner«, sagte sie, »haben sich umentschieden. Dies war eine Nachricht von einem Pfarrer für Monsieur Mainguet. Statt im Mont Souris zu Abend zu essen, gehen sie alle ins *Café Madrid*.«
Sie bückte sich, ohne zu ächzen, kroch durch den niedrigen Spalt, begab sich ins Foyer, legte die Hände trichterförmig um den Mund und schrie die Treppe hinauf: »Louis!«

Als Christophe erwachte, spürte er einen schwammigen Druck im Kopf, hörte ein Geräusch, als entweiche etwas seinen Ohren, und ihm war, als habe er flügge werdende Eulenjungen im Hals.

Er lag flach auf dem Rücken und stellte zunächst fest, dass die Schuhe, die von seinem anderen Ende schräg auf ihn zeigten, nicht die seinen zu sein schienen. Das Gefühl, der Hals werde ihm zugeschnürt, rührte von einem eng geknöpften Kragen und einer Krawatte her.

Er versuchte mit aller Kraft seine unwirklichen Gedanken zu vertreiben und weiterzuschlafen, wobei er ein paar Sätze aus lange vergangenen Zeiten wiederholte.

»Du sollst nicht mit dem Vanille-Löffel in Schokolade rühren, nicht mit dem Schokolade-Löffel in Erdbeere, nicht mit dem Erdbeer-Löffel ...«

An diesem Punkt fiel ihm keine weitere Geschmacksrichtung ein, und er musste wieder von vorne beginnen. Irgendwo, irgendwann hatte er stundenlang in einem feuchten Weinkeller gesessen und das Eis aus drei Eisfächern rühren müssen. Eine Weinflasche stand griffbereit neben ihm, er trank daraus und benutzte, ohne es zu wollen, stets den falschen Löffel.

Nachdem er wieder auf Realitätsmodus umgeschaltet hatte, richtete er sich auf. Er war wach und fühlte sich nutzlos. In der Nähe hörte er ein leises, erfreutes Winseln, und die Dänische Dogge, die er ganz vergessen hatte, erhob, schüttelte, streckte sich, gähnte und schnüffelte an Christophes Hand. In dessen Hirnkasten hauste die Schlappheit. Er streckte seine freie Hand aus und hielt sich an einer Gardine fest, die seinem Gewicht nicht standhielt und samt einer Messingstange auf seinen Schädel herunterkrachte. Er wurde von dem zart silbernen Mondlicht erhellt, das durch das nunmehr nackte Fenster hereinfiel. Die Wände schimmerten seltsam, und jenseits seiner ausgestreckten Beine stand ein eleganter Toilettentisch.

Xavier winselte an der Tür. Christophe ließ ihn nach draußen. Er vergewisserte sich, dass ihm nicht übel war. Das Essen und der Wein im Hotel waren von bester Qualität gewesen. Er erinnerte sich dunkel, warum er so angezogen war. Er wusste, dass es Abend war, aber nicht welcher. Er hatte entsetzlichen Durst.

Auf dem Toilettentisch erspähte er ein Fläschchen mit einem Glaskorken. Er schnappte es sich und kippte den Inhalt in einem Zug hinunter. Das Parfum lief durch seine Kehle wie eine Fackelprozession und brodelte in seinem Magen, doch als er wieder atmen konnte, meinte er, dadurch gerettet worden zu sein. Details des Tagesgeschehens fielen ihm wieder ein. Er kramte in all seinen Taschen. Nicht ein einziger Franc. Das machte ihn wütend, und er brummte vor sich hin. Er setzte sich aufs Bett, hob seinen verkehrt herum auf dem Boden liegenden Homburg auf, da beschlich ihn das Gefühl, dass eine Karriere als Geschäftsmann nicht sein Ding wäre. Er hatte Madame Berthelot enttäuscht. Die Anderen wollten ihn wohl finanziell nicht unterstützen.

Die Jonquil, die eine andere Concierge besucht hatte, betrat allein den Hof, sah den großen Hund und blieb stehen. Xavier, der mit der Mülltonne fertig war, tappte zurück zur Schlafzimmertür und winselte. Die Jonquil, so aufgeregt, dass sie ihre Ängste vergaß, näherte sich behutsam, drehte den Türknauf und öffnete einen Spaltbreit die Tür. Sie sah Christophe im Mondlicht auf dem Bett sitzen, immer noch gekleidet wie Robert Schuman, samt Homburg und allem anderen. Da das ganze Viertel schon lange alarmiert war, den alten Clochard aufzuspüren, zeigte sich die Jonquil stolz auf ihre Entdeckung.

»Ihr Hund, Monsieur«, sagte sie, um sicher zu gehen, dass Christophe sie an der Tür wahrnahm.

Christophe erwachte aus seiner Trance, in der er zu dem Schluss gekommen war, er werde irgendwohin gehen müssen, wo er noch nie war. Das Parfum hatte sein Selbstbewusstsein wieder gestärkt.

»Madame, kann ein Mann nicht die Räumlichkeiten seiner Chefin hüten, ohne dabei belästigt zu werden?«, fragte er vorwurfsvoll.

»Aber natürlich«, antwortete die Jonquil. »Ich dachte nur, Sie könnten einsam sein und Durst haben.«

Die Jonquil hätte keine bessere Formulierung finden können, um Christophes Widerstand zu brechen. Die Einsamkeit spielte keine Rolle, doch er war ausgetrockneter als eine Mumie.

»Kommen Sie mit Ihrem Tier in meine Küche. Dort wird Sie niemand sehen oder etwas spitzkriegen«, sagte sie.

Christophe ließ sich über den in Mondlicht getauchten Hof führen, Xavier trottete an der Leine hinter ihm her. Als sie in der Küche und in Sicherheit waren, zog die Jonquil die Vorhänge zu und goss aus einem Krug Rotwein in zwei Gläser. Sie trank aus ihrem Glas und sah zu, wie er seines leerte und sofort wieder füllte.

Xavier, der offenbar überall zufrieden war, streckte sich hinter dem Herd aus.

»Ich bin mir sicher, Sie haben Hunger«, sagte die Jonquil zu Christophe. Er antwortete nicht. Stattdessen rumorte es hörbar in seinem Magen, in dem das Parfum und der Rotwein eine chemische Reaktion eingingen.

»Ich schiebe schon seit Stunden Wache«, sagte er.

Die Jonquil kicherte. »Ich mag Männer, die Dinge für sich behalten können. Kein Mensch hat sie hier vermutet«, antwortete sie, um ihn bei Laune zu halten. »Lassen Sie mich ein kleines Feuer entfachen und mein Rindfleisch à la Bordelaise aufwärmen, mit ein paar neuen Kartoffeln und in Butter geschmorten Karotten, wenn das nach Ihrem Geschmack ist«, fügte sie überzeugend hinzu.

Mit dem Krug in der einen, seinem Glas in der anderen Hand, brachte Christophe, der sich nun ganz heimisch fühlte, durch einen Blick seine Zustimmung zum Ausdruck. »Wenn die Karotten nicht mit Erbsen vermengt werden«, betonte er. Der Wein stand griffbereit, das Essen wurde vorbereitet und niemand wusste, wo er sich aufhielt, außer der Frau, die bestrebt schien, ihn zu bedienen, und die diskret sein würde.

Plötzlich wurden beide in Aufregung versetzt. Leise Schritte ließen die Jonquil die Ofenabdeckung schließen, und Christophe stellte den Krug ab, doch weder sie noch er reagierte schnell genug, um zu verhindern, dass Xavier nervös aufsprang und zum Fenster trottete, wo er mit der Schnauze den Vorhang zur Seite schob. Gleichzeitig linste die Jonquil durch ihren Spion. Christophe blieb wie Jupiter sitzen und führte das Weinglas an seine Lippen. Sollte jemand eintreten, wollte er in angemessen würdiger Weise angetroffen werden.

Er sah, dass die Jonquil sich entspannte. Sie sah, wie Mignon den Hof überquerte, neben ihr Fabien Salmon, den sie an der Hand führte. Mignon ging zielstrebig auf Madame Berthelots gardinenloses Fenster zu, warf einen Blick nach drinnen und wich enttäuscht zurück. Die Jonquil begriff sofort, dass das Mädchen Christophes Aufenthaltsort gekannt und gehofft hatte, dem Jungen zeigen zu können, wo der Mann mit dem Handkarren und dem riesigen Hund sich versteckt hielt.

Xavier, der bis dahin ruhig gewesen war, bellte tief und widerhallend.

Die jungen Leute reagierten auf der Stelle. Fabien rannte los und verschwand aus dem Hof. Die wie gelähmt dastehende Mignon schaute zunächst in die eine, dann in die andere Richtung, um bestimmen zu können, woher das Gebell kam. Doch nach dem ersten schauerlichen Bellen wurde Xavier befohlen, still zu sein, und er gehorchte, obwohl der Befehl mit belegter Stimme kam. Mignon verließ den Hof. Sie wusste, Fabien würde Victor berichten, dass sie gewusst hatte, wo der von ihm gesuchte alte Mann zu finden gewesen war.

»Wer schleicht da herum?«, grummelte Christophe und schlug in gebieterischer Weise auf den Tisch.

»Nur ein paar Kinder. Sie sind schon wieder weg«, antwortete die Jonquil.

Sie füllte erneut die Gläser auf, und sie tranken; sie jedoch nur halb so schnell und halb soviel wie er. Er hatte den Eindruck, er werde schwerer und spürte, wie die Erdanziehungskraft durch den Sitz an seinem Hintern zog. Seine Füße flach auf dem Boden, die Beine gespreizt, bildete er sich außerdem ein, dass er im Verhältnis dazu stärker wurde, sodass er mehr Gewicht und Gravitationsanziehung bewältigen konnte.

»Mein Großvater sagte immer: ›Kinder! Wenn ihr es bequem habt, bleibt, wo ihr seid. Seid ihr unzufrieden, bewegt euch.‹ Das war ein guter Rat«, sagte die Jonquil.

Christophe stimmte zu, indem er seine linke Faust hob und sie zweimal auf den Tisch sinken ließ, doch er legte ihre Worte sehr viel weiter aus, als von ihr beabsichtigt. Sie dachte an ihre gemütliche Küche, er an Städte, Wälder, hügeliges Land, Ebenen und Flüsse Frankreichs, verbunden und durchzogen von Eisenbahnstrecken und Kanälen.

»Frauen«, konstatierte er, »sollten bleiben, wo wir sie finden können.«

»Ich habe eine Flasche Calvados im Schrank. Er verstärkt ganz gut die Wirkung des Weines«, sagte sie.

Der Geruch des Rindfleischs à la Bordelaise erfüllte den Raum.

»Ein passables Mittagessen bietet einen Vorgeschmack auf das Abendessen«, behauptete Christophe.

»Ho! Ho! Hi! Ha!«, kicherte die Jonquil. »Ein passables Mittagessen. Sie sind mir ein drolliger Kerl.«

»Aufgepasst!«, mahnte er eindringlich, denn bei ihrem Gekicher hatte sie ein wenig Bratensaft auf seine Serviette tropfen lassen. Sie tischte ihm eine ordentliche Portion auf.

»Was mache ich bloß?«, exklamierte sie entschuldigend und gackerte wieder los. »Passables Mittagessen ... Hi! Ho! Sie schulden Monsieur Busse mindestens zehntausend Francs, so erzählen sich die Leute. Das ist recht passabel.«

»Busse! Iskariot!«, brüllte Christophe, und Xaviers Kehle entfuhren dumpfe Töne.

»Hi! Hi! Soso! Iskariot! Nun, ich habe nie ...«, lachte die Jonquil, ihre Hand vor dem Mund. »Mit Leib und Seele! Busse! Iskariot.«

Das Rindfleisch in Rotwein schmeckte herzhaft, und die reinen, neuen Kartoffeln, kaum größer als Taubeneier, waren frisch und zart. Angesichts des vielen Weines und des in Maßen ausgeschenkten Calvados war Christoph geneigt, Ehre zu erweisen, wo es Ehre zu erweisen galt.

»Madame«, sagte er, lehnte sich zurück und hob das Kinn, »ich lasse es mir heute schon zum zweiten Mal gut gehen, und trotz Madame Berthelots Unglück und der Unverschämtheit von Madame Morizot, sich mit meinen fünfzehnhundert Francs oder mehr aus dem Staub zu machen, sowie Busses Weigerung zu zahlen ...«

»Aber Monsieur, fünfzehnhundert Francs. Diese Summe ist doch längst nicht mehr die, die sie einmal war. Wenn Madame Berthelot Ihnen diesen lächerlichen Betrag schuldet, und die Anderen Ihre Ansprüche nicht anerkennen, könnte ich Ihnen das Geld geben.«

»Sie überwältigen mich, Madame«, antwortete Christophe. Im Kopf multiplizierte er 1.500 Francs mal drei und kam zu dem Schluss, dass er fast genug Geld hätte, um die Rechnung im Hôtel Souris zu begleichen, was er jedoch nicht beabsichtigte. Fünfzehnhundert von Busse, 1.500 von Madame Morizot, nun 1.500 von der Jonquil und dazu noch die ursprünglichen 1.500 von Madame Berthelot. Das wären insgesamt 6.000 Francs.

»Ich mag es, wenn ein Mann über Geld zum Ausgeben verfügt«, sagte die Jonquil. »Das verleiht ihm Selbstsicherheit.«

»Sie sind sehr klug, Madame«, stellte Christophe fest. Ihm wurde klar, dass sein Glück an jenem Tag eine Stufe wie nie zuvor erreicht hatte. Er sah, wie die Jonquil einem glatten Steinkrug geziert und lächelnd ein paar Scheine der Bank von Frankreich entnahm. Das Geld in der Hand, begann sie mit kesser Stimme eine Cancan-Melodie zu summen, drehte sich auf ihrem Fußballen, während ihr spitzes Knie eine wackelige Gegendrehung vollführte. Sie sang:

>>*Comment veux-tu que je te baise,*
Dans un lit, tout debout ou dans une chaise?<<
Christophe fiel mit seinem tiefen Bass ein:
>>*Comme je veux, je peux,*
Tu peux, je veux,
La façon que tu plaise.<<

Als er sich bewusst wurde, dass er sang und tanzte, verfinsterte sich sein Gesicht, und er nahm voller Würde wieder Platz. Er war im Begriff, über ein wenig Bargeld zu verfügen, was seiner Kleidung, seiner Sauberkeit, seinem vollen Magen, seinem Ansporn und Wohlergehen angemessen wäre. Er musste in einen größeren Plan von außen eingebunden sein, überlegte er sich. Die Jonquil zählte derweil frische, nicht benutzte 100-Francs-Scheine. Als sie mit ihrem leisen Zählen bei fünfzehn angelangt war, warf sie sicherheitshalber noch einen 1.000-Francs-Schein hinzu.

>>Was macht das schon unter Freunden?<<, fragte sie.

>>Sie sagen es, Madame<<, antwortete Christophe und nahm das Geld in selbst auferlegter Zeitlupe an sich.

>>Und was kann ich noch für Sie tun, Monsieur?<<, fragte die Jonquil, die schon jahrelang nicht mehr so aus sich herausgegangen war, falls überhaupt jemals.

>>Mehr sollte ich nicht von Ihnen verlangen<<, antwortete Christophe, doch ihr war, als hätte er noch eine Bitte.

>>Es gibt da noch eine Kleinigkeit<<, fuhr Christophe nach einer Pause fort. >>Zigarren aus Amsterdam wie diejenigen, die unter dem Tresen des verfluchten Mont Souris aufbewahrt werden. Ich kann nicht dorthin gehen ...<<

>>Natürlich. Natürlich. Ich gehe gerne für Sie hin<<, sagte die Jonquil recht flattrig vor Aufregung. Sie entnahm dem Krug noch mehr Geld, bedeutete ihm mit einer Geste, er möge warten, und verschwand durch die Tür.

Während Christophe sie weggehen sah, wurde ihm langsam bewusst, dass seine perfide Art stärker war als er und dies wohl schon immer. Er stand gesenkten Hauptes auf und räkelte sich. Als er den Hof durch einen engen Durchgang zu einer Hintergasse verließ, zweitausendfünfhundert Francs in der Tasche, den Homburg auf dem Kopf, die Dänische Dogge an der Leine hinter ihm, summte er vor sich hin:

»Du sollst nicht mit dem Vanille-Löffel in Schokolade rühren ... nicht mit dem Schokolade-Löffel in Erdbeere ... nicht mit dem Erdbeer-Löffel in Schokolade oder Vanille ... nicht mit dem Schokolade-Löffel in Vanille oder Erdbeere ...«

Seine Schritte wurden schneller, den Homburg auf dem Kopf, den Hund an seinen Fersen, murmelte er vor sich hin: »Oh, Erdbeere ... oh, Schokolade ... oh, toll. Oh, Erdkolade, Schanille, Mokolade ... Merdbeere.«

»*Merde!*«

Victor flitzte in den Hof, einen Augenblick zu spät.

Als wir am frühen Abend im Privatkrankenhaus Dupuy in der Rue Pierre-Curie ankamen, war nicht so viel los wie am Nachmittag, und es war entsprechend weniger Personal anwesend. Alle waren bestrebt, an diesem Wochenende freizuhaben. Natürlich wurden hin und wieder Feiertagsunfallopfer eingeliefert. Es waren nicht so viele, wie es in einer amerikanischen Stadt gewesen wären, und die Verletzungen stellten sich in den meisten Fällen als nicht so schwer heraus wie diejenigen, die durch die schnelleren und schwereren amerikanischen Autos verursacht wurden sowie durch die mechanisierte Zivilisation, die in den USA ausgeprägter war und nicht in Einklang stand mit dem französischen Temperament und dem Geldmangel in Frankreich.

Als in dem für die Elite reservierten Wartezimmer Dr. Flandrin de Monique zu uns stieß, war ich von seinem Auftreten angenehm überrascht. Er gehörte zu jenen Franzosen in gehobener Stellung, die zudem Männer von Welt, urban und vielseitig waren. Sobald er wusste, dass ich ein amerikanischer Schriftsteller war, lenkte er das Gespräch auf Literatur.

Dr. Thiouville war kribbelig. Er hatte Hortense nur wegen ihrer Beharrlichkeit zugestanden, die Schuld für ihren verschlechterten Zustand auf sich zu nehmen. Zunächst hatte es sich nur um eine einfache Ellbogenfraktur gehandelt. Der gewandte Praktiker Dr. Flandrin de Monique hatte sich jedoch nicht täuschen lassen. Dr. Thiouville war sehr gerührt, als offensichtlich wurde, dass Dr. de Monique ihm große Bewunderung entgegenbrachte. Dieser redete den geplagten jungen Mann mit »*Mon cher collègue*« an und war offenbar zu dem Schluss gekommen, dass der milchgesichtige, junge Mediziner aus der Rue de la Huchette über Gaben verfügte, durch die er es weit bringen würde. Kurzum, Dr. de Monique schien allzu leicht die Tatsache zu akzeptieren, dass bei der einfachen Ellbogenfraktur, an der einer der wichtigsten Bauunternehmer, die Frankreich wiederaufbauten, ein Interesse hatte, Komplikationen aufgetreten waren. Er hatte Dr. Thiouville diskret zu verstehen gegeben, dass die ersten Röntgenbilder zerstört und vor Gericht nie erwähnt werden würden, sollte der Fall je vor Gericht kommen. Er hatte zudem angedeutet, in Zukunft könnte Dr. Thiouville mit anderen einfachen Fällen betraut werden.

Busse war der Erste, der in den Röntgenraum geführt wurde, da – wie ich vermute – Dr. de Monique ihn loswerden wollte. Der Spezialist machte dem jungen Arzt jedoch keine Vorwürfe wegen der Einweisung von Monsieur Busse, nachdem »die Nase« eine nahezu undefinierbare Form angenommen hatte. Dr. de Monique sprach stets von »der Nase« oder von »dem Ellbogen«, als hätten sich die verletzten Körperteile wie Ektoplasma vom Rest des Körpers gelöst. Weil Monsieur Busse über den Hund eines Angestellten von Madame Berthelot gesprungen war, der wegen ihrer Verletzung zu seiner Tätigkeit gezwungen worden war, ging Dr. de Monique davon aus, dass E. Saillens & Söhne auch diese Behandlung bezahlen würde.

Bereits krank vor Besorgnis, war Busse auf einem neuen moralischen Tiefpunkt angelangt. Es würde Wochen, vielleicht

Monate dauern, bis sein Gesicht wieder normal aussehen würde, und in dieser Zeit, in der er es würde zeigen müssen, um Pierre Vautier Paroli zu bieten und das Eintreiben der 1.000.000 Francs zu überstehen, die er für den Schaden an dessen Gemälde zu entrichten hatte, würde er aussehen wie ein Widerling auf einem billigen Rummel. Ein Mann in diesem Zustand, jeglicher Kontenance beraubt, könnte seine Rechte nicht verteidigen und auch nicht um eine gerechte Behandlung bitten.

Ich überließ Hortense dem jungen und dem alten Medikus und begab mich mit Busse zur Gare de Lyon. Dort erkundigten wir uns nach dem schweren Gepäck der mexikanischen Pilger, die – wie wir annahmen – zum Abendessen eintreffen würden. Die Zollabfertigungen in den französischen Bahnhöfen sind trostlos und machen depressiv, bevor man überhaupt die erste Frage gestellt hat. Die Zollabfertigung an der Gare de Lyon ist noch komplizierter und verwirrender als die an anderen Bahnhöfen, vermutlich, weil hier so viel aus Italien ankommt. Die Abfertigungsschalter sind von A bis Z gekennzeichnet, und Busse fand zu seinem Entsetzen heraus, dass die Koffer der fünfundzwanzig Mexikaner mit ihren komplizierten Namen nahezu überall in der alphabetischen Ordnung landen konnten, wenn die Namen von den französischen Kofferwuchtern an einem Feiertagswochenende entziffert würden, und tatsächlich bereits sortiert und auf alphabetische Berge aus Koffern, Körben, Kisten, Truhen, Seesäcken und Paketen aus Rom, Pisa, Turin, Modane, Chambéry, Aix-les-Bains, Lyon und Dijon geworfen worden waren.

»Wer hat Ihnen denn Ihr Gesicht verunstaltet, mein Herr?«, fragte ein Gepäckmann der liebenswerteren Art, einer der bereit war, uns zu helfen, aber auch wusste, es würde wenig Sinn machen.

Busse verwahrte sich gegen die Vertraulichkeit des Mannes und wurde an einen anderen Bediensteten verwiesen, an einen hartgesottenen Burschen, der hoffte, dass alle Reisenden verlieren würden, was sie besaßen. Der zweite Mann führte Busse in ein leeres Büro und bat ihn dort auf ihn zu warten.

Im Büro war kein Mensch, und niemand kam. Als Busse hinausging und sich das vierte Mal beschwerte, wurde er an einen Frachtbearbeiter verwiesen.

»Wie lautet der Name?«, fragte der und grinste breit über Busses Zinken und seine beiden Veilchen, die wie Skizzen von André Masson wirkten.

Busse richtete sich auf. »Es sind fünfundzwanzig Namen«, sagte er barsch.

»Beginnen wir mit dem ersten Namen. Vermutlich ist unten kein Gepäckstück von irgendeinem von denen.«

»Ich weiß, dass unten nichts ist«, erwiderte Busse.

»Sie könnten an den Rampen draußen fragen. Doch Sie müssen die Namen wissen.«

»Ich weiß die Namen nicht«, sagte Busse. »Die Männer sind Mexikaner auf einer offiziellen Reise mit der Kirche.«

»Wenn das so ist, zur Hölle mit ihnen, aus beiden Gründen«, antwortete der Liftmann und verschwand.

Busse sah mich dermaßen flehend an, dass ich mir ein Grinsen verkneifen musste. Mir wurde klar, dass Busse bei seiner Rückkehr in die Rue de la Huchette neben Pierre Vautier auch Gilles Wilf würde gegenübertreten und Letzterem würde erklären müssen, dass die Koffer der Mexikaner in der Gepäckmischung wie Pfeffer auf sechsundzwanzig oder mehr Zollabfertigungsschalter und über eine Riesenfläche verstreut seien.

»Bemühen Sie deswegen nicht Monsieur Wilf«, riet ich ihm. »Finden Sie Monsieur Mainguet und erklären Sie ihm, dass Sie die Liste mit den Namen der Mexikaner benötigen. Dann kommen Sie mit ein paar Trägern zurück und kümmern sich selbst um die Koffer.«

Busse fand Mainguet, der gerade im Hôtel Normandie telefonierte, und erfuhr, dass er keine Namensliste hatte und die ganzen Vorbereitungen des Kochs im Mont Souris für das Abendessen der Mexikaner eine Verschwendung von Zeit, Arbeit, Energie und Lebensmitteln gewesen waren.

»Sie werden es dem Koch sagen müssen. Ich kann es einfach nicht«, sagte Busse, und der sanftmütige Monsieur Mainguet seufzte. Er hatte bereits darüber nachgedacht.

»Die Delegation diniert im *Café Madrid*«, sagte er niedergeschlagen.

»Nun gehen Sie hin und gönnen Sie sich ein kostenloses Mahl«, sagte der Satyr.

Mainguet errötete und konnte seine Niedergeschlagenheit kaum verbergen.

»Niemand hat daran gedacht, mich einzuladen«, sagte er.

Während Busse den Bürgersteig entlang lief, beschloss er, sich einer Untersuchung zu unterziehen. Vignon, der drahtige, kleine Lebensmittelhändler, näherte sich ihm. Da Busse nicht nach rechts ausweichen konnte, weil der Bürgersteig zu schmal war, hätte Vignon Platz machen müssen. Doch er dachte über dieses und jenes nach und bemerkte nicht, dass ihm jemand entgegenkam. Busse, fest entschlossen, nicht auszuweichen, wartete einen Augenblick zu lange, hüpfte dann schnell, landete mit leicht angewinkeltem Fuß auf der Straße und knickte beinahe das zweite Mal an diesem Tag um. Der immer noch in seine Gedanken versunkene Vignon lief weiter, ohne Notiz von dem Geschehen zu nehmen, als die Stricherin Irma aus einer Tür trat.

»Er wäre froh, wenn ich mir das Genick bräche«, empörte sich Busse gegenüber Irma. »Er behandelt mich wie fast alle anderen es tun.«

»Kopf hoch! Jesus liebt dich«, sagte Irma, und als sie sah, dass ihre Worte eine tiefere Wirkung erzielten als sie es beabsichtigt hatte, fügte sie mitfühlend hinzu: »Sie müssen kein Selbstmitleid haben. Die Leute scheren sich sowieso nicht sonderlich um andere.«

»Ich sollte nicht aufgeben«, sagte Busse, »sondern es noch einmal versuchen. Wie Sie gesehen haben, bin ich auf der rechten Seite des Bürgersteiges gegangen, wie es mein gutes Recht ist. Man hätte mir Platz machen sollen. Ich werde es wieder tun.«

»Viel Glück«, sagte Irma.

Busse ging los und begegnete diesmal Fabien, dem jungen Sohn des Metzgers. Busse wollte sich augenscheinlich nicht an einem schüchternen Jungen messen, und beide traten nach links vom Bürgersteig herunter. Nachdem Busse sich von Fabien entfernt hatte, sah man, wie er zielstrebig Richtung des Platzes weiterlief. Der Satyr, Monsieur Nathaniel und der Kastanienmann kamen ihm im Gänsemarsch entgegen, jeweils etwa zwei Meter voneinander entfernt.

Busse bog linker Hand in die Straße ein, hüpfte erneut und wich auf die Straße aus, um dem großen Armenier auszuweichen. Panisch wie ein in die Enge getriebenes Kaninchen, hüpfte er wieder auf den Gehweg, genau zum richtigen Zeitpunkt, um mit dem stämmigen Kastanienmann zusammenzuprallen. Der packte ihn an den Schultern und hob ihn hoch, damit er nicht hinfiel.

»Pardon«, sagte der Kastanienmann in seinem tiefen, langsamen Tonfall, »manchmal vergesse ich zu schauen, wohin ich gehe.«

Ich war beinahe so gerührt wie Busse wegen der rücksichtsvollen Manieren des stärksten Mannes, der je unsere Straße entlangging.

»Mein Fehler, entschuldigen Sie bitte«, fuhr der Kastanienmann fort. »Darf ich Sie zu einem Drink einladen?«

Obwohl ein Drink das Letzte war, was Busse wollte, konnte er die Einladung nicht ausschlagen. Er wurde in die Bar geführt, in seiner Magengegend ein Zittern.

Als er fünf Minuten später noch immer entnervt und bleich wieder herauskam, sammelte er seine Kräfte, um das Mont Souris zu betreten. Dort sah er Pierre Vautier in der Lobby sitzen, der an einem langen Glas eisgekühlter Minze nippte, lächelte, gestikulierte und wie ein Wasserfall auf eine attraktive Brünette einredete, die nach neuester Mode gekleidet war, ebenfalls lächelte und sehr lebhaft wirkte. Es war ein heißer Abend. Pierre und Carmen schienen fröhlich zu sein. Zusammen sahen sie besser aus als einzeln. Sie hatten wohl kaum erwartet, sich so köstlich zu amüsieren.

Bremsen quietschten, ungehaltene Beschimpfungen und ein lautes Hupen ertönten, als einer der Fahrschule-Geugeots ins Schleudern geriet, ausscherte und ohne sich zu überschlagen zum Stehen kam. Busse war in seiner Panik vor das absurde, kleine Auto gelaufen und bereits meterweit weg, der Gefahr entkommen.

Die Lichter! Wie behaglich sie die alten Straßen machten! Und der Fluss, so erfrischend und ungesund! Und der Mond! Gerüche der Hitze, der Straße, der neuen Blätter! Wo immer Frankreich gewesen war, nun war es hier an der Place Saint-Michel. Daneben die Seine in silberglänzendem Schwarz. Im Aspik des Mondes.

Auf dem Gehweg vor dem Laden des Schusters im mittleren Teil der Straße hockten ein paar Freunde auf der Bordsteinkante, auf Stühlen oder Bänken, die St. Cricq herausgebracht hatte, während ein paar langsame Esser noch beim Mahle saßen.

Diagonal gegenüber, in Zimmer 9 des Normandie, versuchte Hermann Pflantz zu lesen, während Miriam bügelte. Ihr Vorhang war zugezogen, das Fenster jedoch weit geöffnet, sodass sie jedes Wort hören konnten, das draußen gesprochen wurde.

»Unser Schuhmacher trägt den Namen des Baron de St. Cricq«, bemerkte Mainguet, »der in Paris für Unterhaltung sorgte, als es noch kein Radio, keine freie Presse und kein Kino gab. Damals tummelten sich viele Exzentriker auf den Straßen. Nicht in Scharen wie die Roten, die Bebops und die Existentialisten heute, sondern als Individuen.«

»Eines Abends zwischen den Akten der Premiere eines Theaterstücks in der *Comédie Française*, verfasst von einem Monsieur Empis, dessen Werk heute vergessen ist, erhob sich Baron de

St. Cricq in seiner Loge und forderte mit lauter Stimme, es möchten 30.000 Francs für den Autor gesammelt werden. Die meisten Zuschauer, die das Stück banal fanden, buhten und pfiffen. Der Baron erhob die Hand und bat um Ruhe. ›Hätte Monsieur 30.000 Francs, fühlte er sich nicht verpflichtet, noch mehr Mist zu schreiben‹«, fuhr er fort.

Der Schuhmacher wollte unbedingt mehr über seinen Namensvetter wissen. Er war ein gewissenhafter Handwerker und recht zurückhaltend. Er hatte wie die anderen gut gespeist und viel Wein getrunken, sodass er an jenem Abend nichts dagegen hatte, im Mittelpunkt des Interesses zu stehen.

Mainguet erzählte, wie der Baron de St. Cricq seine Diener beauftragt hatte, alle Bäderbesitzer ausfindig zu machen und aufzufordern, sich mit einem Bottich und heißem Wasser an einem bestimmten Tag und zu einer bestimmten Zeit in seinem Hause einzufinden. In seinem Hof und auf der Straße versammelten sich die Bäderbesitzer mit ihren Pferdewagen, Packeseln, Bottichen und Krügen voller Wasser sowie eine neugierige Menge. Die konkurrierenden Bäderbesitzer fingen an, sich zu streiten, schrien sich an und prügelten sich schließlich. Köpfe wurden eingeschlagen, Tiere rannten wild durcheinander, Wasser wurde verschüttet. Der Baron und die Zuschauer beobachteten das Spektakel und brachen in schallendes Gelächter aus. Ein andermal dirigierte der Baron alle Pferdefuhrwerke aus den Mietställen in seine Nachbarschaft und fuhr in dem ersten, während die anderen ihm leer und in einer Reihe folgten. Er stoppte die Prozession vor dem *Café de Paris*, trank auf der Terrasse eine Tasse Kaffee und fuhr auf die gleiche Weise nach Hause.

»Das waren die Typen, die der Teufel zu seinem eigenen Amüsement schuf, während Gott die Engel schuf«, sagte St. Cricq.

Hermann Pflantz spitzte die Ohren und legte sein Buch beiseite. Miriam sah, dass er sich in gefährlichem Ausmaß verrückt machte, und fürchtete, ihr Bügeln, das gegen Madames strikte Regeln verstieß, könnte sein Gemüt erhitzen.

Unten fuhr Mainguet fort: »Zu Zeiten von Ludwig XIV. trug Pierre Dupuis eine lange Robe und bestand darauf, ›Monsieur l'Arche-Sot‹ oder König der Narren genannt zu werden. Jeder, der vorgab ein Narr zu sein, erregte Dupuis' Eifersucht, und Gewalt, ja sogar Blutvergießen folgte. Vaulesard, ein verrückter Mathematiker und Dichter, wohnte während der Herrschaft von Ludwig XIII. in der Rue de la Huchette. In seinen Reimen verwendete er Wörter für Zahlen und Zahlen für Wörter. Und direkt um die Ecke, in der Rue de la Harpe, wohnte die verrückte Léance, eine der schönsten Frauen von Paris. Sie tanzte auf der Straße vor Publikum wie keine andere der Tänzerinnen oder Hofdamen und schleppte jeden Mann ab, auf den sie stand, doch nie mehr als einen und keinen zweimal.«

»Sie hat nur so getan, als sei sie verrückt«, warf der amerikanische Delegierte ein.

Oben an der Tür von Zimmer 9 klopfte es. Es war einen Moment lang still, dann reagierte Hermann. Auf der Straße verstummten alle und lauschten.

»Ich bin's! Louis!«, rief der *garçon*, und auf dem Gehweg stieß Madame Gillotte sanft Noël an. Irgendjemand kicherte, und die Fenster von Nr. 9 wurden geschlossen.

Miriam hatte das Bügeleisen versteckt, und Hermann vergeblich versucht, sich zu beruhigen, bevor Louis eintrat.

»Seien Sie nicht so nervös«, sagte Louis bestürzt, als er sah, wie panisch die beiden waren. »Der Polizist, Benoist, war da. Ich habe ihm Ihre Meldescheine gegeben. Es ist alles klar. Die Papiere werden gleich zu den Akten genommen und dort bleiben sie auch. Kein Mensch sieht sie sich an. Werden Sie nun aufhören, sich Sorgen zu machen?«

»Ich habe gebügelt«, gestand Miriam, doch ihr Herz klopfte vor Freude und Erleichterung. »Könnte ich damit fortfahren?«

»Aber sicher doch, Mademoiselle«, versicherte Louis.

Beide waren verwundert, als Hermann mit affektierter Stimme wiederholte: »Aber sicher doch, Mademoiselle.« Er richtete sich auf, setzte eine komische Miene auf, pirouettierte auf seinen Zehenspitzen und tanzte mit einer imaginären Partnerin einen Walzer, deren Statur durch die Haltung seiner langer Arme und seiner Hände angedeutet wurde.

»Aber sicher doch, Mademoiselle«, wiederholte er gegenüber der nichtexistenten Partnerin. »Aber sicher doch. Absolut sicher.«

Er vollführte erneut einen Spitzentanz, so federleicht, dass er trotz des alten, knarrenden Parketts nicht den Raum erschütterte.

Jenseits der Vorhänge, unten auf dem Gehweg sah die Gruppe vor dem Laden des Schusters, wie Achille Ithier sich vom östlichen Ende der Straße näherte, so sehr bemüht nicht aufzufallen, dass er auch ein Schildchen mit der Aufschrift »Führe Böses im Schilde« hätte tragen können. Er tat so, als sehe er niemanden, um glauben zu machen, dass niemand ihn sieht, und schlich sich durch den Familieneingang ins Normandie.

Etwa zwei Minuten später kam Antoinette de Poitevin beinahe sterbend vor Verlegenheit, schwankend und zitternd aus der engen Rue du Chat-qui-Pêche in die Rue de la Huchette. Sie hatte ihren Kopf eingezogen, als sei es kalt. Sie musste per Magie mitbekommen haben, wie diejenigen, die sie beobachteten, sich hämisch anstießen, mit den Füßen scharrten und sich bemühten, sich eines Kommentars zu enthalten.

In Nr. 9 half Louis Miriam, das elektrische Bügeleisen in Betrieb zu nehmen. Dann setzte er sich neben die Pritsche und sah ihr zu, wie sie den Ärmel der Bluse auf dem Bügelbrett ausbreitete und der Länge nach bügelte, die Hitze des Bügeleisens überprüfte und es rhythmisch hin und her, vor- und zurückbewegte. Ihr Körper bewegte sich mit, sie hielt den Kopf geneigt, ihre Hände tanzten auf der horizontalen Fläche wie Figuren in einem Miniaturballett, näherkommend, sich entfernend, Kurs haltend. Louis sah zu. Hermann hatte keine Angst mehr wegen des Regelverstoßes seiner Schwester, an dem der *garçon* teilhatte. Um etwas Luft ins Zimmer zu lassen, öffnete Hermann die Fenster wieder, hielt die Vorhänge jedoch geschlossen. Getrennt von der Gemeinschaft mit den anderen, nahm Hermann still und leicht seinen Spitzentanz wieder auf, reckte den Hals und hielt den Kopf geneigt und schaute über eine Schulter auf absolut nichts.

Mainguet und die Gruppe auf der Straße sprachen immer noch von merkwürdigen Gestalten im alten Paris.

»Da gab es diesen Zaga ... Zaga-Christ ... König von Äthiopien, König der Könige«, führte Mainguet aus. »Und Aotourou, den unser Entdeckungsreisender Bougainville aus der Südsee mitbrachte. Aotourou verliebte sich in einen Baum im *Jardin des Plantes*, besuchte ihn täglich dreimal und umarmte ihn so heftig, dass man ihn bändigen musste.«

»Sie meinen wegsperren?«

»Darauf lief es hinaus. Wenn der heimwehkranke Animist nach draußen ging, wurde er von einem der Diener Bougainvilles begleitet. Aotourou grämte sich und stöhnte, er verlor den Appetit und an Gewicht. Er starb schließlich gebrochenen Herzens.«

»Natur stinkt«, sagte Thérèse, die Köchin.

»Kasangian, der erste Armenier in diesem Viertel, war verrückter als ein Junikäfer. Er kleidete sich ganz in Schwarz, mit eng anliegender Mütze, Schal, Krawatte, Anzug, hohen, schwarz polierten Stiefeln mit nach oben gerichteter Stiefelspitze. Er verlor in der *Bibliothèque Nationale* den Verstand, weil er wie ein Eichhörnchen nach Büchern grub, von denen er geträumt hatte, die aber nie gefunden werden konnten.«

»Ausländer waren damals Kuriositäten.«

»Jetzt sind sie Gruppenkuriositäten.«

»In China galten Ausländer vor vierzig Jahren noch als Teufel«, warf Vignon ein, der ehemalige Matrose.

»Teufel sind gefallene Engel.«

»Kriegstreiber. Imperialisten.«

»Kommunisten und Kubisten.«

»Ziegen, Eulen, Strauße, Schakale, Wölfe. *Panzouzou*, der Südwestwind, der die Malaria bringt«, zählte Mainguet auf.

»Die Schlange«, sagte Thérèse.

»Eine Dose Krabben«, schlug Noël vor.

Mainguet fuhr fort: »Skorpione, Drachen, wilde Hunde und Katzen. Schleiereulen und Raben. Der Sohn von Hanpa. Datan, Core und Abiro. Belial. Abaddon, Mardouk, Robin. Lambartou, Beelzebub, Luzifer.«

»Unsere kalifornischen Indianer nannten den Teufel ›Kojote‹«, sagte der amerikanische Delegierte. »Für St. Thérèse war der Gottseibeiuns ein ›fürchterlicher, kleiner Nigger‹. Für unsere Algonquin, Arapaho, Lenape und Maidou war er ›Kojote‹. Er erschien oft als Mann, als roter Mann, nicht als Bleichgesicht, doch er endete als Kojote. Kojote kümmerte sich nicht um Sünden, genau wie der hebräische Satan. Kojote erfand nicht das Spiel mit dem Sex, auf das wir alle scharf sind, für das wir alle sterben. Unser amerikanischer Teufel, der Wolf aus der Prärie, tat etwas sehr viel Schlimmeres. Er erschuf die Arbeit und außerdem Nissen, Stechmücken, Fliegen, Moskitos und Läuse. Stürmisches Wetter, Krankheit und Tod. Und der Große Weiße Vater der Indianer hat nicht seinen eigenen Sohn geopfert, damit man sich über ihn lustig macht und ihn henkt. Er schickte eine Klapperschlange auf den Pfad, damit Kojotes einziger Sohn tödlich gebissen wurde. Kojote war also der Erste, dem durch den Teufel, den er selbst geschaffen hatte, Leid zugefügt wurde.«

»Kurios«, sagte Mainguet. Er liebte Mythen, an die er zur Abwechslung mal nicht glauben musste.

»Warum wollte der Teufel, dass Menschen sterben? Das bereitete ihm doch nur Arbeit«, fragte Mademoiselle Schwalbenschwanz.

Der amerikanische Delegierte wollte diese Frage unbedingt beantworten.

»Kojote argumentierte, wenn Menschen sterben, gäbe es viele Beerdigungen. Und Hochzeiten. Er betonte, verheiratete Männer und Frauen würden einander satt bekommen, wenn keiner von ihnen sterben würde.«

Hinter den zugezogenen Vorhängen in Nr. 9 hörte Hermann ungewohnte Töne durch die dünne Wand zur Nr. 8 dringen. Keine erkennbaren Stimmen, sondern ein entferntes Murmeln und unmusikalisches, metallisches Kratzen, mit fragmentarischen Rhythmen.

Hermann räusperte sich laut, weil er dachte, wenn die Bewohner des Nachbarzimmers über Logik verfügten, würden sie so daran erinnert werden, dass Geräusche nicht vor Pappwänden haltmachten.

Der auf Miriam fixierte Louis atmete die nach heißen Stoffen duftende Luft ein, hörte Hermanns »Ähem« und begann schnell zu reden, als sei er so lüstern, wie er es gerne gewesen wäre.

»Monsieur Pflantz, die nächsten drei Monate sollten Sie sicher sein ... absolut legal, meine ich. Dann ist eine Erneuerung für weitere drei Monate möglich ... Das sind sechs Monate, und später bekommen Sie auch eine Identitätskarte. Das kann ich ebenfalls arrangieren«, sagte Louis.

Hermann streckte sich, diesmal lockerer, tänzelte auf den Zehenspitzen zum Fenster, zog elegant den Vorhang zurück, öffnete die französischen Türen und verbeugte sich vor den Leuten auf dem gegenüberliegenden Gehweg. Er summte laut wie ein Bienenschwarm den ›Blumenwalzer‹, tanzte seinen erstaunlichen Spitzentanz und jedes Mal, wenn er an den Fenstern vorbeikam, beugte er den Kopf über die Schulter, um sein Profil zu zeigen und murmelte kokett: »Aber sicher doch, Messieurs. Zweifellos, die Damen. St. Cricq, die Damen. Zaga-Christ, die Damen. Aotourou, der Baumliebhaber, die Damen. Sie werden dies nicht gutheißen. Bougainville, Messieurs.«

Die Gruppe unten erhob sich, und andere gesellten sich rasch zu ihr. Ihre Blicke waren nach oben gerichtet.

»Panzouzou, Lambartou, Hanpa, Robin, Mesdemoiselles. Äthiopien, Armenien, Léance, Léance, Léance«, rief Hermann. »Und Kojote. Wuhuhuhuhuu! Es lebe Kojote, Messieurs. Es lebe die Fliege, der Moskito. Und die Arbeit. Kojote. Léance. Léance.«

»Dieser Hundesohn ist plemplem«, sagte in einem sanften Englisch, doch ohne Böswilligkeit oder Missbilligung, ein Schwarzer, der an der Ecke der Rue Xavier-Privas stand.

Als Hermann seine Performance beendete und sich hinter dem Fenstergeländer schwungvoll verbeugte, ertönten aus der Menschenmenge Applaus und Bravo-Rufe.

»Mehr! *Bis! Encore!*«

Mit einer netten Geste zeigte Hermann, dass er schlapp und erschöpft war, und bat um Verständnis. Mit einer weiteren Geste bedankte er sich artig bei seinem Publikum.

»Wie gefällt es Ihnen hier?«, rief eine der Frauen aus dem Frisiersalon. Unten hatten sich mittlerweile zwölf Frauen und zwölf Männer versammelt.

Hermann richtete sich auf und sah unglaublich groß und schlank aus. Er stülpte die Lippen vor wie ein Kamel und antwortete pedantisch: »Ich finde es seltsam in diesem Viertel, in dem die Straßen bevölkert und die Einheimischen sympathisch sind, dass Ihre Quais und Ihr Fluss so vernachlässigt werden. Schauen Sie bitte hin, und Sie werden den Quai zu jeder Tages- und Nachtzeit nahezu verlassen vorfinden. Suchen Sie zwischen der Place Saint-Michel und dem Quai de la Tournelle nach einem Café. Vergebens. Nach einem Luxushotel! Es gibt keins. Nach einem Casino. Fehlanzeige. Sollte ich gewählt werden, Mesdames und Messieurs, werde ich eine Mindestnote zum Bestehen der Baccalauréat-Prüfungen für Franzosen und ausländische Bürger garantieren und die sofortige Weiterentwicklung des Quai Saint-Michel anordnen. Ich bitte nur, dass meine Wählerschaft jeden Abend zur Dämmerung den Quai entlang promeniert, vom Platz bis zur Rue des Petit Pont. Diejenigen, die in die östliche Richtung laufen, tun dies bitte auf dem rechten Gehweg, diejenigen, die in westliche Richtung laufen, tun dies bitte auf der anderen Seite, entlang der Kaimauer. Der Präsident der Republik, Monsieur Vincent Auriol, wird sich am westlichen Ende postieren, um Fahrzeuge umzuleiten und umzudirigieren.

Am östlichen Ende wird der Präsident der Nationalversammlung, Monsieur Edouard Herriot, stehen und entsprechend handeln. Ich danke Ihnen und sehe den Ergebnissen mit Zuversicht entgegen.«

Während seine Zuhörer ihm zujubelten und skeptische Kommentare abgaben, trat Hermann einen Schritt zurück, schloss die französischen Türen und zog die Vorhänge zu.

Vor der Ostermusik

Das Leben von Madame Fremont und ihrer Tochter Yvonne hatte sich verändert, als sich Fremont, der frühere Postmann, 1940 Charles de Gaulle anschloss. Er war bis zu einem gewissen Grad ein verständnisvoller Ehemann gewesen und hatte Yvonne so hingebungsvoll geliebt (und sie ihn), dass zwischen ihnen eigentlich alles harmonisch war.

Im Verlauf des Jahres nach Fremonts heroischer Geste hatte die Tochter Husten bekommen und an Gewicht verloren. Ein amerikanischer Held sagte einmal: »Es tut mir leid, aber ich habe nur ein Leben, das ich für mein Land opfern kann.« Fremont, der als »vermisst« gilt, hat praktisch drei Leben geopfert.

Am Ostersamstagabend wollte die lahme Jacqueline, die mit ihnen gearbeitet hatte und für die das Gehen wegen ihres zu kurzen linken Beines schmerzhaft war, mit Madame Fremont und Yvonne einen Spaziergang am Quai machen. Als sie durch die Rue du Chat-qui-Pêche gingen, fiel Madame auf, dass sie den Eingang zu dieser Straße, der engste und kürzeste von ganz Paris und nur etwa zwanzig Meter von ihrer Haustür entfernt, noch nie aus der Nähe betrachtet hatte, seit er 1946 verbreitet und verbessert worden war.

Yvonne, die in der Mitte lief, musste husten, als sie die Flussluft atmete. Es schien ohne Belang zu sein. Sie hatte das Gefühl, dass dieses Leiden schon zu weit fortgeschritten war, um etwas dagegen zu unternehmen, und obwohl sie ihrer Mutter bei der Arbeit half, die das Geld für den Unterhalt verdiente, kam sie sich als zusätzliche Last vor. Sollte sie sterben, wären die Dinge mehr oder weniger ins Gleichgewicht gebracht. Sie fürchtete die Agonie des Todes und die Unfähigkeit, bis zum Ende arbeiten zu können. Würde es noch lange dauern oder schnell gehen? Würden die Beerdigung und das Ganze nicht zu viel kosten? Wie sehr würde ihre Mutter trauern? Der Schock und die andauernde Ungewissheit hatten ihrer Mutter nach dem Tod von Yvonnes Vater weitgehend die Leidensfähigkeit genommen. Doch die Tage vergingen, auf den Montag folgte der Dienstag, es gab Feiertage, und die schmutzige Wäsche wurde gebracht, gewaschen, gebügelt und ausgeliefert, sodass die körperlichen Reserven von Yvonne und ihre Widerstandskraft langsam schwanden. Wie bei ihrer Mutter könnten ihre Nerven versagen. Doch in ihrer Angst war Yvonne die Stärkere.

Die lahme Jacqueline versuchte zu entscheiden, ob sie froh oder traurig darüber sein sollte, dass sich ihr Mann mit einer anderen Frau anderswo befand. Im Großen und Ganzen war sie gerne beschäftigt und allein, doch sie half ebenso gerne den Fremonts. Das war besser als eine körperliche Enttäuschung für den Mann zu sein, den sie liebte. Er war lebhaft und fröhlich. Er nahm ihr nicht das Geld ab. Sie mochte es, wie er lächelte, wenn er sich gut fühlte, wie er sich aus dem Staub machte, bevor es ihm zu unbehaglich oder langweilig wurde. Was war das zwischen ihnen? Würde sie von einem Auto angefahren und käme ins Hôtel-Dieu, könnte Albert sie besuchen kommen, an ihrem Bett sitzen und vergnügt plaudern, während sich die anderen Patienten wundern würden, was ein solcher Mann an dieser

Krüppeligen mit den Augen einer Eleanora Duse fand? Wenn ihr Mann hin und wieder angeheitert und recht geistesabwesend war, konnte sie auf ihn reagieren und sich samt ihrer Beine wie eine körperlich normale Frau fühlen.

Was hat sie für diesen Mann getan? Sie war immer für ihn da. Sie kritisierte ihn nie wegen seines Benehmens und stellte nie Fragen, wenn sie nicht genau wusste, was er so trieb. Sie sorgte mit ihrer Wäscherei für sich selbst und hatte sogar ein wenig Geld gespart. Er wusste, dass ihm alles zur Verfügung stand, was sie besaß. Viele verheiratete Männer konnten nicht wirklich behaupten, dass sie glücklich sind, doch Albert sagte dies hin und wieder. Genau genommen ließ er sie wissen, dass er eifersüchtig wäre, wenn sie auch nur einen anderen Mann anschauen würde. Das war unwahrscheinlich, und wenn sie es täte, wer würde sie ansehen?

Frau Fremont erinnerte sich nur an die Auseinandersetzungen, die sie mit ihrem Mann hatte, vor allem an die letzte, nach der er fortging. Die liebevollen Augenblicke waren rar geworden. Nun wurde sie von der Angst geplagt, dass er sich ebenfalls an die unangenehmen Dinge erinnern würde, wenn er noch am Leben wäre, und dass die angenehmen Dinge jegliche Bedeutung verlieren würden.

Die drei Frauen, eine lahm, eine tieftraurig, eine an Tuberkulose erkrankt, legten bei ihrem Spaziergang am Quai eine Pause ein und lehnten sich an die Mauer. Sie waren Einheiten eines Ganzen namens Frankreich. Sie zahlten eine Art Steuer, die in keinem Rechnungsbuch auftauchte.

Was taten sie am Abend des nationalen Aufschwungs, am ersten wirklichen Frühlingsabend? Madame Fremont machte sich Vorwürfe, nicht mehr für ihre Tochter getan und sich deren Situation nicht direkt gestellt zu haben. Sie sinnierte, was sie sagen könnte, um Yvonne zu erfreuen. Ihr fiel nichts ein. Bei anderen Gelegenheiten – Yvonne war ein entzückendes, kleines Mädchen, hübsch wie Hyacinthe von gegenüber – waren ihre

Bemühungen sie aufzumuntern gescheitert. Was immer auch Fremont tat, das Mädchen hatte Anteil daran genommen und es genossen. Madame Fremont dachte an ganz alte Zeiten und konnte sich nicht erinnern, liebevoll auf ihre Mutter reagiert zu haben, die versucht hatte, ihr zu Gefallen zu sein. Warum wusch die Zeit zuallererst das Glücksgefühl weg, während die Frustration fortexistierte?

Die lahme Jacqueline hatte Osterkuchen in Form von Nestern, gefüllt mit Schokoladeneiern im Schaufenster von Gillottes Bäckerei gesehen. Warum nicht im *Café du Départ* Kuchen essen und Kaffee trinken? Sie machte diesen Vorschlag, weil die Fremont-Frauen eine Ablenkung benötigten. Madame Fremont willigte im Interesse Yvonnes ein. Yvonne hatte keinen Appetit, erhob aber keinen Einwand, um die anderen nicht zu enttäuschen.

Zum ersten Mal seit Jahren bestellten also Madame Fremont und Yvonne in einem Straßencafé Kaffee und Kuchen. Zweihundertsiebzig Francs, ungefähr fünfundsiebzig US-amerikanische Cents.

Im Zimmer Nr. 8 des Normandie mäanderten Antoinette de Poitevin und Achille Ithier zwischen herumliegenden Weinbrandflaschen umher, die vom Winde verwehten Baumgirlanden glichen. Mit Unterbrechungen konnten sie durch die Vorhänge und das geöffnete Fenster eine leise Phrase aus einer Jazz-Trompete, den ständigen Dixieland zur Unterstützung der Bebop-Drums, Klangfetzen eines Saxofons, einer Klarinette und anderer Instrumente hören. Die französische Jazzband im *Vipernnest* wünschte, sie klänge wie ihre Schwester Kate und könne den ›Wang Wang Blues‹ anstimmen. Was für einen Außenstehenden ein komischer Anblick gewesen sein mag – Antoinette in ihrem billigen Nachthemd, Achille in seinem Pyjama, gelblich-weiß und rötlich überlaufen wie die Blüte des Echten Geißblattes – war für sie entzückend.

Er lehnte sich vor und flüsterte in ihr Ohr: »Püppchen.«
Sie: »Lämmchen.«
Er: »Schwälbchen.«
Sie: »Rotkehlchen.«
Er: »Mein Herzchen«
Sie: »Spötter«
Im Nebenzimmer Nr. 9 las Hermann zur Begleitung des Liebespaares *The American Presidency* von Harold Laski, während Miriam bügelte.
Da der Mangel an Eiern vom Lande die Franzosen zwang, in der Stadt Hühner zu halten, hatte das gewohnte Krähen des Hahnes seine Regelmäßigkeit verloren. Hähne gaben nicht das mitternächtliche Signal für den Aufbruch der Geister und nicht für Spelunken, um zwei Uhr morgens zu schließen. Sie krähten in allen Arrondissements, wann immer ein Lichtschein sie zwischen elf Uhr und der Morgendämmerung aufweckte.
Während die Musiker der Jazzband im *Vipernnest* eine Pause einlegten, um Weinbrand zu trinken und Knaster zu rauchen, und die schwitzenden Jitterbugs, ob Mann oder Frau, weiß oder schwarz, klein oder groß, aus Frankreich oder aus dem Ausland, auf dem Gehweg Luft schnappten oder auf den Stufen von Saint-Séverin saßen, glaubte Hermann, das Krähen eines Hahnes vernommen zu haben, und runzelte die Stirn. Doch er hatte richtig gehört, ein Hahn hatte im Hinterhof des Hotels der Schwalben gekräht, das von einer so niederen Kategorie ist, dass sogar die algerischen Teppichhändler es sich leisten können, dort zu logieren.
Die Anwohner der Rue de la Huchette sind nicht von der Sorte, die in einer heißen Nacht auf der Straße tanzt, wenn Ruhe und Erholung angesagt sind. Sie saßen auf den Türschwellen, Terrassen, Bordsteinkanten, in Durchgängen oder hinter den Fenstern auf Stühlen, spazierten auf und ab, gruppierten oder regruppierten sich, lauschten, dachten oder redeten. Viele tranken, und ein paar aßen zwischen den Mahlzeiten.

»Es ist viel zu früh für den Hahnenschrei«, sagte Hermann zu Miriam.

»Es gibt weniger Vorschriften in Paris – selbst für Vögel. *Gott sei Dank.*«

Von draußen war ein Brummen zu vernehmen, es bewegte sich etwas. Hermann zog die Vorhänge zurück, lehnte sich über das Fenstergeländer und sah, wie mehrere große, schwarze Limousinen vom breiten Ende her die Straße entlangkamen und vor dem Hôtel de Mont Souris anhielten.

Busse hatte sich vom Quai Saint-Michel her genähert, nachdem er zur Beruhigung und um Mut zu fassen, an seinen Arbeitsplatz zurückzukehren, durch die kleinen Gassen gelaufen war. Er sah den Tross, als die Limousinen die Brücke überquerten. Er duckte sich durch den Durchgang in den Hinterhof des Hotels, betrat das Haus von hinten und starrte vom Korridor in die Lobby. Von Pierre war keine Spur zu sehen. Er saß mit Carmen auf der Terrasse des *Départ* in der Nähe des Tisches, an dem Fremonts und Jacqueline saßen.

Als Busse zur Rezeption ging als sei nichts gewesen, begrüßten ihn Ribou und Emile mit saurer Miene.

»Der Boss [womit immer Monsieur Gilles gemeint war] kocht vor Wut. Wo warst du?«, fragte Ribou.

»Ich habe mich um das Gepäck gekümmert«, antwortete Busse hochmütig, doch innerlich glich er einem Wackelpudding.

»Es ist nicht hier«, sagte Emile.

In diesem Augenblick trat Monsieur l'Abbé d'Alexis an der Spitze der ersten Mexikaner ein, die ihr Abendessen offensichtlich sehr genossen und allen gegenüber wohl gesinnt zu sein schienen, obwohl nur wenige Französisch verstanden oder sprachen. Vier oder fünf weitere Äbte zählten auf dem Bürgersteig die aus Autos aussteigenden Mexikaner, um ein paar von ihnen nach Gegenüber ins Hôtel de la Harpe, eine vierköpfige Gruppe ins Normandie und zwei ins Hôtel de la Huchette zu geleiten. Auf der Straße ging es lebendig zu, die Leute waren gespannt, einen Blick auf die Besucher und – falls möglich – auf den reisenden Heiligen aus Holz werfen zu können.

Irgendwie wurden statt der zwölf Gäste, die im Mont Souris reserviert hatten, dreizehn Gäste in die Lobby geführt.

Busse, in panischer Angst, Pierre würde jeden Moment aufkreuzen und ihn zur Rede stellen, verteilte mit zitternder Hand die Meldescheine und versuchte, dem in seiner Nähe stehenden Mexikaner zu helfen, die Scheine auszufüllen. Jeder musste seinen Familien- und Vornamen nennen, doch da die meisten auf Namen wie Leon Gerardo Luis Gomez y Gutierez hörten (dieser wurde als Don Luis und weniger formell als Señor Gomez angesprochen) entstand eine fantastische Konfusion. Auf jedem Schein musste zu erkennen sein, woher der Reisende kam und wohin er weiterreisen würde, wie die Anschrift in Mexiko und die in Frankreich lautete, wie lange er bleiben würde und was der Grund des Besuches war. Zudem mussten die Nummer des Passes, dessen Ausstellungsdatum und -ort angegeben werden.

Es waren etwa drei Meldescheine ausgefüllt und unterschrieben, als alle Lichter ausgingen und Protestschreie, Schadenfreude, Spott und Bestürzung das Viertel erfüllten.

In Zimmer 9 des Normandie klammerte sich Hermann demoralisiert an Miriam. Er war sich sicher, dass das elektrische Bügeleisen den Stromausfall verursacht hatte, und nahm zunächst an, nur das Normandie sei davon betroffen. Das Geschrei draußen und ein flüchtiger Blick durch die Vorhänge verstärkten seine Befürchtungen. Auf der gesamten Straße und soweit er blicken konnte, herrschte Dunkelheit, bis auf ein paar schwach brennende Kerzen und St. Cricqs Petroleumlampe.

Miriam war zwar weniger erschrocken als Hermann, doch ängstlich genug. Sie versteckte die frisch gebügelten Kleidungsstücke und das Bügelbrett samt Ständer in der Dunkelheit so gut sie konnte, wickelte das Bügeleisen in eine Zeitung, packte es in eine Einkaufstasche und verließ nach Hermann das Zimmer. Beide kauerten sich an eine Wand, als sie aus Nr. 8 ein rituelles

Stöhnen vernahmen, das dunkel aus einer Frauenkehle drang, Dunkelheit und Licht transzendierte und wie der Freudenschrei eines Siegers, der alles bekommt, schließlich in hellsten Tönen seinen Höhepunkt erreichte. Die zitternden Flüchtlinge gerieten durch die Töne der Liebenden völlig außer Fassung, schlichen durch den Flur, huschten am Guckfenster vorbei und nach draußen auf die Straße. Sie gingen in Richtung Rue du Chat-qui-Pêche und von dort weiter zum Quai. Ihr Zufluchtsort, das Hotel, war nicht länger sicher und nicht mehr der ihre. Madame würde sie hinauswerfen oder wahrscheinlich sogar festnehmen lassen. Selbst Miriam war sich dessen sicher.

»Wir sollten uns nicht über Vorschriften hinwegsetzen«, jammerte sie. Hermann schluckte und schlotterte.

Auf seinem Drehstuhl vor dem Buchladen genoss Anatole den anbrechenden Abend. Olympe, die Großmutter der Katzen des *Café Saint-Michel*, müde ob der vielen Aktivitäten, die sich während des Tages um sie herum ereignet hatten, spürte gerne den Mond auf ihrem Fell und war vorsichtig durch das Labyrinth von Stuhl-, Tisch- und Hosenbeinen und Beinen in Socken und Strümpfen geschlichen und mit einem lauten Schnurren auf seinen Schoß gesprungen. Im Nu war sie so entspannt wie er.

Anatole dachte immer noch über das Verhalten von Berthe Latouche nach sowie über die Art, in der sie die Begegnung auf dem Dach übergangen hatte. Er hielt immer noch an der Auffassung fest, dass ein Gentleman es nicht leugnen sollte, wenn er einer Aufgabe nicht gewachsen war. Er hatte sich höflich bei Jeanne Piot über Berthe erkundigt, und es war ihm mit einem wissenden Lächeln versichert worden, dass es um Berthes Arm schon sehr viel besser stand, er faktisch wieder normal war, während sich der Sonnenbrand als schlimmer erwiesen hatte. Berthe würde von Kopf bis Fuß Blasen bekommen, und die Haut sich schälen. Jeanne hatte angedeutet, dass Berthe wohl mit ihm sprechen möchte, doch Anatole hatte gezögert.

Während er sich am Fluss samt Katze nach hinten lehnte, tröstete er sich mit der Überlegung, dass er bis auf Weiteres nichts unternehmen musste. Wenn er doch bloß die junge Frau nicht getragen und gespürt hätte, wie elastisch und fest zugleich ihre Haut war, wie glatt und von der Sonne erwärmt ihre Gliedmaßen, ihr Rücken, ihre Stirn, ihre Brüste, ihre Pobacken waren. Er versuchte sich an die Strophen des Hohelieds Salomos über die Schönheit der Frau zu erinnern. Weibliche Reize glichen nicht den süßen Früchten, und Liebe war nicht die rote, rote Rose.

Um die Ecke kam der Junge, Victor, der aus einem dunklen Hauseingang Hermanns Tanz beobachtet und sich ein Gewehr mit Schalldämpfer und Zielfernrohr gewünscht hatte. Der Deutsche war für ihn ein übler Vogel, er selbst der Jäger, schlapp, ausgehungert, erschöpft vom Warten, bis die Beute mit Wasservogelbeinen und gierigem Schnabel in Sicht und Reichweite kam, um erschossen und nicht geborgen zu werden.

»Victor«, sagte Anatole, und der Junge, der gerne ein Wort von einem Mann hörte, der gekämpft und eine Zeit lang in einem Gefangenenlager verbracht hatte, antworte: »Ja, *mon capitaine*.«

»Ich bin schon lange kein *capitaine* mehr, nicht einmal der Reserve«, erklärte Anatole. »Ich bin untauglich für den Militärdienst. Ich war immer untauglich, doch die Verantwortlichen haben es erst spät festgestellt.«

»Wurde gefoltert, Monsieur? Sind Sie Augenzeuge von Folter geworden?«

Der entnervte Anatole hörte beinahe leise Schreie und ertappte sich dabei, wie er ohne Grund sagte: »Christus ist auferstanden.«

»Glauben Soldaten das?«, fragte Victor vorwurfsvoll.

»Nicht viele, es sei denn, sie sterben und ein Kaplan ist zur Stelle, oder sie glauben, dass sie sterben, und es ist kein Kaplan in der Nähe. Einige sind gläubig, und es schadet ihnen nicht«, führte Anatole aus.

»Und die Folter?«

»Es wurde nicht gefoltert, mein Junge.«

Victor wirkte verletzt und enttäuscht, wusste er doch viel über das Leid, das Anatole widerfahren war. Anatole, der in einem solchen Moment nicht unehrlich sein konnte, war betroffen und lenkte ein.

»Du bist ein aufrichtiger Junge. Es gab Folter.«

»Ja«, erwiderte Victor angespannt.

»Denke nicht weiter an die Folter. Es gibt für das Nachdenken darüber ebenso wenig eine Rechtfertigung wie für deren Anwendung. Sprich nicht davon. Lass die Folter Folter sein.«

»Vergessen Sie, was Sie wollen, Monsieur«, sagte Victor. »Ich werde die Folter niemals vergessen, auch dann nicht, wenn ich der Letzte in Frankreich sein sollte, der sich daran erinnert.«

Er ging zum Quai hinunter und der betrübte Anatole sagte traurig zu Olympe: »Lasset die Kinder zu mir kommen, hindert sie nicht daran! Denn Menschen wie ihnen gehört das Himmelreich.«

In Hortenses Zimmer, das Busse so sorgfältig für sie hergerichtet hatte, hockten Hubert Wilf und Monsieur Mainguet und sprachen ruhig über dieses und jenes, während einige Leute im Café saßen und andere die Straße entlang schlenderten. Hortense hatte keine akuten Schmerzen mehr und war nicht schläfrig. Ihr und ihren beiden Verehrern war bewusst, dass im Mont Souris wegen der Ankunft der Mexikaner und des Stromausfalls Durcheinander herrschte. Sie verstand, dass Mainguet sich von den Pilgern und ihren Begleitern fernhielt, da er im Zusammenhang mit dem Dinner im *Café Madrid* übergangen worden war. Bei anderen Gelegenheiten hatte sich Hubert Wilf nicht an der vielen Arbeit beteiligt, weil er für gewöhnlich nicht ermuntert wurde, am Management des Hotels teilzuhaben. Hortense wunderte sich über Busse, nahm jedoch an, dass er zu sehr beschäftigt war, um an ihrem Bett sitzen zu können. Es war ihr berichtet worden, dass für ihr Zimmer ein Gemälde ausgeliehen worden war und

Busse es mit seinem Ellbogen eingedrückt hatte. Pierres Brief an Busse hatte sie nicht gesehen und wusste also nicht, dass für die kaputte Leinwand ein Preis von 1.000.000 Francs gefordert wurde.

Der dreizehnte Mexikaner, für den keine Schlafvorkehrungen getroffen worden waren, hatte das Problem auf seine Weise gelöst. Beim Abendessen hatte er reichlich exzellente französische Weine und Spirituosen getrunken, sich an der Bar des Mont Souris noch ein paar hinter die Binde gekippt und war dann nach oben gegangen. Die erste Tür, an der er sich versucht und die er unverschlossen vorgefunden hatte, war die von Busses Zimmer. Er war eingetreten, hatte sich auf dem Bett ausgestreckt und schlief fest wie ein Tagelöhner in seinem Heimatland.

Am Quai hatte Victor Lefevrais die Pflantzes erkannt, befunden, dass sie sich seltsam benahmen und sie beobachtet und verfolgt. Dass sich etwas Verdächtiges in der Einkaufstasche befand, die Miriam mit sich führte, schien allzu offensichtlich zu sein, auch, dass die beiden sich ängstigten, ins Normandie zurückzukehren. Was immer sich auch in der Tasche befand, Victor war sich sicher, die beiden wussten nicht, wie sie den sie belastenden Gegenstand loswerden sollten. Sie überquerten die Brücke zur Place Notre-Dame und sahen hin und wieder verstohlen hinter sich. Die Lichter im Viertel waren erloschen. Kein Mensch hatte hierfür eine Erklärung. Einige meinten, die Seine, deren Pegelstand recht hoch war, habe ein Kabel unter Wasser gesetzt. Dies war schon einmal geschehen. Andere waren zu dem Schluss gekommen, die kommunistischen Anführer der Elektriker-Gewerkschaft hätten den Gala-Abend für eine Streikdemonstration genutzt, um die Pläne der Regierung zu durchkreuzen, den Aufschwung zu feiern.

Miriam und Hermann hegten keinerlei Zweifel in dieser Sache. Das Bügeleisen hatte einen Kurzschluss verursacht, was zu einer Anklage und unkalkulierbaren Schadensersatzforderungen führen könnte. Sie wussten nicht, was sie tun oder wohin sie sich begeben sollten und benahmen sich daher seltsam. Sie brachten es nicht fertig, das kostbare Bügeleisen in die Seine oder in einen Mülleimer zu werfen. Und bis eine Besprechung mit Louis möglich sein würde, wagten sie sich nicht in das Zimmer 9 des Normandie zurück.

Louis tat just zu diesem Zeitpunkt sein Bestes, sich um die sechs Mexikaner zu kümmern, die im Ostteil der Straße untergebracht waren. Für einen gab es ein Zimmer im Dachgeschoss des Normandie. Dieser war ein Priester, doch wie die anderen Mexikaner, die Mitglieder des Klerus waren, trug er einen konventionellen schwarzen Mantel und eine schwarze Hose und unterschied sich nur durch eine hochgeschnittene, weiche Weste und den nach hinten stehenden Kragen von seinen nicht klerikalen Mitreisenden.

Bei den beiden, die im Hôtel de la Huchette einquartiert wurden, aus dem die sturzbetrunkene Köchin Thérèse gelockt worden war, um einen internationalen Zwischenfall zu vermeiden, handelte es sich ebenfalls um Priester. Die drei jedoch, die man für das schäbige Hôtel du Caveau vorgesehen hatte, gehörten zur mexikanischen Geschäftswelt und waren liebenswürdig, höflich, sehr munter und von unterschiedlichem Temperament.

Die Nummer 1, genannt Don Fulgencio, war schlank und wortkarg. Er sagte fast nichts, es sei denn, ihm wurde von einem der anderen eine Frage gestellt, was selten geschah. Sein Stand, so sah es Louis, beruhte auf festen Verbindungen in der Kirche. Er hätte ein Statuen- oder Gewandhändler, ein Verkäufer teurer Grabsteine oder ein Banker mit Anteilen an einem Dienstleistungsunternehmen der Jesuiten sein können.

Der Zweite des Trios, Don Jaime, redete sehr viel, doch unzusammenhängend. Er glich einem Vertreter, der Verwandte in einer gut gehenden, größeren Firma hatte. Louis hatte mit solchen Typen aus allen europäischen Ländern Bekanntschaft gemacht, praktizierende Katholiken aus Zweckmäßigkeitsgründen, doch ohne Glaube oder Frömmigkeit.

Don Primitivo war ein lustiger, lebendiger kleiner Mann, der laut Louis vernünftig redete und sich trotz der Sprachbarriere ohne viele Worte verständlich machen konnte. Don Primitivo, eine Autorität in Sachen Cervantes und Lope de Vega, unterrichtete Spanische Literatur an einer mexikanischen Universität. Sollte sich Louis nicht furchtbar täuschen, wollte Don Primitivo schleunigst die Bekanntschaft einer sympathischen Französin der anrüchigen Art machen. Während seinen Schützlingen oben alles gezeigt wurde, lungerte Louis unten an der *Caveau*-Bar herum, und vereinbarte mit Oudin, dem Eigentümer, dass Don Fulgencio und Don Jaime sich ein Doppelzimmer teilen sollten, während Don Primitivo ein kleines Zimmer im obersten Stock neben der Treppe zugewiesen wurde.

Binnen weniger Minuten war Don Primitivo wieder unten. Er kippte mit Louis ein paar Gläser *marc*, und die beiden begaben sich durch ein paar Durchgänge zur Rue de la Harpe, wo Louis an die Tür des Damenschuhgeschäftes klopfte und von Madame eingelassen wurde.

In allen Hotels, in denen die Mexikaner unterkamen und erfuhren, dass ihr Gepäck nicht geliefert worden war, versuchten sie zu erklären, sie seien einige Tage mit wenig Gepäck gereist und benötigten ihre Koffer, bevor sie in Saint-Sulpice zur Messe gehen würden. Natürlich waren die Nachfragen nach dem Gepäck aus dem Hôtel de Mont Souris am hartnäckigsten, wo Abbé d'Alexis, J.C., und Père Taillepied, O.P., wegen des Scheiterns ihrer Bemühungen sehr beunruhigt waren. Der Abt ließ Monsieur Mainguet holen, der kurz seufzte, als der Page Emile ihn in Hortenses Zimmer fand, und ihm nach unten folgte.

Nahezu alle anderen hätten die Verantwortung auf Busse abgewälzt, der versuchte, die mexikanischen Namen von den schwer lesbaren Meldescheinen abzuschreiben. Busse hatte vergessen, wenn er es überhaupt je wusste, dass ein als Gomez y Gutierez verzeichneter Mexikaner wirklich Señor Gomez und ein anderer namens Gutierez y Salzedo tatsächlich Señor Gutierez war. Busse vereinfachte das Verfahren, indem er nur den letzten Namen ganz rechts abschrieb. Ribou war derweil zum Hôtel de la Harpe, zum Normandie und zum Hôtel de la Huchette geschickt worden, um die dortigen Listen mit den Namen der Mexikaner abzuholen.

Etwa die Hälfte der Mexikaner waren Priester, und diejenigen, die es nicht waren, verteilten sich bald im Viertel. Eine Gruppe war von den Jazzklängen der im *Vipernnest* spielenden Band angezogen worden und saß auf den Bänken im Keller des Nestes. Andere befanden sich im *Rabab* und schauten sich den wilden Tanz der irischen Huri an.

Keiner nahm die Gelegenheit wahr und besuchte bei Kerzenlicht Saint-Séverin, das Juwel unter den kleinen, gotischen Kirchen, und keiner der Priester von Saint-Séverin war in das von Abbé d'Alexis organisierte Empfangskomitee berufen worden.

Zwischen dem höheren Pariser Klerus und den Priestern von Saint-Séverin wurde eine erstklassige Auseinandersetzung ausgetragen. Verwandte eines früheren Vichy-Amtsträgers namens Henriot, der als Kollaborateur und Verräter verurteilt und erschossen worden war, hatten sich wegen einer Gedenkmesse zum Jahrestag der Exekution an den Abt von Saint-Séverin gewandt. Die Kirche mit der Arbeitergemeinde hatte sich geweigert, Messen für verurteilte und exekutierte Kollaborateure abzuhalten. Nach langen Diskussionen wurde die Messe schließlich in Notre-Dame zelebriert, wo nur selten proletarische Gottesdienstbesucher zu sehen und nie zu hören sind. Der vorherrschenden Theorie nach hatte jeder Sünder, dessen Angehörige es sich leisten konnten, das Recht auf eine Gedenkmesse, egal, was seine politische Überzeugung war.

Ribou, der Busse hasste und wusste, dass er in Schwierigkeiten steckte, beeilte sich nicht, die Listen mit den mexikanischen Namen herbeizuschaffen. Er schrieb fast alles ab, und just, nachdem er die Listen abgegeben hatte, sah Busse, der hinter der Rezeption gefangen war, wie Pierre Vautier die Lobby betrat, die bezaubernde und gut gelaunte Carmen am Arm. Sie kamen gerade von der Wahrsagerin, Madame Niska, die in den Karten gelesen hatte, dass Carmen Abenteuer bevorstanden und Pierre Gefahr lief, seine unsterbliche Seele zu verlieren. Beiden gefiel die Weissagung.

Als Pierre sah, wie Busses Augen hervortraten wie bei einem Frosch, aus einem Gesicht, das nur aus Verband, Schwellung und Verfärbung bestand, strahlte er. Im schwachen Kerzenlicht war der Effekt eines Goya oder Doré würdig.

»Lassen Sie sich nicht von der Arbeit abhalten, alter Mann«, sagte Pierre. »Ich weiß, wie viel von Ihnen abhängt. Madame Orey und ich haben es nicht eilig.«

Impulsiv drückte Carmen seinen Arm.

»Wir werden wohl fast den ganzen Abend hier sein«, fuhr Pierre fort und lächelte sie an.

»Ich kann es kaum erwarten, das Gemälde zu sehen«, sagte Carmen. »Doch ich habe versprochen, mich in Geduld zu üben.«

»Das Geheimnis ist gelüftet. Madame ist die Käuferin«, konstatierte Pierre.

Er geleitete Carmen zur Bar und winkte Busse zu, der wie ein Schweinchen schwitzte. Gilles Wilf trat düster blickend ein und sorgte für eine noch gedrücktere Stimmung.

»Was ist nun mit dem Gepäck?«, raunzte er Busse an.

Der von Abbé d'Alexis gescholtene und von Pater Taillepied getröstete Mainguet näherte sich ein wenig aufgeregt der Rezeption.

»Ich bin auf dem Weg zur Gare de Lyon«, erwiderte Busse zu seiner Verteidigung. »Sie konnten in diesem auf den Rampen herrschenden Chaos ohne die Namen derjenigen, denen die Koffer gehören, nichts finden.«

Gilles deutete mit dem Daumen in Richtung Abt und sagte: »Seine Gnaden hätte uns die Liste vorab geben sollen. Ich habe das Ganze satt.«

Pierre, einen kühlen Longdrink in der Hand, winkte Busse durch die Tür der Bar erneut zu.

»Auf *die Jagd*«, rief er, und Carmen sah bewundernd zu ihm auf.

»Ich werde die Erste sein, die einen Vautier besitzt«, betonte sie.

»Ich stehe als Erster zum Verkauf«, antwortete er.

»Das Streben nach dem Spirituellen«, fuhr sie nachdenklich fort. »Ich kann mit geschlossenen Augen dieses Mann-Sein sehen.«

Pierre grübelte, ob das Mann-Sein auf der Leinwand an der passenden Stelle platziert war, sodass ein Ellbogen sie durchstoßen konnte.

»Vielleicht war es nur Glück«, sagte er, doch sie versuchte nicht, seine kryptischen Bemerkungen zu verstehen. Sie glaubte, sie würde lernen und sich entwickeln.

Ich sah, dass bei Jeanne Piot in einem Fenster ein Licht brannte, und stieg die vielen Treppen hinauf in der Hoffnung, mit ihr reden zu können. Als ich an der Tür der Wohnung vorbeikam, in der Hyacinthe früher gewohnt hatte, versuchte ich, jedes Gefühl zu unterdrücken oder vielmehr beiseitezuschieben, um mich aus der Distanz und zu einer anderen Zeit damit auseinanderzusetzen. Die Korridore und Treppen waren dunkel, doch meine Beine erinnerten sich und geleiteten mich nach oben. Die oberste Treppe hatte ich nie betreten, als der Krautkopf dort gewohnt hatte.

Jeanne war eine starke Persönlichkeit. Was sie durchgemacht hatte, hätte jedes andere Gesicht entstellt oder einen schwachen, wenn nicht gar stärkeren Charakter beeinträchtigt. Jeanne war Eva, Maria Magdalena, Moll Flanders. Sie hatte nie einen Feind, den man sich selber nicht gewünscht hätte. Sie befand sich allein im Salon. Der erschöpfte Eugène schlief in seinem Zimmer. Berthe Latouche kämpfte in ihrem Zimmer mit dem Fieber und wurde im Fieberwahn von Träumen geplagt. Ihre Haut, am Morgen noch wie Seide und wunderschön, war unter der Brandsalbenschicht entzündet und voller Blasen.

»Wie lange läuft das schon zwischen der Lehrerin und Anatole?«, fragte ich im Wissen, dass Jeanne gerne über amouröse Verwicklungen sprach. Ich musste deutlich sprechen, meine Lippen nahe an ihrem Ohr.

»Anfangs lag ich völlig daneben«, antworte Jeanne.

»Du glaubtest, dass sie den Doktor mochte?«

»Nein, so weit daneben lag ich auch wieder nicht«, sagte sie.

»Was gibt es denn an dem Doktor auszusetzen? Ich mag ihn«, widersprach ich.

»Wer kann denn eine Liebe nach einem Fünfjahresplan gestalten?«, fragte sie.

»Ich mag hier niemanden mehr als Anatole«, erklärte ich.

Jeanne hegte Zweifel. »Ein Mann kann zu ungeduldig sein«, stellte sie fest, »Berthe ist noch Jungfrau.«

»Bist du sicher?«, fragte ich.

»Sie wird verletzt werden«, sagte Jeanne. »Es ist ihre eigene Schuld, sie hat sich in diese Falle begeben.«

»Du meinst, dieser Bücherwurm hat sie zurückgewiesen, als sie etwas von ihm wollte? Er ist ein Schuft.«

»Sag das nicht«, antwortete Jeanne zu Anatoles Verteidigung. »Er hat sie nicht zurückgewiesen. Sie ist vor langer Zeit verletzt worden, von niemandem im Speziellen. Männer hatten Furcht vor ihr, denn sie sagte mehr oder weniger, was sie dachte und schien Köpfchen zu haben.«

»Das solltest du Anatole erklären«, riet ich ihr.

Jeanne machte ein ernstes Gesicht und fragte: »Meinst du?«

»Sag ihm das, denn die junge Frau ist sehr sensibel, was ihre Attraktivität betrifft, er sollte sie beruhigen. Er ist doch ein weichherziger Typ.«

»Da kann sie von Glück reden. Denn wenn sie es bei einem Dreckskerl darauf ankommen ließe, und er es ausnützte, würde sie leiden, soviel steht fest. Der Buchhändler wird rücksichtsvoll und nett sein. Ich wäre überrascht, wenn sie ihn am Ende nicht lieben würde.«

»Du wirst also versuchen, die Sache ins Lot zu bringen?«, fragte ich.

»Als ich jünger war«, antwortete Jeanne und errötete, »versuchte ich Dinge für andere Mädchen zu arrangieren, von denen ich wusste, dass sie nicht sonderlich viel Glück hatten.«

»Und was ist passiert?«

Ihre Verlegenheit war echt und bezaubernd.

»Die Männer wollten lieber mich.«

Kurz nachdem der Strom ausgefallen war, überkam den üblen Gilles Wilf eine fantastische Eingabe von der Art, die er in den Jahren zuvor selten erlebt hatte. Er trug wie immer den kontinentalen, schwarzen Anzug, dazu das weiße Senatorenhemd aus Baumwolle, eine schwarze Krawatte, schwarze Lacklederschuhe und eine schwarze Melone. Auf der Hutablage in der düsteren Lobby des Mont Souris hatte er einen schwarzen, recht breiten Filzhut bemerkt, der aller Wahrscheinlichkeit nach einem der französischen Kirchengeschäftsmänner gehörte, die mit den Mexikanern ins Hotel gekommen waren. Im Halbdunkel borgte er sich den schwarzen Filzhut und hängte stattdessen seinen eigenen *chapeau melon* an den Haken, schlenderte unbemerkt durch seine eigene, gut frequentierte Bar und wurde vor der Tür von ein paar Mexikanern freundlich angesprochen. Angetrieben durch einen weiteren wunderlichen Einfall, deutete Gilles auf seinen Mund und gab ein paar unterschiedliche Laute von sich, was jene, die um ihn herum standen, glauben ließ, er könne nicht sprechen.

Auf der Straße, in der Lobby und in den oberen Fenstern tauchten mickrige Flammen provisorischer Lichter auf und verschwanden wieder, ohne mehr Wirkung zu entfalten als umherfliegende Glühwürmchen in einem Sumpf. Während Gilles in östliche Richtung schritt, kam er sich vor wie aus Tausendundeiner Nacht, Geld in der Tasche und die Verantwortung hinter sich gelassen. Die Regierung machte im Süden Urlaub; die

Nation war immer noch bankrott; die linke Hand von Geschäft und Handel war schneller als die rechte; sein Hotel befand sich im Argen; die illegal vermieteten Kleinwagen der Fahrschule tummelten sich wie Waldmurmeltiere bei Nacht. Aufschwung bedeutete für Gilles, dass ein kleiner Teil seiner Aktivitäten gesetzeswidrig wäre, doch darüber machte er sich wenig Gedanken. Gilles war wie die meisten Franzosen patriotisch eingestellt. In all den schwierigen Jahren hatte er viel unternommen, um das Prinzip der Eigeninitiative und des Privatprofits am Laufen zu halten.

Er wusste, dass sein Bruder Hubert bei Madame Berthelot weilte und nichts dabei herauskäme. Er hatte bereits den Koch gefeuert, weil dieser sich zu laut wegen des für die Mexikaner zubereiteten Abendessens beschwert hatte, das von den Pilgern und den Priestern so ungeniert übergangen worden war. Er hätte Busse davon berichten sollen, doch der schien bereits völlig überfordert zu sein. Was war los mit ihm? Warum derartige Nervenkrisen? Das Gepäck der Mexikaner war nicht da. Schön und gut. Der Abend war warm. Sollten sie doch schlafen, wie der Herr sie geschaffen hat, und in knittrigen Klamotten zur Messe gehen. Gilles beschloss in die *Caveau*-Bar zu gehen und fünf oder sechs Gläser Cognac zu trinken.

Als Gilles den dunklen mittleren Teil der Straße entlangging, streckte sich Madame Fontaine, die in der Düsternis des Eingangs zum Normandie stand, zu einem feinen Gähnen. Ihre Bewegungen waren abgestimmt und sinnlich. Gilles war sich ihrer schmalen Hüften und ihres vollen Busens bewusst, als sie sich auf ihre Fußballen erhob, die Arme ausstreckte, ihre Muskeln spielen ließ und einen schwachen Seufzer ausstieß.

»Zum Teufel noch mal«, murmelte Gilles vor sich hin, während er seltsam zögernd weiterzockelte, »ich möchte nicht nur eine Frau haben, was schlimm genug ist, sondern eine ganz bestimmte und besondere Frau. Das ist die äußerste Torheit. Ich glaube, ich drehe durch.«

Gilles führte Selbstgespräche. Er war schließlich ein in der Straße wohlbekannter Geschäftsmann. Die Frau, deren Silhouette samt der einsamen Geste er gesehen hatte, könnte jedermanns Schwester oder Frau sein. Männer werden unsicher, wenn das Licht ausfällt, dachte er. Es war zwar ein Feiertagsabend, und Frankreich reckte den Kopf aus dem Wasser, doch wie wahrscheinlich war es, dass eine merkwürdige Frau, der er sich in einem Hausflur nähern würde, nicht auf ihn einprügeln oder um Hilfe schreien würde? Wie stünde er dann da?

Er betrat die *Caveau*-Bar, und seine Stimmung besserte sich, als er feststellte, dass Oudin zu betrunken war, um ihn zu erkennen. Es befanden sich auch ein paar Mexikaner in der Bar sowie einige Marokkaner, die Spanisch und Französisch auf eine Weise betonten, dass die Sprachen sehr ähnlich klangen. Alle redeten, bis auf Gilles, und keiner hörte dem anderen zu.

Es dauerte nicht lange, bis Gilles sich davonschlich.

»Das ist eine ziemlich dumme Aufgabe für Bruder Hubert«, gestand er ein, als er sich wider seine bessere Einsicht auf den Weg ins Normandie machte. Er schwankte, und sein für den Abend jugendlich gewordenes Herz hüpfte, als er sah, wie die einer Statue gleichende Dame des Gähnens und Streckens allein und gemächlich in die Rue du Chat-qui-Pêche ging. An der Ecke dieses Sträßchens bog Gilles trotz seiner Selbstvorwürfe rechts ab und folgte ihr in Richtung Fluss. Die Frau hörte ihn nicht, und wenn sie ihn hörte, ließ sie es sich nicht anmerken. Der Quai war in beiden Richtungen fünfzig Meter lang menschenleer.

Gilles sah, wie die Frau stehen blieb, sich an die Kaimauer lehnte und nachdenklich auf die sich bewegende tiefschwarze und indigoblaue Wasseroberfläche hinabschaute. Der Mond, der sich dünn aus einem Gebilde von Zirruswolken schob, steuerte Platin bei.

»Das hat gerade noch gefehlt«, seufzte Gilles. »Das Ding ist gelaufen.«

Er lehnte sich an die Kaimauer, ein paar Schritte flussabwärts von der Frau. Er hatte schon fast den Mut gefasst, »Guten Abend« zu sagen, als er beschloss, den Mund zu halten. Er gestikulierte in Richtung Mond, Fluss und Frau und gab merkwürdige leise Laute von sich.

»Ein weiteres Original«, flüsterte Madame. Sie hatte angenommen, dass sich alle seltsamen Typen an diesem Abend in ihrem Hotel befänden. Doch sie war auch gerührt, denn es schien offensichtlich, dass der Mann, der ihr auf so ungewöhnliche Weise auf die Pelle rückte, nahezu krankhaft schüchtern und beklagenswert unerfahren war.

»Sie dürfen reden, wenn Sie möchten«, sagte sie ermunternd und trat ein bisschen näher.

Wieder deutete er auf seinen Mund.

»Sie können nicht sprechen?«, fragte sie. »Dann schreiben Sie doch auf, was Sie sagen wollen.«

Gilles gab ihr zu verstehen, dass er es verabscheute, etwas aufzuschreiben, was stimmte und daher überzeugend wirkte. Er ging ein paar Schritte auf sie zu, beurteilte aber die Entfernung falsch, sodass er mit seiner Hüfte gegen die ihre stieß. Nun passiert es, dachte er, nun gibt sie mir eine Ohrfeige oder ruft nach einem *flic*. Darauf war er vorbereitet, doch was geschah, brachte ihn mehr aus der Fassung als eine Abfuhr. Sie schmiegte sich an ihn, nicht zu verwegen, doch offen, schaute ihm nicht allzu kokett in die Augen, bloß so, als hegten sie und er eine ähnliche Absicht.

Gilles holte tief Luft, packte sie am Arm, führte sie im Schatten der Gebäude weiter den schmalen Quai entlang und bog in die ebenso schmale Passage ein. Seine Bewegung kam so unerwartet, und die Passage war so dunkel, dass eine weniger abenteuerlustige Frau zurückgeschreckt wäre. Stattdessen ging sie voran. Die Passage führte sie zum Hinterhof des Mont Souris. In den Fenstern zum Hof standen keine Kerzen. Madame war noch nie in diesem Hof gewesen. Auch das Hotel war ihr bis auf die Vorderansicht nicht vertraut. Sie nahm an, dass einer der Besucher aus Mexiko von ihr Besitz ergriffen hatte, und spürte den zusätzlichen Kitzel, den so viele Frauen empfinden, wenn sie glauben, sie würden einen Kerl aus der Fassung bringen, der relativ heilig ist.

Die Dunkelheit hielt an, und sie erinnerte sich hinterher, überrascht gewesen zu sein, dass der stumme Ausländer sich vor Ort so gut auskannte. Gilles schloss die Tür zu einem Schlafzimmer im zweiten Stock auf. Sie schlängelte sich ohne einen Mucks hinein. In der Dunkelheit wurden Kleidungsstücke ausgezogen, in ihrem Fall ohne übermäßige Eile. Dennoch war Madame als Erste völlig unbekleidet. Sie lag auf dem frischen Laken, schaute an die Decke und streckte sich erneut. Gilles, ein Bein noch in der Hose verfangen, verlor die Balance, kippte einen Stuhl um, und just als er die lächerlichste und erbärmlichste Figur abgab, die man sich vorstellen kann, leuchtete das elektrische Licht wieder hell auf.

Die Nachtschicht der Gepäck- und Zollabfertigung an der Gare de Lyon hatte nach Mitternacht wenig zu tun, und wenn französische Angestellte im öffentlichen Dienst fast nichts zu tun haben, zögern sie mehr, sich zu rühren, als wenn sie überarbeitet sind.

Vor dem Krieg hatte es beim Zoll in diesem Bahnhof zwei Herren gegeben, die man als niedere Führungskräfte hätte bezeichnen können. Heute gibt es derer fünf. Die Zahl der Büroangestellten hat sich verdoppelt, während die Zahl der Träger um ein Drittel reduziert wurde. Alle von ihnen können Reisende nicht ausstehen.

Die größte Gruppe lungerte im Schuppen herum und diskutierte über einen Artikel aus dem *Figaro*. Butter war auf die Liste der »frei« verkäuflichen Produkte gesetzt worden und konnte ohne Rücksichtnahme auf Preisobergrenzen oder Lebensmittelkarten gehandelt werden. Die Molkereibetriebe des Landes hatten ein Großteil der Osterlieferung zurückgehalten in der Hoffnung, später einen höheren Preis erzielen zu können, sollte der Schwarzmarkt überleben. Während Butter knapp war, bestand mehr Nachfrage nach Margarine. Wer immer auch Butter von der Rationierungsliste gestrichen hatte, musste vergessen haben, auch die Margarine zu streichen. Der *Figaro* hatte »entdeckt«, dass 8.000 Angestellte von der Regierung dafür bezahlt wurden, ein viertel Pfund Margarine pro Tag zu verteilen. Noch schlimmer war, dass die mit der Margarine befassten Bürokräfte zwei komplette Etagen eines riesigen Gebäudes in der Rue Saint-Denis okkupierten, während Krankenhäuser, Schulen und öffentliche Institutionen überfüllt waren und in Paris die schlimmste Wohnungsknappheit seiner Geschichte herrschte.

Mehr als die Hälfte der in der Gare de Lyon beschäftigten niederen Arbeitskräfte gehörten entweder der Kommunistischen Partei oder der unter dem Einfluss kommunistischer Anführer stehenden Gewerkschaften an oder beiden. Die übrigen waren zumeist Sozialisten, die von den Kommunisten weder als Fisch noch als Fleisch angesehen wurden und auf der Liste der zu Liquidierenden ganz oben standen.

»Es ist ja gut, wenn über die Reduzierung der Margarine-Abteilung mit 8.000 Beschäftigten auf zwei oder drei Angestellte diskutiert wird, doch was wird dann aus den restlichen 7.997? In anderen Büros ist kein Platz für sie. Sie würden alle zu 250-Francs-Empfängern werden und fast verhungern«, sagte einer der Männer im Schuppen.

Ein 250-Francs-Empfänger ist ein arbeitsloser Franzose, der um die drei Francs pro Tag erhält.

In einem Büro, das ein paar Meter von der Rampe entfernt war, an der die Diskussion über Margarine stattfand, klingelte ein Telefon, und einer der Männer trottete widerwillig davon, um den Hörer abzunehmen. Er nahm sich Zeit, antwortete verdrießlich und beeilte sich auch auf seinem Rückweg nicht.

»Schon wieder diese verdammten Mexikaner«, schimpfte er.

Deren Gepäck war über alle von A bis Z gekennzeichneten Rampen verteilt und lagerte zwischen Tonnen anderen Gepäcks. Die Sendung trug die Nummer 72, und ein Träger, der einen Koffer mit einem Aufkleber dieser Nummer auf der »L«-Rampe sah, betrachtete ihn und fing an zu fluchen.

»Der hier hat keinen Zollvermerk«, sagte er. Der für die Nachtschicht verantwortliche Angestellte sprang streitsüchtig auf.

»Diese Bastarde«, rief er aus, und meinte die Mexikaner, die er nie gesehen hatte, sowie die Wichtigtuer, die ständig nachgefragt und sich über das Personal beschwert hatten.

Ein paar Koffer mit dem Aufkleber »72« wurden aus den alphabetisch geordneten Stapeln einer nahe gelegenen Rampe gezogen, doch es existierten 26 Rampen, und die meisten der Koffer dieser Lieferung lagen unter anderen Koffern mit anderen Nummern begraben. Kein Koffer der den Mexikanern gehörenden Lieferung »Nr. 72« war an der französischen Grenze zollamtlich abgefertigt worden. Die Gepäckstücke mussten mit dem Lastenaufzug wieder ins Kellergeschoss verfrachtet und dort gelagert werden, bis die Reisenden sie mit den richtigen Schlüsseln persönlich abholen. Dann würden die Koffer ins Erdgeschoss gebracht, hinter dem hufeisenförmigen Schalter abgestellt, von einem Zöllner kontrolliert und von diesem der Reihenfolge nach mit Kreide markiert werden. Die Träger würden die Koffer auf Wunsch des Reisenden entweder in den Warteraum oder zum Taxistand tragen.

Busse, der mit der kleinen Limousine von Wilf zum Bahnhof gefahren war, und wegen seiner bandagierten Nase und der Schwellung Schwierigkeiten am Steuer gehabt hatte, fand eine wirklich chaotische Situation vor. Der Chef der Gepäckabfertigung hatte seine Untergebenen angewiesen, alle auffindbaren und in den Stapeln erreichbaren Koffer mit der Nummer 72 in den Keller zu bringen. Als Busse protestierend und beschwörend zugleich seine Liste mit den mexikanischen Namen vorlegte, lachten die Angestellten und Träger bloß, schleuderten weiterhin Koffer durch die Gegend und karrten sie weg.

Obwohl Busse nicht über die Energie und den Mut verfügte, sich zu behaupten, übernahm der Chef die Initiative, bevor Busse eine Chance dazu hatte.

»Sie waren heute Nachmittag schon einmal hier?«, fragte er.

Busse bejahte die Frage.

»Und Sie haben erklärt, dass das Gepäck dieser auf die Bibel pochenden Kürbisse aus Mexiko in Modane zollamtlich geprüft wurde«, fuhr der Chef in vorwurfsvollem Ton fort.

Busse nahm Haltung an. »Das Gepäck ist durch den Zoll gegangen«, erwiderte er.

»Wo sind die Schlüssel für diese Koffer?«, fragte der Beamte.

»Die Schlüssel?«, fragte Busse entsetzt.

»Sollen wir Brechstangen benutzen?«, schrie der Chef.

Auf der Place Saint-Michel war es in der guten alten Zeit um zwei Uhr morgens dunkel und ruhig gewesen. Das »nächtliche Vergnügen« von Paris fand anderswo statt – an den berühmten Kreuzungen von Montparnasse, in Montmarte, entlang der Grands Boulevards, auf dem Champs Elysées, am Rande des Quartier Latin. Es fuhren nur wenig ratternde Autos über den Platz und noch weniger leise Fahrräder. Verkehr existierte praktisch nicht.

In die Rue de la Huchette wurden von American Express und Thomas Cook keine Touristen geführt. Der Jazz aus New Orleans und der Bebop aus Chicago waren noch nicht in die Keller vorgedrungen, um den *Bal-Musette* im Erdgeschoss zu verdrängen. Um zwei Uhr morgens strahlte der Brunnen von Saint-Michel mit seinem Hintergrund aus einer großen Muschel, dem Kriegerheiligen, dem Drachen und den Delphinen auf dem nahezu leeren Platz seine plastische Kraft aus.

Über die sich kreuzenden Gleise rollte keine Tram. Die Wartehäuschen für Fahrgäste waren in provisorischer Ordnung aufgereiht, und keine Menschenmenge drängte sich dort. Die jungen Platanen, die am westlichen Rand standen, befanden sich zweifellos in der Obhut von Baumpflegern und warteten darauf, umgepflanzt zu werden. Die älteren Bäume waren noch nicht so hoch, wie sie es heute sind, dafür vielleicht prächtiger. Über den Franc, dessen Kurs vor dem Krieg zwischen 15 und 50 gegenüber dem Dollar schwankte, wurde in der Presse und anderswo ausgiebig diskutiert. Einige Politiker versprachen ihn zu stabilisieren, für ein ausgeglichenes Budget zu sorgen, doch es wurde nichts Konstruktives unternommen. Heute steht der Kurs für einen Dollar bei 350 Francs, und die Politiker tun noch immer nichts.

Am Osterwochenende des Aufschwungs war der Platz um zwei Uhr morgens weder schäbig, noch verlassen oder dunkel. Protzig, laut, überfüllt oder von Trubel erfüllt war er auch nicht. Die neuen Straßenlaternen spiegelten sich im trüben Wasser des Brunnens, an dem beidseitig Tafeln angebracht worden waren, um an diejenigen Bewohner des Viertels zu erinnern, die im August 1944 beim Aufstand gegen die Boches ihr Leben geopfert hatten, ein Opfer, das gewürdigt wurde. Die Terrassen der Cafés waren zu dieser Uhrzeit nicht überfüllt. Es waren gerade genug Gäste anwesend, die noch ein Weile bleiben wollten. Andere sagten bereits Gute Nacht. Zu hören waren das leise Lachen der Stricherinnen von der Rue Saint-André-des-Arts, das Plätschern des Flusses, die Schritte der Nachbarn in der Rue de la Huchette, am Quai Saint-Michel, in der Rue Xavier-Privas und in der Rue du Chat-qui-Pêche. Andere schliefen in Hotels, Apartments, in Kammern, in Hinterzimmern von Läden, in Lagerräumen neben Küchen, in der Stube einer Concierge, in Betten und Kojen, auf Pritschen und Polsterstühlen. Niemandem war es unerträglich heiß, und was noch wichtiger war: Niemandem war kalt.

Als ein Hachette-Lieferwagen vorbeifuhr, hatte Thérèse, die Köchin, während ihrer Tour, trunken wie sie war, dem Fahrer ein Exemplar der Wochenzeitung entrissen, die früh gedruckt, dann aber durch ein paar Nachrichtenspalten oder durch in letzter Minute verfasste Kommentare auf Seite 1 und 6, auf der Titel- und der Rückseite aktualisiert wurde. Sie torkelte über den Pont au Double, versuchte vor Notre-Dame unter einer Straßenlaterne geradezustehen und die Schlagzeilen zu lesen.

Sie konnte versuchen sich zu konzentrieren, wie sie wollte, die Buchstaben der Schlagzeilen blieben verwackelt und unscharf.

Sie erblickte einen Mann und eine Frau, die auf einer Bank vor dem schäbigen Stadtkrankenhaus saßen. Die beiden sahen, wie sie auf sie zugewankt kam, es jedoch zu spät war, die Beine in die Hand zu nehmen. Sie gestikulierte herzlich und voller freundlicher Gefühle, sodass die beiden voneinander abrückten, während sie sich zwischen sie plumpsen ließ und vor sich und den beiden ihr Exemplar der Zeitung *Paris Dimanche* ausbreitete.

Die beiden waren Hermann und Miriam, die auf der Bank Platz genommen hatten, kurz nachdem alle Lichter wieder angegangen waren. Die Tasche mit dem elektrischen Bügeleisen ruhte auf Miriams Schoß. Victor, der die beiden so lange verfolgt und beobachtet hatte, war über den eisernen Zaun des Parks bei Notre-Dame geklettert, hatte dort Position bezogen und war eingeschlafen.

»Ich kann nicht lesen, was in der Zeitung steht«, sagte Thérèse zu Hermann. Betrunken, wie sie war, dachte sie, er bebe vor Angst.

»Der Teufel, Kamerad. Du darfst nicht glauben, dass Thérèse dir oder deiner Dame etwas antun würde. Ich will lediglich wissen, was es Neues gibt. Die Wahrheit ist, dass ich zu viel getrunken habe, um selbst die Zeitung lesen zu können.«

Hermann versuchte zu sprechen, konnte aber nur stottern: »Wir haben keine Angst vor Ihnen, Madame.«

Thérèse tippte auf die größte Schlagzeile: »Nun, was steht denn hier?«

Folgsam las Hermann laut vor: »Europa entspannt sich während der langen Osterfeiertage.«

»Gut, mach weiter. Europa und Thérèse. Zwei weitere Tage noch, aber egal. Weiter.«

»In einem Maße, das in den letzten zehn Jahren unmöglich war, feiern die Einwohner von Paris und mit ihnen die Menschen aus Westeuropa heute das Osterfest. Es ist zwar ungewöhnlich heiß, doch das Wetter wurde begrüßt. Der strahlende Sonnenschein, der klare Himmel, die neuen Blätter entsprachen der Gala-Stimmung. Die Regierung hat viele der Restriktionen aus der Zeit des Krieges aufgehoben.

Gestern ereigneten sich die üblichen Feiertagsunfälle, und die Zahl der Todesopfer stieg auf Rekordhöhe. Das war jedoch zu erwarten, da die französischen Autofahrer nach einem Jahrzehnt des Verbots von Vergnügungsfahrten wieder Benzin bekommen. Nach Sonnenuntergang erstrahlten die Straßenlaternen, einige von ihnen kahl, in hellstem Licht, und die Illumination erreichte durch die Leuchtreklame und die brillanten Schaufenster Vorkriegsniveau. Doch gestern Abend wurden einige Viertel von Paris nach 23 Uhr 30 in Dunkelheit getaucht ...«

»Leider«, murmelte Miriam leise und erhob sich.

Hermanns Stimme klang jedoch triumphierend, und er geriet plötzlich wieder in die ausgelassene Stimmung des frühen Abends. Er stand auf, vollführte auf den Zehenspitzen eine Drehung im Walzertakt und las weiter aus der Zeitung vor, die er vor sich hielt: »Einige Viertel von Paris wurden durch einen Schaden an zwei Stromleitungen, die zu einem der großen Kraftwerke führen, in Dunkelheit getaucht. Der auf einen Riss in den Freileitungen zurückzuführende Schaden wurde behoben, und gegen ein Uhr brannten alle Lichter wieder normal.«

Angeregt durch den Tanz und das festliche Benehmen, versuchte Thérèse aufzustehen und mitzumachen. Sie rutschte aus, taumelte und fiel hin. Nicht in der Lage, ohne Hilfe aufzustehen, bat sie die »Kameraden« Hermann und Miriam sie nach Hause zu bringen, in die sechs Türen von ihrem Hotel entfernte Bleibe.

Miriam drückte das Bügeleisen an ihre Brust, sah Hermann an und nickte. Sie halfen Thérèse gemeinsam auf und überquerten zu dritt nebeneinander die Brücke in Richtung Rue de la Huchette. Sie verursachten einen ziemlichen Lärm und gingen ein paar Schritte entfernt an Victor vorbei, der aber fest schlief.

Als Busse den Zoll ein zweites Mal verließ und das Problem der Schlüssel und des persönlichen Erscheinens der Mexikaner zu lösen hatte, fuhr er in der Limousine ziellos um die Gare de Lyon herum, verlor beinahe sein Leben und riskierte ein halbes Dutzend Mal das Anderer. Er parkte erneut, diesmal etwa 300 Meter vom Bahnhof entfernt, und lenkte seinen Blick auf das riesige Café gegenüber. Er konnte nicht ins Hotel zurückkehren, wo er von Pierre, seine Millionärin am Arm, wie ein Aal aufgespießt würde, und Gilles Wilf und dem Abbé d'Alexis erklären musste, dass alle Bemühungen gescheitert waren. Die Koffer waren in Modane nicht zollamtlich abgefertigt worden. Jeder Einzelne musste im Beisein eines Zöllners im Depot geöffnet werden, und jeder Reisende musste ein eigenes Formular oder eine persönliche Erklärung unterschreiben.

Er gehörte immer noch der Kommunistischen Partei an, und der Parteipolitik war in diesem Fall gefolgt worden. Busse wusste nur zu gut, was mit französischen Kommunisten passierte, die Illoyalität zeigten oder gar dem »Widerstreit« aus dem Weg gingen. Der Vorsteher der Gepäckabfertigung hatte den Büroleiter angewiesen, auf die Formalitäten zu verzichten und das Los 72 freizugeben. Von seinen Parteigenossen unterstützt, hatte der Büroleiter erklärt: »Sie können mir nicht auftragen, gegen das Gesetz zu verstoßen.«

Busse war derart nervös, dass er Wilfs Limousine an einer Stelle parkte, an der absolutes Parkverbot herrschte. Er begab sich mehr tot als lebendig in das riesige Café, fragte nach einem *jeton*, wartete in einer Zickzackreihe vor dem Münzfernsprecher und bekam Mainguet an die Strippe. Busse klang so verzweifelt, dass Mainguet seine Bitte nicht abschlagen konnte. Der kleine Mann sagte Hortense Gute Nacht – es war ja auch schon spät –, suchte vergeblich nach Gilles Wilf und fand dann einen Mexikaner, der mehr oder weniger Französisch sprechen konnte. Mainguet erklärte ihm, dass die Mexikaner, die bereits zu Bett gegangen waren, geweckt, und diejenigen, die anderen Vergnügungen nachgingen, gefunden werden müssten, wenn auch nur einer seinen Koffer rechtzeitig haben wollte, um sich für die Ostermesse und die Vorstellungszeremonie in Schale zu werfen.

In einem der Gare de Lyon gegenüberliegenden Café setzte sich Busse mit dem Rücken zur Wand in eine Ecke der nur spärlich besetzten Terrasse. Alle Anwesenden waren ihm unbekannt, und diese sich untereinander ebenso. Sie kamen, warteten, gingen. Fast alle waren dösig und müde.

Er fühlte sich krank und nutzlos. Noch am Vortag, ja noch am Morgen hatte er eine gute Position, ein paar Freunde und einige Bekannte verpflichtet, ihm Respekt zu zollen, sowie ein Bankguthaben von 330.000 Francs. Sein politisches Engagement ging dem Ende zu. Er hatte auf Weg und Steg Schwäche gezeigt. Was wird aus den Träumen, wenn ein Träumer schwach wird?

Aus einiger Entfernung sah Busse, wie ein Lastwagen ohne zu bremsen gegen das Heck seiner geliehenen Limousine fuhr und wie diese einen Ruck nach vorne machte, die Hinterräder weit vom Bordstein entfernt. Soll die Limousine doch auch kaputtgehen!

Das Mont Souris kam nicht mehr in Betracht. Wohin aber sollte er sich begeben? Er fasste sich an den Kragen – schlapp. Sein Schlips – verrutscht. Er war allein.

Er sah, wie sich ein Polizist der Limousine näherte, feststellte, dass sie falsch geparkt und hinten eingebeult war, sich das Nummernschild notierte und davon schlenderte. Ein Strafzettel wegen Falschparkens!

Eine Fliege oder Motte flog in seinen Kaffee, und obwohl Busse dies leidtat, brachte er nicht die Initiative auf, das Insekt zu retten. Er litt, als es starb, und würde es bedauern, dass er es nicht gerettet hatte. Er lebte, um alt zu werden.

Busse hatte einen *Suze* bestellt. Der Kellner brachte einen *Dubonnet* und machte sich nicht die Mühe, die Kaffeetasse mitzunehmen.

»Ich brauche meine Mutter«, stöhnte Busse, und der Kellner, der verstanden hatte, er wolle die Rechnung, antwortete: »Sehr wohl, mein Herr.«

Von den dreizehn Mexikanern im Hôtel de Mont Souris, von denen nur zwölf registriert waren, wurden elf entweder im Bett, in der Bar oder im *Rabab* gefunden. Das Hôtel de la Harpe konnte vier von sechs Mexikanern ausfindig machen. Der mexikanische Priester im Dachgeschoss des Normandie antwortete ebenso wie die beiden im Hôtel de la Huchette.

Emile fuhr mit dem Fahrrad zur Place Saint-Germain-des-Prés und dirigierte fünf Taxen zur Rue de la Huchette. Die Mexikaner stiegen in die ersten vier Taxen ein, das fünfte Taxi blieb Don Fulgencio, Don Jaime und Don Primitivo aus dem Hôtel du Caveau vorbehalten. Der kleine Monsieur Mainguet, der um diese frühe Uhrzeit selten anzutreffen war und sich selten ein Taxi leisten konnte, sollte im letzten Wagen mitfahren.

Im Hôtel du Caveau konnte Don Jaime seinen Pass nicht finden. Seine Begleiter und nach ihnen Oudin, der Eigentümer, durchsuchten das Zimmer, doch alle waren viel zu nervös, diese Aufgabe ordentlich zu erledigen. Ein mexikanischer Pass mit dem Foto eines mittelgroßen, ziemlich dunkel und gewöhnlich aussehenden Mannes war recht viel Geld wert. Zu Oudins Leidwesen waren bereits einige andere Pässe verschwunden, deren Eigentümer in jenem Hotel gewohnt hatten.

Als Louis aus dem Normandie hörte, was geschehen war – er fühlte sich für die Mexikaner im Caveau verantwortlich –, stellte er Oudin zur Rede.

»Ich habe es nicht getan«, sagte Oudin.

»Sie werden wünschen, es getan zu haben, wenn ich mit Ihnen fertig bin«, erwiderte Louis.

»Machen Sie sich selbst ein Bild. Ich konnte wegen dieser vom Erzbischof und von Gott weiß wem noch unterstützten Herren keinen Skandal riskieren.« Etwas an Oudins Auftreten veranlasste Louis dazu, ihm Glauben zu schenken. In diesem Augenblick kamen zwei *agents de police* herein, in ihrer Mitte Chouette, der betrunkene Lastwagenfahrer von E. Saillens & Söhne. Sie hielten nach einem Ort Ausschau, wo sie ihn einsperren konnten, und hatten für ähnliche Zwecke bereits Oudins Keller benutzt.

Don Fulgencio, der Mexikaner aus dem Caveau, der am meisten Eindruck hinterließ, und Don Jaime, ein Schwafelgraf, stellten die Polizisten zur Rede und versuchten, ihnen von ihren Pässen zu berichten, die – wie sie behaupteten – gestohlen worden waren. Der mexikanische Priester aus dem Normandie fungierte als Dolmetscher.

Die Polizisten, die bereits mit Oudin zu tun gehabt hatten, ließen Chouette so plötzlich los, dass er beinahe zu Boden gefallen wäre. Jeden Polizisten im Kommissariat des 5. Arrondissements juckte es, Oudin dranzukriegen, egal wie, Hauptsache, der Vorwurf war mehr oder weniger stichhaltig.

»Schön, schön«, sagte einer der Polizisten, schaute Oudin an und grinste zufrieden. »Ein nagelneuer Pass, wie?«

»Bitte, damit habe ich nichts zu tun«, antwortete Oudin. Er wünschte sich in diesem Moment, er hätte den Pass gestohlen und könnte ihn zurückgeben. In diesem Fall bräuchte er nicht so starke Medizin.

Der ranghöhere Polizist schaute Oudin erneut an und war noch erfreuter.

»Lassen Sie uns nicht warten. Händigen Sie ihn uns aus.«

»Bitte, durchsuchen Sie das Hotel«, sagte Oudin.

Die Polizisten zögerten, sich Arbeit aufzuhalsen, folgten dann aber den Mexikanern, dem Priester, Oudin und Louis nach oben.

Einer der Polizisten fand den Pass, der von der Schreibplatte des Sekretärs in den Hohlraum hinter den Schubladen gerutscht war. Die Taxen machten sich auf den Weg zur Gare de Lyon, als es drei Uhr schlug.

An der Gare de Lyon schloss sich ein Träger, der fast den ganzen Abend in einem Kabuff geschlafen hatte, das zu verkehrsstarken Zeiten als Büro genutzt wurde, der Gruppe von Kommunisten auf der Rampe an. Er sah den Gepäckstapel Nr. 72, der via Modane aus Rom eingetroffen war, und der Büroleiter, der stolz darauf war, sich dem Vorsteher widersetzt zu haben, klärte ihn auf, was los war.

»Aber, Genosse«, sagte der Träger, ein exilierter Spanier, ein Katalane, der von einem verstorbenen katalanischen Cousin von der französischen Seite der Pyrenäen die Papiere übernommen und dessen Identität angenommen hatte. Der Träger hatte gegen Franco gekämpft und seither ein Interesse an internationalen Angelegenheiten. »Aber, Genosse«, sagte er zum Büroleiter, »Mexikaner sind keine Nordamerikaner. Die Touristen aus den Vereinigten Staaten sind es, denen wir das Leben schwer machen sollen. Während unseres Krieges standen uns die Mexikaner zur Seite. Sie trotzten den Vereinigten Staaten, den Briten und deinem Señor Blum, lieferten uns Waffen und Geld, damit wir gegen Franco kämpfen konnten.«

Der Büroleiter wirkte bestürzt. »Wenn ich es mir recht überlege, könntest du recht haben. Wir hätten diese mexikanischen Genossen nicht aus dem Bett holen sollen.«

Als Mainguet, kleinmütiger denn je, die palavernden Pilger schließlich zur Zollabfertigung führte, wurden dort alle mit Entschuldigungen und großer Herzlichkeit empfangen, und selbst die Koffer, zu denen sich irrtümlicherweise noch weitere hinzugesellt hatten, waren mit Kreide markiert und freigegeben worden.

Louis, der Kellner, die beiden Polizisten, Noël und Monge lehnten an der *Caveau*-Bar. Oudin, noch immer eingeschüchtert, weil er einem Ärger nur knapp entgangen war, stand hinter dem Tresen.

Wie so oft fand Louis ein Stück Papier in seiner Westentasche und nahm es zur Inaugenscheinnahme heraus. Es war ein Blankoformular, das er beim Wischen in Zimmer 8 am Morgen vom Boden aufgehoben hatte. Er besah es und las den Briefkopf: »Gesellschaft der Baumfreunde«.

»Das ist ja lustig«, sagte einer der Polizisten.

»Was ist lustig?«, fragte Louis.

»Der alte Trottel, der dieser Gesellschaft vorstand, wurde heute Nacht tot aufgefunden«, antwortete der Polizist.

Louis, dessen Schädel wegen des geselligen Trinkens den lieben, langen Tag über ein wenig brummte, fing sich und schwieg einen Moment lang.

»Tot?«, fragte er dann.

Der Polizist erklärte ihm, der alte Monsieur Poitevin sei in seinem Bett gestorben, offenbar kurz nachdem er zu Abend gegessen hatte. In der Wohnung unter der seinen hatten ein paar Teppiche Feuer gefangen, der Rauch war nach oben gestiegen, die Feuerwehrleute hatten geklingelt und schließlich die Wohnung betreten, um nachzusehen, ob alles in Ordnung war, und schließlich den Toten im Bett entdeckt.

»Er ist ... ganz allein gestorben?«, fragte Louis, den ein seltsames Gefühl plagte.

»Es gibt immer etwas, was die Ausstellung des Totenscheins verzögert«, sagte der Polizist gelangweilt. »Es wurde ein grünblauer Streifen Papier gefunden, wie ihn die Apotheker benutzen, um Pülverchen abzufüllen. Bis das untersucht ist ... wer weiß?«

Louis versuchte, sich zu beruhigen, ließ seinen Drink stehen und machte sich auf den Weg zurück ins Normandie. Er regte sich ab und schüttelte den Kopf. Nach dem, was er durch die Wände gehört hatte, konnte er nicht glauben, dass das Paar in Zimmer 8 sich irgendeines schweren Vergehens schuldig gemacht hatte. Unmöglich! Ein Mann wie Ithier! Eine ehrenwerte Dame mittleren Alters!

Doch er überlegte, ob er vielleicht Antoinette benachrichtigen sollte, dass ihr Vater tot aufgefunden worden war.

Als er sich dem Normandie näherte, hineinging und die vertraute Treppe hinaufging, fragte er sich: Was geht mich das eigentlich an? Wer hatte ihn darum gebeten, sie zu kennen, ein Stück Papier aufzuheben, zuzuhören, was ein *flic* zu sagen hatte? Sollen sie doch schlafen, wenn sie können. Sollen sie doch alles oder nichts herausfinden. Später. Am Morgen.

Er lauschte vor Zimmer 9. Miriam war allem Anschein nach sicher.

In seinem zwei Etagen höher gelegenen Zimmer legte Louis einen Teil seiner Kleidung ab. Er war müde und schlief rasch ein.

Etwa um diese Zeit wurde Monsieur Gillotte durch seinen Wecker aus dem Schlaf gerissen. Er weckte seine Frau, und sie bereiteten sich darauf vor, für einen betriebsamen Tag die Croissants auszurollen, zu formen und zu backen.

Hinter Notre-Dame zeigten sich am Himmel erste Tageslichtstreifen.

Zwei Fledermäuse flogen im Zickzack die Rue de la Huchette auf und ab.

Paris
20. Dezember 1949

Inhalt

Die Taube in schwarz-weiß — 13

Rosmarin zum Gedenken — 31

Die spirituelle Jagd — 61

Je mehr sich ändert … — 89

Der Sonne entgegen — 115

Halbbruder, Halbschwester, Halbwelt — 147

Ein Mann ohne Hose — 155

Mehr oder weniger nach seinem Bilde — 179

Glaubenssätze — 189

Freunde des Baumes — 211

Über Konformität — 223

Die Verlorenen bewegen sich im Kreis — 251

Weltbürger — 275

Doppelt plagt euch, mengt und mischt — 303

Ein unvergesslicher Abend — 313

Vor der Ostermusik — 345

Elliot Paul

wurde 1891 in Massachusetts geboren und besuchte die University of Maine. Nachdem er in den Aufbaulagern des Amerikanischen Nord-Westen gearbeitet hatte, kehrte er nach New England zurück und arbeitete für eine Bostoner Zeitung. Im Ersten Weltkrieg diente er in der Fernmeldetruppe des US-Expeditionskorps und entschloss sich, in Europa zu bleiben, wo er für die Pariser Ausgaben des *Chicago Tribune* und des *New York Herald* arbeitete.

Während er in der Rue de la Huchette lebte, gründete er zusammen mit Eugène Jolas 1927 *Transition*, eine experimentelle Literaturzeitschrift. Hier fanden sich bereits Texte von Samuel Beckett, Franz Kafka, Gertrude Stein, Dylan Thomas und James Joyce. Die Gestaltung besorgten Miro, Picasso, Kandinsky und Man Ray.

Nach Ausbruch des Zweiten Weltkriegs kehrte Paul nach Amerika zurück und begann, für Hollywood zu schreiben, darunter das Drehbuch für *Rhapsody in Blue* und *New Orleans*.

Um sein Einkommen aufzubessern, spielte der talentierte Pianist häufig in lokalen Clubs in der Gegend von Los Angeles.

1958 starb Paul im Veteranen-Krankenhaus in Providence, Rhode Island.

Von Elliot Paul bereits im MaroVerlag erschienen:
Das letzte Mal in Paris, 2. Auflage 2017

Jürgen Schneider

Übersetzer, Autor und Künstler, geboren 1952 in Wiesbaden, lebt und arbeitet in Düsseldorf. Ausstellungen im In- und Ausland, zuletzt in der Galleria Arte Moderna Albenga (Italien), in der Fenderesky Gallery (Belfast, Nordirland) und im Guesthouse (Cork, Republik Irland). Autoren, deren Werke er übersetzt hat, sind u. a. Steve Dalachinsky, Micky Donnelly, Anne Enright, Seamus Heaney, Jack Hirschman, Alan Kaufman, Ron Kolm, Michael Longley, Sean McGuffin, Keith Ridgway, ruth weiss, Howard Zinn und Slavoj Žižek. Für seine Übersetzungen wurde Jürgen Schneider 2014 in San Francisco mit dem »Kathy Acker Award for the Achievement in the Avant Garde« ausgezeichnet. Nach zwei Büchern über James Joyce folgte 2011 Schneiders erster Roman *RMX*
(Karin Kramer Verlag), bei dem es sich im Joyce'schen Sinne um »stolen telling« handelt.

2017 erschien sein Theatertext *Kundus #Krieg #Theater* (Distillery Press und Hybriden Verlag).
www.juergen-schneider.org